U0615076

有爱的青春陪伴者

我要这
盛世美颜
有何用

拉棉花糖的
兔子 著

WOYAOZHE
SHENGSHIMEIYAN
YOUHEYONG

花山文艺出版社
河北·石家庄

图书在版编目（CIP）数据

我要这盛世美颜有何用 / 拉棉花糖的兔子著. -- 石
家庄 ：花山文艺出版社，2020.7
ISBN 978-7-5511-4432-2

Ⅰ. ①我… Ⅱ. ①拉… Ⅲ. ①长篇小说－中国－当代
Ⅳ. ①I247.5

中国版本图书馆CIP数据核字(2020)第075276号

书　　名：我要这盛世美颜有何用
著　　者：拉棉花糖的兔子
策　　划：张采鑫
责任编辑：郝卫国　张凤奇
特约编辑：廖晓霞
美术编辑：胡彤亮
责任校对：董　舸
装帧设计：Inscet
封面绘制：慕　白
出版发行：花山文艺出版社（邮政编码：050061）
　　　　　（河北省石家庄市友谊北大街330号）
销售热线：0311-88643221/29/35/26
传　　真：0311-88643225
印　　刷：长沙鸿发印务实业有限公司
经　　销：新华书店
开　　本：880×1230 1/32
印　　张：10.5
字　　数：267千字
版　　次：2020年7月第1版
　　　　　2020年7月第1次印刷
书　　号：ISBN 978-7-5511-4432-2
定　　价：42.00元

目录

目录

第一章
接下来想去说相声

　　经纪人李敬走进客厅时，电视屏幕上正播放着八卦新闻，媒体绘声绘色地猜测着菠萝传媒的新动作。

　　菠萝传媒今年推出的以游戏为主的综艺节目收视颇佳，明眼人都看得出来节目阵容是以老带新，除了人气主咖，还有好几个菠萝传媒的新人。

　　第一季结束后，新人们或多或少知名度上涨。传闻因为观众反响热烈，菠萝传媒还有意让其中几人组队活动。

　　也正是这个时候，爆出来一个消息，新人中，被媒体诟病为花瓶，也是人气最高的齐涉江竟然是老牌影歌双栖明星夏一苇的亲生儿子Jesse。

　　夏一苇的儿子曝光虽然很少，但总有几张儿时的老照片流出，这么一对比下，有人大拍脑袋：就说他们长得有些像！

　　此前齐涉江因为颜值与表现的反差，就颇受争议，他既没艺术感也没什么特长，在节目里展示过唯一的才艺就是钢琴弹唱。至于水平？有好事者到处采访其他明星，对他的表演有什么看法，关山乐队向来口无遮拦的毒舌主唱张约还贡献了金句："听完了，长得真好。"

　　巧的是，夏一苇年轻时就有一个"花瓶美人"的外号，同样属于"靠脸唱歌"一类，这下媒体纷纷戏称：那倒怪不得齐涉江了，都是遗传的力量。

随即关于整个节目就是为了捧齐涉江的说法也出来了，其他新人都是"陪太子读书"。至于齐涉江到底会不会加入组合，也有很多猜测。

有人爆料齐涉江长相太出众，夏一苇想让儿子单独活动，毕竟都有观众表示不在乎齐涉江的性格木讷，开档节目坐在那儿发呆，他们也愿意看。

也有人称齐涉江除了脸一无是处，不像其他同事各有长处，这人毫无艺术感，把他放进去相当突兀，菠萝传媒的高层不太想让他入组。

但不管是哪一种说法，倒是都对齐涉江的外貌十足认可。

李敬关上电视，心里默想了一会儿。

Jesse这张脸，的确无法用单单"好看"两个字来形容，要没有那张脸，以他表现出来的无趣，就算是夏一苇的儿子也够悬能进那档节目。

他从母亲那里继承了四分之一西方血统，黑发黑眼乍看是东方式的俊秀，身形也偏瘦，较深的眼窝与卷长的眼睫又透出几分西式风情，连下眼睫毛也长得惊人。被这双眼睛看着超过五秒，很容易呼吸急促。

现在，他就用这双眼睛略带询问地盯着李敬，像在疑惑李敬的来意。

"我来看看你，这几天休息得还好吗？之前突然晕倒，竟然都查不出原因，你可别再熬夜了，现在好多年轻人熬夜猝死的。"李敬语重心长道。

停顿了一下，看了一眼已经关上的电视，李敬才接着说："还有，小江，我知道你不想靠妈妈，不想被打上标签，但你们的关系迟早也会被爆出来。其实不用负担那么大，过几天就不会有人关注了，最后能不能被观众记住，还是要靠你自己。别再赌气了。"

李敬是夏一苇的经纪人，齐涉江的身份被爆后，他索性也接手了齐涉江的经纪人的工作。夏一苇神经又比较大条，甚至开过"像妈妈一样不好吗"这样的玩笑，导致齐涉江更加不满意。

齐涉江点了点头："您说得对。"

李敬蒙了一会儿，对这个反应有点意外，听着好像是同意他的话，但这也太不像小江的性格了，他迟疑道："那后天一苇的演唱会，要我给你留个座位吗？"

之前他也提起过，但那时候齐涉江怕被人拍到进而猜出些什么，没有同意。

现在，齐涉江却是再次点了点头，轻松地说："可以啊。"

这时李敬才仔细打量齐涉江，只觉得几天不见，齐涉江还是那个齐涉江，但神态举止间好像长大了很多，有种通透感。

难道是病了一场，加上这几天的舆论压力让他成长了？

"那就好。"李敬拍了拍齐涉江的肩膀，"你好好休息，我正在给你物色剧本，已经有眉目了。"

齐涉江的确不会参加菠萝传媒的组合，但没有外界猜测的那么多内幕，从一开始他本人就对组合出道没兴趣，或者说这人就不擅长团队合作。

李敬说完要走时，齐涉江却叫住了他："敬叔，我不想演戏。"

李敬挑眉："怎么老变来变去，你又想干什么了？"

齐涉江眨了眨眼，对他说了一句话。

李敬听完就陷入了呆滞，和齐涉江对视三秒："小江，你是不是还在生我们的气？"

齐涉江自然地说："没有啊。对了，敬叔，我房间的灯坏了，你知道怎么修吗？"

李敬走后，齐涉江给自己泡了一壶茶喝。

这几天，在他身上发生了一件奇事。

十天前，他也叫齐涉江，但并不生活在这里。那时，他是一名以说相声为生的民间艺人，有天外出不备淋了场雨，回去后患了伤寒不治身亡。

本以为是地府投胎去，谁知道再睁眼，就成了眼下这个"齐涉江"。

齐涉江的脑海里多出了几段不完整的记忆，好歹让他粗略了解了这个身体，这几天他一直在适应这起奇事，适应新的时空新的身份，也适应忽然间就失去了原本拥有的一切。

　　无论如何怪异，对于死过一次的人来说，再获新生是最珍贵的。而且也不知道为什么，明明他和这个"齐涉江"没有一处相似，却对"齐涉江"的所有十分亲切。

　　他以前相貌只是端正清秀，而这里的"齐涉江"容貌惊人；他出身戏曲世家，打小先学的戏曲，倒仓没倒过来才改学的相声，掌握了不少手艺，"齐涉江"则毫无艺术天赋，比亲妈还要花瓶；就连性格，也有点南辕北辙，他靠嘴皮子吃饭，而"齐涉江"却不善言辞。

　　可那莫名的感觉，不像传说里的附身，反而像谁也没消失，只不过融合在了一起。

　　齐涉江甚至怀疑他们两个是不是本就该一体，或者，正因为这份契合，他的魂魄才能落在这身上。

　　虽然获得了新生命，但近百年时光过去，这个世界齐涉江已经快不认识了。在他那个时候，"电"还没有进入寻常百姓家，现在，到处都要用电，只要随手一按，灯就亮了，还花样百出——他房间的灯就是被他给玩坏的。

　　还有这里的"齐涉江"从事的职业，也让他很迷茫，零星获得的记忆不足以让他深刻理解。

　　这感觉上好像和他以前一样，是卖艺给观众，但如今双方是隔着屏幕不相见的，仿佛电影一般，那岂不是全程自己发挥，也不知道观众是喜欢还是不喜欢，没法及时调整。

　　齐涉江是有钻研精神的，他们那时候，也得不断学新东西，才能抓住观众，所以一时的不解虽然让他迷茫，却不会让他沮丧，只是如此大的变化，让他一时无所适从罢了。

　　直到，他在让人眼花缭乱的电视上看到了穿大褂说相声的同行，说的还是他那时候就有的老段子。

　　霎时，八十多年岁月仿佛折叠了起来，在这个新世界，他一下找到了归属感。

　　迷茫逐渐消散，齐涉江有了明确的目标，虽然刚才告诉李敬后，李敬的反应有些大，但他想，他更愿意从旧业接触这个时空。

李敬叫的维修工过来把灯修好了，齐涉江在旁边盯着看了全程，看得那维修工浑身都不自在。

更别提修完后，这漂亮小伙子还要夸他真厉害，那眼神够真诚的，搞得他都怀疑自己刚才修的不是灯而是宇宙飞船了。

维修工走后，齐涉江也出门了，这是他来到这个时空后第一次单独出门，他觉得通过这几天的观察学习，自己已经具备了单独出门的能力。

结果一到楼底，就被蹲守的记者堵住了，对方和他打招呼："下午好啊，Jesse。"

齐涉江知道，这是"自己"的洋名，他倒是不认识对方，但人家都招呼了，他当然也回了一句："您好。"

记者大喜，齐涉江回应了Jesse这个名字，这就等于他正式承认自己是夏一苇的儿子了啊！

记者一下好像打了鸡血："刚刚李敬从这里离开，他是去了你家？是在商量接下来的工作吗？能不能透露一下接下来的发展方向？会做什么呢？"

这其实就是想打听齐涉江到底会不会参加菠萝传媒的新组合了，或者子承母业，做个优秀的花瓶……啊不，歌手或演员？

对于这个话题，在此前都避而不谈的齐涉江，却张口道："接下来想去说相声。"

记者："嗯？"

之前参加的综艺节目刚放完，围绕齐涉江本人的争议不少，也有了那么一批被颜值吸引的粉丝。

加上大家对夏一苇和齐涉江的关系，正是好奇心最盛的时候，报道放出去后关注者还不少。

齐涉江承认自己就是Jesse，媒体竞相转载不提，他那句"接下来想去说相声"也引发了一波讨论。

——齐涉江在综艺节目里但凡有梗一点，就算没什么才艺，凭他的长相也没什么争议了。

【嗯……齐涉江还是那么好看，不过听到最后那句，我居然笑出声来了。】

【这是即兴的吗？我看记者都蒙了，可能心里在想：人设为什么突然变了？】

【说个笑话：幽默诙谐齐涉江。】

【这是齐涉江出道以来说过最好笑的段子，比他在节目里好笑一百倍……】

【宝宝真可爱，都学会自黑开玩笑了，真好笑呀，哈哈哈哈哈哈哈！】

"你看，从媒体到网友都觉得你在说笑！"

这是去演唱会现场的路上，李敬来机场接齐涉江，他和夏一苇早一天就抵达当地了，齐涉江则是刚刚才到。

直到半个小时前，他仍然不觉得齐涉江真想说相声……

他甚至觉得这是齐涉江的一种报复，你不让我做自己，我就和你对着干。至于齐涉江为什么答应来演唱会，他还没琢磨明白，还以为自己被齐涉江耍了，今天可能接不到齐涉江。

当时他想着大家都冷静一点，可刚才碰面后，他想聊一聊，齐涉江竟然表现出了从未有过的认真，把他吓得够呛。

从事这一行几十年了，李敬第一次觉得自己口舌笨钝！齐涉江这不知从何而来的奇葩梦想，和他们对他的预期根本风马牛不相及啊！

"敬叔，我一直就对相声很感兴趣，只是你们都不知道。"齐涉江十分镇定，他既不懂这决定对李敬有多震撼，又有从艺练就的心理素质，还有就是互联网对他来说比电视还神秘，压根看不到网友评论，就听李敬念了几条而已。

这勉强说得过去，齐涉江的父母一个是商人一个是艺人，都是见天儿不着家的，齐涉江有什么大家不知道的爱好，也再正常不过了。

眼下，李敬愁苦地道："你看网友笑得多开心，就知道你这个想法有多不靠谱了，谁能信，你觉得你像说相声的吗？"

齐涉江沉默了一会儿。他又不瞎。

相声并不要求演员一定长得歪瓜裂枣、让人发笑，端正帅气的演员不是没有，只是齐涉江的长相已经好看到了会分散观众注意力的程度了。

　　可相声不但是齐涉江从前生活的根本，也是在这个时空唯一的慰藉，他实在割舍不下。

　　默然一会儿后，他还是说道："事在人为。"

　　他是苦过难过的，不信一张脸真能阻止他重操旧业。

　　齐涉江被李敬带到了后台的休息室，夏一苇正在化妆。年过四十的她依然美艳动人，看上去更像是齐涉江的姐姐，比起齐涉江，五官也更为西化。

　　一见到齐涉江，夏一苇热情地抱了抱他。

　　齐涉江略有些不适应，但可能是身体的缘故，他看到夏一苇后心里更多的还是一种莫名的亲近感。

　　李敬有点想开口告诉夏一苇，自己刚才得知齐涉江想说相声好像是认真的，但转念一想，没多久就要开场了，还是等到演唱会结束之后吧，不然夏一苇该急了。

　　夏一苇很欣慰儿子前来，在她看来，这是他们关系破冰的信号。

　　她坐回去继续完成妆容，同时和齐涉江说话，还带着几分调侃："我看到报道了，你现在愿意承认是我儿子了？"

　　她本人的关注点更多在齐涉江对Jesse这个身份的回应。

　　齐涉江则下意识道："为什么不承认？"

　　在他那个年代，在他的圈子，台上提及自己成名的父母亲戚是很正常的事，这是一家人互相扶持提携。而且就像李敬说的，最后能不能成还是得靠自己。

　　夏一苇脸上闪过一丝惊喜："乖儿子，你改变心意了？那……以后有节目你愿意和妈妈一起上吗？"

　　她问出这话后，还有一瞬间担心自己会不会太心急了。

　　齐涉江却说："可以吗？谢谢您。"

　　他差点儿没忍住抱拳了！

　　天啊，小倔驴答应了！夏一苇瞪大了浅棕色的眼睛，要不是化妆师惊恐地制止，她差点儿流下感动的热泪。

演唱会也已开始，台上，夏一苇正在表演。

齐涉江和李敬一起坐在VIP席，暂时只有周围少数观众认出了他而已。

节目演了一半之时，夏一苇忽然说道："其实今天，我儿子Jesse也在台下。"

夏一苇说出这句话后的三秒内，现场粉丝就给出了热烈反应，她一笑道："谢谢，相信很多人也知道了，Jesse还有一个名字是齐涉江。"

此时，现场导演也把镜头给了齐涉江，大屏幕上出现了他的半身，他也不经意间抬眼看去，仰着脸时浓密的睫毛搭下来，就像半合着眼一样，漫不经心地惊艳了观众。

粉丝们尖叫起来，一半因为这是女神的儿子，一半因为齐涉江那张脸就是让人想尖叫。他完全是生活装扮，没有任何修饰，但他的五官已经足够赏心悦目。

夏一苇笑盈盈地说道："下一首是一首老歌，刚好是Jesse出生那年出的，所以我想请他上来和我一起表演，希望大家能像支持我一样，给他掌声。"

这完全是夏一苇临时的想法，在休息室和齐涉江的对话让她有点乐到飘了，儿子终于不抗拒她的帮助了。

她实在没忍住，想立刻给大家推荐自己儿子。

夏一苇期待地看向儿子。

齐涉江："……"

不是他临时改变想法，又不想接受夏一苇的帮助了，而是……他哪里会唱夏一苇的歌啊！

然而现场掌声已经响起，工作人员拿来了另一支麦克风，李敬也在旁边按了按齐涉江的肩膀。

谁也没思考过这个问题，齐涉江怎么可能不会唱他妈妈的经典曲目？

齐涉江的职业生涯中遇到过很多事故，但这样的情况还真是第一次。他慢慢冷静下来，一边往台上走，一边思考如何打破这个尴尬的局面。

目光转了一圈，落在现场伴奏的乐队上，今晚不仅有西洋乐器，还有传统乐器，比如琵琶、三弦、二胡等。

齐涉江是会弹三弦的，夏一苇刚才只说一起表演，也没说就是合唱，他琢磨着是不是可以来段三弦应对一下。

那么需要先把夏一苇话头给截住，主动掌控现场节奏。这也算是齐涉江的本行了，他还没走上舞台，就已经举起了麦克风，正要说话——

提词屏幕上就出现了下首歌的歌名"何必西厢"与前几句歌词。

同时，夏一苇也说道："现场有年轻人会唱这首歌吗？华夏传统题材的老歌。"

《何必西厢》？

就这一瞬间，齐涉江改变主意了！

从歌名和歌词就能认出来，这是从华夏古代同名小说创作而来的。《何必西厢》又叫《梅花梦》，最初的体裁是弹词，后来在多种曲艺里都有呈现。现在，又被流行歌曲取材了。

齐涉江不会唱夏一苇这个版本的《何必西厢》，但相声演员的肚子是杂货铺，什么都得学，什么都得会。

这么说吧，《何必西厢》的弹词、鼓曲、京戏、汴戏……各个版本他都能学，都会唱！

思索间，齐涉江已经到了夏一苇跟前，夏一苇握住了他的手，对他一笑。

齐涉江也一笑，从面上谁都看不出，他根本不会唱接下来要表演的这首歌。

至于下头黑压压一片的观众，他浑不当回事，半点没紧张的意思，几个人也好，几千人也好，各种场面他都见过。

待到前奏一响起来，齐涉江就听出来了，里头有鼓曲的影子，便越发成竹在胸。

鼓曲是这类民间曲艺的总称，曲种很多，包括了京韵大鼓、梅花大鼓、河南坠子、山东琴书等等。

夏一苇混迹娱乐圈多年了，台上十分轻松，还道："站近一点，别躲啦，现在大家都知道咱们是母子了。"

说相声的哪能让话撂地上，这还是在台上，齐涉江反应能力极快，几乎没思考就接了一句："站太近我怕咱俩都瓶了。"

台下观众过了两秒才反应过来，哄笑一片。齐涉江的话分明是指媒体戏称他们母子花瓶一对，花瓶挨花瓶，可不是得小心砸碎了。

夏一苇都没料到齐涉江会接住话头，还开了个玩笑，不过容不得她多想，得开唱了："我几世修来梅花体，相酬清风饮万蛊。淡看生死浓看酒，天地江山逆旅同……"

一开口，倒都是流行乐的味道了，也就伴奏和唱词有曲艺素材，这也不奇怪。

台下的粉丝其实不关心别人怎么说齐涉江，他们是夏一苇的粉丝，就算齐涉江唱功不好，也没什么，这首歌的意义是夏一苇和Jesse合唱啊。

就连夏一苇本人，年轻时花瓶，磨炼这么些年，到现在唱功也谈不上顶尖。

所以，热情的观众心里门儿清，还真没指望听到什么神级现场。

但不指望是一回事，齐涉江不唱又是一回事了。

这看着是合唱的架势，齐涉江和夏一苇手拉着手，夏一苇也一直去看齐涉江，可眼看着齐涉江就是没开口的意思。

事先没说有这么个嘉宾，他们也拿不准节目是不是就这么安排的。那如果就是这么安排的，夏一苇都要唱到副歌了，齐涉江还不张嘴？

"不是梦到情天情地，醒也地老天荒，又何必西厢心魂惊一场。弹词重描梅花梦，落调在画舟相会的回忆中……"夏一苇已经唱完了副歌部分，她也有些惊讶。

刚才好几次她都想停下让齐涉江唱了，但齐涉江没那个意思，麦都没抬起来，她只好独个儿继续。

间奏，只剩三弦、二胡等乐器的声音。

到这时，齐涉江才开口。

他还是第一次听到这首歌，方才一直在琢磨歌曲的风格，伴奏的板眼，在脑海中搜寻合适的曲、词，最终确定。

于是观众们就从大屏幕中看到，齐涉江终于把麦拿起来了，神态自若地开口唱："纸窗梅影月初升，半榻残篇一灯青。此际浑疑身化蝶，阎浮沤寄羽毛轻。"

刹那间，生生把乐器声压了下去。

通透的声音，曲调充满了传统味道的悠扬，那种老旧的腔调融入了三弦与二胡的伴奏，演唱技法也满是茶馆、戏园色彩的气韵，瞬间把人拉回到百年前的华夏。

但因为歌曲的题材，于是同整首歌又十分契合，甚至像是将其升华了！

现场数千观众愣了。

夏一苇愣了。

从省曲艺团特意请来伴奏的三弦、琵琶、四胡等一干乐师，也愣了！

"这唱得挺有味道啊……这首歌不就是从传统曲艺取材的吗，是不是就是原曲？"

"应该是吧，难怪听着挺合的。不是说Jesse唱功不行，我听着怎么不错啊！"

"对，这段加得也好！"

对于普通观众来说，甚至不懂《何必西厢》的取材到底是弹词还是大鼓。现如今听传统曲艺的人太少了，他们只知道这段出现在这里，听着很有味道。

再说，他们虽然不懂曲艺，但是心理预期低啊。

视觉上，就更是享受了，夏一苇和齐涉江母子，两代美人同台。大屏幕开始狂给齐涉江特写，导致许多女观众的心瞬间就偏了，举起手机猛拍。

台上的夏一苇内心也在迷糊着，她当年为了唱这首歌去参考过大鼓的唱腔，属于半懂不懂。这是她的错觉吗，她怎么觉得……儿子唱得还挺正宗？

能不正宗吗？

这会儿现场仅有的几个正经内行——伴奏的乐师们都晕着呢。

弦师老白在省曲艺团工作那么多年了，刚才齐涉江一开嗓子，不用多，两个字就把他给惊到了。行腔吐字不飘不浮，细腻清晰，全然不像这个行当的新人。

他们几个乐师都下意识地调整起来，一瞬间完成了从齐涉江跟他们的板眼，到他们去贴齐涉江的调的调整。

齐涉江到底学了多久老白不知道，单说嗓子里这韵味，也必须赞一声祖师爷赏饭。就连站在台上的架势，也让他想到两个字：角儿。

唯一一点让老白有些不明白的是，齐涉江唱的韵律乍一听有些像穆派梅花大鼓，唱腔好像还有京韵大鼓的影子，文辞也像是《何必西厢》鼓词里头的，但又有些不同之处。

他听过那么多种鼓曲，也听不出来这到底是哪个流派的，总不能是这小伙子自创的吧？

齐涉江不是专业的大鼓演员，还真没自创过鼓曲。老白之所以听不出来，是因为他刚才唱的那一段，听着有大鼓的影子，但其实根本哪种鼓曲都不是，而是子弟书。

比起鼓曲，他觉得子弟书的唱腔和这首歌更加般配。

"子弟书"是往日京城八旗子弟里首创的曲艺形式，因此而得名，题材、曲词上比较文雅。

在齐涉江那会儿，会的人就极少极少了，基本消失在大众视野，几乎等同失传，他也是机缘巧合，才从一名没弟子的老艺人那里学来。

子弟书唱腔繁难，那老先生都不是皆尽掌握，会的都教给齐涉江了。可惜齐涉江还没来得及收徒，就一命呜呼了。

子弟书虽然失传，但它有个别称，叫"旧日鼓词"。

什么意思呢？这里的"鼓词"指的就是鼓曲。

后来的京韵大鼓、梨花大鼓、河南坠子等，在创始时继承了部分子弟书的节拍、韵律、曲本和文本，所以子弟书才别称"旧日鼓词"。

子弟书可以算这些鼓曲的半个前身了，二者之间极有渊源。

鼓曲《何必西厢》原词很多内容，包括唱腔，其实就改自子弟书。

所以，不是齐涉江的唱腔像大鼓，而是大鼓像齐涉江所唱的子弟书！

至于弦师老白所谓穆派梅花大鼓的影子，那就更简单了。

子弟书和鼓曲发展过程中都吸收了戏曲的元素，齐涉江从小就正经坐科学戏的，一个流派，能没影子吗？

到了歌曲末尾，齐涉江又续了两句："稗史观来尽节义，新词填去尽多情！"

同样是出自子弟书，到此时他和乐师们好像已经达成了默契，互相配合，虽然素不相识，但曲本是有定式的。

到了末字，乐器只剩三弦，伴着齐涉江悠然的尾音，圆润清亮的弦音滚滚落下。

老白收手，竟然有种意犹未尽的感觉，同时看到聚光灯下，齐涉江竟是回头对他们的方向轻轻颔首示意。

老白等人也回以微笑，虽然大家一句话也没交流，却完成了一场漂亮的合作。

演唱会结束，齐涉江本来想去找弦师聊聊天，但被夏、李二人拖在后台了，逃不过。

毕竟夏一苇和李敬都对齐涉江的表现很震惊，他们觉得齐涉江的状态简直就像脱胎换骨！

夏一苇出道这么久，她完全可以感受到齐涉江站在舞台上的那种气场，泰然自若。

相比之下，她刚出道那会儿绝对比不上，摸爬滚打好几年后，她才找到了自己的位置。

至于涉江的唱功，大鼓演唱她懂得有限，只想着涉江可能是练习过，她更在意的是——这么说亲儿子可能不太好，涉江以前的表演是没什么灵性的，可今天，截然不同。

难道这就是一夜之间开窍了？

待到李敬告诉夏一苇，齐涉江是真心想说相声后，夏一苇又蒙了。

"涉江，妈妈看出来你喜欢这些……曲艺了，但是相声不太适合你吧？"夏一苇比较委婉地说，"你可以出专辑啊，刚才那几句就唱得很好。"

齐涉江反对："那不是我老本行啊。"

夏一苇："你入行没半年，老本行是学生吧？"

齐涉江："……"

齐涉江："对，我的意思是，我真心喜欢的事业。"

夏一苇连连摆手："你刚刚参加节目时，还说要不靠我靠自己做个演员，你梦想也变太快了，再说吧。"

李敬也是这个意思，不过他更含蓄："那咱们边走边看。"

齐涉江听罢，只能道："只要给我一个机会，我会证明给你们看的。"

路遥知马力，今天时间比较晚了，但会有让他们看到的时候。

夏一苇和李敬面面相觑，这孩子样子是很真诚，但他们实在难以想象齐涉江去说相声的场面……

夏一苇的演唱会没有官方录制版本发布，有的观众用手机录了些片段放到网上，其中当然也包括夏一苇和齐涉江合唱版的《何必西厢》。

一开始，网上的评论还一溜都是"听完了，长得真好"。

也有齐涉江的粉丝一拥而上，把舞台灯光下的素颜"爱豆"，从头发丝到眼睫毛，唇色到手指，仔仔细细地夸奖了一个遍。

后来慢慢有人觉出味来了，才弱弱地表示："我怎么觉得，唱得确实不错，这段我觉得很带感啊！"

有人附和："我也觉得欸，这段是给整首歌加分的，而且感觉挺正宗的。"

大家毕竟对齐涉江有先入为主的印象，觉得好听，也还是底气不足。

但是，绝大多数人不懂大鼓，弦师那种内行都认不出这不是大鼓是子弟书，就更拦不住一些半懂不懂的人发言了："说正宗的笑死人了，这是哪里买的散装唱腔，都听不出来是哪种大鼓了，四不像。"

不过这都是少数，多数人，要么粉黑难辨地表示"老规矩，你们听歌，我舔颜"，要么就是探讨起齐涉江开场前居然又自黑了一把，还捎带上了亲妈。

这怕不是夏一苇给儿子找了个写手，想把他形象扭转吧？

菠萝传媒大楼。

今天的工作是拍写真，有夏一苇的面子在，至少没人为难齐涉江。

对于摄影师来说，这也不是第一次拍齐涉江了，齐涉江在公司最早一套图就是她拍的，她全程见证了齐涉江短短几个月来的美好星途。

正因为不是第一次合作，摄影师已经把齐涉江的特点摸得很清。但是，今天的齐涉江还是让摄影师有些惊讶，整个人好像变了不少。

不是五官上的变化，而是气质上微妙的变化，仿佛整个人沉淀了不少，但绝不是沉下去成了灰尘，反而神态间更有灵气了，盯着镜头看的时候，眼睛亮得吓人。

她想了很久，觉得可能是以前齐涉江有时看上去丧丧的，现在难道是心结解开了——内部消息，听说他和夏一苇有分歧——所以这才神气了起来？

而且她总觉得齐涉江好像还更有亲和力了，以前也客气，但就是家教好，有礼貌那种。现在就不大一样，具体要她总结，也没法一个细节一个细节地抠。

齐涉江精神头也很足，这可是拍照啊，搁以前拍一张小小的照片，都死贵死贵的，现在一会儿就拍好了，而且拍了好多张。

他甚至有点意犹未尽，后来有工作人员找他合影，他都极为配合，还夸人家拍照技术真是棒。

终于结束了所有工作，齐涉江喝了些水，和工作人员都道了别，坐在和李敬约好的地方，等他来接自己。

李敬当然不是日常都亲自接送，而是他要带齐涉江谈工作，加上齐涉江等待的工夫，距离他说自己大概会到的时间已经过去半个多小时了。

齐涉江拿出手机来，想给李敬打个电话，但是盯着手机半晌后，他犯起难来。

糟了，忘了怎么打电话了……

齐涉江继承的记忆太零碎了，不包括手机的使用方法，而对于现在的齐涉江来说，这玩意儿实在太复杂了。

齐涉江实在没有使用手机的基础，从旋转号盘电话直接跳到智能手机，太过颠覆了，要掌握的知识太多了，好不容易找到说明书，上头还都是简体字。

之前好歹记住了怎么开机解锁，居然又忘了怎么进通讯录。

四下里一看，对面刚好有个路过的年轻人正停步打电话，齐涉江索性走过去，想请教一下。

那年轻人也就二十多的年纪，长得倒是帅气，讲话时浓黑的眉毛挑起，显出几分张扬，就是头发有些乱，还穿着拖鞋，好像随性过头了。

那人也注意到齐涉江走过来，目光忽然变得有点诡异，打量了他好几眼。

齐涉江站在他前头一点，想等他打完电话。

年轻人又扫了齐涉江一眼，忽然捂住手机，皱眉道："干什么？"

齐涉江也不知道他为什么这么看自己，既然他问了，就上前几步，有点不好意思地对他一笑，说道："劳驾，想请您帮个忙。"他一笑起来，五官就更加生动了，叫人难以拒绝。

对方的面色却更加古怪了，居然还诡异地盯着他停顿了半晌，才缓缓道："你说。"

齐涉江把手机递出去："您知道怎么进通讯录吗？"

年轻人："……"

齐涉江真诚地看着他。

三秒后，年轻人蹦出一个字的脏话，转身就走，还对着手机道：

"没什么，刚有人找碴儿。"

　　齐涉江也知道自己的问题是水平可能有些低，但这年轻人脾气也太"炸"了吧。他正想着是不是另找一人时，就见李敬现身了，顿时松了口气。

　　李敬到了近前，开口就问："你和张约说话了？他怎么那种表情？"

　　齐涉江含糊道："刚刚手机有点小问题，我想问他。"

　　李敬无语："你倒是不记仇。"

　　齐涉江不解："记什么仇？我没见过他吧？"

　　他那些记忆里没有，而且那人看他的样子也不像老相识啊？

　　李敬诧异道："你们当然没见过，但是你不记得了？网上那句'听完了，长得真好'就是他第一个说的啊。那家伙就是这样，他经纪人都放弃给他'治疗'了。"

　　齐涉江差不多理解了意思，这才有点明白。难怪那人看他的样子那么古怪，难怪会以为他在找碴儿啊！

第二章
何必西厢

　　夏一苇对儿子日常的陪伴可能比较少，但她是关心儿子的，虽然不赞同齐涉江的新目标，但她回过头还是去了解了一下。

　　接着，她便和齐涉江谈心，还聊了聊小时候的事，后悔自己错过了齐涉江的成长，连他天赋点在曲艺上都不知道。

　　好险这部分记忆齐涉江还能找出来，应对自如。

　　说着说着，夏一苇表示要带齐涉江去一个地方。

　　她朋友的朋友开了个老式茶楼，里头每晚都有传统节目，包括杂耍、曲艺等等。她是特意空出行程来，带齐涉江过去。

　　"知道这是什么地方吗？"夏一苇把车停在茶楼门口，深沉地说道，"不是每个相声演员都能上电视，更多人，只能在这样的茶楼找工作，难糊口。你要竞争的都不只是同行，还有戏曲演员、杂技演员，甚至可能是音乐剧。"

　　她特意带齐涉江来这样的地方，而不是电视台，就是要让儿子看到现实，吓吓他。

　　谁知道齐涉江感叹道："条件看起来可真好！"

　　他那时候因为得罪过大人物，没有园子敢收，还只能撂地卖艺呢，相当于摆地摊，就在大街上说相声。

　　至于同台竞艺争饭吃？旧时候场子里也这样啊，戏法、踢毽、耍坛子……多了去了。

夏一苇噎了一下，齐涉江的语气太真情实感了，她都找不出破绽："应、应该也有更差的，看不到罢了。先进去。"

夏一苇把墨镜戴上，领着齐涉江进了茶楼。一般会来这里的，要么是好这个的，喜欢喝茶聊天看点热闹节目，要么是游客。

夏一苇打了个电话，直接去了老板办公室。

"吴老板，麻烦你今天特意过来了。"

她和老板也有几面之缘，老板平时也不是天天在这儿。

"夏姐说笑了，您来了我肯定得接待啊。"吴老板看到齐涉江，知道他是夏一苇的儿子，又是一顿夸，随即适时地道，"想到后台转转是吧，我带您二位去。"

要不是吴老板带着，他们也没法随意进后台休息室的门。

这个时候后台还挺热闹，夏一苇墨镜遮脸，齐涉江知名度还没那么高，见有吴老板陪着，那些演员也没往多了想。

夏一苇打定主意要让齐涉江看看大家多不容易，就没打算逛一圈就走，至少坐一晚上。不但得在后台听，还得在前头看。

三百六十行，行行不容易。她当个草包美人都不容易，何况这些演员？

吴老板陪着他们也聊了一会儿，说说自己知道的故事。他其实不知道夏一苇的目的，但夏一苇一副要探听演员生活的样子，他也就配合着说。

坐了得有半个小时，茶楼的经理忽然到了后台："刘达哥俩来不了了，老周你先别走，上去说一段救个场。"

吴老板一挑眉，问道："他们怎么了？"

提起这个，经理也是一肚子的火，说道："还能怎么，说那边接的活儿还没完，过不来。他俩现在是觉得自己火了，上过电视了，了不起啊，成腕儿了！"

这明显是个嘲讽的口吻。他们口中那两人在吴老板这里说相声也有两年了，最近时来运转上了几次电视，知名度提高了。

吴老板早觉得他们有要走的心思了。这也正常，能上电视谁还窝在茶楼里，有这份知名度多走穴也多挣钱，只不过爽约实在太不厚道。吴老板烦躁地说道："行了，老周你们先顶上吧。"

老周是个说评书的，这会儿其他演员都不齐了，只有他能顶上，二话不说，拿上家伙什就和经理一起往前头去了。

可没一会儿，两人又回来了。

吴老板诧异地道："这是怎么了？"

经理擦擦汗，说道："刘达那俩缺德冒烟的……今儿下头有一整个旅行团，导游怕是收了刘达好处，不知道怎么给游客吹的，跟那儿轰人，说要看刘达他们。"

吴老板无语了："我没许给他们一定上哪个演员啊，我就卖个团体票！"

两人一起骂上了刘达二人。

但没办法，刘达他们确实上了两次电视，导游又给吹了，搞得旅行团的人觉得听个没名气的节目是吃了大亏，也不一定是多喜欢刘达或多喜欢听相声。

但这时候，骂归骂，还是救场要紧。吴老板目光在后台一扫，思考有谁能镇住这个场子。

"吴老板，不如我来唱首歌吧。"夏一苇忽然微微一笑。

吴老板惊讶地看着她，和刘达他们那种上过几次地方台而已的比起来，夏一苇才是真正的明星大腕。但就因为这样，他都没奢望过能让夏一苇来救他这小场子！

"这……您太客气了，我找个老演员去就行了。"吴老板连忙道。

虽然另找人可能也得费一番精力，甚至再送点茶水才能安抚好客人，但是总好过闹出笑话——不管是不是刘达的错，摆不平事都是他这个老板的无能。

夏一苇却道："今晚也叨扰了，都是朋友，不碍事。"

见她这么真诚，不像客套，吴老板也是心服口服。他们没深交，但夏一苇这脾气，难怪当花瓶也能顺顺当当这么多年，没砸在哪儿。

经理和其他演员在一旁听吴老板千恩万谢，都稀奇起来。

直到夏一苇把墨镜给摘了，他们这才恍然大悟，又有点激动。没想到老板还有这关系，那他们今天岂不也算跟明星同过台了？

既然在茶楼，夏一苇看看齐涉江，很自然就想到了让他和自己一起去合唱《何必西厢》。

吴老板也不怎么看娱乐新闻，但夏一苇别说带个儿子，就是带十个八个儿子也无所谓啊。

齐涉江也在后台扫了一圈，微笑道："那我也借把弦子，给您伴奏吧。"

包厢。

一老一少一面喝茶，一面冷眼看着台下。

那小的也就十七八岁，探着脖子看了一会儿，说道："爷爷，那使短家伙的让人给轰下去了啊。"

在曲艺行里，"使短家伙的"就是指说评书的。

老者淡淡道："你去打听一下，你说的那两人还来不来了。"

少年点点头，出了包厢。不多会儿，他回转来了，说道："估计是不会来了，唉……"

要是刘达本人在这里，肯定悔得肠子都要青了。

因为这名老者艺名柳泉海，是相声界的老前辈，电视上活跃了几十年，大徒弟还是京城相声协会的副会长。虽然近几年不怎么演出了，但地位摆在这儿。他说句话，比刘达跑断腿还管用。

刘达也是无意中和柳泉海的孙子，也就是那少年结识了，在他面前暗示了无数回，想攀上柳老的关系。

但是他哪能想到，少年心性跳脱，今天和爷爷路过，一时兴起，就说爷爷和我一起看看我一朋友演出，他说得还挺好的。

柳泉海提携过不少后辈晚生，本身就很有爱才之心，欣然应允。谁知道就撞上刘达他们要大牌。

虽然少年什么也没说，但柳泉海从细节处，就猜得到几分了。

柳泉海已经动了要走的心思，这时候下头忽然传来惊叫欢呼声，他们一看，台上已经多了两个人。

少年定睛一看："嘿，居然把明星给请来了！这不是夏一苇和她儿子，那个谁，齐什么……"

这下场子何止是被镇住，简直要炸了。

只听夏一苇自如地安抚观众，又介绍说她要和儿子一起演唱一首取材自大鼓《何必西厢》的歌曲。

下头那么闹腾，柳泉海已经起了要走的心思。他看过的晚会节目多了去了，夏一苇他也见过，不怎么稀罕。

少年却挤眉弄眼道："爷爷您再听一遍，这歌儿我表妹放过，那齐什么给后头加了一段大鼓，黄调（走调）到天边儿去了，都不知是哪派的。您知道吗，网上有人说他那叫散装的唱腔，哈哈哈哈！"

"走了，还看什么热闹！"柳泉海蔫蔫儿地起来往外走，他对夏一苇那大白嗓子唱的歌一点兴趣也没有。

就是这时候，三弦的声音先响了起来。

三弦这种乐器，想演奏好是很难的，它没有品位啊，长长的柄、三根弦，没一定功力，别说玩技巧，把音弹准了都难。

要是学得精，那缺点就是最大的优点，就因为没品位，高低变化自在随心，极其灵活，能柔能刚。

北方的说唱多是用大三弦，眼下这大三弦的音色，是透亮圆润，别具一格。

《何必西厢》是爱情故事，齐涉江现场伴奏，揉弦比原曲更轻，多了几分婉转缠绵的感觉，更贴切了。

柳泉海眼睛一亮，一下就停了步，由衷地赞道："这弦子……滑得有味儿啊！"

柳泉海说罢还不够，竟是两步又倒了回去，仔细一看，才发现弹弦子的不是弦师，而是夏一苇那儿子。

少年一噎，他也不知道齐涉江还会三弦，嘀咕道："还行吧？"

但下一秒，夏一苇唱到副歌部分"不是梦到情天情地，醒也地老天荒"时，歌曲情绪被推向高潮，三弦连续几个下滑的中弦音，竟是模拟出了大雁柔婉的鸣叫声。

大雁本就是忠贞的鸟儿，而用弦子模拟动物叫声又是高超的技巧，曲艺界把这种技法叫作"巧变弦丝"。

柳泉海难掩欣赏，看向少年："巧变弦丝，以物喻情，以声传形，这样的功力还会黄调？"

少年也茫然着呢，脸上又有点疑似传谣的挂不住："您再听后头那大鼓呗！谁规定弦子弹得好就一定唱得好了？"

这话倒不无道理，柳泉海一下坐稳了，再无心离开。

刚巧这时候，夏一苇也唱完了副歌，轮到齐涉江的唱段了："纸窗梅影月初升……"

第二次表演，齐涉江轻车熟路，低腔起唱，音调悠扬。尾音一拖一收，柔缓却不失张力。

这就是子弟书那繁难唱腔中的一种"雀尾"，最常用在景色描写或是抒情桥段当中。

子弟书的唱法还分了东西两派，东城调是意气风发、慷慨淋漓，西城调则柔婉曲折，而教齐涉江子弟书的老先生主学就是西城调，故此唱《何必西厢》实在再合适不过了。

少年乐道："就这个，就这个，您听，这是什么味儿？"

现在小孩学相声的少，他说是家学渊源，但自己也没正经拜师学过艺，天赋不高年纪又小，不比演唱会伴奏那位弦师或是柳泉海，倒也不能怪他内行人说外行话。否则单听这唱功，也知道肯定和跑调没关系了。

他转头看去，却见爷爷面色不对，直勾勾地盯着下头，他正要再说话，就被爷爷的手给糊了脸："闭嘴！"

直到齐涉江那四句唱完了，柳泉海才把憋了许久的一口气给吐了出来，闭着眼睛，脸色十分复杂。

少年试探道："爷爷……"

柳泉海缓缓睁眼瞥他一眼："倒也不怪你，就连我也不敢相信这活儿还有人能使。如果我没猜错，他唱的哪派大鼓都不是，而是子弟书。"

少年活像见了鬼："子、子弟书？您说笑的吧，子弟书不是都失传百来年了吗？"

子弟书是已经凋零的艺术了，只剩下一些文本，它的表演形式和唱腔早便失传。

但是，何其有幸，柳泉海曾经在现如今相声界还活着的老人中、辈分最高的孟老爷子那里，听他零星唱过几个小段。

其实孟老爷子自己也没学过，据说是老爷子有位师哥机缘巧合学过子弟书，他不过幼时听着记住几句，谈不上正经、完整地传承。

——子弟书难教习不是说着玩的，否则怎么会失传？单单是唱腔，就有上百种之多！

但是老爷子半学半描述的，好歹能让大家依稀知道那么一点味儿罢了。

就是这味道，加上和鼓词相似却仍有些许区别的唱词，让柳泉海推测出来齐涉江唱的应该是子弟书！

华夏大地辽阔，卧虎藏龙，说不定就有哪家人口口相传流传下来了。就像孟老的师哥，不也是因缘巧合下学到了已经没人表演的子弟书？

只是不知道夏一苇这儿子学到了多少段，就算只有这一段，也挺难得了，他极为好奇他是在哪里学来的。

柳泉海简单给孙子说了几句，是越想越心痒，沉吟片刻，当即就想上后台去攀谈攀谈了。

以柳泉海的身份，亮明后进后台当然容易。

这会儿后台也正热闹着，茶楼难得来个明星，有的艺人就到上场门去看热闹。

这儿懂子弟书的人少，但懂三弦的人不少，齐涉江那把弦子还是管后台借的。他们原以为齐涉江也就随便弹弹，谁知听到他那手"巧变弦丝"，都如柳泉海一般地喝彩。

柳泉海找上吴老板这么一说，让他代为引见。吴老板当然得给这个面子，直接把柳泉海爷孙带到了下场门处。

一首歌唱完，因为观众特别热情，夏一苇还留下与观众互动几句。

齐涉江先行下场，一出了下场门，就撞到吴老板把柳泉海带来。柳泉海久不上电视，他没见过这张脸，不认识。

还好有吴老板在旁介绍："Jesse，这位柳老想和你聊聊，咱这边来。"

柳泉海也不啰唆，直接笑呵呵地道："小朋友，你刚才在台上唱的，可是子弟书？"

就是八十多年前，能认出是子弟书的也不多啊，齐涉江见有人识货，也是欣喜，立时就认了："是的。"

柳泉海证实了心中所想，放下心后，更为激动了："子弟书失传多年，老早就没人演了，你小小年纪，是哪里学的，是家传吗？传了多少？"

齐涉江不可能把真正的老师身份露出来啊，那人家估计会以为他疯了。这时候不比从前，信息容易查，一个圆不好，就会露馅儿。

他沉吟了一会儿，才说道："我在Y国住的时候，和一位偶然结识的华裔老先生学的，老师在Y国几辈了，无儿无女，现已故去。西城调差不多给我教全了，能唱百来段。"

夏一苇有一半Y国血统，不时去住一会儿，齐涉江从小也被带着两边跑。这么一推，隔着大洋，倒是不好查证。要是再细问，则可以说了解得也不清楚了。不仅在柳泉海这里，在夏一苇那儿也要圆得上。

柳泉海果然只是感慨："原来如此，都以为子弟书已经失传，没想到还有海外遗珠！"

这里才聊了几句，夏一苇那边也下场了。她和齐涉江不一样，柳泉海那张脸各大晚会后台没少见，一看到，她就立刻认了出来。

夏一苇也惊讶柳泉海在这儿，不过柳老爷子和儿子怎么攀谈上了？她有些急地上前道："柳老师好。Jesse，是不是你找的柳老师，你还真的想说相声啊？"

齐涉江一脸莫名其妙，他都不认识柳泉海，还是夏一苇这么一说，他才意识到柳泉海应该是同行。

这下又轮到柳泉海惊奇了，他是冲着子弟书来的，谁知道夏一苇竟说到相声上，这年轻人居然想说相声？

"稀奇了！现在年轻人听相声的都少，像你长得这么英俊，居然还想学相声？"柳泉海看着齐涉江，笑呵呵地说道。

他家孙子小柳也憋不住了："他要说相声不是个笑话吗？不对，我不是说你是笑话，我是说这不就是个段子吗？"

知道齐涉江有真本事，小柳态度也自然变了，还有点被打脸后的羞惭。

齐涉江老实道："不是学,是说。老师是两门抱,还教了我相声,只是没正经摆枝。老师思想和国内不一样,我连他辈分也不知。"

两门抱和摆枝都是内行话,前者是指不止学了一种艺,后者是指拜师。一说出来,就知道确实是同行了。

正式拜师就得叙起师承,排辈分。可他是八十多年前入的门了,柳泉海这个年纪,估计比他还矮一两辈。编又编不出来,本门的事情,不像子弟书都失传了,一抒师承就露馅儿。

所以,齐涉江一推二五六,宁肯做没正经户的野路子——说不定撇得太清,还引人怀疑,但只要不暴露就行。

这些暗语夏一苇都听不懂,一头雾水,只听出来儿子的本事是在Y国时学的。

柳泉海却是门儿清,相声界这样那样的野路子也不少,可像齐涉江这么糊里糊涂的,连个辈分都叙不上,实属少见。

诚然,齐涉江堵得太死,连师父字辈都说不出,换了个人,柳泉海肯定要怀疑。但齐涉江会失传已久的子弟书是明明白白的,也许他师父身上有什么难以言说的故事,像是被逐出相声门墙了。

柳泉海到底惜才,考虑了半晌,说道:"杰……杰西是吧,我二徒弟有个相声园子,你看你什么时候有空,要不上我那儿去玩玩,也说一段让我听听吧。"

他又不会洋文,"Jesse"这个洋名被他字正腔圆地念了出来。

说这话,也是他实在好奇,想摸一摸齐涉江的底,看看齐涉江在相声上的本事。再者各个派系有自己的特色,要是能听到齐涉江说相声,他兴许能听出些什么。

"好啊!"齐涉江立刻就应了下来。夏一苇是成名的腕儿,但和相声挨不着,要是能和柳泉海结识,那他在这个时空的相声界就算有人引路了。别的不说,他连个搭档都没有,还不知道上哪儿寻摸呢。

听到这里,夏一苇却瞪大了眼睛:"等等,Jesse,柳老师,我们Jesse……"

她都快语无伦次了,怎么就把她抛开,定下了?她来这里本来是为了警示儿子,怎么反倒给他牵了线?

这时候，经理颠颠儿跑过来，和看了半晌热闹的吴老板低声汇报起来。

吴老板一拍额头："今晚到底是怎么了，尽出幺蛾子，又来个请假的。"

后头本来还有场节目，演员家里临时出事，请假，上不了了。

柳泉海和齐涉江对视一眼，忽而取得了默契，柳泉海一笑道："那可真是择日不如撞日，吴老板，不如就借这个机会，让杰西小朋友在你们这里登台说一段？"

吴老板倒是想，他就看着夏一苇。

夏一苇都呆滞了。

好半天了，她才忽然开口道："可以，那你就上去试试，看能不能救得了这个场。"

她仔细想想，以儿子的性格，一直拦着反而有叛逆心理，否则她何必带儿子来后台体验艰苦？要是给他一个上台的机会，说不定就被现实教训一下呢？

说相声和唱曲儿可不一样啊。

柳泉海点头："好啊，待会儿演个什么，我给你捧一段？"

齐涉江却摇摇头："来不及对词了，我说段单口吧。"

两人说相声是对口，一个人说便是单口了。

齐涉江在后台稍做准备，又借了些"装备"，好在后台都齐全。

过二十分钟，就该齐涉江上去了。柳泉海爷孙领着夏一苇，先一步到包厢里头去等待观看了。

前头有人报幕，下边儿是单口相声，表演者，Jesse。

——也不知道报幕员是怎么想的，不报中文名报洋名。但仔细一想，夏一苇的儿子Jesse这个身份，的确比齐涉江本人要出名一些。

有工作人员把桌子给搬了上来，上头有醒木、折扇等道具。

齐涉江还是那一身常服，不疾不徐地走到台前桌后。

他先前才和夏一苇上来过一回，长得又好看，观众正是印象深刻。有些人还看过齐涉江的综艺，知道他这人好看归好看，却有些木讷，一时间都交头接耳起来。

报幕是说单口相声吧？这人能说单口？

长得好看还年轻，名字都是洋名，上来说相声，这也太怪异了吧。

如果齐涉江上来是唱个歌、跳个舞，大家都会很欢迎，就像刚才他和夏一苇一起上来，表演得就很好，光看这脸都觉得票价值了。

再互相一交头接耳，连他在电视上什么表现都知道了。

包厢内，柳泉海和夏一苇看到观众一片嘈杂，都憋着一口气看齐涉江，他们都能预料到，这就是齐涉江说相声的难处了——长得太好看了！

观众有质疑，注意力在齐涉江的八卦和脸上，怎么能安心听他说什么，就算再精彩，效果岂不是也要打折扣。

只见齐涉江站定了，只一打量观众，开口便念道："寂寞江山动酒悲，霜天残月夜不寐。泥人说鬼寻常事，休论个中——是与非！"

"啪"的一声脆响，醒木拍在了桌面上，现场已是一片安静，再无杂声。

这叫定场诗，说单口相声、说评书的出场后表演前，为了聚集观众的注意力，通常先念几句诗。内容可能是抒情，也可能是介绍后头的故事，或者索性带着笑料，让人觉得好玩。

齐涉江吐字清晰，声音清越响亮却不刺耳，台风极稳，一字一句说来，观众不由自主就停住了话头，随着齐涉江把诗念完，一个两个都安静了下来。最后一拍醒木，"啪"的一声，鸦雀无声，这定场诗算是压住了全场！

"从您各位的脸色，我就看出来了，你们觉得奇怪，这人上来干什么，跟个外国友人似的，是不是报幕报错了，他其实是上来跳舞的？"齐涉江语速适中，又说出了观众心中所想，大家会心一笑。

"唉，其实我也不想上来，可我妈非说让我来展示一下才艺。"齐涉江知道夏一苇名气高，说完自己就拿她砸挂（调侃），"我妈这个人，大家都知道，温柔、漂亮。打小我家里，从来不搞棍棒教育。她都用手。"

他冷不丁一个包袱，大家对夏一苇都熟悉，刚才她还表演了，顿时"扑哧"笑出声来，还有点起哄的架势——夏一苇本人这会儿应该还在茶楼呢吧？

有夏一苇做铺垫，加上齐涉江的节奏，八分好笑也变成了十分。

"所以，我不得不上来啊。"齐涉江说道，"不然她手一拍自己脑袋，出去告我不孝怎么办？"

下头观众又乐了，这回笑声更大，紧接着又"嘿"了起来。

刚才齐涉江说夏一苇不搞棍棒教育，都用手打，一个反转大家笑一声，结果他下一句又翻了一下，大家回神：合着这打，是打自己啊？

理不歪笑不来，台上的事，也没人会以为夏一苇真这样。

"拍脑袋送你个忤逆不孝"又是自古有的老段子了，但齐涉江这么一翻，也合适得很。

"这孩子……"夏一苇本人都在包厢里哭笑不得，可心里居然还有些甜蜜，毕竟母子俩好些年不亲近，儿子愿意拿她做包袱，她还觉得是一种亲昵。

通常相声艺人上台，说正式节目前，都要说点"垫话"，也就是可乐有趣的开场白，既调节气氛，引起观众兴趣，又能了解大家的喜好，及时调整接下来的表演。

齐涉江先念定场诗，把整场人都给镇住，再从自己和夏一苇身上抓了几个包袱投石问路，完全是现场发挥，相声门管这种即兴叫"现挂"，非常考验临场应变能力。

而今看到包袱一个个响了，观众表情逐渐轻松，注意力也放在他说的内容上，而不是一心想着用手机拍他的脸，这才慢慢引入了正题。

"……要说我妈，典型女明星爱漂亮，生活里都不允许不漂亮的事物。所以我接下来要给大家说的这故事，主人公也得漂亮。"

齐涉江顺利从夏一苇身上，入活儿。

"这故事发生时间离咱们也不远，就在咸丰年间。昌州城有个姓杨名昊山的二流子，就是故事的主人公，他无父无母，亲戚邻里也不待见。有多不待见？街头姓赵一户人家遭了贼，头一个就怀疑他。县官也是个糊涂虫，判个葫芦提官司，把他关进了大狱里。

"杨昊山他无父无母啊，也没个人打点，进去后没半个月，就瘐死了！这个'瘐'，不是愚蠢的'愚'，杨昊山他不是蠢死狱中的啊，是病字头那个死。过去监狱里条件差，狱卒也不是什么好相处的，好多不是死刑的犯人，进去后因为受冻、挨饿、生病等等原因，挨不过去就也死在里头了，这就叫瘐死。您说，他死得冤不冤？"

齐涉江气息绵长，段段说来，字音始终清晰，节奏把握得又好，包袱虽然不如前头垫话密集，但已然把人吸引住。

听上两段，观众心里头还有一个疑问，这么一个二流子，还坐牢病死了，哪里是漂亮的主人公了？漂亮在何处？

"杨昊山死后来到冥司，当然喊冤，阎王爷一查问当地城隍，就说应该判杨昊山一个无罪释放。杨昊山说我都死了，无罪释放是准备放我去做孤魂野鬼吗？阎王爷说放心，我和那糊涂县官不一样，你这会儿身体都臭在乱葬岗了，不过别怕，现有两个生人寿数尽了，你可以借人身体还阳，再过完剩下的日子，顺便沉冤得雪。二选一，你看看你要哪个。

"杨昊山太高兴了，还能选呢！阎王说，一个是诬告你的赵家，家里头大老爷的媳妇，另一个是误判你那县官的正房夫人。你看看，你要哪个？"

观众哈哈大笑，连声叫好。

这下可明白了，难怪说是个漂亮的主人公，原来这家伙要男变女，附身在女人身上了。一时间更是把人兴趣勾了起来。

这篇单口叫《错身还魂》，说的是一个二流子杨昊山冤死狱中，又还魂在误判他的县官夫人身上，男借女身，闹出来的一出令人啼笑皆非的故事。

齐涉江一张嘴，塑造三五个角色，个个栩栩如生，连一个扮演女性的男性角色，也被他形容得活灵活现。

故事夹着包袱娓娓道来，细节荒诞诙谐，观众心弦都被扣紧了，一听就是半个小时都没察觉。

就这还没说完，这是个中篇的单口，分上中下三回。

今天肯定是说不完全篇的，故事进行到县官非要和夫人同房，披着夫人皮的二流子急了，一边扒衣服一边推县官：有本事你就来啊，我今天弄不死你!

"啪!"齐涉江一拍醒木,意思是结束了。

已经沉浸在故事里的观众哄堂大笑,意识到断在这儿了,都有些意犹未尽,这故事还没完啊!

如果不是亲眼得见,他们真不敢相信,这么个年纪轻轻的漂亮小伙子,据说挺沉默寡言一人,口才其实这么好。

一张嘴说了半个多小时不带停的,这还叫沉默寡言呢?那他们岂不是哑巴啊!

众人报以热烈掌声,齐涉江已利落鞠了一躬下得台去。

包厢内。

柳泉海一场听下来,是满面笑意。这文本他没听过,看来可能也是齐涉江那位老师的独门手艺。估计真是远走海外的老艺人,否则哪来这么多失传的活儿。

不知道齐涉江还会多少"失传"的段子,要是如此,就算他师承不明,凭这些本事,对相声的传承大有裨益,他是一定要结交的。

再说齐涉江的实力,他就更是赞叹了,功力扎实,范儿正!

相声演员们也会紧跟时事修改包袱,推陈出新。

齐涉江呢,他说的这单口完全是老旧做派,基本没有流行段子,完全是靠自身功力拢住观众注意力,掌控节奏,把人逗笑。

同样的段子,有的人说让人发笑,有的人说只让观众觉得尴尬,这就是个人功底了。

每个字每一句是怎么说的,看似随意,其实饱含功力。

单口相声更是格外看重演员讲故事和塑造人物的能力,故事说不好,包袱出不来。故事要滑稽可笑,又要让观众接受。

这一番,就是在给他们展现自己扎扎实实、运用自如的功底呢!

当然,也因为做派老旧,一时倒分不清师承,只大致觉得和某几位老前辈有些儿相似。

——其实柳泉海想多了,纯粹是齐涉江对这个时空了解还不够深,手机都玩不转,你让他贴合流行他也贴不上啊。

一旁的夏一苇则沉默着,她刚才也跟着笑了,沉浸在故事中,笑完之后便是沉思。

Jesse很成功，但是，难道她真的要放Jesse去干那一行吗？

"夏女士，你不大同意孩子说相声？"柳泉海问道。

夏一苇惊醒，茫茫然点头："也不是，只是……"

柳泉海淡淡一笑："只是你觉得，和演戏、唱歌比起来，显得没什么出息，是吗？"

"我没这个意思。"夏一苇连声道，"柳老师，我就是希望孩子好，我没有冒犯的意思，但是你们这一行苦啊。我今天带他来这里，就是想让他看看后台。"

"我知道，可怜天下父母心啊。"柳泉海叹气道，"但杰西确实是吃这碗饭的料，一看就是已经开了窍的。还是子弟书最后的传人，这不是我们相声门的事，但我着实关心。我还是希望你能给个机会，至少让他尝试，再不济，可以来个什么……三栖，影视、歌曲、相声三栖艺人，你看是不？"

夏一苇被逗得一下笑出声来："柳老师说得是。"

她到底是被齐涉江的表演说服了，更是舍不得孩子。

柳泉海当晚和齐涉江交换了联系方式，他非常欣赏齐涉江，而有这么一位引路人，对齐涉江来说也是非常重要的。

这日在茶楼的表演呢，因为这里演员都指着卖票糊口，是不允许录像的。

但夏一苇和齐涉江上台后反响热烈，拦不住，倒是有观众拍了些照片和少许小视频，流到了网上。

不过在齐涉江说单口时，场子已经安静下来了，被他吸引住后便没心思去想偷拍什么的。

当晚在场的观众也有抱怨，齐涉江就去演了一次，可故事他也没说完，他们上哪儿去找结局啊，万能的互联网都搜不出来。

可空口这么说，以齐涉江之前的名声，谁敢信他说故事把人给说入迷了？你说他长太好看把观众都迷住了还靠谱一些！

这事儿压根也没掀起波澜。

倒是这一次齐涉江还弹了三弦，水平到底怎么样，好多人也不懂三弦，瞎讨论了一番还跑题了。

——看这架势，难道，接下来齐涉江会做歌手？学他妈靠脸唱歌？

还有人去艾特张约，叫他来品鉴一下，毕竟关于齐涉江的金句最早就是他提供的。

张约正闲得无聊，一刷微博看见了提醒，立刻想起在菠萝传媒遇到的齐涉江本人。

那会儿他是很意外的，自己嘲过的人居然主动来搭话。

张约心底很犹豫，那齐涉江又特别真诚地对他笑，笑得还挺好看，把他眼睛都晃了，一瞬间都不好意思维系高冷毒舌的人设了。

谁知道他好不容易下定决心，搭理齐涉江了，齐涉江反过来倒把他给涮了！

小心眼的张约先就转了微博，说："还没听。长得真好。"

评论里充斥着笑声：就知道张约不会让他们失望。

张约之前也没听过演唱会版，这会儿随手把视频点开了。根据以前的经验，他用脚都能挑出一堆槽点。

上来就是一段三弦，张约愣了一下，他虽然不懂三弦，但音乐是共通的，他分得出好赖啊。而且到中间，齐涉江还用弦声模仿了雁鸣！就这个水平，比他的钢琴实在好太多了！

再接下来，齐涉江还唱了曲艺，就那个共鸣，那个气息……

张约："哈？"

不，这不是他认识的齐涉江！

张约把进度条拉回去，又把《何必西厢》听了一遍，两遍，三遍……没有假弹，没有假唱，这个现场，夏一苇也许有错，齐涉江一点没有！

唱得还挺好。

这个齐涉江有毒吧，唱歌和唱曲艺区别怎么这么大的？有这本事你上节目不表演？

现在好了，他的微博岂不是很尴尬！

说到微博，张约发现出现了一个认证为某省曲艺团弦师的网友"老白不白"激情留言："心情无法言表！好弦！改编得也好！副歌部分的巧变弦丝技巧纯熟，以声传情！"

张约："……"

他没听过原版，所以还改编了？

"老张，吃饭了。"乐队的鼓手探个头进来，催张约去吃东西。

算了，先吃东西。

张约放下平板电脑，懒洋洋地走到客厅，哼着歌打开外卖。

乐队其他三人你看我我看你，半晌，鼓手神情复杂地问道："你刚哼的是《何必西厢》吗？"

张约："……"

齐涉江真讨厌！

那日柳泉海回去后，第二天就打了个电话到孟家，想给孟老先生说一声，他挖掘到了子弟书的继承人，毕竟他老人家也很关心曲艺文化传承，不单单是相声。

孟老先生高寿都九十多了，是当今相声界辈分最高的老前辈，可以说见证了相声的兴衰——从撂地卖艺的年代，到能进茶馆里，单独开相声园子，再到后来有了电台相声、电视相声，乃至而今的日渐式微。

打他这里往下三四辈儿的儿孙，也都是说相声的，徒子徒孙就更是多了去了，真正的相声世家，桃李满天下。

接电话的是孟老先生的孙子，同为相声演员的孟静远，他和柳泉海徒弟曾文做了二十来年搭档，关系亲厚，自然和柳泉海也熟识。

"静远，老爷子醒着吗？"柳泉海难掩兴奋地说道，"我昨儿个可是有奇遇，遇到一个会唱子弟书的小孩儿，还是个两门抱，也是咱们相声门的，台风还有些酷似老爷子，非常稳当。"

孟静远先是惊喜："真的假的？这……这一年轻人是打哪儿学来的？"

柳泉海将昨晚的遭遇复述一遍，将欣赏之情展露无遗："虽说是个海青（没有师承），但实在难得！我想把他带去，见见老爷子，让老爷子品一品，他那子弟书唱得如何。"

孟静远叹了口气，说道："正想和您说，爷爷近来病情反复，下不得床，如今在静养着，见不得客。"

柳泉海的笑容顿时敛住了，老爷子这把年纪了，年轻时又吃过苦，老来病痛难免。他只得表达一下问候，希望老爷子保重身体。

孟静远又问了问齐涉江的事，他对这人的经历也颇为好奇，听说柳泉海会把人带到徒弟开的相声园子，就问明了日子，决定去见一见。

转过天去，孟静远探望老爷子，见老人家精神头尚可，就轻声把这么个人说了说。

孟老爷子神色一振："那你要找到人，争取把子弟书保护下来，这是珍贵的传统曲艺，多少鼓曲，就是从这里发源的。"

"我会的，爷爷。"孟静远见爷爷说多了气喘，忙给他顺了顺。

孟老爷子躺在床上，半梦半醒间，又回到了遥远的时光。

子弟书啊，师哥也会唱子弟书，一边给他擦脸，一边练习着唱腔。但自从失散，他们再也没见过，直到多年后知悉师哥早已离世。于是，他以为子弟书最后的传承也跟着一起被埋葬了……

真好，原来子弟书还活着。

齐涉江平时在公寓里，也不是完全闲着，他还不会上网，但是看电视、看报纸，也是在汲取新时空的知识内容。

柳泉海约了他出去，李敬还跟着一起去了。

一开始李敬挺震惊的，夏一苇居然支持齐涉江说相声了，但后来他也理解了，甚至开始琢磨起来，既然这样，完全可以一洗Jesse花瓶的名声啊。

柳泉海的徒弟叫曾文，他的相声园子不是那种茶馆式的，而是剧场式，卖门票，每晚有演出。

他和孟静远虽然成名已久，也不时去演出，凭他们的名气，不说火爆，好歹收支平衡，能给演员们发工资。

齐涉江和李敬到的时候是下午，不到演出的时候，曾文和孟静远正在给徒弟说活儿，柳泉海和他们也是前后脚便到了。

柳泉海和齐涉江到角落去说话，曾文和孟静远对这年轻人可太好奇了，按照柳泉海的说法，他的单口相声功力完全像是一个成熟的艺人，这难道也是在海外磨炼出来的吗？

柳泉海的孙子小柳也跟着来了，他没凑过去，被园子里其他演员给围住了，多是和他年纪相仿的青年演员，平时都熟识。

"怎么的，那不是那谁吗，菠萝台的那谁，他妈是夏一苇。怎么上这儿来了？"

"小柳不是分享过这人唱大鼓吗？特好笑那个。"

"你们没看网上的爆料吗，我怀疑他来找师父买段子！"

"胡说八道，那柳师爷来是干什么？"

网上的消息大家不是每时每条都看着，这会儿不明就里，小柳是唯一知道内情的了，他以前还和人一起嘲笑齐涉江的唱腔，现在脸都红了："行了行了，都别说了。你们知道什么，他很厉害的。"

众人愣了一下，随即哄笑起来，以为小柳在开玩笑。

小柳："……"

"安静一点，小兔崽子们！"曾文在那头嚷了一声，"拿把弦子过来！"

立刻有人拿了把三弦过去，本想递给曾文，却见齐涉江把三弦接了过去，原来是他要弹。之前没听过齐涉江弹弦子的人，这会儿难免有点异色了。

齐涉江刚才给曾文等人介绍了一下子弟书的唱腔，例如雀尾、凤凰三点头、海底捞月等等，子弟书的唱腔繁多华丽，光是他继承下来的，就有百种之多。

词以七言为主，用三弦作为伴奏，所以也叫"清音子弟书"。

"这是个全一回的短篇，叫《灵官庙》。"齐涉江稍做解释。

子弟书篇幅要短有一回的，要长有三十多回的。也不尽然是唱，也有少数说白，只是失传后，后人对着存留下来的文本，也不知哪里唱哪里念。

齐涉江一拨弦子，先念前头的诗篇："哪是冤家哪是恩，三生石畔注前因。皆缘欠彼风流债，才惹怜香惜玉心。佛地翻成歌舞地，空门变作是非门。"

再入唱段："正遇着中元已过不寒不暖，灵官庙广真姑子摆酒庆贺生辰。专请朝中显贵臣，还有那久搅久闹的堂客夫人。也有亲藩与国同休称为屏捍，也有官宦时代书香掌丝纶。也有经商家财万贯，也有应役广交衙门……"

字字句句唱来，颇像京韵大鼓，但绝非鼓书，曲调多了一分清丽洒脱。

不远处憋着看笑话的演员们都迷糊了，《何必西厢》他们听着能误会成鼓词，那是因为有一样的鼓曲，但是这篇《灵官庙》大鼓里没有啊，闻所未闻。

而且亲耳听他弹唱，弦子弹得是真好，与唱段也合，这么一听，怎么越发觉得不大像是跑调呢？

有人隐约抓到了一点想法，难道，这人唱的根本就不是大鼓？

那边齐涉江已经唱完了一篇，不知和他们师父又说了些什么，放下弦子，竟是清唱起了京韵大鼓版的《何必西厢》。

现今所有大鼓中，和子弟书最相似的，就数京韵大鼓了。在节拍、韵律上，京韵大鼓可以说是子弟书的"嫡系传人"。

其外，京韵大鼓也借鉴了戏曲唱腔、京戏表演。

唱到句末，齐涉江用到京韵大鼓里经典的甩腔，从低音一下翻高，然后再往下，最后在主音上头结束，音域之广，对嗓音掌握之精准，以及京韵大鼓的韵味，可说展露无遗！

细细一品，这不仅是在唱，而且是学唱，学得像极了京韵大鼓名家穆大师。

同一个题材，子弟书和京韵大鼓版本，现在齐涉江都唱过了。只要听了齐涉江唱京韵大鼓，就绝不会怀疑他的子弟书是跑调。

那堆演员心里顿时一片惊讶。

"这人吃大鼓长大的吗？"

"谁、谁说他花瓶来着？"

这要是花瓶，他们干脆找条缝钻进去好了！

他们作为相声演员，多少也是学了各种曲艺的，尤其大鼓流传甚远，这下完全能确定了，齐涉江之前绝对没有跑调！这穆派大鼓，味儿别提多正了！

——待他们知道，齐涉江唱的其实是子弟书时，岂止是找条缝钻进去，简直想撞死在台上啊。

齐涉江有京戏功底，又会子弟书，学鼓曲都是事半功倍，尤其京韵大鼓。而且他绝对不会串味儿，学什么就是什么。学完了京韵大鼓，又给他们模仿梅花大鼓、京东大鼓、琴书等等。

齐涉江这是在和曾、孟二人交流自己的相声功底，和唱子弟书不同，作为相声演员学唱，重点就在模仿，他是挑了各路名家特意模仿，甚是传神。

从学相声起，齐涉江出师后就是师父给他捧哏，后来世道乱了，家破人亡，他很长一段时间没有固定搭档，属于"耍单胳膊"，和不同的人倒换着演出，能捧能逗，说学逗唱，哪样都拿得起来，搭档空缺，就自个儿说单口。

就是那些艰难的日子，练就了齐涉江的能力。

在孟静远他们眼里，又是另一种想法了，只觉得齐涉江不愧是打"海外遗珠"那里学的相声，分寸、习惯都像极了老先生，与他年轻好看的外表截然不同。

这么一会儿，他们都不知道喊了多少声"好"。

孟静远越看齐涉江是越喜欢，就像柳泉海说的，他也觉得齐涉江台风和自己爷爷有点像，这一点让他越发有好感。

曾文说道："要不是你带着经纪人来的，我可真想邀请你加入我这园子了！杰西，我有个不情之请，想找些人跟你学这个子弟书，把它给传下来！"

他就跟着师父柳泉海一起，喊齐涉江"杰西"了。

齐涉江连连点头，他早就有收徒的意愿，只是那时候没能成。曾文是地头蛇，在这个时空的曲艺行多少年了，如果能帮着招揽，那岂不是再好不过的事情？

孟静远也附和道："杰西这个事必须报到曲艺家协会去，从此咱们就能说，子弟书有传承了！"

孟老爷子以前也当过一届曲协主席，现任的主席则是一位大鼓老艺术家。

曾文开玩笑道："那要是曲协决定成立一个子弟书艺术委员会，杰西岂不是唯一的委员？"

说到这里，曾文和孟静远对视一眼，不约而同地想到一个问题。

曲协下面委员会很多，包括相声委员会，作为子弟书传人好说，但是相声门内非常讲究门户，如今齐涉江师承不明，怕是不一定进得去吧……

李敬虽然不懂曲艺，但他听得懂叫好声啊，刚好曾文提到他，他立刻也加入话题："曾老师，虽然杰西……咳，Jesse没法加入，但大家还是能以各种形式合作嘛，我看您各位也认可Jesse的能力？"

李敬一句话搅乱了曾文与孟静远的思路，两人听着他好像有弦外之音。

曾文思及他的话，心中一动，问道："你的意思是……"

李敬笑道："就是说，希望各位老师能提携一下Jesse。"

自从菠萝传媒的节目结束、齐涉江的身份曝光后，菠萝传媒果然让那些新人成立了一个艺人组合，齐涉江如传闻一样，并未入选。

在他的同事都开始以组合形式活动之时，齐涉江却是出席母亲的演唱会，说点疑似枪手写的台词，或在茶楼里进行非公开表演，顶多发了新写真，可就是没有参加什么新节目。

这可让粉丝连同"吃瓜"群众都好生焦急，连连呼唤齐涉江的新动作：求求你快把自己的脸秀出来！

到底走什么路线，不管是唱歌、演戏还是继续上综艺，倒是快点工作啊，整天在家待着大家看不到你的脸岂不是很可惜，还想不想好好做偶像了？就算是花瓶，也要像亲妈夏一苇一样，敬业地多露面才是合格花瓶啊。

就在这时，菠萝传媒下属的菠萝电视台开始陆续发布过些天中秋晚会的节目单了，齐涉江的名字赫然位列其中。

不过再仔细一看，整个节目是这样的：

相声
表演者：齐涉江、孟静远

网友："啥？？？"

第三章
张约：我自闭了

主题：菠萝中秋晚会的节目单都看到了吗？

内容：[节目单.jpg]齐涉江要和孟静远一起表演相声？

1L：？？？

2L：本颜粉难以置信！

3L：是我疯了，还是菠萝和齐涉江疯了？不，是夏一苇疯了吧？

4L：我的天，万万没想到，齐涉江那句"接下来打算说相声"居然是真的！齐涉江，是个狠人！

5L：是个狠人+1，我居然在想，孟大叔给齐涉江捧哏，曾文老师怎么办……

6L：拼了，本颜粉从来不看相声，为了Jesse，决定等着看看！

7L：菠萝传媒牛啊！反正我肯定是要等着看节目了！

8L：有毒吧，齐涉江……还想不想好好做偶像了……

9L：讲真，这个节目策划得确实有水平，而且不知道菠萝传媒用了什么办法，把孟静远老师请到了，居然让这种老艺术家给齐涉江抬轿子！我去，到底是有多捧齐涉江！

10L：这真的叫捧吗？给他个男主剧拍才叫捧吧，让他和孟老师说相声完全是在消耗他的人气利用他的话题度！你以为说相声那么容易呢，找些写手写个本子背了台词去念一念就可以了？他名字在前面就是逗哏，到时候完全不乐，或者全靠孟老师，你看嘲得多狠吧！以齐涉江在综艺上的表现，不尬就怪了！

11L：是这个道理了，没点能耐去说相声，只会非常非常尬的……虽然这个混搭，结合齐涉江之前的表现很有话题度，很好笑，但是出来了肯定会被嘲吧。

12L：所以孟静远到底欠了多少钱，要牺牲自己的名声陪玩这一把，这又不是和大明星合作跨界，这么做简直百害而无一利吧。齐涉江也是菠萝的艺人，怎么这样，醉了。

13L：我们孟老师清清白白的艺术生涯，就要这么无可挽回地沾上污点了吗？

14L：这节目是夏一苇同意的？以她团队的精明程度，怎么会给儿子答应这种节目啊！那么多人期待齐涉江接下来的亮相，她就算带着儿子一起参加个真人秀，也好得多吧。

15L：我看到有人说齐涉江要上菠萝的晚会，真心以为会是他和夏一苇一起唱歌……其实他们合唱版的《何必西厢》我真的挺喜欢的，不管别人怎么评论。

16L：弱弱问一句，你们有没有注意到，关山乐队的节目就在相声前头，也就是说齐涉江要和张约碰面了，不知道会是什么场景啊……挺好奇的。

17L：这安排，绝对也是故意的吧？

18L：夏一苇给孟静远钱了？你看这新闻，有人去问孟静远为什么和齐涉江合作，他说等演出完大家就知道了，还说齐涉江很有才华。

19L：才华体现在哪个方面？会弹钢琴还是会弹三弦？

20L：三弦不知道，钢琴水平一般吧，而且……说相声，齐涉江心里是真的没点数吧？

21L：我不管我不管我不管，就算宝宝出现在电视上是在说相声，我也要坚持看他。

……

关于晚会上，齐涉江和孟静远将表演的节目，的确在网上引起了热议，说什么的都有。但一概以为齐涉江只是跨界表演，谁能想到这是他的相声处女秀。

而且齐涉江又不是什么大明星，这是他以菠萝的节目出道后，首次公开演出，他居然选择了跨界来说相声，真是让人大跌眼镜。

在旁人看来，这对收视率、讨论度也许有利，但对齐涉江本人的名声绝对不好，虽说他也没什么口碑，但这不是雪上加霜吗？

明知山有虎偏向虎山行，明知道自己草包，非去说相声。

他们哪知道，这节目根本就是李敬牵线搭桥，主动到电视台走关系提议的。其实以齐涉江现在的身份，单独给他一个节目，还真有点分量不够。电视台方面比较希望他和夏一苇合作。

不过李敬请出了孟静远，这就不一样了。

孟静远和曾文这对老搭档，是观众心中的黄金组合，年年上春晚，知名度高，孟静远还是孟老爷子的传人。他和齐涉江合作，分量和话题性都绝了。

电视台根本舍不得拒绝这个提议！

李敬和夏一苇是答应了让齐涉江说相声，但以李敬的思维，你就是说相声，也得让你轰轰烈烈地说。

还得感谢曾、孟两位老师，竟也包容地答应了李敬的提议，曾文直接把自己的好搭档给借了出来。

另一边，齐涉江也通过电视、报纸等媒体了解了一些反响，心里有数。

为了这场晚会，他和孟静远商量好，准备了一个本子，也是传统相声，老段子，稍做修改，比较贴合晚会的主题。

另外就是上台表演，作为相声演员来说，一般是穿着大褂。齐涉江在这儿当然没大褂，孟静远的大褂都是专门的老裁缝给他做的，纯手工，一件少说三五天工夫才能做出来。

孟静远领着齐涉江去老裁缝那儿，两人一起做了一身配套的鸦青色大褂，纯色的，一整块布做出来的，所以肩上没缝，量体定做，十分合身。

齐涉江爱不释手，把自己那套大褂叠得整整齐齐才收起来。

孟静远笑道："你在海外，怕是找不到这么手艺纯熟的师傅给做大褂吧，这应该是你第一件大褂，叠大褂的手法倒是不错，也是你师父教的？"

"是的。"齐涉江说这话时，却是在回忆自己真正的师父。

他小时候学艺那会儿，也不是个个相声演员都穿大褂的，大褂作为正式演出服，是后来渐渐衍生出的规矩了。

其实大褂就是那个年代的常服，但那时候相声演员地位本就不高，还穷，很多人都没好衣裳穿。只能说，能有件大褂做演出服，是挺体面的事。

像齐涉江第一件大褂，也是出师几年后才攒了钱做的，前头还不是穿什么上台的都有？

哪像现在，生活这么好。这件大褂料子也好得很，裁缝还是老手艺，专做大褂的。

孟静远又道："对了，上次让你交了资料到曲协，具体结果，还得过一段时间才下来。"

齐涉江不太了解这些机构，只迷糊地点了点头。

孟静远心中却是叹了口气。子弟书的事情倒是好说，相声门那边他还没有正式提出来，怕反弹太大，只是找了些师兄弟、同行透出个意思，情况却是不大好。

某些方面，相声门是十分守旧的，齐涉江又是这么个海青身份出道，就更让人难以接受了。

其实早年排斥海青，那是旧社会艺人不好过，才抱团，不然自己都没饭辙了，钱还让外人赚走。这么久而久之，就算现在生活好了，还是有守老规矩的。

不过，孟静远也考虑到齐涉江实际表演经验没有多少，倒也不用急。比如这次的晚会表演，就是很好的展示水平的机会。

晚会录制当天。

齐涉江提前到现场，像孟静远这样的身份，是有单独化妆间的，夏一苇也在，不过今天其实没有她的节目，她来纯粹是担忧齐涉江头一次演出。

不过儿子的表现比她想象的要好多了，一点也没有紧张的样子，只抓紧时间一边化妆，一边和孟静远又对了一遍词。

台上一分钟，台下十年功，功夫做足了，上台就不会露怯。打决定在这个时空继续做相声演员，齐涉江就算没节目也没停止过练功，怎么会怕上台？

"您往上看。"化妆师要给齐涉江上眼妆了。

她画个眉毛什么的也就算了，还想描眼线，齐涉江一下拦住了。他这个长相，本来就该模糊自己的外貌特点，还抹那么浓，岂不是给自己找事儿？

还没到他们的节目，齐涉江又去了一次厕所，有什么生理问题，尽量上台前解决掉，顺便也把大褂换好——夏一苇和她的助理、化妆师都在休息室，齐涉江没叫她们避让，自己去厕所。

路过一个休息室时，齐涉江听到没关严实的门里头传来了乐声，都是些西洋乐器，接着一个极有辨识度的磁性男声也响了起来，应该是同场表演的艺人。

齐涉江被这歌声吸引，不由得驻足。虽说他接触更多的是传统曲艺，但优秀的作品也能够跨越时空惊艳他。

从门缝里齐涉江看到一抹人影闪过，十分眼熟。只回忆了两秒，齐涉江就想起来，这是他在公司大楼遇到过的张约吧。

齐涉江也没听多久，就去厕所了，在隔间把衣服换好了。

扣子都系好了，齐涉江一拂大褂，走出来。

却见张约正在洗手池前，沾水擦自己的衣服，估计是沾上什么污渍了。他听到动静，抬眼扫了扫镜子，便顿住了，从镜子里头和齐涉江诡异地对视。

"张先生。"齐涉江友好地打了声招呼，他后来已经知道自己问的问题比较幼稚了，"上次不好意思了。我刚才路过你们休息间，听到您在唱歌，唱得真好。"

他的样子看上去太真诚了，那双好看的眼睛带着笑意看过来，让人怀疑他看老鼠是不是也这么深情。

好吧，这个道歉听上去还是挺真心实意的，但张约还是不想搭理这人。

过了一会儿，他发现齐涉江还在盯着自己，而且齐涉江刚刚还尊称"您"……张约犹豫之下，不知脑袋怎么发热了，破例不哼不哈地给了个眼神。

齐涉江接着说道："这首歌叫什么名字呀，是谁写的？"

张约："……"

他刚刚在休息室唱的，是他的代表作，他自己写的……

齐涉江这是故意的吧，问他这种问题？

"你又找碴儿是不是？"张约直接用身体把齐涉江给挤到墙边去了，离得特别近，威胁道。

齐涉江愣了愣，随即猜到什么："不好意思，冒犯您了吗？我常在国外，不太知道。"

这时候第三个人走进了厕所，一看他们这架势吓了一跳，一个是夏一苇的儿子Jesse，另一个是出了名的刺儿头张约。

进来这位是个工作人员，拿出手机就想报告领导，录节目呢，打起来岂不是糟了？

张约恶狠狠地看了齐涉江两眼，齐涉江这么说，张约都不好发火了，不然显得他特别小气，接受不了齐涉江不知道他代表作。

可实际上，张约能不清楚吗？没人能说自己的歌全国每个人都听过。

张约觉得自己更生气的是，他两次都被齐涉江的态度和美色给骗倒。他想那么多，结果齐涉江就憋着气他来的！

好气啊，又被骗了。

张约揪了一把齐涉江胸口的衣服，拂袖而去。

"这脾气……"齐涉江打量自己的领口，他待会儿还要上台的，千万不能皱了。

那工作人员还僵在门口，不知道刚才发生了什么，他都以为齐涉江和张约要打起来了，难道是因为网上的嘲讽吗？

这个小插曲齐涉江回去后也没和夏一苇、孟静远说，他把领口那块打湿了，又吹了吹干，确保一点皱褶也没有。

上电视据说是非常严肃的事情，这是他在这个时空第一次电视演出，可以说是他迈出的第一步，非常重要。

终于，轮到齐涉江和孟静远候场了。

随着工作人员一个示意，齐涉江和孟静远对视一眼，齐涉江打头，两人迈步从后台走出，到了舞台中央，对观众一鞠躬。

两人都是一样的鸦青色大褂，一个被粉丝誉为盛世美颜，另一个圆脸笑眼，形成了比较强烈的反差。

现场顿时掌声雷动，倒不全是现场导演的要求，一个有颜，一个有知名度，大家乐意给掌声。

齐涉江微微一笑，还没开口，现场又是一阵压抑不住的尖叫了。

和上次茶楼的观众不一样，今天的观众以年轻人尤其是女性居多，对齐涉江的反应自然要大一些。

他就一身素面纯色的大褂，脸上看起来清清爽爽，五官略显西化，但与这身传统服饰一点也不冲突，或许是因为他举手投足间，还是东方的气质。

这是齐涉江在这个时空第二次说相声，和上次比起来，这一场的观众要"难对付"一些，他们比之前的还要看脸。

这个问题孟静远也反复提醒过齐涉江，千万要注意，别被观众打乱了节奏。不过幸好今天不是直播，万一有个什么，还能后期剪了。

"谢谢大家，我都不知道，你们的掌声是给我，还是给上一个节目的。"齐涉江自如地说道。

他一开口，掌声就慢慢地停止，待说到后半段，好多观众都嘿嘿低笑了起来。上一个不是张约的吗，谁不知道张约在网上怎么黑齐涉江的！

齐涉江这一句话是他们给电视台的台本上没有的，好在这录播的晚会，要求也没有那么严格，不一定要和台本严丝合缝，没什么出格的话就行。当然就算出格了，也是可以剪辑的。

齐涉江有自己的演出习惯，如果与旁人同台，他开场时，喜欢提一提上一个节目，这也是防止观众还沉浸在前面的节目里，自然而然地把大家带到自己的活儿里来。

而且之前他和张约打了场交道，他这人脾气虽然不错，但也有些促狭，这不，立刻就拿张约来砸挂了。本身他心里也清楚，这样效果会很好。

孟静远是个老演员了，就算这句是现挂（即兴）的，他也捧得住，而且他去了解过齐涉江，也看到过他和张约的那点事，立刻夸了一句："好节目啊。"

齐涉江："对，我们在后台也听得到。我听完了啊，长得真好！"

现场顿时爆发出一阵笑声，多数人都知道张约以前点评齐涉江的那句"听完了，长得很好"，就算不知道，这句话本身也挺有意思的。

没想到齐涉江一上台就拿这件事调侃，等于是反击了回去，怎么能让大家不兴奋？

从来都听说张约嘲这个了，讽那个了，这还有当面回怼张约的，可真新鲜。

大家顿时交头接耳起来。这都是年轻人，本来以为花瓶加上传统相声大师，搭配虽然有噱头，但内容应该一般，大不了，就当看二十分钟帅哥呗。谁知道他们的期待被齐涉江从另一个角度惊喜了，他的表现真的挺不错，短短几句，内容也许出自写手之手，但表演得并不让大家觉得别扭。

观众倒是高兴了，可关山乐队表演完之后就坐在下头的圆桌上啊，过后还有一个艺人集体给现场观众送月饼的环节。

只见张约的脸都黑了，与之形成对比的是，他身旁的乐队成员笑到捂肚子。看张约吃瘪简直太有意思了好吗！尤其是他们记得张约还哼《何必西厢》来着，这到底是什么孽缘啊。

观众的反应不出齐涉江所料，孟静远也哭笑不得地应了一句："哎，你等等，什么叫长得真好？"

齐涉江这才"哦"了一声："我是说，唱得真好！"

孟静远："哎，这还差不多。"

这会儿导演组都低声讨论起来，脸上带着笑意。这个节目答应得真是太值了，虽说这句话台本上没有，可是效果非常好。

对于他们电视台方来说，就喜欢这样的桥段！

张约也就罢了，他那毒舌，骂人都不算新闻了。没想到齐涉江也够行的，即兴回击，不愧是有亲妈撑腰，一个新人什么都不怕，就这么在节目里怼回去了。而且也不是辱骂之类的，挺有分寸——话说回

我要这盛世美颜有何用

来，张约确实长得也挺好啊。

齐涉江又道："唱功非常之好啊，就是，就是往那儿一站，演出，各位，绝对不会跑调！"

孟静远："您这是夸吗？"

齐涉江仰了仰头："不是吗？他难道跑调了？我不懂这个。"

现场观众低笑一声，还有"噫"他的，想着这句显然是在自嘲唱功了。

孟静远一扒拉齐涉江，也是半带提醒齐涉江，节奏该快一些了："不懂你就别瞎夸，你怎么老揪着人家不放啊？"

齐涉江"嗐"了一声，状似苦恼地道："我这不是嫉妒他嘛，怎么人家有个组合，我就没有呢？难道是我长得不够好？"

——同期出道的新人弄个组合，可不就他剩下？没想到这个包袱，又翻了一下，还和他自己的情况也串上了。

观众愣了一秒才醒攒儿，随即响起一阵热烈的笑声，仔细听还夹杂着口哨声。

起哄这种事，大家最喜欢啦。

摄影师也十分机智地把镜头再次对准了关山乐队，放大再放大，给张约特写。

张约："……"

孟静远也贫，他还顺着也现挂了一句："怎么没有，咱俩今儿不也组合了吗？"

这可不，捧哏加逗哏，相声组合怎么不是组合了？

笑声夹着"噫"声四起：都是组合，你这个性质好像不太一样！

一段相声能不能吸引观众，垫话可以说十分重要了，他们二人即兴的垫话，还真是把现场气氛都调动了起来。

相声门儿子不能拜父亲为老师，孟静远家学渊源，也跟着长辈学作艺，但他磕头拜师的是另一位风格鲜明、尖锐的名家，所以孟静远身上也带着不少师门特点。他和曾文多年合作中，捧得瓷实，却也不时有神来之笔，令人叫绝。

用现在的话来说，他的风格叫稳中带皮。

齐涉江笑嘻嘻地说："这是临时的，回头还得把您还给曾文老师。"

这话一说完，只听台下观众统一地喊："吁——"

齐涉江："嗯？"

听过叫好，听过"嘁"的，还有喝倒彩的，这个"吁"是什么意思？

这几十来年，相声界还发展出了这么一种叫好法啊。齐涉江摸不着头脑，但面上总不能露出来，只能若无其事地往下继续说。

反正拿张约砸挂也砸尽兴了，齐涉江满意地一转话头，回到了台本上来："其实咱们今天是为了庆祝中秋，中秋节的习俗，家家赏月，吃月饼。有阖家团圆的，那就'月到中秋偏皎洁'。要是人在外地，与亲人分别，那只能'但愿人长久，千里共婵娟'。"

孟静远："对，祝福。"

齐涉江："还有更惨的，只能'花间一壶酒，独酌无相亲。举杯邀明月，对影成三人'。"

孟静远一脸疑惑："啊？这和前边那一个意思啊，家人分别。"

齐涉江摇头："这更惨，'无相亲'啊，连愿意跟他相亲的对象也没有。"

孟静远："没听说过！是那个意思吗？"

因为是中秋节，从垫话到正活儿，都丝丝扣题，入活儿也入得顺理成章。

齐涉江这里说到正题了："其实最开始，这月饼是没馅儿的，就是干巴巴的胡饼，一整块，图它个形状团圆。有馅儿，那是打朱元璋的时候，他发明的。

"朱元璋合纵连横，要联合各路义军在八月十五这天起事，但是这么重要的消息，该如何传递呢？军师刘伯温就出了个主意，咱们把消息，放在食物里，再送走！"

孟静远："哎，是个好办法。"

齐涉江一本正经地道："众所周知，洪武帝朱元璋是凤阳人，家住在凤阳县朱家庄烧烤一条街二十八号……"

孟静远一脸不忍看："嚯！还烧烤一条街！"

齐涉江："做好了一看，还少点什么啊。"
孟静远："少什么了？"
齐涉江手上仿佛在忙活："把模子往上一印，仨字儿，稻香村。"
孟静远"哎"一声："那会儿有稻香村吗？"

齐涉江："……元兵上前盘查，那会儿也有管制刀具限制，几户人家只准合用一把刀。元兵打量王胜将军那一人多长的大刀，好嘛，大刀配大饼，还算说得过去。但这官兵雁过拔毛，非得占点什么便宜才开心，他扛起那月饼就是一口。"
孟静远："吃的都不放过？"
齐涉江："这可把大伙儿紧张坏了，里头可是装着'八月十五夜起兵'的条子！结果……"
孟静远："怎么样？"
齐涉江："把他撑死都没露'馅'儿！"

这说的是老段子，故事围绕着有馅月饼的起源展开，主要人物就是朱元璋、军师刘伯温、号称大刀王胜的王将军等角色，说朱元璋是如何想到用月饼传递消息，最后成功联系各路义军。

二十分钟，竟好似转瞬即逝，观众意犹未尽。齐涉江入了底儿，抖响最后一个包袱，就和孟静远一起鞠躬下台了。

虽说是老段子，但稍加翻新了一下，而且这"迟、紧、顿、挫"的表演技巧，算是被他们发挥得淋漓尽致。就算听过的人，也能乐出来。

越是老段子，越要火候。从台词、表情到动作，样样要火候。

不过他们的表演二十分钟，正式播出应该会剪得再紧凑一些，没办法，毕竟是晚会。

下得台来，孟静远还哈哈一笑："头前那几句是现挂的？怎么突然想到提起那个小张来了，因为他之前说你了？"

齐涉江："咳，这不之前在后台遇到他了，开个玩笑。"

他是开心了，爽完换下大褂就回去了，张约因为还要等后头的环节，只能在现场又憋了一个小时。

张约：我自闭了。

参加了晚会录制的观众因为签了保密协议，没法透露具体内容，在网上提起来时，只是含糊表示，齐涉江表现得很好！

网友表示，他们怎么那么不信呢？

【呵呵，水军又来吹了，当初菠萝新综艺，你们也这么吹齐涉江来着！】

【大家别激动，也许他的意思只是齐涉江当天上镜很好看……】

【有理有据，令人信服，哈哈哈哈！】

【嘲归嘲，Jesse母子的颜值你们必须服，就算花瓶也是顶级花瓶。】

【然而永远忘不了，被齐涉江的综艺感支配的恐惧……】

【纠结啊，又想欣赏一下齐涉江的颜，又有严重的尴尬恐惧症……】

【劝你不要看，念俩枪手的段子不叫幽默感！在我这儿他反正洗不白！】

中秋当晚，八点整，晚会开始。

老白家。

老白强行把频道调到了菠萝台，作为一个三弦乐师，他今天看晚会就是冲着齐涉江去的！

女儿嚷道："为什么看菠萝台啊，我想看草莓台！"

老白："别闹，爸爸要看齐涉江。"

女儿："……"

女儿立刻给自己的小伙伴们发微信："我的天，你们绝对想不到，我爸非要看菠萝台的晚会，跟我说他要看齐涉江……"

小伙伴们哈哈大笑：

"拜了拜了，叔叔还追'爱豆'！还是个'颜控'！"

"叔叔审美可以啊！相约叔叔今晚一起来'舔屏'哦！"

——大众认知：喜欢Jesse的肯定是"颜控"。

眼看关山乐队上台，表演完了，屏幕上已经显示出，下一个节目就是齐涉江和孟静远。

只见齐涉江在前，孟静远在后，走到台前站好。老白的妻子，从来不关心娱乐圈，这会儿"咦"了一声："这是说相声的吗？怎么长这样？"

女儿"噗"了一声："您不知道，这就是个来尬演的，他哪会说相声啊，全网都等着嘲呢。"

结果齐涉江不但会说相声，而且一开口就让老白的女儿喷了。

直接拿张约砸挂了！

"对，我们在后台也能听得到。我听完了啊，长得真好。"

"哈哈哈哈哈哈，这不是张约说的那话吗，居然怼他？"女儿兴奋地打字，"快看菠萝台齐涉江的相声！不是，我清醒的，是齐涉江，他怼张约了！"

还不止怼了一回。

齐涉江拿张约砸了好几下挂！

老白的女儿和小伙伴们一边看节目，一边在微信群疯狂吐槽。

"摄影师有灵性，镜头给张约了！"

"张约的表情神了，哈哈哈哈哈，我要截下来做表情包！"

"妈呀，我明明是来'舔屏'的，为什么在狂笑！"

"乐队成员的表情亮了，你看他们笑得多开心啊！"

这是一个注定让媒体和网友大跌眼镜的夜晚。

类似老白家的情形，发生在很多地方。

人人呼朋唤友，一起去看张约的表情——这家伙这些年树敌实在太多了，那些被他毒舌过的同行，都忍不住呼唤亲友去看菠萝台了。

从齐涉江和孟静远上台后，收视率就出现了明显的增幅，节目一边播着，网上就已经出现了很多相关讨论。

等到齐涉江入正活儿，大家发现他说的还是传统段子，就更加炸裂了。

谁能想到，都以为是玩噱头的齐涉江不但真能说相声，还说了场扎扎实实、流畅漂亮的传统相声！

　　【你是谁？这不是我认识的齐涉江！】

　　【擦好了电视屏幕准备"舔屏"的我表示非常不知所措！】

　　【我舔着舔着笑到口水横流？我的"爱豆"你到底怎么了？】

　　【我知道这一定是曾文老师穿了皮肤！】

　　【这是怎么了？我在看草莓台，齐涉江说啥了？】

　　【在激情怼张约，还说传统相声了！】

　　【我也刚调台过去，差点不敢认了……他连小动作都没有，站那儿特别得体、自然，和孟老师合作，真没有想象中天差地别的感觉。稳得很。】

　　【赞同"稳"这个字，这台风真的太稳了，节奏感也惊人！如果不让我看脸，我会猜这是一个老艺人！】

　　【你敢信这是齐涉江？这么紧的一段词说下来一点磕巴也没有，清清楚楚快而不乱，气口均匀，这比他之前综艺一整季的台词还要多吧？】

　　【最好笑的难道不是张约粉丝在线表演，疯狂转发张约表情动图，搞得像过年一样？】

　　这时候，还有内部人员爆料了，说齐涉江前头怼张约那段是即兴发挥，交上去的台本里没有，就是相声里那个现挂。

　　【居然是即兴的？即兴怼张约？】

　　【拜了拜了，孟老师也牛！捧得严丝合缝，我一点都没看出来是即兴的！】

　　【哇，如果真是即兴，那我要怀疑之前的综艺恶意剪辑了！】

　　【不可能是即兴吧？当然就算不是即兴，我也很佩服齐涉江了，这以后还不被张约咬着不放啊。】

　　【想采访那些分析齐涉江要丢脸了的人的感想。】

　　【是我。我正在删微博。】

　　【所以说，齐涉江当初接受采访时说，接下来想说相声，并不是一个笑话……】

【细思恐极！】

【我们Jesse粉丝群刚才一直有新人加进来，一进来就问有没有Jesse以前的相声资源……真是不好意思，我也不知道他会说相声啊！】

【本粉丝现在很迷惘！货不对板啊，以前只要推销脸就行了，现在还要推销你的才华？】

被大家群嘲了几个月的齐涉江，居然携手孟静远来了个彻彻底底的大逆袭，叫媒体、网友都目瞪口呆！

那些带头唱衰齐涉江的媒体，一扭头就报道起他的表现来了，还讨论是否因为枪手的段子写得好。

但是只要长了眼睛的人都分辨得出来，一样的本子，没有舞台表现力，上去说也白搭。就像以前的齐涉江，台本在那儿，他不也被人说毫无综艺感吗？

搞得大家都忍不住怼媒体了：

【瞎了吧你，底儿是传统相声，哪儿来的枪手，而且相声是本子写得好就行的事吗？】

【啥都是你说的，花瓶也是你说的，逆袭也是你说的，你是一个成熟的娱乐新闻媒体了，你自己反省一下，为什么没调查清楚Jesse的才艺！】

有孟静远的知名度加持，加上相关人员的话题度，当晚和齐涉江有关的热搜竟是一下蹿上去两个。

这会儿，李敬提起热搜来，齐涉江就正好委婉地打听起热搜的含义，还必须自然地把李敬的话给套出来，毕竟他都不知道这是什么。

没办法，报纸不用说，电视齐涉江现在已经玩得很转了，成为他了解新时空、获取资讯的重要途径，但是神秘复杂的网络，他依然处于菜鸟阶段。

"哦哦，我们已经上去了？"齐涉江问道。

夏一苇也关切地道："怎么还上了两个，是不是和张约有关？舆论走向还行吗？"

李敬看了一眼自己的手机："一个是'齐涉江、孟静远、张约'，多数人还是喜闻乐见的，连关山乐队的粉丝都在乐。"

夏一苇松了口气，看来儿子的相声首秀非常成功，一眼却瞧见李敬神色有点怪异，便疑惑地看着他。

李敬："嗯……还有一个排名更高的，关键词是'齐涉江穿大褂真好看'。"

齐涉江："……"

"杰西啊，得了。"李敬拍了拍齐涉江的肩膀，"你就当另一个是白送的。"

齐涉江头一次体会到，什么叫看脸的世界，他竟无言以对。

倒是夏一苇若有所思："你这个口音，算是彻底被带歪了。"

李敬："……"

夏一苇不说他都没发现，因为合作的事最近跟孟老师他们打交道多，那个京腔实在是太洗脑了。

齐涉江则把李敬的手机借来，看了一下热搜榜和关键词里的微博，看得他是一头雾水。

新闻和报纸他好歹能连蒙带猜读懂，但这个网络评论真是天书一般，更吓人的是还有贴他照片喊老公的。

往前八九十年也有捧角儿的啊，他在京戏班子长大，看得更多了。但一掷千金的有，喊老公的真没见过，真是时代不一样了。

"对了，杰西啊。"李敬算是放弃治疗了，一口一个杰西，"要准备给你接新节目，可以吧？"

齐涉江点了点头，通过消化脑袋里的记忆，还有各种渠道学到的知识，这次又在电视台有了经验，自己小心一点，参加活动应该不会露馅儿。

他和夏一苇聊得很明白了，夏一苇会支持他说相声，但是他也要在一定程度上听取他们的建议，去参加一些节目维持自己的曝光度。

而且，齐涉江早已了解到，现在相声行业不景气了，不是像以前那样因为世道不好，艺人地位低，而是观众没那么多了。

他没有来到相声最兴盛的年代，但无论如何，他不会就此撒手，这是他和这个时空的联系。

再说另一边，大众对于齐涉江的大褂热搜排名更高，也是暗笑。

本来想感叹明明可以靠脸吃饭，你偏偏要去说相声，大家都以为反转、打脸来了，结果那个节目更大的影响居然还是齐涉江当天的造型……这上哪儿说理去啊！

当然，大家到底也是对齐涉江改观不少，就是觉得奇怪，他之前怎么就愿意拿个花瓶台本，还是真的属于剪辑的锅？

有媒体去采访了相声门的专业人士，对方都表示这段说得挺好的，尤其是对于"外行"来说，难怪能够请到孟静远合作。

大众不觉得奇怪，在他们看来，齐涉江就是跨界去说相声的。

表演得是很成功，是一洗花瓶的耻辱没错，但是，这人长这样，谁信他要一直吃相声这碗饭？想都没想过！

孟静远和曾文看到这采访却是苦笑，此前孟静远就试探过一些同行的反应，他们对齐涉江这么个没门户的海青并不感兴趣，这个采访就更说明了相声门普遍的观点。

——就算齐涉江表现得再好，只要没有门户、师承，他就是个"业余选手"。

晚会一事余波未尽，又有内部消息流传出来。

之前有爆料称齐涉江怼张约那段是即兴的，很多人不太信，觉得应该是台本，只能说齐涉江的演技也进步了。

但是这回又有后续爆料，表示齐涉江和张约上台前曾经在后台有过争吵，差点打起来，激化了两人之间的矛盾。这，可能就是齐涉江选择即兴怼人的导火索。

这个原因倒真说得过去，很多人都相信了。

还有网友认真讨论起来，要是张约和齐涉江打架，谁会赢。

有人表示张约有队友，基本等于四个打一个，赢肯定能赢，但不公平。

也有人呵呵一笑，你非要这么说，齐涉江当天也是带着搭档和亲妈去的，怎么的，嫌孟老师战斗力不够啊？

这又要涉及乐队可以用鼓槌、吉他等当武器，而相声这边只有折扇、帕子、醒木等物，比较吃亏……

娱乐新闻也兴致勃勃地报道了这条爆料，非常看热闹不嫌事大地去向张约求证，问他感想，问他现在还觉不觉得齐涉江好看，问他是自己好看还是齐涉江好看等一大堆奇葩问题。

张约心理阴影面积本来就够大了，哪里肯接受采访，闷头就走。

于是记者回来大写张约一听齐涉江的名字便黑脸，云云。

畅想一下，齐涉江的合约是在菠萝传媒那里，张约和他虽然不同门，但和菠萝合作非常多，否则也不会和齐涉江在菠萝的大楼遇到。

接下来，大家估计是抬头不见低头见，是不是迟早有开打的一天？难道真的要上演互丢吉他、醒木的戏码吗？

霎时间，张约和齐涉江完全被描绘成了对立面上的两个人，火药味十足，仿佛是什么冤家对头。

别说，搞得吃瓜群众还真有点期待了。

张约被记者烦透了，齐涉江却是轻松不少，同样是话题中心人物，夏一苇在娱乐圈这么多年，团队非常给力，齐涉江完全可以脱身，去曾文的相声园子。

他来这里，一则是在曾文等人的协助下，把子弟书的曲本整理出来，留存这一项传统曲艺的资料。

二则是他想寻摸一个搭档。

这个李敬他们也帮不上忙，他要找的是相声搭档。

一个相声艺人，能够有个合适、优秀的固定搭档，那是再好不过的事了。有句老话说，找个好老婆容易，找个好搭档难。

像曾文和孟静远，他们就是一档，不但是一档，还是火档，有名气的一档。配合默契，彼此成就，这才扬名立万。这是实力，也是运气。

齐涉江自从师父去了后单着许久了，他也挺想在这里找个固定搭档的，否则不能老说单口，或者临时凑吧？

借孟静远用了一次，还得还给曾文，自己找一个才是最妥当的。

有句话叫近水楼台先得月，齐涉江要找搭档，就是从曾文园子里的演员，还有孟家的门人开始找起。

于是，曾文的相声园子，齐涉江也就常来常往了，和各个演员也会聊聊怎么使活儿，毕竟这么些年，相声和其他事物一样，也在更新。

像之前晚会听到那个"吁"，他就不知道是什么意思，只是怕露馅儿一时不敢随便问。

这来去得多了，大伙儿也就熟悉了。

有些个年轻演员，尤其之前被齐涉江打过脸的——虽然齐涉江本人不知道——更是别提多乖巧了，自觉非常尊重，一口一个齐师哥。虽说不知道齐涉江在相声门的具体辈分，但看年纪差不多，且喊着呗。

齐涉江也不和人计较辈分，毕竟真要计较起来，柳泉海都比他辈分矮……师哥就师哥呗。

"又是失传的子弟书，又是失传的单口，您肚里全是孤品啊？"曾文一个徒弟问道，"师哥，您还会其他什么绝招不？"

大家都期待地看着齐涉江。这些天下来，他们也算看出来了，齐涉江艺高但年纪不大，跟他们也不会有什么架子，挺好相处的。

齐涉江仰天想了想："既然你都问了，我这里有段太平歌词，本也失传了，现在可以教给你们，要不要学？"

这些演员一听，嚯，有没学过的太平歌词？那肯定要学啊！

太平歌词这个曲种，归在相声里，是相声艺人的基本功之一，从莲花落演变而来，属于"说学逗唱"里的"唱"。

早年间相声艺人撂地卖艺时，就拿竹板伴奏，唱太平歌词招揽观众，唱词一般都是以传统故事为主。等吸引的观众多了，再开始说相声。

如今流传下来的新老曲目，大大小小也有上百段。不过调式比较单一，就那么四句一个反复，只是词儿不一样。

他们孟师叔这一脉，就挺擅长唱太平歌词，当初孟老爷子常在广播里唱，还灌过唱片，自己也编过一些新的小段。

只见齐涉江拿了两块竹板作为伴奏，清清嗓子，起范儿了。

——围坐在旁边的演员们都有点羡慕，大家都一般年纪，怎么齐涉江就这么有气势，难道这也是遗传的？

齐涉江一扣竹板，击节而歌："闲游五岳戏四海，烟霞深处有灵境。跨青鸾，骑白鹤，昆仑散客独为醒。三界神仙皆让他，生来得道离火精……"

他唱什么都气韵十足，何况这是本门唱。最开始太平歌词是说四个字，唱三个字，这么连说带唱，后来经过几代相声艺人的创新，才成了委婉跌宕的唱法。

开头用甩腔，后面或是托腔，或是流水板，所以调式简单倒也不失韵味。齐涉江自己因为有京戏底子，所以他唱起来韵味还要更浓一些。

再说这段太平歌词，词儿原是齐涉江的师父编的，说的是《封神榜》里头陆压道君降服赵公明的那一段，起名叫《绝公明》。这也算是独门的唱段，但齐涉江没提这一点，只说明是失传的。

只是唱着唱着，齐涉江就发现其他演员嘴一张，居然也跟着他唱了起来！

"蛟剪两分克群英，陆压到此绝公明。"

"先战余元破烈阵，飞刀斩仙无虚名。"

就这么和了四句，越来越响亮，都成大合唱了。

齐涉江忍不住停了下来，有些愕然地道："你们怎么都会啊？"

众人对视一眼，"噗"一下笑出声来。

"多新鲜啊，这段不是《陆压绝公明》吗？"最开始问他那个演员说道，"师哥，您打听一下，六七十年前，孟老爷子就跟广播电台唱过这段了。不止我会，我爷爷都会。"

齐涉江："……"

这么有名的唱段，就算在海外，稍微关注这一行的也不会不知道吧。大伙儿都以为齐涉江在和他们开玩笑，相声演员嘛，到哪儿都爱皮一皮，索性也打趣几句，嬉笑着散开了。

齐涉江在原处有些愣神，这一段，按理说只有他师门的人知道，他以为自己死后，应该也失传了才对，哪知道这么多人都会。

细想了一下，太平歌词曲调单一，他到处卖艺，走过不少地方，难保不是被人抄去了，再发扬开来。

齐涉江想通这节，不禁一笑，倒觉得有意思了。不但八十多年前的段子现在人还说着，八十多年前他自家的词，现在人人都会。

时间，真是奇妙。

就在这时候，齐涉江手机响了，他一看，是李敬的来电，连忙放下感慨接电话。

"敬叔？"

"你在曾老师的园子吧？"李敬一边敲着电脑键盘一边说道，"是这样的，草莓台有个节目在录第三季了，我和他们接洽了一下，想给你接了，先给你说一下。这节目叫《归园田居》，就是找几组嘉宾去小镇、乡村过日子，没什么难处。你去勤奋地干干活，尽量塑造一个比较认真的形象。"

李敬觉得像齐涉江这样的孩子，肯定难免闹点小笑话，节目组那边也觉得这是笑点之一，既好玩，又能体现一个人的成长、态度。

接节目的事情李敬早就和齐涉江打过招呼了，他早有心理准备，李敬还帮他争取到了在晚会上表演相声的机会，当然要投桃报李。

只是齐涉江有点意外："去过日子，干活就行了？"

他还以为自己了解不少新时空的娱乐圈了，哪知道还有这样的事。

李敬误会了他的意思，咳嗽一下，说道："是吧……我也正想和你说这个问题……"

齐涉江："怎么？"

李敬："有熟人跟我说，如果你答应了，那边可能会去邀请关山乐队……就是为了噱头，最近你和张约的事，不是挺多人议论的？"

"这事儿啊，"齐涉江不甚在意，"我可以啊。"

《归园田居》确定齐涉江为邀请嘉宾之一的消息一出来，官博下就爆发了一阵议论，还大有蔓延开来的架势。

很好很好，这才是大家熟悉的明星路线啊，齐涉江一看就从小娇生惯养，跟这样的节目很有反差，还是有点看头的。

因为中秋晚会，大家对他的印象才刚有改观，《归园田居》之后，到底是更上一层楼，还是口碑扑街呢？

更重要的是，从节目前两季的案例来看，因为条件限制，有的嘉宾甚至两人要睡一张床的。

那么，和齐涉江一起搭档生活的会是谁？会不会还要睡一张床？

就连一些媒体，也不禁遐想了起来，还有艾特夏一苇的，问她觉得儿子适合跟什么样的人一起录这种节目。

这时候，张约冒出来幽幽说了句话：

"在这儿选妃呢？"

选妃？别说，这个形容贱贱的，但还真有点像。尤其这话出自张约之口，更让人捕捉到很多情绪，这明显是记仇呢。

【哈哈哈哈哈，这很张约。张约：终于轮到我了。】

【看破不说破，这样一说，到时候配对的嘉宾岂不是很尴尬？】

【我笑死了，张约嘴够欠的啊，但这话好像也没毛病，真的像选妃。】

【我怎么更期待了，最后谁入主中宫？】

"老张，你又在微博编排人家呢？"关山乐队的鼓手肖潇维把头给探过来，"曲都不编了，你这是多大恨？"

贝斯手谢晴一听，就道："编排谁了，是不是Jesse？"

张约阴着脸道："有你们对我恨得狠吗？要不要我找视频，看看你们当时笑得多开心？"

肖潇维："不怪我啊，哈哈哈哈哈哈哈哈，真的好好笑，一说起来我又想笑了，哈哈哈哈哈哈哈哈哈哈！"

张约："……"

他们三个，加上吉他手周动都是音乐学院一个宿舍的室友，后来又一个组合出道，平时就互损惯了。尤其有机会嘲笑张约，那一定要不遗余力的。

这么会儿工夫，谢晴也找到了张约发的微博，连声啧啧："虽然只有寥寥数字，但是完全透露了老张的愤懑、幽怨、发泄……"

他声情并茂的感想被吉他手和经纪人给打断了。

周动和他们的经纪人一边说话一边走进来："喏，你看张约答不答应吧。"

经纪人冷笑一声："怎么，要是他骂过的人在，他就不去参加节目了，那国内还有多少档节目他能上的？"

众人："哈哈哈哈哈哈哈哈！"

张约浑不在意，问道："什么节目？"

他们现在还在新专辑宣传期的尾巴，得到处上节目宣传。

经纪人说道："考虑到前段时间大家辛苦了，给你们接了个节奏慢一点的节目。《归园田居》知道吗？夏一苇的儿子也在，内定你们是一组，张约，第一次的行程你和他一间房。"

张约："……"

突然之间，世界寂静。

肖潇维和谢晴愣了整整三秒，随即爆发出一阵惊天狂笑，差点把练习室的屋顶给掀了。

哈哈哈哈哈哈哈哈哈哈哈哈，让你嘴欠！

经纪人和周动一脸迷茫，不至于吧？

就像经纪人说的，张约得罪过的人多了去了，至于这么笑吗？

肖潇维挣扎着道："你们去看他微博，哈哈哈哈哈哈！"

两人对视一眼，不约而同地打开了张约的微博。

说实话，经纪人很少看张约的微博，每看一次她的血压都要上升，受不了。不过这次看完，她直接笑到跪在地上了。

张约看着笑得七歪八倒的几个人，大怒，站起来道："我不去！我不同意！"

其他三个乐队成员齐声道："我同意！"

张约："……"

经纪人擦了擦笑出来的眼泪："我都谈得差不多了，说好了的，你要的设备我给你弄来。你嘴怎么欠我也不管，但是我让你上的节目，你也得上。都是为了宣传。"

张约脸都绿了。

经纪人刚柔并济，又换了个口气劝道："草莓台的人嘴巴可不严，这要是传出去，你觉得别人会怎么想？会说你怕了Jesse，不敢跟他同框了！"

"你少偷换概念……"张约恨得牙痒痒，但还是只能妥协道，"我去！"

我去。一语双关。

继齐涉江之后，《归园田居》再爆参录嘉宾，关山乐队四人。

【再说一遍，谁？】

【我笑爆了，把张约找来！节目组干得好！】

【张约是不是又被经纪人拿刀威胁上节目了，他前几天还说齐涉江在选妃。】

【对对对，我一下就想到他的话了，为什么打脸来得这么快？张约以后还敢怼齐涉江吗？】

【所以齐涉江是什么张约克星吗？下凡来给大家出气的？】

【呃……齐涉江和张约要没分在一组，我脑袋剁下来给你们当草莓吃！】

【张约：我骂我自己。】

【热烈祝贺关山乐队主唱张约，雀屏中选！】

【你好，张妃。】

【张飞吧，整天黑脸。】

到了《归园田居》开录那天，李敬派助理把齐涉江送过去，他自己没空，夏一苇的巡回演唱会还在继续，他们都忙着。

他们都觉得这也不是齐涉江第一次录综艺了。

当然，对于并没有实操经验的齐涉江来说，幸好在开录之前和节目组开了会，他差不多理解了。

从出发时，就有摄像随身拍摄了。齐涉江已经知道其他参加录制的嘉宾了，除了他和关山乐队，还有六路人，会重组成三组人，一共四组分住在同一个乡村的不同屋子。

原则上，一次行程五天，会剪成三期。

他们到了未来五天要住的乡村后，先是到村长家，在导演的主持下抽签，选择之后要住的地方，以及一起生活的同伴。

齐涉江此前就被李敬暗示过，同伴十有八九是关山乐队，所以看到结果时他心里并不惊讶。

其他组有男女搭配，负责生产绯闻故事的，有好友搭配，友谊万岁的……他们这组，估计就是冤家路窄。

选完人，导演问了一句："对未来要生活的同伴人选，你有没有什么感想？"

齐涉江调侃道："如果房间不够，能不让张约来侍寝吗？"

导演："噗！"

笑话闹那么大，齐涉江还能不知道吗？李敬都笑哈哈地给他说了，连他都觉得张约很惨了。

导演则是觉得这个回答他还真的挺满意的，不然他们请这两组人来干什么。抽签就是个过场，连观众都知道节目是有台本的。

关山乐队的人都还没来，齐涉江先去了他们要住的地方，他觉得住处还好，是青砖瓦房，听说有的嘉宾得住树屋。

这个村的居民是以月牙形散居，齐涉江的住处就在边角处，周围都是田。再一看屋子里面，反正对齐涉江来说，设施非常好，有水有电，有柴有锅。

就是床比较少，只有两张床，估计有人得睡沙发了。

地方其实不算脏，但是齐涉江记得李敬的吩咐，要表现得勤快一点，就又打扫了一遍，这在跟镜导演和摄影师看来，又多了一层含义：娇生惯养长大的孩子，到底是对环境不太满意，嫌不够干净还自己动手清理一遍。

齐涉江打扫完，趴在桌上打盹儿。

屋外的阳光洒进来，照在他脸上，睫毛投射出长长的阴影，微尘在空气中浮动。摄影师赶紧趁机从各个角度拍了一下他的睡颜。

这时候，屋外一阵吵嚷声传来，齐涉江迷糊着转醒，从桌上爬起来，正巧关山乐队四人就迈步进来了，正脸对上。

有一瞬间的静默。

肖潇维第一个说话，打破尴尬："Hello，你先到了啊。"

齐涉江同样报以微笑："您好。早到一会儿。"

周动和谢晴也都和齐涉江寒暄起来，唯独张约一声不吭，长腿一迈，坐在那张沙发上。

这沙发半新不旧的，本来就不是特别宽大，被他一坐，像是忽然更短了一般。

齐涉江慢吞吞地说道："那个，这沙发……"

一直沉默的张约非常敏感地猛然抬起头来："怎么？"

齐涉江一脸无辜："我就是想告诉你们，一共有两张床一张沙发，可能有人得睡沙发。你们都一个组合的，一块儿同床，我睡沙发吧。"

张约："……"

张约悻悻道："不用，我睡这儿。"

齐涉江惊讶地道："你这么高，睡得下吗？"

"当然睡不下，老张你就别客气了。也都别争了，我最矮，我睡这儿。"周动把张约一把推开，自己就把沙发推到墙边开始"铺床"了。

关键时候，还是自家兄弟靠得住啊。

张约刚要说话，肖潇维和谢晴跳起来面对面紧紧相拥，脸贴脸异口同声地道："我俩一起睡！"

张约："……"

大概从节目组到队员，都铁了心要让张约选妃成功了……

张约臭着脸把行李收拾好，因为接下来他要和齐涉江一张床上睡五天了。

等他出去的时候，齐涉江已经和肖潇维他们聊开了。

其实吧，大家也没深仇大恨，权当娱乐观众呗，没必要多当真，何况现在还要合作。

再说了，接触到齐涉江本人，这三人就觉得他人挺不错的，不像记仇的人——起初还是张约先挑事的。都不知道这样的人，怎么会和张约差点干起来。

这时候已经接近中午饭点了，周动和肖潇维都会做饭，当然很简单，早就准备好了负责接下来的厨房工作。让他们惊讶的是，齐涉江虽然不会做饭，但生火生得很不错。

这一点，真是非常重要了。

这里是老式的灶台，他们说不会用，一个老大爷背着手进来，用方言味道极浓的口音给他们说了一下怎么做，听得他们是半懂不懂，一头雾水，可齐涉江还就真把火生起来了。

一开始他们还没觉得怎么样，等饭菜做好了，才有其他组的嘉宾溜达过来，说看到他们的炊烟了，怎么他们就会生火。

这下才知道，原来其他组都折腾了半天，失败了大半，搞得狼狈至极。

"哎哟，哥们儿，你是生火奇才啊。"别组的嘉宾都兴奋了，"你一定来帮帮我，我跟你妈认识，你还得叫我一声叔叔吧。"

言语之间，辈分瞬间就变了。

齐涉江这便宜侄子只好去给人生火，人家那组还有厨艺高超的，于是回来的时候还端了一碟菜。

有一个就有两个，一个中午，齐涉江到处给人生火去了，饭都吃得匆匆忙忙。

齐涉江心底还想呢，这里如果用的是现代炉灶，那他真彻底白瞎了。可偏偏用的是土灶，搞得现在他一个曾经除了生火烧水其他全不会的家伙，都成了什么奇才。

到了下午，就该干活了。

这屋子前后好几块田该秋收了，几个人站在田边，周动就叉着腰问："咱们这就开始干吗？你们懂农活吗？"

数秒的谜之沉默后，又是让人没想到的一个人开口了，齐涉江说："我事先查过资料的。先分工吧，首先割禾，用镰刀把这些割下来，力气不大的去割禾。力气大点的打禾、扛禾桶——哎，那要把禾桶找出来，才好打谷粒。"

"听起来有点累啊。"周动喃喃道。

齐涉江想想道："嗯，一把稻禾起码二三十斤重，得把穗子全都打干净，每打一下间隔时间还得均匀，有节奏啊……"

关山乐队的人听他说查过资料，又很笃定的样子，还以为他走亲妈关系拿的节目组资料，心想这活儿居然这么硬核吗，都掂量起了自己的力气。

跟镜导演脸都白了，这都什么跟什么，齐涉江查的怕不是五十年前的资料了？说得倒是细致，问题是这里虽然是乡村，但是打从通电起，就有电动打谷机了好吗？

　　真让这几位从早到晚面朝黄土背朝天的全手动秋收，五天下来就这一个活儿，别想干别的了。他们这节目还叫什么《归园田居》，改名《我爱种田》得了。

　　跟镜导演赶紧插言道："各位，其实你们可以去借农机的，有脚踏式的打谷机，也有电动的，还有一体式的联合收割机，连打包都省了。但是不同档次的农机出借也有不同的价格。"

　　关山乐队的四人"喔"了一声，心想这才是他们熟悉的综艺节奏嘛……

　　钱是没有的，都上缴节目组了。对视一眼，套路无非那几种，管他是挣、换、赊、借，嘉宾放心飞。

　　于是一行五人先去寻摸，到哪儿借农机。

　　最后在村民的指引下，到了那个指点他们生火的老大爷家里。

　　一看到这位，他们就哀号起来了，这老大爷刚才说话就带口音，一点也不好沟通啊。

　　"大爷，我们就借三天！回头卖钱了，再还给您！"张约大声说道，差不多一个字一个字蹦出来了，怕老大爷听不清。

　　老大爷兴致不高的样子，一看就被安排过了，说道："我家电视机坏了。"

　　大家面面相觑，什么意思，什么坏了？

　　齐涉江翻译了一下："电视机坏了吧。"

　　张约立刻道："谁会修电视？"

　　这哪有人会。

　　周动嬉皮笑脸地道："大爷，我们也常上电视，我们给你唱个歌吧，待会儿其他嘉宾来，让他们演戏给你看。"说着还给张约挤眼睛，唱歌还得主唱来，"你唱大点声啊。"

　　老大爷想了想，觉得这个买卖可以："吹个唢呐嘛。"

　　乐器？

　　张约冲队友冷笑："请吧，吹大声点。"

三人："……"

他们是负责乐器，可哪会民乐啊！

肖潇维忽然想到什么："哎，Jesse你不是会三弦，唢呐也是传统乐器啊，这其实是你拿手的部分吧？"

这什么道理，齐涉江会三弦，那也和唢呐挨不上边，京胡他倒是略知一二。

不过齐涉江也一点不急躁，蹲下来用方言跟老大爷对话："唢呐不会啊，给您老唱个《审青羊》好吗？"

老大爷混浊的眼睛一亮："你会唱这个？好多年没人唱了！"

其他人，包括摄影师都惊了，愣没想到齐涉江顶着一张混血的脸，还会说方言。之前听得懂，就让他们觉得耳力牛了，原来人家根本就会。

仔细回想一下，难不成夏一苇的老公是这儿的人？

别人不知道，光惊讶齐涉江会方言去了，不像老大爷，惊的还是那曲目。

《审青羊》原来是地方俗曲，有上百年历史，就是本省某县起源的，后来也传唱到了京城，用的调子是天津调。但不属于特别出名的那种，现在当然没什么人唱了。

老大爷都是老早前听下乡唱戏的班子唱的，后来没这种活动，他老人家也不会上网搜索，也就再也没能听过。

现在齐涉江说自己要唱，他心底是又惊喜又疑惑，真能唱吗？

说唱就唱，齐涉江随手拿东西敲桌当板儿，唱了起来："福州城出了事一桩，县太爷坐堂审问青羊。审问青羊为何事，刘家女，李家郎，两家结亲未成双，杨氏她一命见阎王。城东倒有四间房，有一个木匠叫李翔，所生一儿十七岁，天庭满地阁方。他在南学念文章，自幼儿定亲刘家的姑娘……"

用天津调的歌很多，除了《审青羊》，还有《圣人劝》《金钟记》《高兰香还魂》等等。《审青羊》属于用小曲把时下新闻唱出来，整个篇幅是很长的，全篇有六十一落，一落就是一个短的小节。要全部唱完，得半个钟头了，齐涉江就摘了片段，唱个七八分钟。

照顾老大爷，齐涉江刻意用上京戏功底，把调门往上升，行腔又玲珑委婉，清而不飘，导致听上去甚至有点模糊了性别特征的意思。

老大爷听得入神，本侧着头欣赏，待到齐涉江结束，他用力鼓了几下掌，站起来道："就是这个味儿啊！小伙子唱得好，唱得真好！"他心情激荡，顺手就把钥匙拿出来了，"给你，这个是收割机的！"

跟镜导演："大爷，不行啊，借只能借脚踏式的，收割机不能随便借的，要价也更高。"

老大爷："我自己借他！我儿子家有的，不要钱！"

导演："……"

其他人一看，都把跟镜导演往旁边怼："哎，这是大爷自己要借我们的，你们又没规定，我们凭本事征服的大爷！"

争执一番，跟镜导演也无语了，根本说不过，只好让他们把钥匙给带走了。

从老大爷家出来，周动问出了所有人心中的疑问："你怎么会说这儿的话啊，这里该不会是你老家吧？"

齐涉江一笑，还学起了周动家乡话。周动口音其实不重，但听得出是哪里人，他说的就是正经周动家乡方言。

"我是京城人啊。"

周动睁大眼："这你也会？说得挺地道啊！"

齐涉江淡定地道："我们相声艺人，说学逗唱四门功课，学就包括了各地方言，这个叫'倒口'，通过变换口音，能更好地塑造人物。不只是这里，像是津、冀、晋等地方言，都要学。"

众人："再说一遍，你们什么？"

齐涉江没觉得自己哪里说错了，茫然地看着他们："我们相声艺人啊。"

众人："噗！"

谁说齐涉江没综艺感的，这不挺幽默吗！

第四章
综艺

有了农机，秋收的活儿可好干多了，学操作机器，总比徒手收割要容易。

老大爷家的收割机还真的挺好用，收割、脱粒、打捆一体作业，速度嗖嗖的，半天就把原本节目组计划他们至少三天才能收完的田，全都给收拾完了！

对于这种老大爷强行违规操作，节目组也是拿他们没办法，幸好还有备用方案，临时又调整，增加活动，否则素材都不够了。

到了晚上，忙碌一天大家也累了，没有热水器，齐涉江发挥自己的特长，烧了些热水，大家伙洗完澡就各自去睡觉了。

按照白天约定好的，张约和齐涉江睡一张床，临睡觉前他们都听到了，肖潇维那几个家伙在念叨什么"同床异梦"。

其实这个点以张约的生物钟也不大困，只靠在床头玩手机，看一看微博。

他其实挺别扭的，不只因为同睡者的身份，他就是不太习惯和人睡同一张床。齐涉江躺在旁边，闭着眼睛也不知睡着没，那张漂亮但是可恶的脸露在外头……

"您在上网吗？"齐涉江眼睛没睁开，却是冷不丁开口。

张约吓一跳，虽然他和齐涉江有过矛盾，但一天下来，农机也是齐涉江借到的，火也是齐涉江生的，不可能还黑脸："是。"

齐涉江："能问您一个问题吗？"

张约看了他半天，经过了前几次的事，张约对齐涉江开口都比较防备。为避免再被玩弄，张约谨慎地回道："什么？"

齐涉江字正腔圆地问道："23333，是什么意思呢？"

张约："……"

神的"23333"啊！张约差点脱口而出你是不是又要我。

转念一想，房间里还有摄像头，齐涉江不至于吧。这家伙不是混了点西方血统，在海外生活过吗，难道不大了解国内网络文化？

张约半信半疑，给齐涉江解释了一下。

齐涉江恍然大悟，原来就是笑的意思啊。他也是学习手机时看到的，百思不得其解，这种东西手机说明书上也没有，他试着和化妆师说了一下，结果人家好像也不知这意思。

看张约经常上网的样子，他问了问，还真得到答案了。

齐涉江严肃地点了点头："谢谢您。"

张约："……"

他沉默了一会儿，忽然转过头用被子蒙住冷脸，无声地抖了几下。

齐涉江这正儿八经的样子，尤其刚才拿京腔问他"23333"的意思，越想越好笑。

第二天一早，张约就爬起来了，准备吊嗓子，但他发现有个人起得比自己还早，那就是齐涉江。

齐涉江也是起来练功的，他的摄影师都难以置信，本以为跟着齐涉江拍摄应该很轻松，谁知道他居然起那么早。

等张约走出去时，齐涉江已经坐在屋子外边拨弦子，他前头练完相声基本功了，现在轮到子弟书，三弦是子弟书的伴奏，当然一天都不能放下。

齐涉江听到张约的动静，回头看他一眼："早。"

张约挺惊讶的，走了过去，两手揣兜里："你在练习？"

"白天要干活，趁这个时候练一下。"齐涉江平静地道。

张约在惊讶之余，又有点难怪的感觉，听过齐涉江唱曲，他早该想到才是，那肯定不是三天打鱼两天晒网能出来的效果。

齐涉江又看他两眼，忽然笑了一下，手指拨弦，只一个小节，张约就听出来了，这是自己的歌，就是之前晚会时，齐涉江在厕所夸过的那首，他的代表作《秋水》。

"只听了一遍，弹得不大准。"齐涉江还道。

张约却有些吃惊："你就听过那一遍？"

要不是齐涉江脸上写满了真诚，张约会以为他在骗自己，他的原曲甚至不是三弦曲。而且如果齐涉江真的只听过那一遍，那他在厕所里就不是故意挑衅？

张约看齐涉江，齐涉江却是低头在按弦。

也许张约觉得惊讶，但是对齐涉江他们那些靠手艺谋生、演不好就要饿死的老艺人来说，这不算什么。

齐涉江还记得，那时候因为观众喜欢新奇，看各种反串戏、滑稽戏，为了招揽观众，他父亲唱戏的园子的老板尝试把西洋戏剧改成华夏戏，找来会西洋乐器的乐师伴奏，来个大杂烩。

父亲大字不识，也不会看曲谱，那乐师还说这样不好排演。结果父亲只叫他演奏了两遍，就完美地演唱了出来，令其佩服得五体投地。

齐涉江的手指在弦上轻拨，恍惚间就像时空从未变换，就连身体也存在肌肉记忆一般，与琴弦的每一次接触，都是熟悉的手感。

张约不禁跟着齐涉江的三弦，把自己的歌低声哼唱了一遍。他的声音就像冰层下荡漾的湖，既有穿透力又通透，既含着微妙复杂的情绪，又带着距离感与空间感。

这样的音色，和圆润饱满的三弦声像在同一个高度上的互补，弦声完全把他的歌声托了起来。

"……秋水从春流到冬，海面高低好像没有任何不同……你数过青山飞起的三十九片梧桐，只是满面酒借红。"

齐涉江侧头去看张约，弦子贴着他的调。

余音袅袅，张约和齐涉江对视了三秒，忽然异口同声说道："你长得真好！"

两人旋即哈哈一笑。

这是什么奇怪的心有灵犀一点通。

齐涉江随手把三弦放下："我去烧点热水，待会儿大家洗漱。"

张约"嗯"了一声，仍蹲在原处，半晌又觉得有意思，埋头低笑了两声。

他俩的摄影师暗想，刚才那即兴合作倒是很不错，可惜根据节目的设定，至少在头几期，他俩注定要被剪得针锋相对，否则也对不起观众的期待。

这个画面，也不知道以后有没有机会放出来。

谢晴爬起来，穿着拖鞋晃晃悠悠地走出去，就听齐涉江招呼他打热水洗脸。

他走过去，看到张约也在洗脸，齐涉江在旁边拿个水瓢，往里面倒热水，还问："好了说。"

张约过了会儿，就"嗯"一声："行了。"

齐涉江把剩下的水倒进另一个盆，递给谢晴。

谢晴端着盆有点愣神，他怎么觉得这两人和谐很多啊！虽然这对话也不是特别亲密！

晃了晃脑袋，谢晴觉得刚刚是自己产生的错觉，明明昨天张约还有点别扭。

等到吃饭的时候，不止谢晴，肖潇维和周动都觉出味儿来了。他们跟张约认识那么久，哪能看不出张约和齐涉江话不多，但张约那刺刺的劲儿没了。

"哎，你俩怎么回事，你认他做大哥了？"周动小声问张约。

"去你的。"张约随手把馒头塞进周动嘴里，走开了。

周动把馒头拿出来，嚼了一口："哈，我知道了，肯定是昨晚一个房间，Jesse把他'睡'服了。"

肖潇维和谢晴闷笑："哈哈哈哈哈，可不是嘛，网上现在管他叫张妃。"

张约无语。

这些家伙知道他听得到的吧？

这个白天，他们都是干导演派的其他活儿，像是采收水果、牧羊之类的，这个村不少人家都放养黑山羊。

结果齐涉江又是最如鱼得水的一个，放得比其他人都开，搞得导演都嘀咕了，这为了口碑够拼的啊。

到了晚上，他们又到其中一组嘉宾家里去吃露天烧烤，还邀请了一些村民，包括借他们农机的老大爷，现场相当热闹。

吃得差不多，就有人起哄表演了，唱歌的，跳舞的，弹吉他的。

"Jesse也来啊！"认识夏一苇的嘉宾嚷道，"你来首一苇的歌！"

齐涉江自己也没什么作品，都觉得当然是唱他妈的歌。

肖潇维他们因为和齐涉江一起住了一天多，还记得他那个笑话，都道："哎，说段相声也行啊！你不相声艺人吗？"

齐涉江一听，拿石头在地上画个圈，随手拿了个锅盖，倒过来往脚下一放："那我给各位说一段，您觉得听着不错，就多捧了。"

众人哈哈笑起来，觉得他在搞笑。

倒是张约还思索了一下，齐涉江看起来怎么怪熟练的。

刚开始学艺时，齐涉江就跟着师父，给师父挑笼子，就是打杂，师父卖艺，他就拾掇道具，收钱，伺候茶水。

再往后，他白天出摊卖艺，晚上还要串窑巷，就是上夜间娱乐场所，继续卖艺。

所以要说起卖艺的经验，齐涉江实在太丰富了，一点尴尬都没有，这都是为吃饭练出来的。

刚才他在地上画个圈，就叫"画锅"，过去撂地的一种，没固定地头，随在哪儿表演，画个圈就演出，这赚来钱是吃饭用的，所以才叫画锅，也是希冀能赚到钱吃饱饭。

齐涉江这些日子也琢磨了一些适合这时候的垫话，一边说着小笑料，一边观察众人，好想使什么活儿，心里头已敲定了《错身还魂》。

这一篇他之前在茶楼里说过，在场的人却是都没听过。

这里多半是同行，说好了看表演的，注意力还算集中，齐涉江也没念定场诗，直接就入了活儿。

"……杨昊山给噎得啊，说您这叫和糊涂县官不一样吗？就不能给我安排一个男人身份吗？可是他做小鬼的，怎么和阎王斗。最后捏着鼻子，心说我好歹还是做个官夫人吧。县官，今儿就轮着你倒霉了！"

不知不觉，现场是越来越安静了，都在听齐涉江说故事。

要知道在场的嘉宾，基本都是吃过见过的明星艺人，就是这样，都浑然不觉间被带入了齐涉江的故事。

连墙头上，也不知什么时候趴了一帮村里的半大孩子，在那儿听故事，齐涉江声音传得远，他们也听得清清楚楚，不时发出一阵笑声。

"杨昊山急了，他一扒衣襟，将县官掀翻在架子床上，连哭带喊地说：有本事你就来啊，看我今天不弄死你！"

等到二十分钟以后，齐涉江掐断了话头，众人还意犹未尽。

"等等，这个故事还没完呢！"

"我的天，后头不会是拉灯了吧？"

"哈哈哈哈哈哈，少儿不宜，把小孩赶走咱们继续听。"

"噫，不会和我想的一样吧，县官那啥不成反被那啥……"

"这个故事说完得两个小时。"齐涉江倒是说得下去，但不确定这些人有没有精神听啊。

也是，不知不觉这都快九点了，得洗漱睡觉呢。

大家惋惜地站了起来："那明天吧，明天晚上你接着说啊！"

"等等！"齐涉江突然一嗓子喊道。

众人顿住，疑惑地看着他。

齐涉江把那锅盖捧了起来："列位，家里等着开锅呢。"

"噗哈哈哈……"大家都笑起来，可是他们来这儿身上也没带什么钱啊，都是现挣的，抠抠搜搜地挤出五块十块的放到齐涉江的锅盖里。

来做客的村民也是一样，投个三五十块的。

齐涉江这么转了一圈收下来，看看也有个七八十块呢，挺开心地收了起来："谢各位，明天有肉吃了。"

乡村日子过得快，不知不觉剩下的三天一转眼也过去了，到了该回去的时候。

其他组一个嘉宾惋惜地说："在这里也没什么遗憾，唯独有一点，前两天Jesse那故事没说完啊。我这几天老想到他断在那儿，心痒痒得很，他还老不肯直接说后头究竟怎么样了。"

其他人都赞同起来。

可不是嘛，他们当时本来说第二天再接着听，可架不住节目组天天有活动啊，得拍够素材。于是，根本没有再像那天一样坐在一起听故事的机会了。

就像之前在茶楼听了齐涉江说上半截的那些观众一样，他们心里痒痒啊，想知道后头怎么样。

这段子，可算是把他们给坑住了！

齐涉江也不是不想说啊，只是单口相声确实就是一个有点坑人的玩意儿，都是撂地卖艺时研究出来的，主要就是要情节刺激，包袱劲爆，把观众给吸引住。

等观众听着入迷，想知道下头结果了，就给他断住，讨赏钱，钱到手了才往下说。

但正因为追求故事，很多文本其实逻辑不是特别圆满，需要艺人用表演来弥补。

如果他三言两句说了后头发生的事，没有完整演绎，单说情节发展，人家听了会特别失望，甚至觉得虎头蛇尾。

就连一直指导他们的老大爷，也特意在告别时握住了齐涉江的手，带着口音颤颤巍巍地说："小齐啊！"

"哎，大爷。"齐涉江对大爷笑。

老大爷语重心长道："我好多年没看过你这样吊人胃口的了！"

别说老大爷了，等到后来第一期节目播出去的时候，除了齐涉江和张约那被剪到针锋相对的矛盾剧情，观众议论最多的就是齐涉江说的那段相声。

毕竟节目组非常缺德地把主线和重点包袱都保留了下来，还在官网花絮里放了完整版……

看完后观众纷纷崩溃："说好的佛系种田综艺呢，为什么我要在里头追相声的连载？"

回程的时候因为都到京城，关山乐队和齐涉江不但是一班飞机，连座位都在一起，这真的很巧合，因为他们都是随机的，没有特意选过座位。

虽说能感觉到张约和齐涉江两人在节目录制过程中关系有所好转，周动还是半开玩笑地道："老张要和我换座位吗？"

张约瞪了他一眼，率先入座。

齐涉江："我能坐里边儿吗？"

张约抬头面无表情看着他，似乎想等他说理由。

齐涉江也很直白地说："想看一下云。"

他自己真正坐飞机，也就两三回，还处于新奇得不得了的时期。他们那时候，最多就坐坐火车，哪能想到有一天，普通老百姓也能随便上天飞。

就这景儿，他还没看腻呢！

张约嘴角抽了一下，他觉得齐涉江又在开玩笑，他憋着没笑出声来，换到了外侧："你看，你好好看。"

齐涉江坐在里侧，从起飞后，就一直盯着外头看，甚至到了有些专注的地步。

张约觉得很奇怪，今天的云是有多漂亮，至于这么一直看吗？他其实有点想睡觉了，但是齐涉江那莫名的认真让他心里有些异样，向来肆无忌惮的一个人，却有点不愿意打扰对方了。

没有带眼罩来，张约随手把毯子抽了出来，随便一披，半掩着脸打起盹儿来。

张约睡得特别香，中途都没用餐，一直到降落了，才被齐涉江推醒，他头发支棱着，有点木地站起来，又后知后觉地问齐涉江："你不会看了几个小时云吧？"

齐涉江道："你还睡了几个小时觉呢。"

张约："……"

"Jesse，你有车来接吗？要不要送你一程啊？"周动探头问。

"没事，我妈安排了，她回京城了。"齐涉江说道。

就这闲话间，齐涉江走出了机场，和关山的四人道别。才刚上了车，助理就跟他说："Jesse，你看这个。"

齐涉江接过助理的手机，万万没想到，他这刚下飞机才半个小时，新闻都出来了。

【点点娱乐：网友爆料，飞机偶遇关山乐队与齐涉江，张约、齐涉江被安排同坐，全程黑脸，不发一语，甚至不愿意面对对方。】

附小视频一个，整整三分钟，齐涉江一直转头盯着窗外，张约则半盖着头脸，歪向另一边，全程没说一句话，连个对视都没有。

【这怕是录完《归园田居》，节目组搞事情啊，把这两人安排坐一起。】

【从把他们俩一起找来就在搞事情了吧，录制不愉快的证据确凿了，不会真的打起来了吧？】

【呃……公众人物这点素质应该还是有的，怎么可能打架？我觉得他们应该对骂了。】

【张约太不像话了！区区一个嫔妃，怎么也敢对陛下要脾气！】

【可能被陛下又怼了五天吧……自闭了。】

齐涉江愕然失笑："这不是胡编乱造吗？"

他也是没想到在飞机上就被拍了，再考虑一下也是，他一直看着外头，估计这样被误会了。就这个猜测能力，让他想到了八十多年前的某些报纸，还真是没变过。

但这个误会是没法解开的，不可能跑出去声明Jesse和张约真的没什么深仇大恨，已经相逢一笑泯恩仇了，谁信啊？而且《归园田居》那边估计就想要这个效果。

"我看看，儿子啊，在那边累不累？"夏一苇捧着齐涉江的脸"啃"了两口。

齐涉江有点尴尬，虽说不是第一次，也有这方面的记忆，但他总归有点不大习惯夏一苇偏西化的动作。

"嗯……挺好的，不累。"齐涉江实话实说。

他一开始还以为多少有些辛苦，可是后来发现，农机那么发达，

我要这盛世美颜有何用

不知道多轻松，至于日常那些摘菜、砍柴、生火、煮饭之类的活儿，完全不值一提。

他虽然没学过农活，自小家里都是卖艺的，但这一类的活儿完全属于基本生活技能了，当然谈不上累。

"在家休息几天，咱们又给你找到一个好节目，这回你肯定喜欢。"夏一苇笑眯眯地说。

齐涉江心里一动，难道是……

果然，下一刻夏一苇说道："你在录节目，孟老师他们就没联系你，是我们一起策划的，让孟、曾两位老师，带着你一起上曲艺台，这回你们一起说一次三口相声。"

齐涉江先是乐，随口纠正道："那叫群口相声，不是三口。"

夏一苇："咦，是吗？好吧，反正争取到了这么一个机会，孟老师说你回来了就到他那儿去，要跟你琢磨一下怎么说。"

齐涉江甚是欢喜地应了。

转过天来，齐涉江就到曾文家里去了，孟静远也在。

曾文招呼一声，说道："我们正说着呢，这次还是使块老活儿。"

如果是普通演员，演些新节目也就罢了，但齐涉江要是创新，再加上他海青腿儿的身份，就更不合适了。

齐涉江点头："您看说什么？"

这就是录电视的不方便之处，像齐涉江他们那会儿的艺人，很多其实更习惯"把点开活"，"把"指的是看，"点"说的是观众。

过去表演，是没有报幕的，都是根据当时的观众，他们的反应、情况，来决定在垫话后要接哪一段相声。这样一来，能够达到最好的效果。

但现在规矩不一样，尤其这类正式的电视演出，就得提前琢磨了，也得格外注意选哪段，才能保证演出效果。在这个方面，显然是孟静远他们经验更加丰富了。

孟静远说道："《扒马褂》你拿得动吗？"

齐涉江心下一松，这活儿他拿得动，点点头。

孟静远也宽慰一笑："那你就腻缝儿吧，当然的。"

《扒马褂》这节目由来已久，可说是经过时间考验的。打齐涉江那会儿就有了，多少名家演绎过，经久不衰。

这段的梁子是改自《笑林广记》里一个圆谎的故事，也融合了其他文艺作品像是《续金陵琐记》《降桑椹蔡顺孝母》里的桥段，历来是三个人说的。

仨人的群口相声里，除了捧哏和逗哏，还有一个叫"腻缝儿"的角色，顾名思义，就是像泥缝一样，配合逗哏与捧哏，将不足的地方补上。

《扒马褂》里的腻缝儿，又是其中非常重要的角色，很吃功夫。

孟静远和曾文一直都是捧逗搭档，观众都习惯了，加上这里头的泥缝见功夫，当然是留给齐涉江来展现。

虽然是老段子，以齐涉江现在的情况，也得琢磨一下合适的新包袱，这才见本事。三人便对着本子讨论了起来。

加之他们拿的本子又是这几十年里更改过一些桥段的，和齐涉江原来学的略有不同之处，他还得和两位请教这些地方如何使出来。

齐涉江在家悉心准备，他都不知道，自己要去曲艺台录节目的行程也传出去了。

因为有中秋晚会上的表演打底，加上他还在参加别的综艺，大众只以为是又一场跨界而已，毕竟上次齐涉江表现得也挺好。

这一次，不但和孟静远合作，还加上了个曾文，其实还挺让人期待的。

到了录制当天，齐涉江带上自己的大褂，就去了录制现场。孟静远他们也算是常客，老早就在了，介绍他认识了节目组的人，沟通了一下待会儿的录制事项。

齐涉江也算是沾了另外二位的光，和他们一起坐在单间里准备。

中途曾文出去抽了根烟，回来时脸色就变了："杰西啊，你要做好心理准备，观众席有很多你的粉丝。"

"什么？"齐涉江震惊了。

孟静远也吓得不轻："杰西的粉丝？你的意思，都是年轻小姑娘？"

曾文一揾额头："可不是吗？不知上哪儿弄来的票，这票都是赠票，估计找黄牛买的，得坐了有半场多的粉丝。"

孟静远喃喃道："没料到这茬儿……"

他们演出经验丰富，但没想到这个情况，向来曲艺台录节目，下头坐的多是曲艺爱好者。

所以之前，他们研究的部分包袱，也是针对那些对相声曲艺有一定了解的观众。

换了批受众，效果势必受些许影响。虽说电视相声还要面对广大电视机前的观众，但是现场氛围有时候也是表演的一部分。

再有，播出去叫内行看了，他们可不管观众怎么样，只会觉得你现场有些包袱抖得不够好。

这下不妙，点都把错了啊！

倘若是寻常演出也就罢了，可这是齐涉江迈出去的头几步，步步得走稳了，孟静远和曾文这才有些急。

齐涉江面色难看起来，他看了看时间，距离导演说的大致时间还有两个小时不到，立刻拿来纸笔，说道："我来改包袱，咱们边改边对。"

孟静远和曾文对视一眼，只能这样了。

齐涉江临场改包袱，直到上场前一分钟，他们都还在对词。

"走吧。"齐涉江闭了闭眼睛，放松表情，迈步走出去。

今天的录制现场，观众席上不少都是特意来看齐涉江的。

齐涉江出道以来，也就三档节目。第一档综艺到处录制，很多时候还是室外。第二档别提了，晚会。第三档就是《归园田居》，也是围观不到的。

这次发现他来曲艺台录节目，粉丝都兴奋死了，奔走相告，从各种渠道弄到票来录制现场。

他们等了许久，还看了不感兴趣的戏曲，终于要到Jesse上场啦。

我们Jesse，真是偶像里最会说相声的了！

"啊啊啊啊啊，Jesse！"

"齐涉江——"

"老公我爱你！"

人影还没出现，观众席已经小小沸腾了一下。

主持人正儿八经地说了一套串词，最后介绍道："好了，下面是传统相声《扒马褂》，由相声表演艺术家曾文、孟静远及青年相声演员齐涉江为您演出！"

现场掌声、尖叫声雷动。

但是，很快，这热烈的动静里就后知后觉地产生了一些不和谐的声音——

"她刚是不是说青年相声演员来着？"

和老艺术家跨界合作一下相声，那叫多才多艺，娱乐大众，但是作为一名青年相声演员，被电视台这样正经八百地介绍，这就是另一回事了。

别的不说，就在场这么些粉丝，他们自己都不知道自己粉的是个相声演员！

直到齐涉江三人走上台来，有的人都没反应过来。

现场导演赶紧道："等下，观众反应再拍一遍，这都什么表情，不要讲小话。"

他们也不会整场领着鼓掌，甚至很多鼓掌片段开头就拍完了。只是这演员上台，下头都在骚动算怎么回事。

粉丝：这就是迷茫、不解、呆滞的表情啊！

他们带着疑惑又鼓了一次掌。

齐涉江、曾文、孟静远三人在台前站定，鞠了一躬，捧哏的站进场面桌内，其他二人在外头。

曾文和孟静远穿的一套黑色大褂，齐涉江还是那套鸦青色大褂，但外头还套了一件深蓝色的马褂，这属于这一场的道具。

曾文功力深厚，见观众先头的反应，上来也不慌，不疾不徐地开口道："怕大家认错，刚才报幕时说的青年相声演员齐涉江不是我，是我身边这位，我是曾文。"

他指了指齐涉江。

孟静远一笑："行了，没人会认错！"

观众发出一阵笑声，这个开门包袱效果不错。

少数曲艺爱好者观众，也是熟悉曾文、孟静远二人，又看得清齐涉江长什么样，这倒是一下让他们对齐涉江的印象也变深了。

但这个年轻人，水平到底怎么样呢？敢演《扒马褂》，不能太差吧。可看这长相，又让人心里没底。

曾文一笑过去："再给大家介绍一下，这位是我搭档，孟静远，这个大家肯定不会认错。以往都是我和孟老师合作，今天多出来的这个青年相声演员呢，是我们之间的第三者……"

观众心领神会："吁——"

一瞬间，齐涉江的眼睛不易察觉地睁大了一点。

他明白了！原来"吁"是这个意思！

"等会儿，怎么'之间'，不是右边呢吗？"孟静远笑呵呵的，故意把这句糊弄过去了。

曾文也装傻状："对对，右边。"

孟静远："您再等会儿，早我就想说了，前边儿您介绍这位是相声演员？这个不大对吧？"

提到这茬了？没错，别说他，现场粉丝都觉得不大对啊。

曾文笑道："怎么不对，你俩不还一起演过？在一台晚会上。"

孟静远摆摆手："那都娱乐性的。"

曾文又道："现在不是娱乐性的了。杰西，来，你给孟老师说说。"

齐涉江这才开口："是这么回事儿。上回说完相声，反响还不错，我想往这方面发展，就找到曾老师，曾老师人真好，他说可以呀，你跟我一起来演出呗。"

"这么随便？"孟静远对曾文说，"你知道他多大能耐，就管他叫青年相声演员了？"

曾文美滋滋地说："你不知道，他特别优秀。"

孟静远看齐涉江："是吗？"

齐涉江老实巴交地说道："是，曾老师跟我说尤其是脸。"

曾文："啊，对对对！"

"哈哈哈哈哈哈哈哈哈，对。"

现场一片叫好、附和之声。

好些粉丝都在心里想，难道说，这报幕其实也是演出的一部分，是为了配合接下来的相声剧情？

如此一来，这表演倒是显得非常真实，让大家更有代入感，形象一下就出来了。

大家一时放下了"青年相声演员"这个称号，进入到故事中。

"像话吗？"孟静远啐道，"合着都是看长相。"

"能力也是有的。来，杰西，咱表演一个。"曾文说道，"有什么才艺，展示给孟老师看。"

齐涉江自信满满地道："孟老师，我妈就是歌手，所以我对唱非常在行，尤其是学唱个流行歌曲，不在话下。"

曾文说道："那这样吧，杰西，我和孟老师来点歌，你来唱，唱三段，要是唱得上，唱得好，说明还是有一定学唱能力的，这青年相声演员，你就且当着！"

齐涉江点头："可以！"

孟静远和曾文低头叽里咕噜一阵，抬起头来，两人冲着齐涉江蔫坏一笑："你唱首《爱的时光》来听听。"

齐涉江顿时露出了无语的表情，同时台下也是一阵哄笑声。

这首歌根本就是他之前节目里那些同事组合出的新歌，最近正在宣传期，到处都是。

齐涉江一副羞恼的样子，特意停了一会儿，才道："我不会！"

语气加上间隔与表情，一看就不是不会，而是不想。

孟静远哈哈笑："刚还说自己擅长流行歌曲，这首歌最近这么红，你都不会啊？"

曾文也点点头："哎呀，你这个……当时不是和原唱一起做过节目，他们没教你吗？"

他这一句话，就让少数不明就里的观众也知道了，这是拿和齐涉江不对付的事砸挂，会心一笑。

齐涉江一副被戳到伤心事的样子："不会就是不会，你们再换别的。"

两人一阵商量，又换了一首歌，这首歌是孟静远早年帮电视剧配唱的，还算有点传唱度。

齐涉江看着天花板想了想，干脆地道："这也不会！"

"这我得批评你了，这首歌你都不会。"曾文严肃地道，"要不你还是回去做偶像吧。"

齐涉江赶紧道："等等啊，曾老师，这不是还有一次机会，说好唱三段，最后一首我肯定唱上来！"

他话音刚刚落地，孟静远头一歪，迅速报复性地说道："你唱个《秋水》。"

齐涉江："……"

居然点了首关山乐队的成名作，现场观众大多是粉丝，熟知他们那段恩怨，大笑出声的同时，登时兴奋了起来，一起鼓掌："唱一个！唱一个！"

按理说很多都是齐涉江的粉丝啊，可相声氛围实在太同化人了，忍不住就跟着一起挤对"爱豆"……

齐涉江隐含悲愤："你们这不是欺负人吗！不说了，我不说了，这个青年相声演员我不当了还不行吗？"

他手一甩，转身就走。

"哈哈哈哈哈哈哈哈给，人都弄急了！"

"笑死，又有张约的事儿，又拿他砸挂了！"

"回头张约又要疯了吧，哈哈！"

没想到又提到张约了，见齐涉江这表现，粉丝嗓子都要笑劈了，还不忘了小声念叨："赌气的样子好可爱啊！"

"等等！"这时曾文一下扑了上去，抓住要走的齐涉江，开始扒他的衣服，他也回手反抗，两人在台上动起手来，厮打成一团，登时又引起观众热烈的反应。

两人撕扯间，齐涉江都躺台上了，马褂被解开一半。

这下现场气氛更热闹了，这是什么令人如痴如醉的画面啊！

看看Jesse凌乱的头发，微红的脸颊吧，为什么不能带手机进来拍照！

曾文和齐涉江撕扯一番，就被孟静远给拦了下来。

"我告诉你，你要走可以，把你身上的马褂脱下来。"曾文指了指齐涉江身上的马褂，"这马褂是我的！"

这个节目叫《扒马褂》，马褂当然是最重要的线索，前头说那么多，都是为了把这一出给引出来。

一开始齐涉江三人是按照老本子排的，前面齐涉江要学唱几段太平歌词，再从太平歌词上找包袱。

但是一看今天来了这么多粉丝，可能不少以前根本没听过相声，更别说太平歌词了。怕现场有什么不测，他们将包袱改动，换成了两人反过来考较齐涉江流行歌曲。

齐涉江根本就不唱了，如此也杜绝了可能出现的极端情况，影响演出效果。

这样一来，现场效果越发火爆。

新观众不提，老观众暗自点头，不只长得好，活儿使得也不差。到现在，他们愣是没有再去注意齐涉江的长相，至少不是全副心神。

齐涉江委委屈屈地给孟静远解释，马褂是为了今天演出好看，上曾文家借的："但是我这马褂又不白穿，那天我去曾老师家，他不在，就阿姨在家。阿姨跟我说，Jesse啊……"

"等等，这肯定不是我老婆。"曾文斩钉截铁地说，"我老婆不会洋文儿！"

"好吧，她说，杰西啊。"齐涉江一副"这你满意了吧"的表情，"老曾他这人说话总是云山雾罩，没准谱儿，又爱说大话，一说就让人给问住。在外边怄气，回家就找寻我们的不是。你现在跟着他演出，要是他下回再让人给问住了，你就帮着往圆满了说。您说，我这马褂不是白穿的吧？"

孟静远一点头："这话有道理，穿着还帮你忙呢。"

曾文嘿嘿冷笑："帮我忙？我用他帮啊？我这人说话，什么时候云山雾罩了？我哪被人问住过，是我太有文化，太有见识，说出来的话那些个文盲他不懂，我哪能跟他们计较，看上去才像是被人问住。

就拿昨儿个来说吧，我夜观天象要刮风，就真刮风了。"

孟静远想想："是，是有风。"

曾文大大咧咧地道："那风可大了，刮了一个晚上，我家院子里有口井，一个晚上的工夫，让风给刮到墙外边儿去了！"

孟静远自然是一副不可思议的样子，风还能把井给刮到别处去？

"你不信？不信问他去啊！"曾文指了指齐涉江。

孟静远揪着齐涉江问他："有这么个事，你知道吗？就是风刮得太大了，把井从墙里刮到墙外去了？"

齐涉江上下打量他："孟老师，没睡醒就上台了？井还能刮墙外去？没听说过！"

这时曾文冲了过来，又开始扒拉齐涉江的衣服，再次引来粉丝的尖叫声，恨不得他全扒了才好。

"我家井刮墙外去了，你怎么说没听过？"曾文急赤白脸地道。

齐涉江傻了，支支吾吾地道："是，是您家的啊……对对，我想起来了，是有这么回事儿！"

孟静远失笑："你还真听说过？那你给我说说，怎么刮墙外去的？"

齐涉江用袖子擦了擦冷汗，一脸心虚："这个……应该是，是这么一回事嘛……"

在孟静远连连追问下，齐涉江好容易编出个圆圈话："那墙是篱笆墙，年头也久，风吹日晒下头就糟烂了。那风一吹，篱笆墙鼓进来一圈，曾老师他眼神不好啊，一看就说，我家这井怎么给刮外头去了！"

到这里，已经进入正活儿最重要的部分了，圆谎。

也是听到这里，耳力好的老观众连连点头，难掩赞赏，垫话火爆，正活儿又稳，这出不错！

《扒马褂》的中心就是圆谎，整个故事结构，是由逗哏演员扮演一个信口开河的角色，吹牛撒谎，极尽夸张之能事。

捧哏演员追根究底，要戳破谎言。

而腻缝儿演员因为借了逗哏的马褂，只能绞尽脑汁帮他圆谎，如此一来，将这缝儿给合上。

刚圆上这个谎，下个谎又来了。如此几问几答，牛皮越吹越夸张，笑料百出，也极见功底。

"你说说，有这么回事吗？一个蛐蛐儿，脑袋和这屋子差不多大，有十二列高铁车厢那么长，俩须须像电线杆，眼睛好比探照灯。"孟静远拉着齐涉江，问最后一个谎言。

经过前头，观众听他这么说着，就已经在发笑了，这个谎，也太难圆了吧！

齐涉江斩钉截铁地道："胡说八道！"

孟静远："可这是曾老师说的啊。"

曾文："哎，我说的。"

"他说的也没用。"

"怎么呢？"

"这马褂……我不要了！"

最后一个包袱抖响，三人一起鞠个躬下台。

台下叫好声震天，非但是被吸引住了的粉丝，连着听惯了曾、孟二人相声的老观众，也使劲鼓掌捧起来。

就他们多年听相声的经历，这年轻人的本事和长相完成呈正比，这活儿，使得好！

前头也说了，《扒马褂》对腻缝儿演员的要求很高，那是因为在这段里，腻缝儿演员需要用到"扑盲子"的手法。

意思就是说起话来东一榔头，西一棒槌，好像根本就没个准词儿。一个技艺成熟的人，去表现新手一般的状态，还不能让观众烦，对分寸、火候的要求，可想而知！

在这段里头，就是齐涉江要演出那种心神不安，他绞尽脑汁地圆谎，状态窘迫到令观众发笑。观众几乎分辨不出来，他是真为难，还是假为难。

甚至，连前头被人拿张约什么的挤对，几乎都分不清是不是现场发挥了，否则那副窘态从何而来？

但实际上，每一句话，每个语气，乃至表情、动作，都是事先想好的。

再让齐涉江演一次，他能保证还是这么个脸红心慌、焦躁不安的效果！

第五章
拆唱

当天听了《扒马褂》的粉丝都觉着报幕那节是舞台设计的一个环节，直到一周后，节目预告放出来，从官网介绍，到字幕打出来的，都是"青年相声演员齐涉江"！

这消息一瞬间像野火一样，烧遍了网络。

——这正式的劲儿，可不像是玩！

知道齐涉江这么个人的都一脸问号。

【开玩笑呢吧，这职业还能乱给的？真的不是假消息吗？说的是夏一苇的儿子Jesse没错？不存在同名？】

【假的吧，因为之前中秋晚会齐涉江说了相声，网友就拿这个当搞笑新闻。】

【这什么年度搞笑新闻，当红偶像说相声上瘾，专职相声艺人了？】

【不对啊，这都有预告视频出来了，不像假的。难道是什么综艺里搞笑的？毕竟现在很多节目为了炒作无所不用其极。】

关注度直接就反映在曲艺台的收视率上了，这节目平素收视率都靠少数曲艺爱好者撑起来，数据真不算太好看。

结果这期节目，收视率是噌噌往上涨，尤其在齐涉江和孟静远、曾文出场后，增幅尤其明显。

《扒马褂》也算是经典的老段子了，多少名家都在广播、电视上演过，就算是完全不感兴趣的人，只要年纪不是太小，估计都在电视上瞄到过。

齐涉江这是又演了一出传统段子啊，而且清清楚楚，正式播出时他出场介绍和字幕也都是青年相声演员。

虽说后头拿青年相声演员这个说事儿了，但想也知道，总不会要字幕都跟着一起皮吧。

可别说，演得还特别好！

看得出来剪掉了一些，但不影响流畅，现场气氛极其热烈。

尤其他们开头包袱很多都在齐涉江身上，把他调侃得要飞起了，甚至再次拿张约砸挂了。节奏十分明快、火爆，整个正活儿分寸又拿捏得特别好。

一场相声下来，抱着求证、看热闹心理观看的观众都不知不觉被吸引了，把收视率给保持了下去！

观众是一边笑一边不可思议，相声还没播完，网上的段子就都出来了。

【快去看曲艺台吧！看新出炉青年相声演员Jesse的相声，不是开玩笑，真给他打了个相声演员的标签！PS：还挺好笑……我继续看了……】

【点进来之前我以为这是什么调侃他的标题，没想到是真的魔幻新闻。】

【我不信我不信我不信我不信……】

【什么什么，是说我粉的其实是相声演员？】

【本事业粉现在心态要爆炸了！】

【事业粉？哈哈哈哈哈哈哈哈，话筒给你，以后还继续粉吗？帮你"爱豆"展望上春晚吗？】

【不是……Jesse到底怎么想的啊，我这是第一次见这种发展方向的！】

【只有我想@张约吗？讲道理张约才是心态最炸的人吧！】

【……】

李敬的电话都要给打爆了，媒体疯狂找人，想采访齐涉江。

李敬都给拦下来了，代替齐涉江发声，接受了一家媒体的独家访问，说的也比较简单，大致内容就是："我家Jesse对相声艺术非常喜爱，也学习过，在此前的中秋晚会上，他表演的相声得到了很多观众的喜爱，在这里也谢谢大家，这给了Jesse很大鼓励。我们尊重他的意见，以后他将主要作为一名相声演员活跃在舞台，坚持将这门艺术发扬光大——也欢迎各个合作方找我们进行相声合作。"

李敬这一波算是正式宣告了，确认无误，齐涉江真要做相声演员了。

不是开玩笑，也不是跨界玩玩。

【求求经纪人不要乱甩锅，笑归笑，我没有鼓励他做相声演员！我只希望他多露脸！】

【楼上那位说话太矛盾了，笑不就等于喜欢、等于鼓励？这不都是你们自己捧出来的？到处说相声也露脸，想看一样看，说不定看到的机会还多一些。】

【竟然无法反驳，但总觉得哪里不对！】

......

这件事引起的连锁反应不止如此，还有人有话说。

相对于柳泉海、孟静远和曾文这些人旗帜鲜明的支持，有些个爱蹦跶的相声门艺人则持反对态度，他们甚至认为这是一种哗众取宠。

齐涉江没有上过曲艺学校，也说不上师承，自己字辈都不知道的人，何以自称相声演员？至多，不过是一个业余爱好者，这也完全符合观众心目中的定位不是吗？

当有记者提到，观众非常喜欢齐涉江的作品，在现有几段相声里，齐涉江表现得也很不错。

反感的相声艺人则表示，必须重申他没有师承，老辈儿的规矩，没师承，再有名也是业余！

再者说，相声哪有那么简单，什么叫表现不错？说学逗唱，齐涉江才有了几分？会几段就行了？

一边是开明派孟静远等人的支持，另一边则是部分守旧的相声艺人，双方各执一词。

一时间风波从娱乐圈卷到曲艺界，上上下下，好像人人都要发表一下看法。

连带着，网友议论的重心也转移了部分，探讨起齐涉江到底能不能算一个正经的相声艺人。

懂一些的人还好说，能够从扑盲子的技巧看出齐涉江的实力。

不懂的人或是认定，反正他能逗我笑，我就认他是相声演员，我管他在哪儿学了几门功课，你以为这还是旧社会，艺人抱团哪？

或是茫然表示，门户之见固然是糟粕了，但齐涉江好像是没有展现其他相声基本功啊，尤其是比较硬核的内容。

像那些前辈，学个戏、唱个太平歌词、打个快板，好像都不在话下。

话说齐涉江唯一学的大鼓，好像还被人说跑调了吧？

齐涉江听到夏一苇给他念有人认为他不足以自称相声演员的评论，只笑了两声，不以为意。

"尺有所短，寸有所长，一个好的演员，肯定是扬长避短。什么都优秀固然好，但不能单以'功课瘸腿'来判定一个相声演员。"曾文如此说道。

齐涉江和曾文不但不瘸腿，反而两人都是极为全能型的艺人，但他们打心底不认为那么说是对的。

内行看门道，其实同行看了《扒马褂》就能多少摸到齐涉江的水平了，所以那些人也没把话挑明，只是拿这当借口，最根本计较的还是齐涉江是海青腿儿。

再则，他们也是有一个既定印象，齐涉江的外貌以及目前使的活儿，都让他们误以为齐涉江不擅长某些功课，正好拿来说说事。

其实要说真正消息灵通的，都没开口——曲协那边可是都在审核齐涉江的子弟书传承了，只是没正式消息暂时不好拿出去张扬罢了。

别人不明就里，不甚清楚齐涉江的能耐，孟静远和曾文同他交流这么久，还能不知道吗？

说学逗唱，哪一门他都拿得出手。人家这不是避短，而是演出的时候，选择了最适合的段子。

看什么观众，使什么活儿，而不是奔着炫技来。和一群网瘾青年说些全是绕口令、贯口的段子，谁乐得出？

"我打个电话。"孟静远门路广，他想了想说，"找找我师兄弟那头最近有什么专场演出，把你塞进去，使点儿贯口活儿、柳活儿。"

曾文也点了点头，不能真让人以为齐涉江是基本功不全吧，咱也拿出来显显。

这回大外行夏一苇不明白了，贯口她倒是知道，比如最经典的《报菜名》，但柳活儿她就不清楚了。

"什么叫柳活儿啊？"

"'活儿'就是段子的意思，'柳'是指学唱。"齐涉江简单给她介绍，"学唱戏曲叫戏柳儿，学唱歌曲就叫歌柳儿，合起来，柳活儿就是里头带了学唱的相声。"

夏一苇略紧张地问道："这样啊，那除了子弟书，你这方面水平怎么样？"

她看了一圈，发现这三人都露出了意味不明的笑容。

夏一苇："……"

任外界风波如何，齐涉江这边按照合同约定，已经得去录制《归园田居》第二期了。

等他抵达的时候，这一回关山乐队已经到了，一见到他，从乐队甚至到整个节目组的工作人员，都报以复杂的目光。

他们显然都听说了齐涉江宣布自己相声界出道的事，很难说这是什么滋味。

尤其是曾经把齐涉江的话当笑话听的肖潇维他们几个人，在看到新闻后，他们都窒息了，仿佛看到了节目播出后，自己的反应被网友取笑的画面……

可是这不怪他们啊！谁能想到齐涉江好好的偶像不做，会改行当相声演员！

——没错，就算现场听过了他的中秋相声和单口相声，依然无法置信。

要么怎么说家里有矿就是不一样，活得也太潇洒了吧？

"选好房子了吗？"齐涉江倒是自如得很，走过来跟他们搭茬。

"选好了，说你快到了，就等等你一起去。"谢晴弱弱地说道，这次是他抽的签，他脸黑，抽了个特别偏僻的木屋。

"走吧。"齐涉江一说，大伙都拿着行李去这次要住的地方了。

这路也不好，大家长蛇状前行。

齐涉江撇头问张约："你被记者骚扰了吗？"

张约："比上次好点。"

他们都知道自己聊的是什么，上回张约被齐涉江砸挂，事后让媒体围堵得够呛，这一次他那里也少不了调侃，但火力主要还是集中在齐涉江自己身上。

齐涉江一笑，他说那段之前，其实还让李敬代给张约经纪人发了个短信，因为要拿张约砸挂，辗转和他招呼一声。直到上台前，李敬那边才来消息，说张约的经纪人回：应该可以吧。

这含混不清的回答，也不知张约当时到底什么样。

要问张约什么样？他心情还挺复杂的，大家好像有了点相逢一笑泯恩仇的意思，经纪人问的时候还说你这是让人给哄好了吗？关系变得不错啊！

他听着还挺不自在的，骂骂咧咧、别别扭扭地同意了，心底就琢磨起来，怎么又要拿我砸挂，这次会怎么说，还跟上次一样吗？这人到底怎么想的？

这么些心思，到了齐涉江面前，也说不来。当然，反正他后来自己（偷偷）去听了段子，也知道怎么说他的了。

说实话，他笑出声来了……

媒体怎么说他不管，他自己以前也不怎么听相声，就觉得这不是说得挺好的？搞得他后来还去找了其他演员版本的《扒马褂》来听，但是总感觉不够齐涉江的可乐。

嗯，当然这件事是不能让齐涉江知道的。

鉴于队友的起哄，这次张约和齐涉江还是住在一起。

两个起得最早的人，总是在清晨相遇。

张约一边刷牙，一边看齐涉江在拿个本子哼些什么，他走过去边听边看了一下，发现上头写的都是些戏词一样的内容，含糊问道："这是干什么？"

"我在改曲子。"齐涉江说道，"这些是曲艺子弟书的曲本，我想改得稍微符合现在的审美一点。"

现在很多曲艺都没什么人看，甚至没什么人演了，他在想，能不能把子弟书稍微改动一下，这样可能更有机会获得喜爱。

当然不是什么大改动，只是根据审美习惯，让其更为流畅。就像大鼓的唱腔，这些年也有创新，太平歌词更是从说加唱成了全是唱。

历代艺人都是这么做的，不断丰富、创新，才能继续演下去。

相声好歹还有这么些演员，子弟书却是只有齐涉江一个人会了，这事儿他觉得自己有义务做。

张约也不知道子弟书具体是什么，但关山乐队的歌他参与了很多编写，他刷完牙，一擦嘴，把手机里的乐器演奏APP调出来："你哼下我听听。"

齐涉江直接用三弦弹唱出来了。

张约一边听就一边断断续续地重复，最后再整段弹了一遍，一气呵成："你照着这样改啊。"

齐涉江茅塞顿开，他对流行乐了解得还是不够多，张约这么改，确实对现代人来说更上口了，但是又没有丢掉子弟书的韵味、特色。

齐涉江用三弦也再弹了一遍，确认效果。

"真的谢谢你了，十八号我在京城剧院有个现场相声演出，你要不要来听？"齐涉江问道。这是孟静远帮他联系的，给孟静远一同门的相声专场演出去垫场。

张约望着天花板，慢吞吞地回答道："我看看行程……十八号啊，应该有空。"

齐涉江点头："行，那回头我把购票方式发给你。"

张约："……"

齐涉江哈哈笑："说笑，说笑，到时把票寄给你。"

张约磨了磨牙，说道："再看吧，不一定去。"

齐涉江想了想，又说道："没事还是去听听呗，到时候还要拿你猛砸挂的。"

张约："……"

从第一期录制的时候，其他嘉宾就念叨齐涉江坑人了，还有人给夏一苇发微信抱怨。后来齐涉江的职业规划出来了，他们心底还嘀咕来着。

别的条件不提，单这个业务能力，他们相信齐涉江真的可以啊！

观众在电视上看都能掉坑，何况他们是在现场听的，直面表演，代入感、感染力更强。

这次大家行程对上，一起录第二期，一有机会都聚在一处，赶紧催着齐涉江上去把上回的单口相声继续说了。

"我早想到了。这次又要大家破费了。"齐涉江拱了拱手，从包里拿出一块醒木来。

这个还是夏一苇送他的，搁别人身上，都是师父送家伙什，齐涉江不是没师承嘛，夏一苇自己去定做了一块乌木的送给儿子，以示支持。

齐涉江有些意外地感动，也小心收下了。这次知道可能要再说一段，还带了过来。

众人一看："好哇，你准备得真齐全，不过这次我也带了零钱！幸好！"

这次仍是有些村民在场，而且还挺热闹，齐涉江没有话筒，但他也不用话筒，嗓门一提，声音清清楚楚传得老远："寂寞江山动酒悲，霜天残月夜不寐。泥人说鬼寻常事，休论个中是与非！"

定场诗一念，醒木再一拍，现场为之一肃！

虽说是节目里助兴，还是起范儿了，到底习惯了。

齐涉江上次说到半截，这次再续下回，先是三言两语提一提前头的剧情，好叫没听的也知道是怎么回事，然后才接着往下说道："县官何曾见过杨昊山这样的无赖，当时被推得四脚朝天，让杨昊山给骑在了肚皮上。杨昊山往日酒食游戏无一不通，平日有点闲钱就去看猫儿戏。

"诸位，这猫儿戏班都是些少年女子，好些还在青楼里排，他看得多了，不会作诗也会吟。可杨昊山是豁出去了，县官哪里见过这等狂蜂浪蝶，他自诩斯文之人，见结发妻子如此，反被吓得连滚带爬下得床，嘴里连连告饶。"

这里齐涉江用上了倒口，学县官的口音求饶，然后再学附了女身的杨昊山。听县官被杨昊山的豪放吓得魂飞魄散，众人低笑起来。

"杨昊山被压抑久了，您想啊，成天学女子。他这会儿也起劲儿了，跳下床，把县官掀翻，两人在地上纠缠，好比是王八吃西瓜，滚的滚，爬的爬。

"幸而此时救命之人来了，小厮门外禀报，县衙仓中失火，那里头尚有几千石官粮，这是不得了的大事，县官急忙爬到门口推门出去。杨昊山犹自骂街，老王八莫跑，现下你又玩不起了？

"外头的小厮是瞠目结舌！见大老爷拿袖子捂着脸出来，落荒而逃，思索半晌，决意做个贴心人，低声道：'老爷，我这里有秘方一道，谁用谁知道……'"

齐涉江稍微一顿，留出时间来给众人笑，也正巧是模仿县官惊愕的模样，随即才斥责小厮。

打这回起，杨昊山好像是开了窍，他心道自己乃是奉了阎王命前来报仇，何必胆怯，于是好像是鲸鱼张口，海龟横行，在县官家中兴风作浪。

县官家里被搅和得不行了，渐渐觉出味来，于是去找了个阴阳生上家来看看。可杨昊山自个儿就是二流子出身，哪里怕那些坑蒙拐骗的神棍，反将他们戏弄了一番。

幸而有人给县官出了个主意，把夫人带到寺里去，然后借口公务回来，留她住上一段日子，自己也好清静清静。县官喜不自胜，当即借口给祖宗做法事，将杨昊山带到了城郊的寺庙中。

再说原先诬告杨昊山的赵家，有个念书的大少爷赵生，其时也在寺中小住温书。

杨昊山在寺里闲晃时见着赵生了，只觉这就是老天给的好机会，好叫他报仇雪恨，便将赵生骗到禅房之中。

"……赵生无知无觉，端茶就吃。杨昊山却是冷笑一声，站在他身后，自发间抽出一掌长的簪子，举了起来。"

说到这里，齐涉江模仿了京戏里的旦角儿身段，小趱步绕一圈，越走越快，好似在赵生身后徘徊，手里握着簪子，又有些慌乱不安。将杨昊山的情绪演得入木三分。

"正是时！县官老爷听了耳报，也已走到房外，急急将门踢开，人未至，声先扬，只听他骂道：'青天白日，你们在这儿作甚！'"

"啪！"齐涉江一拍醒木，故事断在了此处。

众人这才如梦初醒。

"什么？这就完了？"

"有没有搞错，还能不能行，又完了，下期我可是不在啊！"

真是要把人急死啊，怎么断在这儿，杨昊山要弄赵生，县官却以为自家夫人红杏出墙，这正在故事的紧要关头，怎么可以断啊！

齐涉江甚是无辜地说道："可是导演告诉我，这次就算要说，也只能说一回。"

众人："……"

他们盯着导演看，把导演看得退了几步，躲屋里去了。

抱着极度的不满，大家只能一起玩"真心话大冒险"，玩命地整中招的人。

张约也是运气不好，第二把就抽到"大冒险"了。

他看着众人不怀好意的笑容，退了一下道："适可而止！"

这时，周动大声道："我提议让老张唱歌！"

张约表情放松了一点，好兄弟啊。

其他人也有点不满，让一个乐队主唱唱歌，这算什么大冒险。

下一刻，周动嘻嘻笑道："老张会唱《何必西厢》。"

众人静默了一下，随即尖叫、起哄，这可是一个大爆料，没想到啊，张约这家伙浓眉大眼的，私下居然学唱《何必西厢》！

张约的声音被淹没："我不会！"

"好啊，你还会唱《何必西厢》，果然是相爱相杀啊？"

其他嘉宾一个劲调侃，大有不罢休的架势，压根不把张约的辩解当回事。

张约："……"

他如果有一天死了，肯定是被队友坑死的。

倒是齐涉江饶有兴味地道："您要唱吗？我给您伴奏。"

张约被挤对了上去，咬着牙道："真的不熟。"

立刻有人把手机递上来："喏，现搜的歌词曲谱。"

张约脸都黑了："……"

齐涉江则颇为轻松愉快地抱着三弦，非常习惯地掌握节奏："来半首吧，我唱两句，然后你从第二段开始。"

只见张约黑脸是黑脸，等齐涉江唱完四句子弟书，他还是捂着额头开口了："明眸结霭又如烟，似曾相识已相怜。如非轻绡隐容颜，也笑蓬莱第一仙。"

《何必西厢》上下段分别是从男女主角来写，张约唱的虽然是崔小姐，大家听了却都道："哎呀呀，这个歌词适合Jesse……老张你倒是看着Jesse唱啊！"

张约："……"

他颇为无语地去看齐涉江，却发现齐涉江一点也没不愉快的样子，还冲他微微一笑呢。

张约僵了僵，想把脸扭回来，但不知怎么最后也没有，倒真的像起哄者说的那样看着齐涉江了。

齐涉江抬了抬下巴，示意张约副歌部要开始了。

平心而论，短短四句下来，就能品出张约的唱功比原唱强多了，音色也好，男声版本唱出了另一番风味，甚至有了几分缠绵的意味。

伴着齐涉江以巧变弦丝模拟出来的雁叫声，歌曲步入高潮：

"不是梦到情天情地，醒也地老天荒，又何必西厢心魂惊一场。弹词重描梅花梦，落调再画舟相会的回忆中……"

这歌词，如今齐涉江已经比较熟了，他哼起了和声，与张约一起唱出最后一句："好月再圆时雪打灯，便将此情载歌志奇逢——"

齐涉江的唱腔还带着一些子弟书的味道，但放在这首歌实在再合适不过，为张约的演绎更增了一份韵味。

仿佛是来自两个时空的两种风格，没有冲撞，却是交缠、融合。

原本还笑闹的众人，却是在演唱中慢慢安静了下来，待到余音散去，半响，才有人开口。

"我的天啊，太好听了吧。"一位女嘉宾捂着心口，"我得说张约把这首歌唱出了浪漫的感觉，以前听这首歌都是传统曲艺的味道，现在听感觉这就是几百年前的情歌。"

"哎，我们主唱业务水平还是可以的吧？Jesse和得也好，"周动挤了挤眼睛，赞美道，"对着互怼的对象都能唱得这么深情。"

众人爆笑："哈哈哈哈哈哈哈哈哈哈！"

张约："……"

他转脸一看，齐涉江也有些无奈的样子，两人对视一眼，颇有些一切尽在不言中的感觉了。

第二期录制的间隙，张约指点了不少齐涉江修改子弟书的细节，齐涉江只觉大有帮助。

待到录制结束，齐涉江忍不住又将张约邀请到自己的住处，想再请教一下，问他方不方便。子弟书的唱腔、曲本太多了，他还有很多工作待完成，有点力不从心的感觉。

张约真答应了，而且齐涉江问起报酬来，他还一副被侮辱的样子，念叨些什么"你知道我多贵吗""别以为就你家能挣钱"之类的话。

齐涉江听了，说道："哎，我总得先把价格谈拢吧。"

张约："……"

这句话听上去好像很正常，但是他总觉得哪里怪怪的，难道是他自己太污了吗？

齐涉江接着道："哪有不谈价格就睡……不，唱的。"

他玩了个"吃了吐"，顺口就自己把这包袱给翻出来了。

张约："……"

他就知道！

齐涉江也是有点职业病，话赶话到了嘴边上，不抖个包袱他心里难受啊。

张约愤愤挂了电话，戴上口罩，打个车就到了齐涉江的公寓。

"这个是门票，给您四张，您看看谢晴他们来不来。"齐涉江先拿了几张相声演出的票出来给他，这是之前就说好的。

张约哼哼唧唧，还是那句话："我看到时候有没有时间。"

齐涉江笑了起来，他算是摸清楚了，张约这个人喜欢口是心非。

两人一个抱着三弦，一个拿手机使APP，调整起了曲谱，这一忙活，不知不觉也三四个小时过去了。

齐涉江把弦子放开："休息一下吧。"

张约也是在这个过程中，才弄明白了子弟书是什么，和大鼓又有什么区别。这会儿他有些好奇地问道："你在哪儿学的这个？"

齐涉江低着脸道："很远的地方。和一位老人学的，我学会后，也不知道在这里，它已经没有人听了。"

张约听罢心中一酸，他将那个很远的地方理解成了国外，在那个地方，还有不了解国内资讯的老人，以为仍然有人在喜爱这些古老的曲艺吗……

老人是不是饱含自豪地将这些教给齐涉江，而齐涉江，也是来到这里后，才知道不是那样的，它已经绝迹在大部分人的生活中了。

张约做的是流行音乐，但这不妨碍他感受那份情怀，他低低地道："以后再有问题，你就找我吧。"

齐涉江又一笑："那真得谈价格了。"

张约一下从兜里摸出一张钞票，拍在桌上，抬了抬下巴："喏，给你。"

——要说真要给钱的那个，也是他吧？

可他忘了在齐涉江这里怎么可能占到嘴上便宜，齐涉江拿着钱随口就道："头回见还倒贴钱的，您这是爱俏不爱金啊。"

都说鸨儿爱钞，姐儿爱俏嘛。

张约："……"

他恨恨地劈手把钱抢了回来。

齐涉江无所谓地笑一下，心道还是找李敬，让他帮忙谈妥这件事吧。张约讲江湖义气，自己更不能辜负。

这一日忙活下来，已经到夜里了。张约出小区的时候，就直觉有点异样，像是被拍了。这是他混迹娱乐圈练出来的敏感度。

张约索性坐地铁回去，看谁跟得住他。最热闹的站上下几回，哪还有人找得到张约。他埋着头戴了口罩往角落里低头一站，路人也分辨不出来。

待到回去了，张约打开手机，一看微博，就发现艾特比平时要多，心道看来之前真被拍了。

他仔细一看，大多来自同一条原创微博。

【西瓜娱乐：网友爆料，张约进了Jesse家，逗留数小时方离开！】

附图是张约进公寓的照片，还有以前齐涉江出入的照片作为对比，证明这确实是齐涉江家。

哎呀，这个真是……怎么描绘得这么暧昧，让别人怎么想，唉！

张约随手把评论点开了。

【哪里来的野鸡新闻！张约是那种人吗？】

【这么多年了，大家就不能对张约的臭脾气有点信心吗？】

【你说张约进了Jesse家，我说你痴人说梦满嘴鬼话。真是真，假是假，你眼花我心不瞎。张约要是在图里，我脑袋给你当西瓜。】

【主唱粉丝就是不一样，评论还带押韵的。】

张约："……"

倒也不能怪大家，谁让他们看到的就是张约和齐涉江势同水火。

尤其是这两天，《归园田居》第一期也正式开播了，最近齐涉江风头正盛，到处讨论的都是他那个新身份，节目组剪预告时还把他那句"我们相声艺人"以及周动等人的反应剪进去了。

不出他们之前的预料，几人的反应果然成了笑料。虽说知道那时候齐涉江还没宣布，全天下都没想到他要转职，但就因为这样，看着周动他们的样子才格外好笑啊！

吸引力十足的预告片，加上其他嘉宾也各个有一定知名度，收视率那是非常的好。

自然，张约和齐涉江的关系，也是被剪得非常冷漠。

一见面张约就不理人，齐涉江还调侃张约了，这倒是没错。到了后头，张约早上起来看到齐涉江在练习，愣是也给剪成他起床看一眼后走开了，显得是嫌齐涉江吵到自己一般。

也就是这样两个人，还得睡在一张床上，这让观众可怎么说，当然是大夸导演组干得好！关山乐队的其他成员干得好！

除了坑死人不偿命的单口相声外，大家也不得不承认，齐涉江表现得很出人意料。

原以为他会是闹笑话最多、被照顾最多的一个，也想到了他可能会以勤奋来博名声，但万万没想到啊，在田园生活里，最如鱼得水的居然是齐涉江！

能倒口会方言，可以和当地人无障碍沟通，从而学习技能，还唱小曲，把老爷爷哄到无偿出借农机……要不是内容扎实得可以，根本找不到漏洞，怕是真有人要怀疑这是夏一苇投资的了。

节目播出后收视相当不错，连锁反应下，张约和齐涉江的关系也更令人瞩目，也不知是不是节目组在搞事情，现在他俩仿佛是娱乐圈第一对头了。

段子手们都拿这两人编起了笑话。对了，还有张约那群堪比段子手一般的粉丝。

就在这样的近乎狂欢的氛围之下，张约去观看有齐涉江参与的相声演出了。

他和队友也不一起行动，一个人在场馆外买饮料的时候，还被人拍了发到网上："我怎么觉得我好像看到了张约？"

照片上张约戴着口罩，半张脸露在外头，的确和大家印象里那位相似。

但是所有转发的人都表示博主"快醒醒，你在做梦吧"。

——看看自己的微博定位好吗？你可是在看有齐涉江参加的相声演出，你觉得你可能看到张约吗？你咋不说你看到白骨精在花果山洗澡呢？

最后就连博主自己，都怀疑起自己的眼睛来了："好吧好吧，算我想瞎了心。"

待到若干时日后，大家回过头来看到这些，铁证如山，方才感慨：我们到底怎么想的啊，摆到眼底下的事实都不信！

再说回齐涉江的演出。

这场是孟静远同门师兄周思禾的相声专场，孟静远给联系的，让齐涉江去给周思禾垫场，也就是在周思禾演出间隙上去演，留给周思禾休息的时间，否则连着说几个小时，哪个受得了？

　　这也比较考验人，大家都是冲着周思禾买的票，如果表现不好，那观众可能就玩玩手机，抽个烟，等待周思禾再次上来了。

　　周思禾和孟静远关系好着呢，他知道最近曲艺界在打嘴仗，没二话，就是支持孟静远，当下答应了，还特意把自己的爱徒刘卿叫给齐涉江捧一段——总不可能让孟静远亲自陪着一起垫场嘛。

　　这演出演员表一公布，挺多人关注，观众们也诸多感慨。

　　周思禾什么人物？根正苗红，打小就学相声，从业二十多年，能捧能逗，单口相声也脍炙人口。齐涉江是两门抱，周思禾则除了相声，还拜师学了京东大鼓、河南坠子，几门一起抱，柳活儿使得相当好。给周思禾垫场，为他的粉丝表演，那就是困难模式啊。

　　【齐涉江是挺有种啊，真奔着这条路往下走了，还去给人垫场。现在买专场票的，那不都是周思禾的粉丝，不乏相声老票友，人家那嘴可刁了，能吃得下他演的吗？】

　　【感觉这比在电视上演要难，而且这次搭档不是孟静远和曾文，都没听过。我听说那些奔着听相声去的，要是演不好了，当时就叫倒好，能臊死你。】

　　【呃，可就算演好了，也不会被承认吧？我觉得拿这个说事挺无聊的，其实齐涉江说得在我眼里已经挺好了，反正我看了能乐。】

　　闲话不少，其中也不乏支持齐涉江的，只是连相声界内部都争论不休，他们就更说不清齐涉江的本事到底足不足以征服现场观众了。

　　反正周思禾的余票，是都卖出去了。

　　非但如此，还有视频网站看中了这次的热度，跑来申请全场直播周思禾的专场。

　　这是以前没有过的，周思禾同孟静远商议了一下，也答应下来了。

　　这下去不了现场的，也能在网上在线"吃吃瓜"了。

　　齐涉江对这场演出非常认真，别人怎么判定他倒无所谓，而是这里头有孟老师的人情，他又是去给周思禾垫场，要对得起两位。

　　齐涉江提前就去和周思禾的徒弟刘卿对词儿、商量包袱了，周思禾之前没听过齐涉江使活儿，这会儿一听，反应和孟静远一样。

稳，太稳了，就这个筋劲儿，他那徒弟是远不及也！

别说徒弟了，就是他自己，在齐涉江这个年纪时，上了台还老"踩藕"呢——就是表演时重心一会儿在左腿一会儿在右腿，跟塘里拿脚四下踩着找藕一样，这样的小动作多了，观众看着不舒服。

齐涉江整个儿的台风，也让周思禾想到了孟老爷子。

他好像一下子明白了，为什么孟静远那么愿意帮着齐涉江。他完全相信，除了孟静远思想开阔还惜才之外，必然也有打齐涉江身上看到祖父影子的原因！

到了演出当天，齐涉江和刘卿都是提前几个小时就到了后台。

刘卿是周思禾弟子里捧哏水平最好的一个，这一次给齐涉江量活儿（捧哏），他非常卖力气。不只是因为师父的嘱托，原因比较俗，他知道齐涉江人气高啊，跟着一起露露脸，指不定也能扬扬名。

他们俩这一组，非但是垫场，还是打头阵，头一场节目就是他们的。

"我去看了一下，网站的人也来了，在架设机器。说真的，我还是第一次说直播。"刘卿打外头看看，进来说道，直搓手。

他演出经验也不少了，但想到今天还有那么多因为齐涉江而关注相声的观众在看直播，还是难免忐忑，这是人之常情。别到时候，齐涉江没掉链子，他给拖后腿了。

"没事，好好说就行。"反过来还是大家眼中正式演出经验没多少的齐涉江安慰刘卿。

要说大场面，当年齐涉江小时候跟着他父亲的戏班子天南海北地跑，最红火的角儿演出时，台下围了能有近万人，比今日这场馆塞的人都多，真正乌泱泱一大片。

齐涉江有时候也上去扮个小角色，学了三弦后，没活儿时还给大鼓演员坐弦——就是公共备用的弦师，这种得会不少曲目。

所以虽说他作为相声演员没多少大演出，但讨生活的时候，也算跟着增长了大型舞台经验。

"说实话，你跟我想的有点不一样。"刘卿忍不住道，"原来我看过你的视频，就觉得活儿好，台下我想着人应该有点傲，没想到这么照顾人。"

齐涉江一笑了之，当年他父亲班子里的小孩，都是他带着。入了相声门后，师父的儿女和师弟，也都是他带着。

一想到往事，齐涉江神思又有些缥缈了。那时节太乱了，江湖艺人算什么，没有半点地位，地头蛇欺负，一家人还被抓去表演。中间他又被当作物品一般被借去另一处弹弦子，就这么个来回，遇上空袭，忙乱之中，他逃了出去，师父他们却都被带走了。

从此他再也没离开那个省，一面卖艺生活，一面打探师父他们的消息。他一直在等待他们回来，等攒够了钱，自己也出门去找过几回。可是，最后得知的却是被带走的艺人，想拼死一搏被发现，都给活埋了……

"杰西？杰西？"刘卿推了推齐涉江，"你这是怎么了？该准备上场了。"

"没什么。"齐涉江揉了揉脸颊，起身将大褂换好，和刘卿一起走到侧幕等待。

"下面请欣赏相声，《批京戏》，表演者：齐涉江、刘卿。"

随着主持人报幕，齐涉江和刘卿一前一后走上台来，都是年轻演员，还为了这次演出做了一套紫檀色的大褂。

台下响起了掌声，作为奔着周思禾来的粉丝、票友，他们也就是给点面子，随便鼓几下，还有小声八卦起来的呢。

"这就是最近在争论那个，来相声门的偶像？"

"这柳活儿啊，真是偶像那能使好吗？"

"也不知水平怎么样，我看着不行就睡会儿，昨晚加班太累了。"

"何止偶像，看着还是混血的偶像……你看那模样。"

周思禾柳活儿使得好，粉丝都是好这口的，很多都是爱相声，也懂戏曲。

那些个买票来挺齐涉江的妹子才不管那么多呢，鼓掌鼓得特别大声。同一时刻，直播间的吃瓜群众也掀起了第一波评论小高潮：

【看！齐涉江穿了新大褂！】

【可以可以，热搜预订！】

张约坐在靠中间的位置，也不是很前排，这样更利于他隐藏自己。就是后头好像坐了两个齐涉江的粉丝，在小声讨论。

"那就是Jesse今天的搭档吗？不是孟老师了，这个会是以后的'正宫'吗？看着还行！"

"听说是周思禾老师的徒弟，也不知能不能配上，别高兴得太早，说不定只能做个'贵妃'。"

张约："……"

这都什么不正经的粉丝！

"晚上好，先做一个自我介绍，我是相声演员齐涉江，我身边这位，是刘卿。"此时台上，齐涉江已经开口说话了，他的声调、语气都让人很舒服，最后几个字加重了语气，不由自主就望向台上。

这个叫领招，意思是吸引观众的眼神看向演员，但齐涉江完全没有用什么特别夸张的动作或话语，全凭自然而然的气场，观众们甚至没有意识到，颇有种返璞归真的感觉！

刘卿在一旁，则应了一声，然后道："我认识您啊，您不是综艺节目里头的明星嘛，《归园田居》啊，到处都在播。"

这综艺收视的确不错，观众就算没看过总也听过名字，又知道齐涉江是明星。

齐涉江"嘻"了一声："不录啦，退出了，那节目坑人啊。"

这一下把观众的好奇心给吊起来了，怎么，这是有爆料吗？

在刘卿的追问之下，齐涉江摇摇头道："节目组把我跟关山乐队那张约安排住一块儿，我们俩啊，合不来！"

来了，这就又拿张约砸挂了！

看直播的人纷纷表示：

【请问是现在就笑还是走流程？】

【不知道张约会不会后悔，怼了一次而已，现在要天天被拖出来……】

关山乐队的歌传唱度还是很高的，张约的毒舌属性更让他出现在不少娱乐新闻里，就算不认识，其实也不妨碍大家往下听。

齐涉江惋惜地道："首先从爱好上来说，张约爱狗，我爱猫。他喜欢中华田园犬，我喜欢纯种猫。我养的是纯种的长毛美短猫……"

刘卿先一点头，随后露出难以置信的表情，大声道："等等！纯种不纯种不提，您知道美短是美国短毛猫的简称吧？"

齐涉江仿佛很镇定地瞥了他一眼："没听过基因变异啊？"

刘卿放下手："行吧。"

齐涉江接着道："我养的长毛美短，他呢，养的是田园的秋田犬……"

"等会儿！"刘卿哭笑不得，"秋田不是乡下哪块田，秋田犬不是中华田园犬，它压根不是中华的！"

齐涉江："咦，不能够吧？"

刘卿摇头道："这么看你俩其实挺合得来，都一样不靠谱。"

"不只是这一项啊，还有别的呢。"齐涉江又掰着手指头算了起来，从生活习惯说到合作干活，不停地"张约""张约""张约"，拿他说笑话。

台下的张约本以为他就是随便砸挂，谁知道他不停在自己身上抓哏，开场以来就没停！张约都绝望了，他到底为什么要来看演出？

正好最近《归园田居》也开播，齐涉江这么说得跟真的一样，观众不时就一阵笑，算是迈出了成功的第一步，把现场气氛搞热了。

"还有最重要的，我觉得张约的艺术素养不太行，我得批评批评。"齐涉江说到这里时，那些常听相声的老听众都知道，这是进入一段相声的瓢把儿了。

瓢把儿就是连接垫话和正活儿的部分，要自然而然地从垫话转接入正题。演员水平高了，随便什么垫话都能自然地进入任何正活儿。

"你看他那首《秋水》的歌词写得，根本就不通。"齐涉江说道。

"有吗？那您给说说。"

齐涉江伸手一握麦克风，此时但凡是比较熟悉关山乐队的人，或在现场或在屏幕前，都暗叫了一声："绝了！"

就这么简简单单一个动作，简直神似张约本人唱歌时的样子，可不就是这么半扶半握着麦吗？

"歌是这么唱的——你数过青山飞起的三十九片梧桐，只是满面酒借红。"齐涉江学唱了起来，一开嗓，观众都忍不住鼓掌了。

相声演员学唱，那是像不像三分样。

齐涉江一提高嗓门，模仿张约的发声位置和唱腔技巧，还真有了几分样子。就连张约本人都略吃惊地看着他。

"这里没问题，但后头还有一句——寸草不生，飞蓬也远去随风。"齐涉江唱完后道，"你看，这到底怎么回事，刚才还青山，还有梧桐叶，怎么就寸草不生了？那不是青山，应该是黄山吧？"

"你这么一说……倒还真是。不过这流行歌曲，都是为了押韵嘛。你要在乎逻辑，听点别的。"刘卿劝道。

齐涉江："不行，听什么我都爱思考。像前些日子我听京戏，国粹啊，也觉得矛盾。"

这就入活儿了。

刘卿问道："哎，那可是国粹，你听出什么矛盾了？"

齐涉江想想道："莫赣老师唱的经典曲目，《四郎探母》里坐宫那一折。四郎上来，头句就念了个引子。"

莫赣是家喻户晓的京戏演员，工老生，水平那是出了名的高。就是不听戏，也多少听过他名字的，春晚舞台不少见。

刘卿不疾不徐地道："怎么念的？"

齐涉江头微微晃了两下，张口就来："金井锁梧桐，长叹空随几阵风——"

尾音尚未完全落下，先前还只矜持鼓掌的老票友，尤其是那些热爱柳活儿，平素也听京戏的，根本按捺不住，拊掌大喊："好！"

莫赣吸收了几派的特点，他唱的《四郎探母》极有特色，低声苍劲有力，高声又脆亮刚健，来表现四郎极为恰当。

别看齐涉江长得有些西化，这短短一句，不只是像不像三分样了，完全捕捉到莫赣的特点，一开嗓，十足的苍凉清醇之感，行腔吐字堪称一比一还原，形神俱备。

这时候不叫好，还等什么时候叫好！

一句话把老票友们镇住，玩命地叫好，这就够了吗？

显然是不够的。

台下叫好连连，台上二人却是一派自然。

刘卿对了一句词："是这么念。可问题在哪儿？"

齐涉江说道："四郎这引子，单一句是没问题的，但是您琢磨内容，金井锁梧桐啊，按照这词儿推断，当时是秋天。"

刘卿点头："没错啊。"

齐涉江："可您再听后头，铁镜公主唱那四句西皮摇板，就砸啦。"

他扬声便唱了起来，铁镜公主这一角色本就要求唱功，摇板对演唱者的要求也颇高。摇板节奏是自由的，要根据唱词情绪来发挥，也就更要演员理解深刻了，还不能自由到没了板眼。

铁镜公主是旦角，齐涉江刚刚才唱过老生，立刻又改用小嗓，唱起了台词："芍药开牡丹放花红一片，艳阳天春光好百鸟声喧。"

这一开口，现场叫好声又是此起彼伏！

老票友一听就知道，虽然刚才齐涉江没说，但这分明就是在学莫赣最经典那版《四郎探母》里的搭档，也是一位著名的旦角女演员。

那音色圆润流畅，清亮悠扬，非但是唱得好，更是学得像啊！

叫那些不懂京戏的观众来听，听不懂学的谁，却明白这是反串的，还反串得特别好，这热闹劲儿就足够他们也叫好了。

齐涉江三两句唱词，赢得了满堂彩。

连着直播中的网友，也都是目瞪口呆，难以置信。

之前相声门那一场争论，让好多人心底都觉得，齐涉江的柳活儿应该不怎么样，可这一番表现，真是完全颠覆了他们的想法。

【就这，到底怎么传出来齐涉江功底不行的！】

【后一句学的是叶青青老师啊！太像了吧！】

【我的老天爷，齐杰西有这本事不早拿出来，我仿佛看到某些前辈的脸肿了起来……】

【真的震惊了，抱着听张约笑话想法来的，谁知道……】

【前面听张约笑话来的，你是魔鬼吗？】

【不服气不行，一开嗓我鸡皮疙瘩都起来了！】

【同起鸡皮疙瘩，我不懂京戏，但这个真是有耳朵的都能听出好来吧。】

【呜呜呜呜呜，我们Jesse太棒了，我现在负担更大了，只想简简单单喜欢一个人的脸，万万没想到啊！】

【刚刚我姐姐问我，你"爱豆"这么厉害的？我说，我也不知道……】

各路吃瓜群众迅速截图录像，呼朋唤友前来观看这场惊天大反转。

【看到就是赚到，Jesse在线表演在线飞！】

【想知道那些相声前辈怎么说！】

而舞台上，齐涉江的表演还在继续。

八十多年前，齐涉江从小在京戏班子长大，最开始学的就是京戏，只不过后来倒仓，改学相声去了。

换了这个身体呢，嗓子却是很好的，加上他的功底与天赋，演出前练习了许久，这才学了个十成十。

"您听听，同一天，四郎过秋天，公主过春天？"

"哟，还真是。"

"《刺王僚》也不对啊，你听：满江撒下金丝网，哪怕鱼儿不上钩！"

"这句我也听出来不对了。"

"就是，这到底用的是网还是钩？"

又是老生，这回模仿的另一个流派的名家！

"还有呢，《珠帘寨》，问题更大了。"

"听那李克用唱流水：哗啦啦，打罢了头通鼓，圣贤提刀跨雕鞍。哗啦啦，打罢了二通鼓，人有精神马又欢。哗啦啦，打罢了三通鼓，蔡阳人头落在马前！"

这是老唱法，花脸。

用的本嗓，骄傲之气扑面而来！

待到抖响最后一个包袱，齐涉江、刘卿一起鞠躬，走下台去。

台下，掌声久久都未平息。

相声本就有文有武，有温有闹。齐涉江今天这出是文哏，内容书卷气浓，表演得也比较文雅，没有特别火爆的包袱。不像之前的《扒马褂》，被他使得都动手了。

可是这场被齐涉江使来，现场气氛却是达到了一个高潮！

主要是原先期待压得极低，甚至是不抱希望、打算睡觉的观众，乍然迎来这样的反转，心情起伏之大可想而知，怎么能不心思激荡。

可以这么说，就算是齐涉江模仿的那些名家本尊唱一段，现场反应可能都没有那么大。

实在是反转太大了，戏剧性得叫人难以忘怀，直到许久后，提起这日来，大家仍是津津乐道。

此刻，网络上，齐涉江唱京戏的词条搜索量不断上涨，直播网站的流量也激增，全都是听说了这一出赶来看下半场的。

还有人跑去那些曾经对齐涉江指指点点的相声门前辈那里报信，问他们这算怎么回事。

那些人一看也是变脸啊，心说这混血小崽子，居然藏得这么深！

年纪轻轻，还挺有定力。就是苦了他们，当时拿这个出来说事，增加可信度而已，网友们跟着起哄，他们还得意呢。

谁能想到，还没多久，就被一巴掌抽脸上了，这上哪儿叫苦呢！

齐涉江要是自己唱也就罢了，还可以挑挑毛病，他是学唱的名家，还学得八九不离十。你批判他，不就是间接批判名家吗？

那还能怎么办，装死吧，等网友忘记这茬就过去了！

于是，任网友怎么评论，他们也只作自己浑然不知此事，然后悄悄把以前发的言论改了，只留下齐涉江没师承之类的内容。

同一时间，京城某老四合院中。

"我不信，我非唱成咚咚咚。"

"好，您试试。"

"咚咚咚，打罢了头通鼓，圣贤提刀跨雕鞍，咚呀咚个咚，打罢了二通鼓，人有精神马又欢，咚咚咚……"

"怎么啦？"

"掉沟里一个。"

......

"好啊，杰西这是还打了京戏底子吗，唱得这样地道？"柳泉海拿着个大屏幕手机，上头正是齐涉江的相声直播。

孟静远在一旁赞同地点头："您不知道，会的多着呢，上回都没展示全。"

他们今日没有去现场，今儿是孟老爷子的寿辰，因为缠绵病榻，连弟子也不叫上门祝寿，唯有柳泉海得到老爷子同意，来陪他说几句话。

柳泉海和孟老爷子说了几句旧事，老爷子就说要躺下了。

其实柳泉海还有很多话想和老爷子说，但也只能叹口气，和孟静远在旁守着老爷子，一面想起杰西也不知怎样了，就打开直播看了看。

"杰西是谁？"

孟老爷子的声音响了起来。

"哎，您老又醒了？是不是我这声音开太大了，这手机我也玩得不灵……"柳泉海摆动了一下手机，不知怎么直接关机了。

"没事……"孟老爷子说道，"迷迷糊糊听到有人在说相声，就精神了。"

柳泉海和孟静远都是一乐："是吗？杰西是个晚辈，今儿给思禾垫场，这孩子虽然是海青腿儿，但功底扎实啊。我听着，很有您台上的风采。"

孟老爷子回想起自己半梦半醒之间听到的一小段，喃喃道："是像……"

尘封了几十年的记忆又浮现起来，孟老爷子在心底晃神，与其说像自己，不如说是像回忆中意气风发的师哥齐梦舟呢。好多活儿，都是师哥一句一句给他说的。

一旁的柳泉海浑没注意，还高兴道："您看，我是说像！"

孟静远也点了点头。

可惜只听了一段，孟老爷子吐了口气，说道："是好孩子，什么时候有精神了，我也见一见。"

柳泉海和孟静远都惊了，老爷子可是多少年不理相声门里的事了，打生病前就不乐意见那些晚辈。就现在说杰西如何如何的那些人，想上孟家装孙子，都难得进门。

他们想再说什么，可老爷子已经发出了微微鼾声，再次睡着了。

只是看上去，睡得似乎比平日安稳。

两人对视一眼，轻声道："等老爷子大好了，就去指点一下年轻人。"

演出现场。

周思禾演过了三场，到这里，节目就都结束了。

但是演完后，观众掌声不断，演员都走到侧幕条了还不停，这就该返场了。返场就是正式节目表演得好，观众极喜爱，掌声不停，演员便回到舞台上继续给大家加演个小节目。

周思禾都走进台口了，观众还在鼓掌，他再回来，这就叫"幕后返"。

周思禾和搭档一起给观众演了个小段，心中起意，说道："今儿垫场的，有我徒弟，也有子侄，我把他们叫上来吧。我知道，也有些他们的粉丝。"

大家都知道，主要说的其实就是齐涉江。

观众当然是愿意的，包括直播间的网友也是如此，他们都猜测返场时齐涉江会上来。

刚才齐涉江表演完节目就下去了，可大家特想听齐涉江说说话，到底怎么想的，原来不是不会柳活儿，相反，使得特别好啊。

"来，这个，杰西，青年相声演员，前偶像。"周思禾说完，大家都笑。

齐涉江又微微鞠了一躬。

"前面和我徒弟刘卿演了个《批京戏》，演得非常好。"周思禾说道，"我看大伙儿都还没听够呢，是吧？"

"对！"

"再来一个！"

周思禾笑吟吟地道："哎，刚刚唱的是京戏，但我知道，杰西的大鼓唱得也非常好，你唱段大鼓吧。"

现场安静了一秒，随即又响起了掌声。

大鼓？

这不都说，齐涉江的大鼓一股怪味吗，要不大家也不会相信他柳活儿使得真的不好了。

但是因为齐涉江之前带给大家的京戏，观众还是选择了鼓掌，只是难免交头接耳起来，也不知唱出来什么味儿，可别把之前京戏带来的好感都磨灭了啊。

周思禾就是知道，才故意让齐涉江唱大鼓的，他可是站在孟静远那边的，憋着要让齐涉江露脸呢。

他自己没有亲耳听到齐涉江的大鼓，但相信师兄的品鉴能力，再说他也不像那些个瞎叫唤的同行，他是有内幕消息的，知道齐涉江还是子弟书传人。

这也没约好，都是临时起意，齐涉江一听，说道："刘卿唱得也好，我和他拆唱一个吧。"

拆唱就是本该一个人唱的曲子，拆开，两三个人，甚至四五个人一起演出。

这个就是投桃报李，周思禾捧齐涉江，他就把周思禾的弟子也捎带上，大家一起露脸。排演的时候互相了解过，他知道刘卿的能耐。

刘卿愣了一下，被其他师兄弟推到了台前来，台下又是一阵掌声鼓励。

之前他们俩说的那段，属于一头沉，也就是基本都是逗哏齐涉江在说，作为主要的叙述人。但刘卿捧得也相当瓷实，把观众情绪都带起来了。

也是这个时候，一些半懂不懂，此前也批评过齐涉江基本功的外行，也急忙在微博发声了，仿佛十分睿智："齐涉江想打个漂亮的翻身仗，但他太急了。他的京戏，模仿得还算是到家，但是大鼓，他唱得那不叫味儿啊！听过《何必西厢》现场版的都知道，黄调黄到天边去了。糊弄一下普通观众够了，在行家里手这里，得把前头挣的脸面又都丢了！看吧，周思禾的粉丝好这口的多，不给他叫倒好就算他今儿走运了。"

一时间，原本直播间近乎狂欢的气氛又黯淡了一点，尤其是齐涉江的粉丝，心都揪起来了。

谁也不乐意自己的偶像站在台上，被人叫倒好啊。

可他们偶像是个混血，在国外待了那么久，会唱国粹京戏都叫他们惊喜万分了，何况大鼓……这曲种，年轻一些的孩子都不知道啊。

那些个人说得有鼻子有眼，信誓旦旦，怎能让他们不担忧。

"就给大家唱段梅花大鼓的名段《琴挑》吧。咱一人两句吧。"齐涉江正现场和刘卿拆词儿，拆好了，便有弦师来伴奏。

"这段儿说的是北宋书生潘必正进京赶考，在女贞观遇到了美貌尼姑陈妙常弹琴，二人渐生情愫，从此心心相印。"齐涉江先给观众介绍了一下剧情，他知道也有观众不听大鼓，先介绍一下剧情，好叫大家理解情绪。

介绍完毕，再一清嗓子，齐涉江扶着场面桌唱道："暮春三月，鸟语花香，鸳鸯戏水在池塘。在那池塘后有一座庙宇叫女贞观，有一位带发出家的陈妙常……"

现场有听惯了曲艺的老先生，惊愕道："刚谁说这小年轻大鼓不如京戏的！"

正宗南板梅花调啊！

行腔华丽不失细腻，标志性的高腔流畅开阔，情绪饱满，韵味十足，堪称尽得梅花大鼓精髓！

那些相声门的前辈也有偷偷看直播的，在这一段之后，不禁按了按心口，心有余悸。幸好刚才没有发言，否则当不是光速打脸。

这个Jesse简直有毒！有这本事你不早说，还被叫了几个月花瓶！

他们尚且如此，更别提那些半懂不懂充内行的人了，霎时哑口无言。

也不用这些人来解析了，现场的掌声和叫好声就说明了一切。

最妙的是，细细一品味，齐涉江唱的虽然是正宗梅花大鼓，但和之前使的柳活儿里学唱京戏不同，他的梅花大鼓不像是模仿任何名家。

非要他们评判，这更像是一种新的风格！

没人敢相信这是齐涉江自己创造的，那可是开宗立派的本事，只在心底暗道，难道是这人那说不出的海青师承传下来的？那倒是高人在民间了。

他们不知道，齐涉江作为子弟书唯一传人，又是八十多年前来的，什么现今流派都没学过，自然是独树一帜。

"好，好！"待二人拆唱完，周思禾笑眯眯地道，"你再单来段儿京韵大鼓，《红梅阁》会不会？"

刘卿退开一些，齐涉江点头，张嘴就唱："细雨轻阴过小窗，闲将笔墨寄疏狂。摧残最怕东风恶，零落堪悲艳蕊凉。流水行云无异话，珠沉玉碎更堪伤。"

《红梅阁》的文本也是打子弟书里来的，齐涉江熟得不能再熟了。

京韵大鼓出名的大家很多，曾经也是大江南北红火过的，齐涉江唱得有些像穆派大鼓，要是内行细品，就知道那只是京戏底子导致的。

不管怎么样，唱得仍是博得满场掌声。

一个相声演员能唱到这份儿上，真叫人不可思议。

如此两段下来，齐涉江不肯再唱了，鞠了一躬站到后头去，脸色还是那么平静。

他是平静了，直播间不平静啊。

【你……我……】

【前面信誓旦旦Jesse要扑街的都给我出来好吗？你告诉我这些观众是在叫倒好吗？】

【目瞪口呆！所以他不是不会大鼓，反而唱得特别好！那为什么有人说《何必西厢》里那段走调了啊！】

【这绝对不是临时抱佛脚能练出来的吧，之前说不定根本就是改编了之类的，根本不是走调。】

【镜头扫过去，好多大叔大爷在叫好啊！】

【刚刚没记住，这段叫什么来着？突然领悟到了大鼓的美啊！】

【你怕是领悟到齐涉江的美了……】

【听到了吗？那是打脸的声音啊！】

从这场演出开始，到结束后，和齐涉江有关的多个关键词蹿上了搜索榜，从"齐涉江京戏""齐涉江梅花大鼓"到"齐涉江砸挂张约"，最令人意外的一个是"齐涉江搭档刘卿"。

网友们可忙了啊，先去怼过齐涉江的相声门前辈那里挑挑毛病，提个问，再去张约那里心疼他一下，还要去京戏名角儿微博下邀请他们鉴定，最后呢，大家再齐心协力把刘卿的微博找了出来，把他的微博给犁了一遍，表达一下内心的羡慕、祝贺等情感。

——他们给刘卿也封了个"妃位"，希望他再接再厉，努力把位置坐稳。毕竟考据之后大家发现，刘卿师出名门，和齐涉江拆唱表现也不错，做个"妃子"还是绰绰有余的。

刘卿拜师这么些天，突然就被捎带着小红了一把，微博粉丝暴涨，自个儿也是一脸蒙。想到过能露脸，没想到网友真这么热情啊，他只好发点排演时齐涉江的照片回馈大家了。

再说张约，出乎大家预料，一个晚上都没露面。都嘀咕呢，也亏他没露面，不然这家伙跟着一嘲讽齐涉江，回头又被打脸，多惨，《归园田居》肿起来的脸还没消肿吧？

到第二天，事件也发酵了，晚上睡得早的人这会儿起来，都被相关新闻给刷屏了。

忙碌的记者们和网友一样，四处奔波，想采访相声门前辈，人家躲着走，好不容易才逮着一个有演出的，没办法，躲都没处躲了，只能厚着脸皮接受采访。

"林洋老师，林老师，您能聊一下昨晚Jesse的表现吗？昨天他给周思禾老师垫场非常成功，唱的京戏被网友评为神还原，可见基本功很深厚。您觉得有这样的基本功，够格称为相声演员了吗？"记者的话筒都要捅到他嘴边去了。

这个林洋也是从艺多年的相声艺人了，比孟静远矮上一辈，名气没有那么大，但也是各大电视台常客了。

他黑着脸没好气地说："这和基本功没关系，他顶多算个不错的业余爱好者，再说了，术业有专攻，我和莫赣老师也认识，他的艺术水平，不是寻常能赶上的，什么叫神还原啊？"

大家都搞曲艺工作，也的确和莫赣认得。但这逻辑就有点不要脸了，针对性太强，强行把齐涉江的表现给压下去。

记者低头看了一会儿手机，忽然抬头说："那您对刚才莫赣老师接受我台记者采访，表示现在很多院校里的年轻京戏演员唱得都远不如Jesse，如果相声门不欢迎，他代表单位欢迎Jesse跳槽去京戏院——这一说法，您有什么看法？"

林洋："……"

玩我呢？

现在的记者套路深啊，林洋哪里有这经验？

他当即愤怒地拂袖离去，生气是半真半假，一半是有点挂不住脸，另一半……他真不知道能怎么回答了……

莫赣老师出了名的脾气直爽，在单位也做到管理层了，他是既有这个底气说这样的话，也有这个身份发出邀请。

莫赣虽然和齐涉江素不相识，但曲艺界最近议论纷纷，他怎么会不知道，也很理解。其实这些方面，京戏圈和相声门很像的，想把水蹚平，难得很哪。

只不过莫赣艺术成就高，记者来给他看了那几段表演，他哪里管相声门的人怎么争辩，自己觉得欣赏就这么说了。

这采访传出来，大家感慨连连。

虽说看得出是半开玩笑吧，但是莫赣老师的态度也完全能够佐证，齐涉江模仿得有多成功，完全是内行大师也认可的水准！

在相声门里，有这份能耐的前辈都数得出来。

这不只是得到票友们的认可啊，连莫赣本尊都认可了，可以说是最高认证吧。

在这样的对比之下，就更显得那一撮人小气了，这会儿了还要咬死了师承。现在连网友都看出不对劲了，这些人分明只是门户之见。

【不懂了，这都什么年代了，还看门户呢。学学人家孟老师，要么人家是名门之后，大家风范。】

【莫赣老师够牛！简直明示那谁为难人了！】

【这是在摆姿态吗？搞得自己的认可有多重要一样，惹急了我们Jesse去京戏院。】

【不对，惹急了Jesse回来做偶像……赚得更多！】

【话说回来，孟老师对Jesse那么好，Jesse为什么不拜孟老师或者曾文老师，这样不就有个正经师承，也让他们无话可说了啊。】

【有道理是有道理，但是要向这些人妥协也太恶心了吧，我支持Jesse就这么干下去！】

【我在演出公司上班，跟孟老师的班子有些合作。听说孟老师也有这个想法，但林洋到处找人告状。你想啊，林洋比孟静远小一辈，Jesse要是拜了孟老师，就比好多人辈分都高了。一个海青，一个野路子，年纪小小，居然那么大辈儿，他们见了还要乖乖叫师叔、师叔祖，你说他们能乐意吗……】

【原来如此！有点明白他们反应为什么那么大了，除了Jesse是个半路杀出来的海青之外，孟老师、周老师他们提起Jesse来都以子侄论，孟老师是孟家嫡系，孟家的辈分高啊！】

的确，孟静远问过齐涉江要不要拜到他或者曾文门下，他觉得齐涉江的路子和自家简直太合了。齐涉江和他那位先生只是口盟，没有正式摆枝拜师，现在拜他不算乱了规矩。

但齐涉江不同意不是因为什么林洋说事儿，就算林洋找一百个一千个长辈来告状，孟静远自觉也顶得住压力。

完全是齐涉江本人不愿意，孟静远听他说是敬重自己的老师，也就不好说什么了。

齐涉江心底清楚，他是万万不可能拜孟静远为师的，那是对自己真正的师父不尊重。他和真正的师父，可是正儿八经拜过师，在祖师爷面前磕了头的，心底得有数。

那天演出完后，齐涉江迎来了休息期，《归园田居》的录制时间还早，目前的一些节目邀约李敬也不是很满意，没有让他趁热打铁多上节目以致损失质量。他在家里继续整理一下子弟书，也挺好的。

张约那边宣传期到尾声也没什么事了，自打齐涉江再次拿他砸挂后，他走到哪儿都要被调侃。

队友天天看录像，都快把台词背下来了，经纪人天天嚷嚷为什么Jesse不是她手下的艺人，其他人就更不用说了。

张约跑到齐涉江家去，一方面是看看改曲的进度，一方面也是来吐槽："我告诉你，就你拿我砸挂，我都没收你版权费，你去看看我微博下面，现在都是些什么评论，全都在问我，我家的田园秋田犬在哪儿。你看，精神损失费怎么算？"

他都没说"封妃"的事，太丢人了！还有，他怎么就跟那什么刘卿兄弟相称了！

齐涉江都没微博，还问过他"23333"什么意思，可见不怎么上国内的社交网站，也不晓得知不知道这件事了，他是没脸主动说的。

"您也在微博砸回来呀！"齐涉江说道，"我不介意的，这说明咱俩关系好。"

张约呆了一下，居然哑口无言了："什么……"

他蒙了，这真的假的，不了解相声门啊，还是认识了齐涉江才知道几个专业名词。真的是和他关系好，而不是逗他玩吗？

"真的，您看，除了第一次，那回我就是拿您抓眼戏谑。后头就都是知道您不会生气，舞台效果又好，才说的。您多去看看相声，我们说得最多的还是自个儿搭档，或者家人、同门呢。不然，您要说我也可以，我乐意给您说。"齐涉江这说的是真心话，也是实话。

张约还发牢骚："谁乐意说你了……"

他嘀嘀咕咕地坐了下来，一回头还真在微博上转发了一下齐涉江粉丝从节目里截的动图，只是齐涉江平时太稳当了，这些动图都是他无意间绊了一下、打喷嚏之类的画面。

张约转发大笑，搞得粉丝都感慨了：也不容易，被砸挂砸得到处搜齐涉江，可惜都找不到反击的点，只好低级嘲笑一下……唉，哥，你没发现大家只会觉得人家可爱吗？

"《痴梦》？你唱唱。"眼下，张约看看齐涉江案前的文本，这段是齐涉江自己改过了的，他叫齐涉江唱来听听。

齐涉江坐在地毯上，抱着三弦一拨："世事何须苦认真，浮生如梦古人云。覆蕉宁谓身前梦，化蝶还应梦里身。幻处岂堪真着眼，梦中何必更劳神……"

张约只觉一个激灵，寒毛都要竖了起来，原本漫不经心地坐在沙发上，此刻低头紧紧盯着齐涉江。

旁人也许听不出来，但张约的敏感度不一样，加上也听了不少齐涉江的唱词。

这几句，齐涉江唱得真是悲切如霜雪侵身，愁丝万缕到跟前。悲意还可以说是代入了曲中故事，但愁思是从哪里来的？

齐涉江父母健在，自己又正在攀登事业，那么多人喜欢他。就是有人挑刺，这家伙反手不是抽回去了吗，还见天儿拿他砸挂。这样一个说得上春风得意的人，到底是哪来这么浓重的悲愁啊？

太矛盾了……

可就是这样的矛盾，出现在齐涉江的眼角眉梢，随着弦歌声一起千丝万缕地游荡，把在旁坐观的他缠绕住，让他止不住地想解开这团纠结的迷雾，想知道齐涉江到底在想什么。

齐涉江放下弦子后，说道："这里有三腔四叹，本来是一句赛着一句冗长，我给改了……"

说到一半，他发现张约没说话，转脸看去，才发现张约正盯着自己，眉头紧锁，表情也怪怪的，问道："怎么了？"

张约凝眉道："你在为什么事伤心？"

齐涉江没想到他竟听出自己的心声了，一时盯着他无言以对。

八十多年如梦似幻，似假还真。时日一久，难免产生一些忧愁，这是人之常情。平时工作忙碌，专注时也不会想太多，刚才唱到《痴梦》，这才被唱词勾动了心弦。

齐涉江是意外、震惊张约能听出曲中之意，都说知音难寻，但是这样的心情，他怎么也无法吐露出来，只能怔怔看着张约。

张约见齐涉江沉默无言，眼底似乎还有一点罕见的无助，深深看他一眼，自己把话题岔开了，低声道："曲本给我看看吧。"

两人正忙碌着，那头又接到了李敬的电话。

夏一苇这两天也在京城，知会过齐涉江，她在赶拍一支新歌的MV，到时要在巡回演唱会的下一站上首发的，按说李敬也在忙活那边的事。

"敬叔，怎么了？"齐涉江问道。

张约歪头看他，听他"嗯嗯"了几声，待他把手机放下后，问道："找你呢？"

"今天估计就到这儿了，我妈那边找我去救个场。"齐涉江说道，"她新歌里本来是有京戏的部分，找了个京戏院的演员助场，但那位临时有任务出国演出了，他们又耽误不了，那位推荐的其他演员好像也不满意。就想到我了。"

这可是亲儿子，还刚刚展现过模仿能力，简直是完美选择。如果是母子合作，那意义又更加不同。

张约"哦"了一声，嘴角撇了一下。

"哎，不然你也一起去吧？这都快中午了，干脆一起吃个饭，下午你还可以指点一下。"齐涉江也没注意张约的表情，一看点儿，问道。

他知道张约和夏一苇是认识的，都在一个圈子，虽说不熟悉，但都认识。

张约的表情一下晴朗了不少："这个啊……"

他还琢磨着怎么回答，齐涉江已经一起身："走吧走吧，外套穿上。"说着自己都起来收拾东西了。

张约一看也没留给自己摆谱的时间，讪讪地跟着站起来了。

两人一起到了现场，李敬、夏一苇和MV的导演都在，本来是表情轻松，一看齐涉江露面，还带着个张约，顿时轻松不起来了，特别意外。

李敬倒还好，知道他们俩一起捣鼓音乐，其他两人却是眼睛睁大不少，尤其是那导演。

怎么回事啊，不是说这两个是死对头吗？

"妈，敬叔。"齐涉江开口打了招呼，跟那不认识的导演也点头示意。

张约长腿站定，插着衣兜在旁边也打招呼，对着夏一苇就喊："阿姨。"

夏一苇刚挂好微笑，猝不及防之下花容失色，捂着心口倒退三步："哪儿来的阿姨？"

岂有此理！江湖规矩各论各的，这兔崽子以前见她还喊过姐的！

反应这么大？

张约单想着从齐涉江那边论，他该叫阿姨了，却忘了夏一苇对这种事非常敏感。

他干巴巴地看着夏一苇，这时齐涉江已经一推他："哎，叫姐姐。你论你的，我论我的。"

张约："……"

不是不可以叫，但是这样一来，以后岂不是很容易形成他们是两辈人的印象？

可是再坚持叫阿姨，夏一苇可能要吃人了……

张约折了个中，郁闷地道："夏老师。"

齐涉江不知道还有这样的称呼："这样叫太见外了吧。"

夏一苇瞪了张约一眼，怎么看怎么都是毛病："得了得了，真叫弟弟我也认不起。张老师你说你来干什么？"

她也叫上张老师了，可见非常不满意了。

齐涉江憋笑，赶紧解释了一下："没有，我请张约一起来的，他帮了我挺多忙。刚才他也没别的意思，就是从我这儿论，关系好也不像别的人，常来常往叫岔了让人家误会。"

李敬也冲夏一苇点了点头，示意齐涉江说的是真的。

夏一苇这才缓和一些，虽说张约欠了点，但是——

"唉，小张啊，那是该谢谢你了，我刚刚比较冲动，你看你给我们Jesse提供了不少段子……"

张约："……"

说的是这个吗？

齐涉江差点又笑起来，连忙捂着半边脸遮住表情。

"噗！"李敬假装自己没有笑出声来，"不是帮的那个忙，是说最近Jesse弄音乐呢，张约也是这方面的高手，给指导了。"

夏一苇："咦？哈哈哈哈，是这样啊，我也是没想到。那个，来来，一起吃饭，咱们吃饭……"

用餐也没出去，就弄个小桌子，订的外卖。

席间，夏一苇给齐涉江介绍，导演姓姜，很有经验，也不是第一次合作了。

这首歌吧，主题是百年前的名旦，导演想拍出那种历史感，选角上也想找气质比较符合的。

一边吃，大家一边就聊起来了。

"Jesse来的话，应该可以。"导演心里想的是，夏一苇的儿子，只要不太差，可以适当降低气质上的要求，毕竟这母子合作也是一大亮点。

唱功上就不必担心了，这两天不正热闹着，连莫赣老师都夸过，那差不了。

"我也是这么想的。"李敬也不懂导演的拍摄要求或者是京戏的，单纯就是以市场眼光想，Jesse扮相应该很好看。

相声演员嘛，懂的就是杂，何况齐涉江经历丰富，那会儿年纪小，上台小子丫头都做过，后台浸着，看得多，后来是要说相声，模仿得也多，养成了习惯，观察各类人等。

夏一苇又拿手机出来给他看："中间还有段京戏念白。"

齐涉江看了一眼，幸好不是什么八十年内的新戏，一眼认出是《望情鱼》，这出是从汴戏中移植过来的，随口就问道："姜导是要哪派的唱腔？"

姜导一愣，有点迟钝地说道："原来选中那位，是唱的赵派。"

齐涉江不清楚，姜导管的是MV拍摄，唱腔之类的就搞得不是特别清楚了，反正也差不多，挺合适的。

齐涉江一想，说道："赵派不够甜吧，《望情鱼》的女主角个性其实比较活泼，我学给您看看。"他放下筷子，清了清嗓子，"没开嗓，您听个味道。"

"我本是京华风月主，锦鳞行处赛珍珠。惊破碧波蒙蒙雾，如绡玉鳍架荷露——"

这一段他唱了两遍，第一遍是赵派，第二遍则更圆润清亮。

齐涉江说自己没开嗓，可在座的听来却已经很好了，尤其近距离听和隔着屏幕听，是完全不一样的感觉。

而且这么前后唱出来，对比立刻出来了。

"哎，别说，这个好像是更合适啊。你们得跟老王去说一下，到时录音用后面这一版更好啊！"姜导说道，"有个懂行的还是好。"

"嗯？不用这么急吧，我只是示范一下。且行流派很多，还有些什么燕、于、项……身段上也得配合起来。"齐涉江数了数。

姜导听得一头雾水，再听说身段也有区别，这可是他拍摄时要注意的，不禁道："你还会哪种？"

齐涉江失笑道："看您了，您说喜欢哪种，我就学唱哪种啊。"

要么怎么说相声演员的肚子是杂货铺，打戏园子还红火的时候，名家林立，非但是京戏，什么评戏、汴戏名角儿的特色，哪个当红不就得模仿哪个。

当然这里头肯定有好坏之分，可还是那句话，像不像三分样。而且几句唱词，给他时间学就能挺像样了，以他的底子和模仿天赋还是比较轻松的。

姜导却是张了张嘴，半晌没说出话来。

他举起杯子来："厉害啊，我敬你一杯。"

媒体的嘴，骗人的鬼啊，在圈里混了这么久，还是难免被谣言蒙蔽。Jesse和张约不但关系不差，还铁到一起做音乐。Jesse不但不是花瓶，还会得比他想的多得多……

"保护嗓子，酒就不喝了，我以茶代酒。"齐涉江自觉是靠嗓子吃饭的，尤其子弟书，烟酒当然不能碰。

有了刚才的示范，姜导也只会感叹他有这样的自制力，两人碰了个杯。

吃过饭后，休息一会儿齐涉江就自己动手把戏装给扮上了，《望情鱼》的主角是正值妙龄的旦角儿，脸要画得活泼秀丽一些，头一勒，眼睛就成了吊起来的凤眼。

梳妆时头发要小弯大柳，就是额头上小拱形弯了七个，大柳在脸颊边修饰脸型。

这红红白白的往脸上一涂，脸也被小弯大柳修成了鹅蛋形，得亏齐涉江身上也就四分之一的西方血统，黑发黑眼，只是轮廓相较西化了点，却是柔和的，气韵更是华夏式。

要知道最开始导演还想过让夏一苇自己配像，再找找替身，但是她到底五官更西化，扮上总欠缺些什么。

张约本来坐在一旁玩手机，看到齐涉江走出来时的样子，差点儿认不出来了。齐涉江的骨架不大，慢腾腾地走出来站那儿，几乎分不出性别。尤其本就黑白分明水润多情的眼睛，勒了头眼角吊起来之后更是……怎么说，这可能比单纯的女装打扮还要勾人。

"咳咳咳！"张约咳嗽了几声。

其他人也探身一看，都惊了："好看啊，这扮相真好看！"

比他们想象的还要好！

现场有些工作人员也是刚刚才知道Jesse不是过来探班，而是来救场的，可也万万没想到效果如此之好。

"太漂亮了吧，我说张约怎么脸红了……"

也不知谁说了这么一句。

张约："……"

他有点不自然，但现场的各位好像也无暇顾及他，脸红的也不止他一个人。

齐涉江提步，学着花旦的步伐轻盈地走到张约身旁。

张约眼神略略闪躲，想说点什么，一时脑袋又空白一片。

就这时，齐涉江抿抿嘴也不知要说些什么，倒是吸引了张约的目光，心想，齐杰西这模样真是不得了！突然间能理解他的粉丝了！

张约的内心一片乱码，又莫名激动。

下一刻，齐涉江已朱唇轻启，开口对他唱："饮罢了杯——中酒换衣前往！"

张约："……"

哎哟，是用花脸本嗓唱的！

张约正心神不定，差点被他这一嗓子吓死！

妈呀……

齐涉江还乐，又腰大笑。

扮个花旦，开口唱花脸，这像话吗？

而且这句出自《盗御马》，不但是粗放骄狂的花脸唱法，"杯"字还是个嘎调，也就是这个音特别拔高了，这么近的距离堪称气势磅礴啊。

　　张约一抹脸，刚才的情绪全都被打散了，蔫蔫着还琢磨呢，刚才那句是G调吧？

　　齐涉江先热了下身，然后按照姜导的要求，摆了几组动作。周围满满的工作人员，大部分是围观齐涉江的，小部分是围观张约的：没想到你们两个人前互怼，人后还一起活动！

　　这都是夏一苇合作多年的老班底了，也有给齐涉江拍照的，但夏一苇了解，知道他们不会在歌曲发布前往外传，所以也随他们去了，还让拍得好的发自己一份。

　　——直到很久以后，才有人在这天的照片里发现张约小小的身影，大呼真是被骗了。

　　姜导美滋滋，就这个选角，他觉得比最初定下来的演员还要好！

　　一则是齐涉江完全满足了他心目中的气质，非常老派！二则，齐涉江在这个基础上，扮相好，还是夏一苇的儿子，好就好在这儿了。

　　这么就完全定下来了，姜导给他说了一下拍摄计划，刚好这些天齐涉江都在休息，可以帮忙把MV赶完，念白也能顺道录了。

　　"你还有这能耐，身手不错啊。"待齐涉江卸妆的时候，张约就靠在旁边说。

　　静态只要扮相好就差不离，但齐涉江的动态也好，举手投足就是那么个味儿，这就厉害了。

　　"我……"齐涉江险些把自己打过基本功的事说出来，话到嘴边又咽了回去，"我这个也谈不上特别厉害，只能说到位，临时练了练。"

　　真正练功要练到有肌肉记忆了，要让他来高难度动作，那肯定也不行了。

　　"按理说，京戏的《望情鱼》要演到最好，得踩寸子。"

　　踩寸子就是踩跷，就是脚下绑一个木质的小跷，模仿古代缠足女子行走，整个脚尖向下，脚跟离地，可想而知困难程度。跷功可算是最难的功课之一，现在已经很少人演了。

但是在齐涉江那会儿，多有演这个的名家。尤其《望情鱼》里头，花旦女主角不是人类，还有踩着跷翻爬滚打的戏份，那简直是难上加难了。

像这样的功夫，齐涉江是完不成的。

"你是个相声演员，就拿你的本职来说。"张约一听，先是为之惊叹，而后就这么说。

齐涉江迅速改口："对对对，我太牛了。"

张约一下笑了出来。

齐涉江拿着卸妆油，说笑间，正往手上倒，身形忽然晃了一下，好在张约及时从后头扶了一把。

"怎么了？"张约问道，这样子看上去可不太健康。

"没什么，之前也有过，可能刚才用力过猛了……"齐涉江喃喃道。说是之前有过，其实就是他刚刚穿来的时候，就那么一个晃悠，脑子里就好像多了些陌生的记忆。这次也是一样。

齐涉江摸了一下自己的身体，有种莫名的感觉，难道他合该到这里来？

齐涉江花了三天，把素材都拍完了，又帮着录了几句唱念道白。

姜导特别满意，是夸了又夸，包括歌曲制作人，也觉得最后定下来的念白既适合角色，又符合歌曲风格。

没几天，齐涉江正在练功，李敬又一通电话打了过来。

"下来，我就在楼下！"

李敬蹦脆豆一样冒出一句话，还有些压抑不住的激动。

齐涉江听着也不像坏事，收拾一下下楼了，拉开车门坐进去。

李敬丢过来卷成圆筒的两张纸："你把这个看一下，最好能背下来，带你去试镜。"

"试什么镜？"齐涉江才接收了新的记忆，不用看新闻他也知道试镜什么意思，就是奇怪怎么这么突然。

李敬难掩激动地说："是唐双钦的电影！算是男三号，现在正在选角，带你过去试镜！这次真的是巧了，你知道吗？你可是一苇的儿子！"

齐涉江："和妈妈有什么关系？"

李敬咳嗽一声："那时候你在国外，应该不知道，我跟你说，你可别告诉一苇。"

事情是这样的，唐双钦是国内数一数二的大导演了，特别能捧演员，各种奖项拿到手软。他选演员的要求是相对比较严格的，能拿到试镜邀请已经是一种认可了。

当年唐双钦还没那么大牌的时候，齐涉江他爸花钱把老婆塞进去做女二号长知识了，夏一苇的演技，在别的剧组还能做个完美花瓶，在唐双钦手底下就不太能看了，为了最后成片的效果，愁得唐双钦是一宿一宿睡不着。

拍完他就把夏一苇给拉黑了，从此夏一苇再红，他再穷，也坚决不和夏一苇合作。

毕竟江湖传闻，唐双钦就是在那部戏之后，开始谢顶的……

而从夏一苇的角度说，虽然观众都说她在那部电影里贡献了自己职业生涯最好的演技，但她被导演折磨得也不轻，可以说这件事也让她坚定了做花瓶的心。

齐涉江："……"

齐涉江一边把纸打开，一边问："那这次怎么……"

李敬解释，这也都是因为姜导。唐双钦这部电影背景在近代，几个主角要么名伶，要么名媛。其中那男三号是位汴戏名家，其他演员定了多半，就这个主要角色还没着落。

姜导因为拍了MV，饭局上遇到唐双钦，听他说起来选角还没选到，就把保存在手机里的素材拿出来给他看了。都是戏曲，看个意思嘛，因为MV里《望情鱼》的唱段他还听Jesse说，也会学汴戏呢。

唐双钦也不知纠结了多久，今天好像接连面试了几个演员都没过，居然扛过夏一苇儿子这个阴影，联系了李敬。

李敬本人都很吃惊，他们公司也有人去试镜，据他所知，这部戏，专业汴戏演员、有戏曲底子的演员、完全不懂但认真做了功课的演员……各式各样，挤破头要上戏，可都没选上，难度很高的。

也正因此，既然唐双钦能顶着阴影联系过来，就算姜导再怎么吹上天，杰西也必然有点打动他的地方。

我要这盛世美颜有何用

这不，李敬立刻说您在那儿别走，我现在就带人来。

"亏得我这么说，不然他一准儿反悔。"李敬颇为得意，"你也别怕，你先试试，要是，万一，真的能拿下，找人给你开小灶，拍戏不难的……杰西，你这是怎么了？"

他从后视镜里看着，杰西的表情怎么好像有点怪，难道是怕了？

他连忙安慰道："杰西，你压力不要太大，不行我去给你找相声商演，也不是一定要选上啊，这个也确实挺难的，好多演员都折戟了……"

"这上面没写角色的名字啊，但是我大胆猜测一下，这是说的汴戏名角儿'小印月'？"齐涉江迟疑地道。

"哎，好像是，这个是很多年前的大师了。"李敬说道，"你知道这位吧？"

齐涉江张了张嘴，愣是说不出话来，有点啼笑皆非。

这何止是知道……

想当年他不时外出打探师父师弟的行踪，一年中总有段时间在省城，除了打听消息，也会去演出贴补一些吃住费用。

一开始是撂地，后来被一个汴戏演员看中了，介绍到园子里演倒二，给他压轴，每次上台说段单口，或是唱段子弟书。

按照规矩，压轴演员的份儿钱是大轴戏的底角儿来出，也就是那位汴戏演员，他每次给齐涉江发钱，都要问齐涉江一次，留不留在省城。在老地方，可只有撂地的份儿。

齐涉江因为要等师父他们，任如何说也不愿意，每年演一阵就走，直到后来那位角儿北上京城，风生水起，仍然来信邀请过他。

——而这个角儿的艺名，就是小印月。

第六章
鸳鸯扣

　　"选个演员，太难了。"唐双钦坐在沙发上，叹了口气，右手抹了一把毛发稀疏的头顶。

　　他这筹备中的新电影《鸳鸯扣》其实有两个选角导演，但主要角色他自己上心更多，尤其现在小印月是最后一个没定下来的主要角色了，挺让人闹心的。

　　现场除了唐双钦之外，还有他的副手、选角导演，以及一位特邀顾问。

　　唐双钦这部电影有多个特邀顾问，力求还原时代背景、真实人物形象。陪他来面试的这位顾问，就是小印月大师的嫡亲外孙女，从小在大师膝下长大的洛霞女士。

　　洛霞女士是汴戏学校的教授，连她也不得不感慨唐双钦的艺术追求。选角非常挑剔，有时候连她都觉得很不错了，唐导还有不满意的地方。

　　但是时间紧了，唐双钦也不能一直耽搁下去，实在不行，他只能从备选名单里挑一个了。

　　今天在面试了三四个演员后，唐双钦忽然闷坐了一会儿，临时约了一个之前从来没接触的人过来。

　　当洛霞知道约的是夏一苇的儿子后，她都吓一跳。

　　她也算是唐双钦的粉丝，部部电影都看，还知道当年那条八卦，没想到唐双钦能请夏一苇的儿子过来。

对于齐涉江本人，洛霞其实不是特别满意，备选名单上，有准备齐全的影帝，有科班出身的汴戏演员，有外貌与外祖父相似，条件得天独厚的新人……

但齐涉江，他是个年轻的相声演员啊，相比之下优势真不多，让人担心会不会学得了表学不了里。

洛霞对曲艺界内的争论没有什么看法，她只是单纯对齐涉江来面试外祖父的角色……也不能说不满意，人她都不认识，反正就是不大看好。

这时候，有人通知说李敬已经带着齐涉江过来了，唐双钦叫他们把人领来。

洛霞看唐双钦眉头好像皱得更紧了，带着笑意调侃道："唐导，这是又想起夏一苇了？怕她的基因太强？"

唐双钦："……"

选角导演也是唐双钦的老班底了，在旁边嘿嘿笑："老板，现在后悔可来不及了，李敬已经打蛇随棍上，待会儿您给个眼色，我就给拒了。"

唐双钦失笑，摇了摇头。

先看看吧，他必须承认，看到小姜手机里的素材时，他是非常喜欢齐涉江的扮相和气质的，与他脑海中的形象已经非常接近了。

只是有夏一苇的阴影，加上齐涉江不专业，没演过戏，他当时才没有立刻动心。今天面试了几个后，齐涉江的样子一直出现在脑海里，这才有了一个冲动。

"咚咚！"

半开的门被叩了两下，有人打外头进来了。

穿着简单的夹克外套和深色长裤，样貌出色，和记忆里夏一苇的脸有些相像，但气质更为柔和。这就是齐涉江了。

李敬怕齐涉江压力大，也怕唐双钦看到自己勾起不好的回忆，索性不进里头来了。

齐涉江也不认得唐双钦，但看了一圈，男的里头就某人头发最少，于是喊了一声："唐导。"

"来了啊。"唐双钦目光复杂，看了齐涉江几眼，已经脑补起来齐涉江穿着百年前的正装长衫大褂的模样了，但同时，也忍不住摸了摸自己的头发……

副手极有眼色，准备好了设备录像："Jesse，那你先读一读台词吧。请坐！"

洛霞挑了挑眉，"Jesse"这个出戏的称呼，让她第一印象便落了下来，就更不太看好了。

齐涉江进来前被李敬叮嘱过大概程序，加上他也不是怯场的人，自己找了张凳子坐下，对众人点点头，就准备开始了。

齐涉江还未开口，就叫他们有些惊讶。

因为齐涉江手里没有拿打印了台词的纸张，就空着手，完全是一副要脱稿的样子。

距离他们通知李敬，把那一节试镜剧本发过去，还不到两个小时。

齐涉江在这样的场合敢脱稿，试问到底是太有自信，还是对这个面试不以为然？

齐涉江压根没注意他们的态度，怎么说呢，脱稿这种事……算事儿吗？

过去的艺人，别管是戏曲、大鼓书、相声……什么时候有过文本，有的甚至字都不认识，全是口传心授。师父一句一句教你，自个儿拿脑子记住，还必须记得滚瓜烂熟，到台上错一个字，丢人，都没脸拿份儿钱。

齐涉江不是现在的人，他的试读，不单是读，还把表演也自然地包括进去了。

但是，在场的人都未注意到这一点，他们被齐涉江的动作给吸引了。

只见齐涉江还未开口，一手在脸前捧着，像是捧着个容器，另一手像是拿着筷子，往嘴里扒拉吃的，一边干嚼，一边拧着眉头，好像很不开心。

这是无实物表演，不用齐涉江说，有眼睛都看得出他在表演吃东西。

无实物表演，在京戏和相声舞台上都有，尤其京戏用得多，讲究一个逼真。

齐涉江吃个东西，就足以让在场的人暗自点头，相声演员还真没白叫，虽然不是表演院校出来的，但这吃东西这出演得简直像是真有其事，比好些正经影视演员都强了，比他妈夏一苇也强多了。这可有意思了。

好的相声演员，演技绝对是要好的，那么多段子，演哪个段子，在台上就是什么人物，最忌讳让观众觉着你是演出来的，假。

就像之前演《扒马褂》和《错身还魂》似的，还得是特别有生活特别自然的那种演技，这才能取信观众，把人带到故事里来，台上看着不别扭。

一旁的选角导演却是挠了挠头，心里犯嘀咕。他作为选角导演，对剧本是滚瓜烂熟，一眼就看出来齐涉江演的什么。

在第一句台词前，有一句短短的动作说明，小印月吃了一碟芹菜，和后头的戏相比，这句可说无关紧要。

试读的时候演员不会在意这几个字，也没台词。如果表演出来，他们的动作也和齐涉江完全不一样——不要误会，也是无实物表演，有的甚至比齐涉江演得好多了。

但是，没有一个人像齐涉江这样皱起眉。

在正常逻辑里，这一句话表达的信息，就是小印月吃芹菜，他要不喜欢，那吃什么芹菜？

选角导演去看唐双钦，却发现只是一个动作而已，唐双钦和一旁的洛霞，都睁大了眼睛，仿佛看到了什么不可思议的事情。

"唐导，怎么了？"选角导演心想，无实物表演好虽好，但不至于惊天动地吧，怎么把唐导给吓着了？也是觉得他皱眉"吃"很奇怪？

唐双钦看也不看他，只伸出一根手指，示意他别说话。

选角导演："？"

唐双钦和洛霞对视一眼，都看到了对方的惊讶，尤其是洛霞。

曾经也有演员聊起小印月这个角色时，提到试镜剧本上的一些细节，例如吃芹菜。烫芹菜加醋，这是老艺人保养嗓子的方法之一。小印月大师在接受采访时，曾提起过，不算秘密。

但他们都不知道，洛霞告诉过唐双钦一个外人不知道的事，外祖父吃芹菜没错，可他本人其实并不喜欢，甚至是讨厌，每每拧着眉吃完一小碟。

坚持这么做，只不过是他父亲从小摁着他让他吃，习惯了却还是不爱，就这么矛盾。

唐双钦都没把这个细节放进剧本，打算到时候一并培训。

结果今天，刚才，齐涉江居然把这个小动作给表现出来了，而且演出了一种细节决定成败的感觉。只一个动作，即便长得完全不像还年纪轻轻，也让洛霞瞬间想到了外祖父。

这是巧合，还是齐涉江上哪儿打听来的？等等，他不是和孟静远熟悉，难不成孟家人说给他听的？小印月和孟家人可是认识的。

齐涉江也不知他们在想什么，他和小印月相交数年，常在一处，对小印月的一些生活习惯还是知道的。

小印月在吃喝上很讲究，有的东西不一定爱，但要是对嗓子保养好，他就会吃、用。

此时他已经接着往下演了，这里好像是个小印月救场的桥段，要唱上几句。

齐涉江抻了抻腰，幅度不大。小印月总说，他上台前非得抻抻，嗓子才痛快。

汴戏齐涉江也学过，这戏打北宋传下来，这么多年就没怎么变过，唱法尊的古调，没有太多花巧，自有一番韵味。

虽说以汴为名，主要是因为在汴京发扬，音韵却循着祖师爷的泽地之声。当然到后来，用哪地方口音演的都有，只有大家伙儿喜欢不喜欢的区别。

齐涉江已起范儿了，细步走了一段，走动时脚步仿佛没动一般，站定一跐脚，斜脸望去，念了四句韵白：

"霜钟未响柳飞绵，禾花打在春水畔。旧曲翻作新宫调，谱甚离合与悲欢。"

像，真是像！

唐双钦看了很多录像，也和洛霞等顾问聊了很多，怎么会看不出齐涉江模仿得有多好？跷着腿一坐下来，就是他心目中那种百年前的气韵。

一个人一张座儿，活生生把周遭都变成了后台。

再看小印月的外孙女洛霞女士，呼吸都加快了，有点激动。

要洛霞这内行来听，不说汴戏水平有多高，反正错处挑不出来——这也是相声演员模仿时的标准，不能让内行看笑话。

最妙还是抓住了外祖父举止、言谈、唱腔的特点，以及神韵。

洛霞的看法一下子有了天翻地覆的改变，从之前对齐涉江不太看好，到现在禁不住心中好感，面带微笑。

他们临时叫的人来，齐涉江能做到这一步，要么天赋好又用心，要么早就喜欢、研究过小印月。

洛霞一边继续听，一边在腿上打拍子，打着打着她就发现了，齐涉江的板眼极准！仿佛随口唱来，也没伴奏，该落的字都正正好落在板上。

什么叫板眼？

都说有板有眼，在传统华夏音乐里，一小节里头最强的拍子是板，其余的弱拍就是眼。有分一板一眼（二拍子）、一板三眼（四拍子）的。

板眼错了，节奏就乱了，如是戏词押韵，也一定是押在板上而不是眼上。

有句话叫"字是骨头，韵是肉，板是老师傅"，要做到有板时若无板、无板时却有板的地步，这才能开口就来，不乱了节奏。

这么说吧，这时拿汴戏伴奏录音来，和刚才齐涉江的录像去合拍，也能严丝合缝地合上！

齐涉江唱完这段，又念了几句台词。剧本上最后一个动作，应该是喝茶。正好桌上有杯水，他顺手就端起来当道具，喝了一口，非常自然地加了句话："水怎么是冷的？"

就是这么一句话，让唐双钦一拍桌："好！"

他都激动得想说脏话发泄了，夏一苇到底怎么生出这么个儿子来的？这简直是基因突变啊！

齐涉江端杯喝水的动作，挑剔的台词，分明透着小印月台下那股神气劲儿，又更加年轻化。这无比自然、顺嘴流出的一句话，好像他真是戏台上的角儿一样，否则怎么会在意这样的细节？

——刚刚嗓子才唱热了，哪能喝凉水？

唐双钦简直觉得自己的夏一苇恐惧症都要被齐涉江治好了。

他和洛霞对视一眼，这结果，大大出乎他们的意料。

齐涉江不但没有新人演员的别扭劲儿（这可能因为学相声就要会模仿），更妙的是，他身上那种不知如何而来的旧时气韵，加上对小印月那种腔调的模仿之到位、细节之考究，简直胜过他们备选名单上任何一位！

"怎么样，杰西？"直到坐上了车，李敬才故作平淡地问。

"说回去等通知。"齐涉江看他一眼，平静地说道。

"哦，好的好的……咱们吃饭去。"李敬心想应该是没成，不然Jesse怎么这个样子，回去等通知应该是个婉拒的说法。

可惜了，挺好的机会。

不过李敬也没表露出来，免得齐涉江心里不痛快。

唐双钦这电影关注的人多，各个角色都什么情况很多人也盯着，现在已经确定的演员，要么是影帝影后级，要么科班出来，都是前途无量。

没两天，齐涉江也在试镜地点露面的消息就爆出来了，也不知什么时候被拍到的。

夏一苇和唐双钦那点"旧怨"谁还不知道，唐双钦能让夏一苇的儿子去试镜，就很了不得了，一时间大家都在试问：唐导，你可想起了曾经被夏一苇支配的恐惧？

也是这个当口，相声门那位前辈林洋好似找到了好机会，不阴不阳地发声："一个名不正言不顺的相声演员，跨界娱乐一下观众也就罢了，也没学过表演，就想凭相声里的学唱，正儿八经扮演汜戏大家，不是有辱大师吗？幸好唐双钦导演拍戏讲究，相信不会犯这样的错误，这试镜试得真是徒惹笑话，被前辈夸夸就飘了吗？夸你的还不是汴戏演员呢。"

林洋阴阳怪气，也不妨碍一部分人赞同他的观点。

齐涉江的身份，其一是夏一苇的儿子，其二是有争议的相声演员。术业有专攻，既没学过表演也不是汴戏演员，这个跨界真让人觉得够不上，不可能。

这电影要是粗制滥造也就罢了，闹着玩也没人较真，可这是唐双钦的电影。

没人觉得试镜能成功，也难怪林洋能肆无忌惮地嘲讽，就是觉着失败了人也没脸说。

"你看看，这什么德行啊，一把年纪心眼儿比针眼还小，下回我要是在电视台遇到了，我就当面问他几句。"李敬对齐涉江和夏一苇说。他指的是林洋，就这家伙蹦得最高。

"还等在电视台？我现在就发微博。"夏一苇也挺不开心的，顺便还抱怨起了唐双钦，"我儿子这么优秀，怎么没入选，唐导是不是搞连坐……"

"咳咳咳……"李敬连连咳嗽。

原本一直沉默的齐涉江抬起脸来，有些诡异地道："唐导没有啊。"

"什么没有，他这就是连坐，那么久以前的事还记着。"夏一苇继续说。

齐涉江刚想解释，李敬的手机响了，他拿起来应了一声，然后一脸蒙："什么？你说你是哪位？《鸳鸯扣》？"

夏一苇也眨了眨眼，凑过去听："什么什么？"

"可以……到时候见。"李敬把手机放下，嘴巴都张大了，"那……那个……《鸳鸯扣》的制片部门啊……要来谈片酬和档期……"

夏一苇下意识地把手机拿起来，对齐涉江说："你爸不是还没回国吗？你跟他说了，让他花钱了？"

李敬："……"

齐涉江："……"

齐涉江莫名地道："一开始唐导就说，很满意我，他看了表演还和我聊了聊，让回来等通知谈合同啊。敬叔，我不是告诉你了吗？"

李敬一拍额头："不是！那你怎么一点都不激动啊？我还以为，以为是婉拒了……"搞什么，哪有人被唐双钦选中那么淡定的，杰西在国外都没看过唐双钦的电影、新闻吗？

这有什么可激动的啊？齐涉江也在嘀咕，觉得选中他是很正常的。

他有个最大的优势，认识小印月，还是年轻时的小印月，也就是戏中人那个年纪。从这点来说，洛霞都不如他。

洛霞女士牛吧，小印月的外孙女，可她见过年轻时的外祖父吗……

"你这是干什么？"李敬揉了揉脸，百感交集，转眼看到夏一苇什么也不说，光埋头摆弄手机，"给杰西爸爸说吗？"

夏一苇："没，我发微博通知林洋老师这个好消息啊！"

夏一苇："多年前曾与唐双钦导演合作过，唐导拍戏非常讲究，因此唐导能选定犬子一个相声演员跨界扮演小印月大师，令我感到与有荣焉，也感慨孩子所下的功夫，这真是难上加难。Jesse没有微博，我刚刚接到消息，实在欣喜，先替他在这里和大家分享了。尤其是要通知到@林洋_相声老师，您说得太对了，唐导那么讲究，居然能选中Jesse出演，真是对Jesse的优秀莫大的认可！这份快乐与您分享！"

夏一苇一条微博激起千层浪！

林洋的话说完还不到二十四小时啊，就被她揪着照脸抽了。

说话简直太有针对性了，各种引用林洋的话，没露脏字，但处处是嘲讽。

当然最重要的还是她话中透露的信息量，Jesse不但去试镜，还真选上了！

网友："我的天！"

媒体："我的天！！"

林洋："我的天！！！"

谁要跟你分享快乐啊！

林洋都是蒙的，他发完微博就扬扬得意地去休息了，隔段时间看一看有没有人附和自己。如果有人反驳，他就给怼回去，还一定要转发出来。

结果这才多久，突然间手机要炸了一样，微信通知声、短信声、电话铃声不绝于耳。

这情形让林洋感到有一丝不妙，一接才发现是媒体采访，问他怎么看齐涉江将在《鸳鸯扣》里扮演小印月。

林洋当时就搪塞过去，挂了电话，上网一看，夏一苇艾特了他后又被转发，导致他收到无数条转发通知。

不只是夏一苇的微博，信息时代，短短时间已经有媒体和《鸳鸯扣》剧组确认了选角，真的定下来齐涉江了。

这些简讯发出来时，无一例外也要艾特一下林洋和夏一苇，附赠一条夏一苇给儿子出气的八卦。

林洋看着看着就喘粗气了，他徒弟见了赶紧过来扶着："师父这是怎么了？"一低眼，也瞥见手机上的新闻了，顿时后悔起来，自己干吗提这茬。

已经晚了，林洋大骂道："一定是黑幕，夏一苇用自己的身份给儿子谋角色……"

徒弟："呃，这个……"

话说一半，林洋自己也觉得不对了。

为什么夏一苇敢在微博大咧咧地宣布儿子的好消息，替儿子高兴，而不怕人说三道四？不就因为华夏人都知道是她把唐大导害得英年早秃的吗！

谁要说夏一苇能走后门走到唐双钦那里，怕是脑子不清醒吧。

加上之前小印月选角迟迟未定，这只会让大家更觉得齐涉江在困难模式中入选，表现肯定是出色到某种程度。

林洋：气死了气死了气死了……

正烦恼间，手机又响了。

换作平时，有媒体找林洋，林洋是很乐意的，可现在，他自然是避之不及，赶紧关机了。

可媒体那是无孔不入啊，林洋又有商演，被记者给堵住非要他说点什么，没法脱身。

林洋才刚丢了个脸，只能厚着脸皮给自己往圆了说。

"小印月是我非常敬慕的汴戏大师，唐双钦导演的电影我也很喜欢，我只是出于一个爱好者的心情那么说，担心大师的形象会被破坏。现在选角出来了，我尊重唐导演的选择，但还是保留意见，对我来说，小印月就是小印月。"

他是一边要圆场，一边又不想太示弱。

但是他也不敢再攻击齐涉江了，这次都没提相声门户的事，他觉得这个齐涉江真有毒，本以为万全了，这都能给他翻转。

不行，改天还是要去抱阳观烧烧香，他可能跟这人犯冲！

林洋这里是一回事，另一边对于选角的探讨也热烈了起来，这里头可以挖掘的爆点太多了。单是齐涉江这个男三号，就有不少新闻。

他是影视界彻头彻尾的新人，还是个目前有点掰扯不清的相声演员，更是给唐双钦留下阴影的夏一苇的儿子。

就如夏一苇所说，齐涉江能入选真是难上加难，他到底是怎么征服了唐双钦的？

在媒体访问下，唐双钦闷闷地简单回应，他觉得齐涉江非常适合这个角色。什么？你说会不会因为他请夏一苇来客串？那是不可能的……夏一苇PTSD综合征疑似痊愈，但还有后遗症。

还有一个人也接受了采访，那就是小印月的外孙女洛霞。

洛霞盛赞，齐涉江对她外祖父绝对做了很深的功课，模仿得惟妙惟肖，浑然天成，也有一定戏曲底子。是个相声演员不要紧，拍摄前会有集中培训，她完全相信齐涉江能够出演好。

林洋看到报道后在心底骂了句脏话。

这个齐涉江果然邪门！

幸好他当时点到即止了，饶是如此，也很尴尬啊。

——你保留不保留意见的，反正人家的后代是相当没意见……

我要这盛世美颜有何用

来自原型子孙的高度认可，弥补了唐双钦的寡言，也引起大众的议论。

原本的怀疑、不确定，因此成了期待，在导演、顾问都认可，这人水平应该没问题的情况下，观众特好奇齐涉江能够演成什么样子。

媒体争相报道，试图挖掘幕后的故事。粉丝喜极而泣，柳暗花明又一村，我们"爱豆"终于要去拍戏了，可以在大屏幕上看到他的美颜了，还有戏装！这是老天开眼了吗！

好巧不巧，夏一苇的新歌也要发了，正赶上这阵东风。

《鸳鸯扣》的新闻正火爆着，大家都在讨论，但过完农历年才开机，真想看到齐涉江的扮相，那还有得等。

偏巧夏一苇这里发歌，一宣传，齐涉江跟母亲合作了一把，在里头还扮了旦角儿。虽说戏种不一样，总能品到一些味道嘛。

在很多观众眼里，那些个戏种的区别，也不是很大。再者说，那几种比较老的戏种，本身就有互相搬照的地方。

去看看夏一苇的MV，权当提前尝鲜了。这倒是让夏一苇有了意外收获，一大波的免费宣传员啊……

此前齐涉江也学了唱戏，老生、花脸、旦角儿……都有，那会儿大部分非票友观众就对反串的旦角儿小嗓最有印象。这是人之常情，不熟悉的行业，当然下意识觉得跨度最大的最厉害。

在这MV里头，却是全部头面扮上了，还开了腔。齐杰西这人一开始就是以花瓶出名的，片段一出来，也别说什么欣赏戏剧，单身段和扮相，就够粉丝吹三天三夜了。

不仅粉丝，路人看了也得晃晃神嘛，这简直称得上是"风流夺尽烟花萃，无怪痴儿暗入神"。

也有爆料称，唐双钦就是提前看了这个的素材，才主动邀请齐涉江去试镜。

【难怪了，这才说得通啊，为什么唐双钦会请他试镜。话说回来，据说当年唐双钦收夏一苇入组，好像也有部分原因是夏一苇在镜头下太好看了……】

【唐双钦：我又可以了！】

【试问一下，谁不想和这样的美人合作，别忘了我们Jesse就是靠脸出道的！】

【神的靠脸出道。】

MV里面的戏曲唱段是京戏《望情鱼》，小印月的代表作也是《望情鱼》，只不过是汴戏，但角色是一样的，小印月当年扮相好也是出了名的。

齐涉江的全妆动态之出色，愣是把人对《鸳鸯扣》的期待值又往上调高了起码百分之三十。

而且多年来，《望情鱼》多次改编成过各种形式，包括影视作品。自打MV放出来后，一股歪风就莫名吹开了，起哄的网友们强烈建议要是以后再拍一版《望情鱼》的电视剧或者电影，就让齐涉江来反串女主角……

夏一苇都觉得汗毛倒竖，以前在她微博下喊妈的都是些姑娘，现在怎么大小伙子也来了。

李敬和《鸳鸯扣》剧组协商好了片酬和档期，再过大半个月，齐涉江就去参加剧组特别办的为期两个月的训练，几乎所有主要演员都要接受，力求还原。

这大半个月里，刚好还能把剩下的两次《归园田居》录完，本来间隔时间没这么短的，也是多亏了节目组帮忙联系各位嘉宾调整了行程。

再次回到《归园田居》节目组，齐涉江还是那么如鱼得水，还是负责烧火煮水。但相比之前，他早起除了自个儿两门抱的基本功，还会练练汴戏，为《鸳鸯扣》做准备。

齐涉江其实已经算是剧组里任务比较轻松的一个了，他既有戏曲底子，又把小印月模仿得特别好——连历史知识都不用补了，虽说这个现在大家还不知道。他基本只需要精修某些方面。

但是，对齐涉江来说，拍电影本是非常陌生的领域，是为了回报李敬他们。可如果要扮演这位在时光洪流中有过交往的老友，他只希望尽善尽美。

这位老友当初对他颇多照顾，不是小印月，他进不了园子。

他知道小印月多有艺德，也知道小印月多仗义，八十多年前也曾拿小印月砸过很多挂，现在，他希望把小印月舞台下的一面，呈现出来，让大家了解。

说回节目，嘉宾那边，一看到齐涉江，就把他给拉住了。

"Jesse，你知道我们多担心你接了唐导的戏后，直接不来这儿了，那我们第三段哪儿听去？"

"不能够，我肯定要有始有终，说完这出。"齐涉江自觉坑品还是很不错的，因为单口的特点，好些故事都是不全的残段。但是他自个儿说，会自己把故事周全一下，尽量先编完整了，再说给观众，不过观众听不听得全就是他们的事。

好在《错身还魂》也就剩个下回了，因为头几期已经播了，现在掉坑的可不止这些嘉宾。

这一次节目组也没有特意组织，大家就聚到了齐涉江他们住的院子，几组人一起吃吃喝喝的，连同着这院子主人一家老小。

齐涉江和张约坐在一条木凳子上，特别老的长凳，木头上满是刻痕，一看就有年头了。

待吃得差不多，张约看大家蠢蠢欲动，自个儿就先说了："这次死也不玩游戏了！"

上次玩"真心话大冒险"，他的名声都毁了！

齐涉江嘿嘿笑了两声。

"你还笑，我告诉你，就你最缺德。"张约指责道。

齐涉江挺无辜的："我没有逼你学唱啊，我还一直想知道你怎么会唱《何必西厢》呢，你是不是私底下粉我妈？"

张约："……"

张约气得差点从长凳上栽下去，开始批评齐涉江："你们说相声的怎么这样，谁粉你妈了，你满嘴跑舌头，你阎王殿上出主意，诡计多端。你晚上还踢被子，难怪老跟他们一起架秧子……"

张约已经开始说胡话了，上下句都不靠着。

坐对面的一个女嘉宾心心念念《错身还魂》的结局，说道："还是让Jesse去说单口啊，都等着呢。"

她是搂着屋主家的小孩坐的，这会儿还低头柔声道："咱们叫Jesse哥哥来说段相声好不好？"

小孩怯怯地点头。

嘉宾把一朵萝卜花放小孩手里："乖，那你去Jesse哥哥那儿，你看，就那边，你说哥哥你说相声吧。"

小孩捧着萝卜花，跑到了对面的长凳前。

这孩子平时也不老看电视上网啊，虽说刚才点头，其实他压根也不认识齐涉江和张约——来的嘉宾又多，实际上好多人他都不知道。

他就看女嘉宾是指着这儿了，站定在前，看着两人，小脑瓜转了转。

那女嘉宾还在后头喊呢，鼓励他："宝贝儿，你就说，Jesse哥哥快说相声！求你啦！"

小孩看看左边漂漂亮亮、嘴角含笑的齐涉江，再看右边叭叭个不停的张约，埋头把萝卜花塞张约手里了："杰西哥哥，说相声吧，求你啦。"

张约："不是我！"

其他人都疯狂笑了起来，直拍桌子。

谢晴快笑死了："谁让你一直叨叨，显得你多能说！"

张约又不止念叨齐涉江了，怼他们也不少啊，要不他们现在那么喜欢齐涉江，只要拿齐涉江说事，张约就郁闷了。齐涉江本人更不用说了，时而现挂一句。

小孩差点给吓到，把萝卜花拿回来，又偷眼盯着齐涉江看了半晌。

齐涉江也对他扩大了笑容，手都往前伸了伸。

谢晴也乐着提示："你再想想谁是说相声的哥哥，这都伸手了。"

按理说这头儿也就两人，再说齐涉江都伸手了，可小孩愣是一转身，把萝卜花又给了笑到抽搐的周动："杰西哥哥……说相声……"

齐涉江："……"

除了当事人和小孩一家，其他人简直都要乐疯了，笑了足足有三分钟。

女嘉宾抹着眼泪，问道："不是，宝贝儿，你觉得那个哥哥是干什么的？"

小孩再怎么也该知道自己又猜错了，他一下扑到妈妈怀里去了，扭捏地说："我不知道。"

孩子妈妈也是一头雾水，明显也不认识齐涉江，齐涉江出道时间到底不长，她蒙蒙地说道："应该是，偶像吧，不是说来的明星里，有个偶像？"

这回女嘉宾笑不出来了，她嘴角抽了抽："那是我。"

众人："哈哈哈哈哈哈！"

这就尴尬了。

小孩没认出来就罢了，这孩子妈妈也看到了齐涉江的动作，居然都不敢说他是相声演员，而且顺便把女嘉宾也伤害了——现场目前唯一有偶像头衔的，是她才对好吗？

经过这些日子的相处，大家都熟络了，再说女嘉宾都自黑一般承认了，现在他们哪能和她客气，都再次疯狂笑了起来，笑到导演不得不出来控场。

齐涉江也很无奈地把醒木拿了出来："这话说的，看来是时候告诉你们真相了，我真是相声演员。"

孩子妈妈："……"

她很委屈地说："这，这真的认不出来……"

齐涉江搬了张桌子过来，对着笑意仍在的大家念了首定场诗。

"鸳谱载定假姻缘，冤家聚首事牵缠。凭说今朝还魂错，此祸绝非——"

醒木一拍，清脆利落的"啪"一声，这才念出最后三个字："起无端！"

说单口，定场诗有念完拍醒木，也有留几个字再拍的，一个看师父怎么教的活儿，一个就是看诗的内容，根据情绪来。

他一开场，现场慢慢就安静下来了。

照例是先把上下回的内容简单给没听过的人介绍了，来个前情回放，再继续往下说。

"前头说到县官经人举报，撞破赵生与杨昊山在禅房中私会，自觉抓奸成双！赵生被喝断当场，吓得都打凳子上摔下来了。杨昊山手放下来，还攥着发簪，可叫县官进来一看——这是要卸妆睡觉了。他心道好啊，难怪你都不肯同我睡，原来是有了奸夫！"

齐涉江来了新时空这么些时日，说起单口来，也融合了一些现代风格的俏皮话。

"赵生作为一个学子，是见过本县老父母，也就是县官本人的。但他哪里知道这美妇竟是县官夫人，当下胆子都吓破了，直呼误会，我只是同夫人在这里吃茶，我俩清清白白。

"这杨昊山是个无赖啊，他一看，如今只有两条路，一是他坦白自己是来杀人报仇的，二是被摁上通奸的罪名，两个都好下场。杨昊山当即把簪子对着自己喉咙了，他说老爷啊，你可算来了，这个人想对奴家不轨，我正想自裁以保清白。

"诸位，古代有句话叫'奸出妇人口'，就是只有妇人告状，某某和她有那种关系，那就是某某和她通奸了，都不带听男方辩诉。在当时妇女受到的约束更大，失去了清白的女人，会被社会逼死，她要是主动这么说，是赔上自己的命，所以这样的口供通常会被采纳。

"杨昊山这么一说，赵生都傻了，他就是浑身上下都是嘴，也说不清。再说了，你想啊，所谓瓜田不纳履、李下不整冠，赵生答应一个女人单独相会的邀请，心底难道就真没有什么别的想法吗？只不过，被县官给逮住罢了。"

也算得上是修罗场了吧，齐涉江又用上了自己的京戏功底，一使相，寥寥几个动作，加上音色的改变，将三人形象描绘分明，更突出了情势的紧张。

县官因为杨昊山在自家装疯卖傻之事，根本不信她是被迫的，被绿之耻啊，气得他找了个借口，将赵生打一顿，钉镣收监，关进大牢去了。至于杨昊山，则锁在院子里，以免传出去丢了自己的脸，只待日后再处置。

杨昊山虽然没能脱身，却觉得也很痛快。事已至此，他早就不乐意作为女人在后院周旋了，现在把赵生弄进了监狱，又给县官戴了顶绿帽子，岂不舒坦？

没多少日，有位巡道老爷赶赴任上，路过此地，听说前阵子县里粮仓失火的事，恰好他分管的就是粮道，就关心了一番，多留了一日。那赵生家里，莫名听说儿子因甚盗窃罪入狱，想想牢里什么环境，杨昊山就是死在那儿啊，他家里多着急，怎么办？拦轿告状！

这巡道也是正气之人，当即询问县官，县官露了馅，巡道便将赵生提出来审问。

世上没有不透风的墙，其实县官夫人的事已经小范围传播出去了，还有人觉得，这夫人以前贤良淑德，现在大病后却与人通奸，应该是被狐狸精迷住了。

巡道分审赵生与杨昊山，杨昊山没见过大世面，被巡道一吓唬，就竹筒倒豆子，将自己的来历说了个一清二楚。

"县官在旁边听到杨昊山说他是个男的，就傻了。杨昊山还故意跟他说，老爷，一日夫妻百日恩……"齐涉江学了一下县官，"他脸都绿了！要跟杨昊山拼命啊！"

巡道审明案情，报过上官，要断此案。可人审得了，鬼神如何审得？巡道命人开坛，亲自写了青词，诉往冥司，两官同告——把阎王爷和县官都给告了。

"行以恕则民蒙福，行以暴则民加祸。糊涂阎王乱还魂，德不配位，糊涂县官刑狱、钱粮管理混乱，害得多少百姓枉死，合该赎罪。赵家诬告致人死，同样有责任，赵生从此科举无望。杨昊山虽是受害者，却险些坏了官家夫人的清白，发回冥司重审，阳寿重续！这正是，善恶有报，不昧因果！"齐涉江一拍醒木，《错身还魂》算是说完了。

现场先寂静了一会儿，然后大家才鼓起掌来。

众位嘉宾咂摸了一下，都有种意犹未尽的感觉。诚然，齐涉江说得还是那么精彩，但故事本身的结尾，让他们怅然若失啊，都是"重口味"惯了的，对这种传统的因果报应式结局，总觉得不够劲儿。

齐涉江敏锐地察觉到了不对，连忙问道："哪里说得不好吗？"

这个故事他从前说的时候，从头到尾反响都很好，现在大家却有点迟疑，他怀疑是不是审美变迁。要是如此，他征询了意见，也好改一改。

那女嘉宾托着脸道："没有哪里不好啊，就是我更喜欢情感因素更多的……"

齐涉江没大听懂："什么意思？"

张约面无表情地说："她的意思是，你这赵生、杨昊山和县官之间要是来一段三角恋，爱恨交织，就好了。"

齐涉江："……"

一旁一个演员男嘉宾也揽住了齐涉江，说道："不然你给这个故事多加几条线，除了他们仨的三角恋，还有原来的正牌县官夫人、赵生的未婚妻、杨昊山的青梅竹马等等角色，这样就什么都有了……"

齐涉江捂着脸道："那能说到后年。"

大家表示："可不，这种故事，拿来拍电视剧能给你拍到一百八十集。"

齐涉江失笑，他说个单口，最长也就几十回。

不过想想也是，电视剧是一群人演，情景俱全，还有什么特效，单口和评书都是一张嘴愣说，大鼓书还有个伴奏呢，这就是难度高还不讨巧。

这第三次录完之后，第二次行程的内容也开始放了。

原先头回齐涉江和张约就合唱了一次，让节目组给剪了嘛。这次可能是效果太好，比他俩闹矛盾更有爆点，两人合唱的《何必西厢》就没剪。

这下可把观众给乐坏了。

好啊，张约你见天儿嘲笑齐涉江，私底下居然学夏一苇的歌，不对，单说夏一苇的歌不足以表达内涵，应该说齐涉江翻唱、张约转发过的歌。

要知道就因为他被齐涉江砸挂，有些个相声门的人还拿来说，这属于没艺德，没分寸，按理说天天骂的对象应该是你搭档才对。

结果张约自个儿做了件什么傻事，学唱《何必西厢》——当然唱得是非常好的，两个死对头即兴合作，意外的完美啊，不少人都觉得比原版还耐听。

张约的粉丝都"醉"了。

【约哥，你说实话，你和齐涉江是不是表面势同水火，私底下早就有感情了……】

【废话，换你你能没感情？看人家那个身段，那个脸蛋……】

【上面是什么虎狼之言，举报了。】

张约还特别愤慨地转发："我是一时大意被洗脑了！"

由于之前的印象太深，更多人是觉得张约闹笑话了，多好笑啊。

转眼到最后一次录制了，齐涉江一到，就被导演拉着耳语了几句，他连连点头。

完了导演宣布，这次有新规矩，可以换同住的搭档，也就是重新组合。

这下嘉宾说什么的都有，有相处好了，不愿意换搭档的，也有吐槽同房打鼾，申请换人的。

导演也是想最后了，来点新鲜感，说咱们玩个游戏，赢了的有优先挑选权。

这下可把张约给为难坏了。

他心说，我都睡惯了，不想再换个室友啊。可得努力，但是又不能让大家看出来，显得他特别在乎……

当然，最后张约还是拿下了冠军，轻飘飘地让队友去选搭档了。

谢晴他们没觉得和齐涉江相处不愉快啊，还嘿嘿开玩笑："就得让老张不痛快，我们还选Jesse。"

于是他们这组，最后也没变。

张约颇为轻松，一行人走到这次要住的屋子，就在院子里转了一圈，耽搁了片刻，回头来放行李时，发现谢晴站在房门口，里头是齐涉江。

谢晴："哈哈哈，那咱俩睡一屋吧，我就喜欢睡南边儿。"

张约："……"

谢晴一回头看到张约，还热情地指点："老张你睡那屋，那床大，你好睡。"

你大爷的。张约黑着脸走开了。

齐涉江探头看了一眼，总觉得张约不是很开心的样子。也是，前头都他们俩睡的，大家相处挺愉快，张约又向来有点小脾气。

可不是嘛，张约在房间里收拾东西，折腾得砰砰响。

齐涉江烧了水，和井水一兑，打了碗温水，喝这个不刺激嗓子，他找到张约，张约还在哐当哐当收拾，见他来，扭开头。

齐涉江走过去："过儿，先喝点水再练功吧。"

张约："……"

张约："去你的吧！"

齐涉江笑道："你有做捧哏的潜质。"

张约被他这么一说，已经生不起气来了，也不好意思生气啊。齐涉江拿杨过小龙女调侃，这在相声里不过就是伦理哏，从父子妻儿之类伦理角度找包袱。

可张约内心深处吧，却有点怪怪的……

他站起来，把水给喝了："得了吧，我就这样都总被你砸挂，说相声还得了？"

也是认识齐涉江后看了不少相声，不然怎么顺口就是一句"去你的吧"。

这时候谢晴也溜达过来了："老张同志啊，做事不要那么急躁，哐哐哐的，不知道以为地震了，有空你上外头喂鸡啊……"

张约上去就往他屁股后头踹了一脚，骂道："滚你的吧姓尹的！"

谢晴："哈？"

录制接近尾声的时候，大家又一块儿聚餐、道别，显示一下友爱。

齐涉江按照导演的吩咐，站起来道："我给大家再说一段吧。"

正是情绪热烈的时候，都以为他要说个段子调节一下气氛，便鼓掌欢迎了。

齐涉江把醒木给掏出来，站起来就念定场诗："痴情错认三生路，青楼回首恨茫茫。我今笔作龙泉剑，待斩人间薄幸郎！"

"今天要说的，乃是清末民初，烟花之地花魁班头们的故事。就在乐州，如今的乐水河畔，是笙歌夜夜似元宵，往来客人，也可谓士绅官宦，簪裾毕集……"

大家在电视剧里看多了什么青楼楚馆，但按现在的尺度，也没有细拍的，更不会去考究那时候的内幕。

但齐涉江不一样啊，他打八十多年前就走街串巷，晚上还得串窑街，去烟花之地卖艺挣钱，看得多。这一篇是老故事，但他自有细节补充，真实无比。

这种类似行业内幕揭露，听得大家是津津有味。

可才说了几分钟，张约突然打断了齐涉江："等一下。"

众人看向他，正是精彩的时候，干吗打断啊！

他们还有点忐忑，突然打断人表演本来就不太好，再说张约现在和齐涉江，也没那么对着干了啊，这不会是要突然找碴儿吧？

张约早觉得不对了，他问齐涉江："你这故事一共多少回？"

众人："？"

等等，不会吧，难道，不可能……

齐涉江见瞒不住了，看看导演，说道："是刘导让我说的，这一共有十三回……"

众人："……"

一时所有人都抄起手头的东西，去殴打导演："你缺德不缺德啊！"

你说他们是接着听还是不接着听？不接着听这正是精彩部分，要细说班头帮姑娘选客人的窍门了。可接着听，以他们的经验，都知道结尾一定有个勾死人的悬念！

还是先把导演打一顿吧！

《归园田居》本季在一片"祥和"的氛围中结束了。

就算知道导演是为了坑人又怎么样？打就完了，听都听一半了啊。

这也导致《归园田居》本季格外与众不同，以往到了季终集，大家就是装也要装得依依不舍，回首过往，感慨万分。

这一季就不一样，以殴打导演结束。

可就算后来观众看了，也要骂一句：打得好！

故意把故事放出来吊人胃口也就罢了，季终了还玩，十三回，下季都不一定讲得完吧？

结束了这边的录制后，齐涉江也正式开始了《鸳鸯扣》的相关工作，接受开拍前的一系列培训。

根据唐双钦的安排，演员们的课程有文化课也有专业课，各有不同，也有在一起上课的。毕竟有的是影视演员，有的原来唱戏的，或是齐涉江这样的。

汴戏这方面，齐涉江和其他几个演员一起，跟着洛霞本人一起学习，她的弟子做助教。

关于电影中出现的跷功，唐双钦、洛霞和齐涉江商量过。

跷功此前介绍过，这本是京戏演员发明出来的，因为在旧社会极受欢迎，汴戏也移植了过来，当初小印月演《望情鱼》就是要踩跷的。

但跷功是非常非常难练的，正常来说，需要三四年的时间。有人建议唐双钦找替身，采用各种拍摄、剪辑手法掩饰过去，齐涉江本身也有一定功底，不会露馅儿。

但唐双钦有点完美主义者，还是想让齐涉江学跷功。哪怕是试着学学，哪怕实际上给齐涉江踩跷的镜头不会很多。

出乎他和洛霞的意料，齐涉江一下答应了，甚至仿佛早就有这样的打算。

两个月，把别人需要三四年时间完成的功夫，不说融会贯通，只是练得像模像样，专练这一项，难度也是极高的！还特别苦！

唐双钦心里一阵舒坦，对齐涉江更加满意了。他自己是这种追求完美的人，当然希望别人配合自己，尤其他对齐涉江原本没抱那么高的期望，还想要如何蒙骗说服齐涉江去吃苦。

于是头一天上课，齐涉江先唱了一段戏给洛霞听，他这半个多月每天都在练习，又给洛霞一番惊喜。

洛霞欣然指点一番。

曲艺这一行，有没有师父带是很重要的，饶是齐涉江学得不错，经由洛霞这个专业人士点拨，也有种豁然开朗的感觉。

我要这盛世美颜有何用

接着就是洛霞的弟子带着他一起学跷功。齐涉江也看过别的演员踩跷，但自己从未体会过。

"要把跷踩好，这绑带必须绑得好。"洛霞的女弟子说道。现在没什么演员踩跷了，但近年也有剧目，会重新排上跷功，单纯是为了丰富技巧，吸引观众。

这女弟子真没想到，齐涉江动手相当利落，有些生疏，但一看就是理论知识丰富，步骤没有错处，心道长得好人还认真，这肯定是预习过……粉了粉了。

齐涉江也是在后台看多了，他拿到的这木跷，下端做成古代女子的三寸金莲模样，也真正只有三寸那么长，用布质跷带把脚背和木跷的木芯紧紧捆在一起，完全是脚尖朝下立在跷中，从脚背到脚腕、小腿，绷得直直的，脚跟离地。

——演出时，外头应该套上跷功鞋，这就连同裤子一起将里头的光景遮住。但齐涉江还在练习阶段，练好了才穿跷功鞋。

这样的姿势，也是为什么跷功被称为东方芭蕾。比起芭蕾，跷功要吃的苦更多，这一绑好后，可是演完才能落下来。

齐涉江踩上跷，单是站立，都觉得脚尖钻心地疼，必须扶着墙才能站好，忍不住深呼吸。

没多久，齐涉江已经汗如雨下，片刻，就把额发打湿了。他看过练跷功的人，也听小印月说过自己练跷功时吃了大苦。但他自己亲身体验，还是很不一样的，没有试真不知道到底有多疼。

然而踩跷重学站与行，不过是头一步。

疼痛不只是脚下，随着开始行走，因为绷直了，受力的关系，还要保持身段，这痛又顺着腿蔓延上去，到了腰背。

这下何止是额发，齐涉江背上都汗湿了，得亏他是吃过苦的，咬牙坚持着。

洛霞站在一旁看他。初次踩跷，齐涉江坚持了十五分钟，这比她预期的要长，要知道齐涉江可是从未踩过跷的成年人。

但这只是第一步，循序渐进的过程，被称作"耗跷"，一个"耗"字，包含了多少辛酸。慢慢地耗下去吧，好的舞台身段就是耗出来的。

她也希望，是齐涉江把跷功耗了出来，而非被跷功给耗干了……

　　几天下来，齐涉江整个人都瘦了不少，两脚肿痛，不踩跷时都疼得很，唐双钦一看他就沉吟道："你这样不行啊。"

　　洛霞在心底点头，齐涉江太拼了，为了赶功，他不但反复练习，还踩跷时练唱段，节省时间，她在专业演员身上都极少见到这种发狠劲儿了。

　　唐双钦幽幽道："瘦了后扮上会不好看的……"

　　洛霞："……"

　　唱戏就是这样，太瘦了反而扮起来不好看，额头鬓边还要贴片子，岂不显得脸更加窄小。

　　洛霞都忍不住谴责了："您这说得也太过分了。"

　　齐涉江倒不以为意："您说得有道理，小印月扮相是顶漂亮的，我今天开始加餐。"

　　唐双钦点点头，满意地走开了。这不是他唐双钦为难人，拍起戏来他就这样，齐涉江还听他问过其他演员："你能让自己的气质看上去很喜欢读《金瓶梅》吗？"

　　要求也太细致了，搞得人家演员哭笑不得。

　　今天齐涉江还收到通知，要去上一门课，是唐双钦特意邀请了研究近代京城文艺圈子的老师，来给大家说一节课，方便大家从时代背景下理解自己的人物。

　　这次就是所有有点戏份的演员都到场了，齐涉江也不是主角，自己找了个不前不后的位置坐下。不一会儿，见到有两个穿大褂的人也进来，一高一矮，对比滑稽，这一看就是在电影里扮演相声演员的。

　　齐涉江也稍微了解过，《鸳鸯扣》里出现了后来的两位相声名家，那二位他没见过，但知道是当时京城很火的艺人。小印月给他写信时，就提到过他们的艺术水平。

　　在那个时候，搞曲艺的，包括说相声，要闯出大名气，必须把津、京二地蹚平了，前者是曲艺窝子，后者是一国之都，能人云集。这就是小印月为何上京，还屡屡邀请齐涉江，只是那时齐涉江固守一城，死等师门。

正一晃神，那二人看了一圈，溜达到他身边坐下了，大家对视上了。

高的那个嘿嘿一笑，主动找话："老师您好，我们看了一圈，就您是同行。"

"您好，叫杰西就成。"齐涉江和他们握了握手，听两人自我介绍，知道高的那个叫莫声，矮的和齐涉江是本家，也姓齐，叫齐乐阳。

他们两个都是从曲艺学校选出来的，原来就学相声，形象和那对相声演员挺像的，功课也不错，就中了，戏份比齐涉江不如，齐涉江还是男三，他们大概都十三号了。

这两个离毕业还有一年，没搞过传统拜师那套，自己都还没字辈，也半点江湖名气都没有，当然对齐涉江这海青没什么偏见，反而觉得挺有意思的。

不多时人也到齐了，老师开始讲课，齐涉江一边听就一边在心底琢磨唱腔。

上了得有两个小时课吧，到了自由发问时间，老师一下被围住了。

唐双钦不知道什么时候也来了，溜达一圈，走到莫声他们身边："你们赚多少钱了？"

莫声和齐乐阳对视一眼，窘迫地低下头："没……没多少……"

"没多少是多少啊？"唐双钦追问。

莫声讷讷道："五十多……那个，导演，我们表演效果也不错的，可是，就是……钱不多……没多少愿意给的……"

齐涉江听得奇怪，问道："赚什么钱？"

唐双钦抬抬下巴，示意那两人告诉齐涉江。

听他们一说，齐涉江才知道，这两人一来培训，唐双钦什么课程都没安排，就一人发了一身大褂，说，你俩从今天起，就到公园去撂地说相声，反正你俩戏份也不急，什么时候挣到一万块再说。

他俩都傻了，想想才明白，他俩形象、功课是有了，但是没有唐双钦要的那种混江湖的气息，那两位相声名家，可都是撂地画锅，一步步干出来的。

再一个，也没那风吹日晒出来的、透着真实劲儿的沧桑。

莫声和齐乐阳好歹也是学相声的，脸皮厚度还是有的，真就每天早起到公园说相声，还自己搬桌子带道具过去。可这几天下来，愣是只赚到五十来块，还不够交通茶水费。

唐双钦一听："你们这不行啊，在旧社会早饿死了，跟角色都不符合。我去找找，看有没有老师来指点几句。"

两人心想，要搁那时候，不是没办法谁说相声啊！

齐涉江站在一旁，却是一笑道："唐导，不如我来教教吧。敛钱艺校怕是不会教的，但我师父教过。"

过去来说，表演完如何跟观众要来钱，也是有技巧的。

行话叫"楮门子"，"楮"有纸钱的意思，代指的就是钱，门子就是门开了，钱门一开，即是该收钱了。

有句话这么说：楮门子是金子，垫话是银子，正活儿是铜子，可见重要性。

有时候你活儿使得好，不会楮门子，观众听完就走了，那活儿不也白使？

可这么重要的技能，如今年轻演员基本都不会了，因为也没人撂地了。现如今是卖票、上商演，压根也用不上在街头自个儿收钱。

他俩半点经验也没有，站那儿愣说，收的钱怎么可能多？

他们就在身边讨论，齐涉江都听到了，大家同一个剧组那就算是一场买卖，何必舍近求远？他那楮门子的能耐，是真正经过市场检验的。

唐双钦"哎"一下，也想起来了。洛霞说曲艺界里的消息，齐涉江是个教传统活儿的师父，这不，在电视上还说了失传的段子。没门户和会老活儿，那是两码事。既然他这么说了，指不定还真行？

唐双钦看看齐涉江："那就……你来代劳？"

齐涉江毫不含糊："我早晨拨空儿陪他们练几次就行，开悟就得了。"

再看莫声和齐乐阳，那也是一脸蒙："不是，等等，唐导，杰西，你这个模样，陪我们出去，当场就被围观了啊。"

他们算是说到重点了，齐涉江现在还是有名气的，敢出去陪着卖艺，当时就得被粉丝活捉。

唐双钦倒是随意得很："这算什么事，化个妆不就得了。"

他想想再看齐涉江，又说："唉，长得是太过分了。"

齐涉江习惯成自然，顺口就接茬："您不就是看上我长得好？"

唐双钦"哈哈哈"笑得跟什么似的："你可真够贫的。"

齐涉江一脸无辜，相声演员不够贫还行吗？

按照唐双钦说的，第二天齐涉江陪莫声他们去之前，找化妆师先化了化妆，皮肤往黑了弄，眉形改了，再加一副眼镜，刘海往下拨点儿，整个人看上去就暗淡了不少。

再说莫声和齐乐阳撂地的所在，就是远近闻名的中老年人聚集地。老头老太太在这儿晨练，大叔大婶买了菜回来顺便聊会儿天，再加上遛狗的、遛鸟的，一天到晚都挺热闹。

可他俩在这儿挣不到钱，一个是不会楮门子，二个是退休老大爷老太太也有身怀绝技的啊，吊嗓子唱戏的都有，人还不收钱呢。

齐涉江先看了一圈，观察这里的人员组成，心底还有点感慨，不管什么原因吧，这倒是他来新时空后，头一回重新撂地。

"杰西老师，其实我们俩也试着说了些楮门子的话，但是效果好像不怎么样。"莫声说，"而且好多人，根本就不会听完相声，就走了啊。"

齐涉江这次没有阻止他叫自己老师，毕竟他待会儿要教真本事，在过去这俩不拜师学不到的。

撂地卖艺啊，这就是对艺术水平最大的考验了，怎么把人吸引过来，怎么把人留住，怎么让人掏钱，都是学问。

像莫声说，有些人等不到说完相声就走了，归根结底，还是本事不够。

你能把人勾住，一直听完了，这属于能耐最大的。

能耐一般的，也得脑子灵活，你改变手段啊，说一段，我卡在节骨眼儿上，收一回钱。或是都说些小段子、小笑料。

他俩上了几年学校，学的都是三十分钟半个小时的，使完一块整活儿。

"节奏要多练习。我今天给莫声捧一回，你们先感受一下，我再说。"齐涉江说道。这两人以前不是搭档，相比之下莫声稍微好一些。

都说三分逗七分捧，别看逗哏出彩，相声艺人使活儿总是老的给小的捧，就是体现了捧哏的重要性，齐涉江做捧哏，他能给莫声兜着。

"行，那得先圆黏儿啊，前些天我们都是在这儿唱歌，或者学个戏曲，好把大家吸引过来。"莫声可怜巴巴地道，"但是效果好像也一般，看我们的和看算卦的差不多，还没看下象棋的多。"

"圆黏儿"就是招揽观众的意思，用各种方式让大家聚拢来，艺人好接下去说，比如本门唱的太平歌词，最早就是用来圆黏儿的。

因为时代变迁，和楷门子一样，现在站台上说相声都不用这流程了。

"唱戏？"齐涉江看了一圈，"那还算你们知道因地制宜，这儿老头老太太多。"

两人点了点头，又听出他好像还有画外之音，虚心道："您看，还有别的法儿吗？这儿真的不好圆啊！"

未必按照老规矩，唱太平歌词，或者拿白沙撒画？

嘿，没看那边大爷用水笔写写画画都漂亮得很吗？

齐涉江站在他们自己搬来的场面桌后头，再次扫了一圈公园内玩鸟、遛狗的人，微微一笑，心里有了计较，他一张嘴："呜汪汪汪汪汪汪！"

竟是一连串惟妙惟肖、难辨真假的……狗叫声！

只见方圆百米内，大爷们肩上架着的鸟全都受惊地提高了叫声，叽叽喳喳；那些来溜达的狗，一只只也都立起耳朵，一脸好奇，拉着主人就往发声之处跑。

霎时，架着鸟的都往这边张望，牵着狗的……则全都被自家狗子带到跟前来了！

就连没鸟也没狗的，一看这么大动静，能不注意过来吗？

不到一分钟，跟前就围上了几十号人。

莫声："……"

齐乐阳："……"

两人都傻了。

这也真够没偶像包袱的啊！

说学逗唱，学就包括了学口技，他俩也学过一点儿，什么天上飞的地上跑的水里游的，狗叫那就是最基础的啊。

可他俩愣没想到还能这么用，或者说还能用得这么好，连狗都被骗了……

圆黏儿还有强行圆的？这也太牛气了吧！

WOYAOZHE
SHENGSHIMEIYAN
YOUHEYONG

第七章
忘情鱼

不同于二人的呆愣，齐涉江一派自然，他手里拿着道具折扇，戳了戳莫声，给了他一个眼神。

还算莫声有点机灵，一张嘴学起了鸟叫。这时候还在圆黏儿，齐乐阳也加入了进来，两人有点一唱一和的意思。

毕竟是练过，说不上出神入化，但现场的大家也鼓了鼓掌，明白过来了。这几个小伙子在这儿卖艺，这是吸引人的手段啊。

就算知道是吸引人的手段，可学得确实不错，人都走到这儿了，听听又何妨？

齐涉江一笑，和大家闲聊一般道："对面京戏剧院挂的莫赣老师的牌子，诸位有买票的吗？"

立刻就有人点头了，这一片的大爷大妈里，爱好京戏的还是不少。

齐涉江这是在摸底，一听有好京戏的，当然要卖力气："我也喜欢莫赣老师，给各位学一个：汪嗷嗷嗷——"

大家一听都没憋住，乐了。

齐涉江一张嘴开始狗叫，但是发声方式却是京戏老生的，所以这次也没惹得狗狗们张望。

"哎呀，错了，刚才顺嘴了。"齐涉江停了，重新开头，"谗臣当道谋汉朝，楚汉相争动枪刀。高祖爷咸阳登大宝，一统山河乐唐尧。到如今出了个奸曹操，上欺天子下压群僚。我有心替主公把贼扫，手中缺把杀人的刀……"

唱的这是《击鼓骂曹》，莫赣的代表曲目之一。他原来就学过莫赣，是连莫赣本人都夸赞的水平。此刻还刻意提高了调门，每唱到妙处，大爷大妈们就叫好。

懂的人自然懂啊，这简直像专业水平了。嗓子还好，一段唱来，又是一帮票友也给吸引过来了。相比起之前那两小的在这儿圆黏子，情形是一个天一个地。

像这个，就叫开门柳儿，开场时唱个曲儿，也是为了把人招来。通常是逗哏来唱开门柳儿，但今天情况不同，他们来这儿是上课的。

莫声和齐乐阳心中感慨，要说齐涉江这圆黏儿的方法，明明白白。可是，一般人压根学不来。你学个狗叫，学个京戏，能学到这么好吗？这都是实打实的功夫，才能一"汪"惊人，把人给圆过来。

齐涉江对观众的口味心里已经有数了，把点改活，今天这些观众，不适合说太火爆的，像是拿张约砸挂之类的，人家肯定兴趣一般。要说，还是得说传统一些的。

他给莫声比了个手势，像是鱼在游动，这是个暗示，表示今天说"游鱼儿"。

行话里对很多活儿也有正式名称以外的代称，比如《八扇屏》就是"张扇儿"，《报菜名》就是"单子"。而这个"游鱼儿"，指的就是《望情鱼》了。

相声不少活儿，和京戏有关，像齐涉江说过的《批京戏》，还有一些和具体剧目相关的，像是《望情鱼》《汾河湾》《黄鹤楼》，都是逗哏扮演不懂装懂的人，歪唱京戏，捧哏则正唱，形成反差，两人通过对戏抖包袱，逗乐观众。

这样的活儿，正适合在今天的观众面前演，他们懂京戏啊。刚好齐涉江今天是捧哏，他来正唱，以他的功底也是一大亮点。

莫声会意，但心里也有点紧张。《望情鱼》他会说，昨天和齐涉江沟通时，两人也约定了不同类型的几出节目，但那么些出，他们对词对得挺简单的，难免忐忑。

事到如今，还是鼓了鼓掌，往活儿里引，说道："您唱得好啊，对戏曲很有研究？"

这时候，齐乐阳就该让开了，这不是他的场次。

齐涉江谦虚地道："业余爱好。"

莫声说道："哦。早说，你要爱戏曲，你找我去啊。"

齐涉江奇怪地道："找你干吗？"

莫声："我能教你啊，我，唱戏走票多少年了！旁边那剧院，我都不稀罕在那儿卖票，座儿太少！"

齐涉江惊了："嚯，那可是大剧院，好几千人，您还嫌座儿少呢？"

两人你一言我一语，就开始铺垫了。

刚才齐涉江才一嗓子引来了票友，他们一听，莫声还更厉害？要教这年轻人唱？行，那就听听吧！

就是有平时听相声的，听出来这是使的什么样的活儿了，冲着齐涉江刚才的表现，也有兴趣继续看看。

莫声扮演吹牛皮的逗哏，充专家，两人说着，就相约一起来唱一出京戏版《望情鱼》了。

"那鱼呀？"莫声一拍额头，"秋鱼确是肥了！只是我鱼它相伴数月，不舍红烧，还是清蒸了吧！"

齐涉江喝道："等等，这叫什么话，还是要烧了啊？"

莫声直愣愣道："清蒸不好吃吗？"

齐涉江叹气："好吃你也不能这么说啊，应该是相伴数月，甚是不舍！"

莫声一开始还有些紧张，但越说就越进入状态了，齐涉江捧得瓷实，他心里头也安定下来。

一段说完，半个小时左右，有走的也有再来的，最后人头竟是比开场那会儿还多一些了，后来不少其实就是看着这里人多，来看热闹的，形成良性循环。

这就要到最重要的时候了，该楂门子了。

除了说辞之外，手法形式上，楂门子有飞楂，就是观众往中间扔钱；也有托楂的，捧着管箩走一圈，观众把钱放上头；再有是托边楂，其实也算是托楂，但演员会走到人群外围，请这里的观众也砸点儿钱。

齐涉江用的就是托楂，折扇"唰"一下打开，就当笸箩了，一边走口里一边说楂门子的纲口："各位叔叔阿姨哥哥姐姐暂且别走，我们也没什么能耐，就会说这几段，还都仰仗各位赏脸。您掏出来几块钱给我，这才算我的能耐。您养个小狗，养个雀儿，天天也喂吃的，好叫它们逗个乐。咱俩刚连说带唱半小时，天气也冷，我们大褂里可单薄。您要是乐了，一块五块的都随意。您看莫赣老师卖票，最低也要八十块，我这里，您给八毛也行……"

观众都是一乐，齐涉江前头说得软和在理，也不是单纯的卖惨，都把自己和小鸟小狗对比了，后头又甩个包袱，拿莫赣说事。

这么一说，小伙子学得神似，只要个零钱，还真实惠。

这都属于仁义纲，说些讨人怜爱的说辞，也是看在这圈观众多是面慈心善的老头老太太。

要是观众不同，比如遇到老来听又不给钱的，纲口也得换了。语气再硬一点，比如拿观众互相比较，观众不愿显得不如人，也就丢钱了。甚至有暗骂的，暗示谁听完了就走家里头没啥好事之类。

那些都属于刮纲了。非常形象，钱不是观众打赏，而是演员拿话头刮下来的。说到你不好意思，不得不掏钱。

现场呢，要是年轻人出门可能拿个手机扫码支付就完事儿，这些大爷大娘身上还是有点零钱的，被齐涉江一套套的说辞说得一笑一乐一心软，反正也不差这些零钱，也就掏出来给他了。

一会儿工夫，齐涉江扇子上就满满当当的了。

接着，齐涉江还要给两人进一步示范，如何说一小段就楂门子。他看看时间不早了，叫齐乐阳先唱一段，拢住观众，自己到场面桌后头收拾了一下，这才起来继续说。

每说一个小段，就收一次钱，各种手法轮着来，还要说得观众心甘情愿，不挑他的毛病。不过到了后头，已经是换作飞楂了，叫大家往中间的场地里砸钱。

唐双钦同着副手、助理，一起戴着墨镜到公园去溜达，他开车路过，想到齐涉江今天来帮忙，就下车来看看几人的情况，心里到底还是有些担忧、好奇。

大老远呢，就看到一群人围在那儿，还有莫声等人的话音传出来。

"嘿，生意不错啊。"唐双钦眼前一亮，这个客流量，明显比他们说的之前的情况好。

到了前头，就看齐涉江一套套地抛着话，周遭的观众就往中间丢钱，另外两人轮流捡，拿来装钱的小盒子已经是满满当当了。虽说大票子不多，但胜在数量可观啊。

唐双钦真没见过这样的，尤其是齐涉江还拿话点那些听了半天不给钱就想走的观众，搞得人家迈步不开，还掏了钱。

这个就是唐双钦想象的风味啊，他兴奋地叫副手偷偷录点花絮。

助理忽然道："他们几点来的啊，看Jesse说得都出汗了，也太卖力气了吧。好险粉底应该是防水防汗的，不然脸该成斑马了。"

唐双钦仔细一看，是，齐涉江是挺累的样子，没想到他如此上心啊，这孩子品性是不错。

拢共收了得有三四次钱，齐涉江一抱拳，让开位置了，由齐乐阳顶上，他自己则一下委顿在地。

唐双钦看齐涉江坐下去的姿势有些奇怪，走了半圈，走到场面后面去看。

只见齐涉江正席地而坐，在桌子和人身的遮挡下，把裤脚挽起来，脱下踩着的一双木跷。

——不错，从他收完第一次钱，后头开始说小段为什么用飞楂，就是因为他脚下一直穿着跷鞋，桌子挡住看不见罢了！

齐涉江虽然来帮他们的忙，但自己也要紧着练功，为了不浪费时间，他把跷鞋带上，看看时间差不多，就穿上。

唐双钦愣在当场，简直难以形容自己的心情。原来，刚才齐涉江一直在边说相声边练跷功的？就这样，他还得忍着疼痛，保持面色如常，甚至笑起来。

莫声和齐乐阳一起扶着齐涉江，往一旁的石凳走。

刚才他俩演完了一段，又学着收了一次钱，就暂时停了，先把齐涉江送走，齐涉江踩完跷，走路都是飘的。

"没事没事，我自己走得了。"齐涉江吐了口气。正如洛霞所说，这就是耗出来的，他现在已经比一开始能站得久多了。刚才连说几个小段，加起来也有半个多小时。

就这还不止，两人演的时候，他自己脱完鞋后在旁边快走了好一会儿，练完跷功必须活动活动的，不然血脉不通，腿就废了。而且活动的时候，腿也是非常疼的。

莫声和齐乐阳都吓到了，没见过这么能折腾自己的。卖艺的时候踩跷啊，还完整地演了下来，这完全是硬逼着自己快速进步。

他们俩是又惊讶，又佩服。

在他们看来，齐涉江都不是主角，踩跷镜头也不是特别多，单为了还原小印月先生的身段，真是何苦来着。

"数数看这里多少钱了？"齐涉江问道。

两人把钱都倒出来，一张张数，大多是一块五块的，也有硬币。

最后一合计，拢共三百零四块五毛，里头也不知哪个小孩还投了一枚游戏币。反正比他们前几天忙活的，翻了好几倍。

这还不到一上午的工夫呢，当然也是因为齐涉江为了教他们，短时间内楂了好几道，都楂到底了——观众零钱都要花光了。

"这么多，要是天天能这么挣，一个月下来，也有九千多了。"齐乐阳他们都是还没毕业的，自己都没挣过钱，前几天可沮丧了，现在看到这钱，乐得跟什么似的。

"这也是杰西老师在，我们才挣了三百，还得平分，其实算下来也没多少。"莫声感叹道，"挣钱太不容易了，还是得跟您学。"

齐涉江咳嗽了一下，刚才一次说了挺多："也是现在生活好了，大家不缺钱……再者，这也不能天天这么算，画锅吃饭的，还得指着老天爷。要是外头刮风下雨，谁来听你说？"

莫声和齐乐阳都点点头，说得在理。

"得了，我们现在就想着怎么把导演布置的任务完成，早日挣到一万块。"

齐涉江就来带他们几天，往后就要自己努力了——看到齐涉江边说边踩跷那个拼劲儿，齐涉江就算想常驻，他们都不敢留了。

"杰西老师，您先坐着吧，我给打个车。"莫声正说着，看到有几个挺眼熟的人走过来，其中一人手里还拿个便携的相机在拍摄。

"等等，那是唐导吧？"莫声总算认出来了。

"Jesse，还好吧？"唐双钦好像终于有点人性了，蹲下来问齐涉江。

齐涉江也不知道他会来，看他还在拍呢。

"我没事啊，这是干什么？"

"他录花絮呢……你，你悠着点，你这样我都不好意思了！"唐双钦关心地说了几句，连他都不忍看，真是挺难得的，"对了，我们来晚了，没看到前头，人还挺多的，挣了不少吧？"

"三百出头呢！"莫声说道，"唐导，您不知道，多亏了杰西老师，他那圆……就招揽观众的办法太妙了。"

唐双钦来兴致了，刚才楂门子的手法他看着就挺感兴趣的："怎么招来的？"

大家都看着齐涉江，显然想听本人回答。

齐涉江迟疑半晌，才慢慢道："哦，就学狗叫。"

唐双钦："啥？"

唐双钦："你是说……卖萌吗？"

齐涉江："卖什么？"

两人面对面，都是一脸蒙，不知道对方在说些什么。

齐涉江好歹反应过来："没卖别的，就这样。"

他一张嘴，又学了一串狗叫，这个点了，周遭也就两只小泰迪，一听声音，撒腿就往这边跑，好像看了亲人一样。

唐双钦："……"

小泰迪的主人大概是没看前头那一出，还夸呢："你这小伙子学狗叫学得挺像的啊。"

齐涉江笑了一下，摸了下泰迪的狗头。

等主人走开了，唐双钦才反应过来，想象了一下早上的情形。

"你早上就这么招揽观众的？"

齐乐阳早就憋不住了，把齐涉江圆黏儿的场景添油加醋描绘了一番："那家伙，呼啦啦就是几十只狗蹿过来，满公园百鸟齐鸣！啾啾啾，汪汪汪！"

哎哟喂，这什么江湖做派，很会玩啊！

唐双钦："明天你还玩儿不？我再来拍花絮。等等，不，你们俩，"他对莫声和齐乐阳说，"不管用什么办法，两个月内把这叫声给我学会了，我要拍到电影里去。"

莫声、齐乐阳："……"

唐双钦只觉得再次对齐涉江刮目相看了，拍拍齐涉江的肩膀："你这……不管是作为偶像还是作为相声演员，都硬核过头了吧！"

齐涉江露出尴尬而不失礼貌的微笑，心里却想着：硬核是什么玩意儿？

本来莫声和齐乐阳的角色也不是很重要，可唐双钦一次公园之行，从第二天起，就派了人跟拍花絮，还要给他们加圆黏子的镜头。

接下来的几天，齐涉江陪着二人又练了一番，不只在公园，也去其他地方，好面对不同的群体来使，这样才能融会贯通。

有的地方年轻人多，身上都不带零钱，还问他们以后能不能做个支付码的牌子。

三人含糊拒绝了，他们是为了电影来做准备的，那会儿就是丢现钱，你那接钱的姿势都有讲究，要用二维码，那就没意义了。唐导是叮嘱过的，就要那原汁原味的劲儿。

一道走下来，齐涉江是把纲口和学狗叫的技巧都倾囊相授。

齐涉江也是在旧观念教导下长起来的人，可是他在这里看到了曲艺的现状，已是如此，也没人指着楮门子敛钱了，教给这两人又何妨？

可看在莫声和齐乐阳眼里就不一样了，真正和齐涉江一样从旧社会来到新时空的人能够倾囊相授，但现在和林洋一样固执的人也大有人在啊。

他们是不知道齐涉江的真实来历，即便如此，几天相处下来，也足以让他们对齐涉江钦佩无比了。严于律己，宽以待人，用来形容他真是再合适不过了。

齐涉江给他们量活儿（捧哏），事了还会指点一番如何使活儿，和他们在学校学的真是大不相同，那都是在残酷的环境中几辈人实践得来的宝贵经验。

已是最后一天了，齐涉江踩跷使活儿的时间也越来越长："先头那段，你那开门包袱，还是半刨着使比较好，迟一会儿再说。"

"刨"就是刨开，揭晓的意思。有台上的说法，也有台下的说法。

台下头，观众要是听过这段，提前把包袱的悬念揭晓，叫刨活儿，这样一来其他观众就乐不起来了。这属于让演员特别头疼的行为，有些没艺德的艺人倾轧同行，也会偷偷去人家的场子刨活儿。

台上说，就是演员刻意为之了，用刨的手法，达到一定的笑果。刨着使活儿，甚至演员直接把搭档的台词抢了，也就是抢纲，拿捏得好气氛会更加火爆。

齐涉江叫他半刨着使，顾名思义，就是藏一半露一半了，暗示观众这里有铺垫，吊高观众的胃口。

"好好，杰西老师。"齐乐阳忙不迭点头，这是详细到了每一句语气的教导啊，不拜师寻常能遇到吗？

领会了，还得学一遍给齐涉江听。

齐涉江听完就点头，示意这个语气可以，正要继续开口，就见手机响了，是张约打来的。

"喂？"

"你干吗呢？上课吗？"张约在那头说，"我今天刚回京，有件事跟你说。"

"陪人在街上卖艺，刚结束。"齐涉江说，"天涯大道这儿。"

"卖艺？怎么没让城管给你们抓起来？"张约说，"等着，我离得不远了，去那边接你。"

他那个急性子，齐涉江刚吱声答应，还没说有两个小伙子也在，他就挂了。齐涉江看看手机，又对莫声他们说："是我一个朋友，要来找我，你俩自己去吃饭，还是我让他送你们？我记得下午有课吧？"

"我们自个儿去就行了，就是您这走动不大方便，我们陪您等到和朋友会合吧，省得有什么麻烦。"他们还挺细致，也算是感念齐涉江的用心了。

今天路况还不错，也就十来分钟，张约就到了，他戴着一顶棒球帽，帽檐压低，脸上一副口罩，因为天气冷倒并不显眼。

张约拨通电话，一边和齐涉江说话，一边按照他的指示靠近，看到他身影后就挂了。

"这两个是谁啊？"他又仔细看齐涉江，"差点没认出来。"

这脸都涂黑了，眼睛也遮得差不多，亏得他这个样子都敢演出，也算艺高人胆大，照理说表情也是演出的一部分。

那两人看着张约，却是越看越不对，眉眼有点熟悉吧，那个声音还很有特色，总觉得在哪儿听过，有个名字简直呼之欲出了。

先是呼之欲出，后来就是想说不敢说了。

直到莫声怯怯道："老师，你朋友的声音真像张约。"

张约直接把口罩给摘了："所以这两个是你学生？"

莫声、齐乐阳："是！"

齐涉江笑道："怎么会？他们可是专业院校出来的。"搁在他们那会儿，学校是个多厉害的地方，没想过还能有办来学曲艺的。

他俩倒是自然了，莫声和齐乐阳快吓死了："所以我们是被媒体忽悠了吗？你俩不是死对头啊？"

"君子没有隔夜的仇。"张约轻飘飘地说。

二人心底疯狂吐槽，这话谁说都行，你说就不太合适了吧？

"行了，走吧。"张约招呼道。

"等等，"莫声说，"杰西老师在练功，腿脚不方便，你最好……"

"唉！我知道了，麻烦！"张约把口罩扣回去，蹲了下来，"上来吧，真是的，怎么搞成这样子。"

齐涉江无辜地看他一眼，真爬了上去，又对莫声他们笑。

莫声、齐乐阳："……"

什么鬼，只是想说你挽着点啊！张约两手搂着齐涉江的腿弯掂了一下，闷声道："走了。"

"那个……"齐乐阳小声喊了一嗓子，待齐涉江看过来，又咽了咽口水，"没什么，路上小心。"

待到他们上了车，莫声戳了齐乐阳一下："你刚刚想说什么？"

齐乐阳搓了搓脸，不好意思地说："就杰西老师说我俩不是他学生，我挺那个什么的，就是……你想，如果杰西老师真是咱俩师父多好啊……"

虽说年纪差不多，但齐涉江的艺术水平甩他们六条街还外带一个公园了，这行是这样的，只看得道早晚，入门先后，年纪是不看的。

莫声沉默了一会儿，点点头。

齐乐阳喃喃道："可惜啊。"他都不敢说出来，人家那么大能耐，家里条件也好，圈里大佬支持着，就算是海青，也轮不到他俩做徒弟吧？

"你腿伤得很重吗？"张约一边开车一边问。

"没，没伤。"齐涉江问他，"记得以前和你说过的踩寸子吧，因为小印月是行家，导演让我也学学，就是练习完后比较胀痛，休息休息就没事了。"

张约狐疑地看他一眼："唐双钦就是事儿多！"

他顿了顿，又说："可惜啊，我很快也要和你一样，被他折磨了。"

齐涉江："嗯？"

张约说出原委，原来是唐双钦已经在琢磨电影音乐了。《鸳鸯扣》里会出现不少曲艺唱段，也有原创歌词需要谱曲。既要有那个时代的特色，又要一定程度上符合现代口味，寻找一个微妙的平衡。

唐双钦筛了一遍，最后想到了张约，有意让他连主题曲、插曲带配乐都包圆了。

"他约我过去聊的时候，我就给他放了我录的咱俩唱的子弟书选段，改完的版本。他听完当时就很满意。所以——"张约看着齐涉江，"你还得授权使用，你觉得呢？"

齐涉江眼睛都睁大了，喜出望外："你尽管用。"

子弟书是传统曲艺，没有版权了，但他俩一起改了，所以涉及这部分还是要商量。

齐涉江现在已经知道唐双钦的地位了，也知道他的电影，有多少人会看。如果张约真的会对子弟书采样、改编，选为配乐甚至插曲，那不就是他改编的初衷，让子弟书重新焕发生命力，重新获得听众吗？

　　张约从后视镜里看了齐涉江一眼，看到齐涉江欣喜非常，心里挺得意的。

　　齐涉江曾经对他说，自己是在海外学到了几乎已无人知晓的子弟书，其时酸楚令他动容，在他把录音给唐双钦听，在唐双钦点头的时候，他想到的就是齐涉江低着头弹三弦的画面。

　　当时他就想，齐涉江应该会挺开心的吧？

　　只是可惜，他仍然不知道齐涉江悲歌《痴梦》又是为什么……

　　"我把本子都复印一份给你，很快的。"齐涉江太感谢复印机了，否则还要手抄，不知道得抄多久，"如果你们需要三弦，就叫上我吧！"

　　齐涉江对自己的三弦技术，还是比较有信心的。

　　"没事，不用急，我的工作还没正式开始。"张约看他简直想立刻把所有素材找出来，安抚了一句。这时也到目的地了，他一脚踩了刹车，把车靠边停下。

　　"嗯，太好了。"齐涉江喃喃道，抱拳给张约作揖，"谢谢。"

　　张约："……"

　　张约："干什么你？"

　　齐涉江看了看自己的手："我师父教的，谢你啊。"一时激动，下意识就作揖了。

　　"还是别这样了。"张约一手揽着齐涉江，和他抱了一下。

　　齐涉江愣了愣，两手往上一搭，也抱在了张约后背，往前一靠，下巴倒是刚好搁在张约肩膀上。

　　张约："……"

　　嗯……这个……

　　齐涉江趴在他肩上，也不知道抱多久合适，张约又神游天外，两人就这么无声地拥抱了三分钟。前三十秒还是感激、惊喜，从第六十秒开始气氛就不对劲了。

齐涉江再傻也知道没什么礼仪能这么长吧，可两人一时陷入了谜之沉默。

直到张约慢慢松开手，齐涉江也退开一些，本来想抓个哏，缓解一下尴尬的气氛，却看到张约耳尖都是红的。

齐涉江隐约察觉到什么，忍住了原本要说的话。

幸好一阵手机铃声把两人解救了出来，来电显示是曾文老师。齐涉江给张约看了一下屏幕，张约会意，他开门下车去接电话。

错开空间，张约可算松了口气。

齐涉江接通了："曾文老师？"

"杰西啊，没在忙吧？"曾文语气里就透着喜气，"你猜猜看，我要跟你说什么？"

"听起来是好消息啊。"齐涉江心说这什么日子，又有好消息啊。

曾文大笑："猜对了，就是要给你说个好消息，你之前不是交了挺多申请表格资料和文本、曲本嘛，你孟叔一直在给你盯着那事儿，幸好赶上这一批，大致已经定下来了……"

时近新春，年底各式各样的活动都要筹备了。

曲艺台的晚会，按理说是各个电视台中，观众期待度倒数的那种，他们的收视群体就那么一小部分。

往年，网友们都是拿着其他电视台的节目单讨论来讨论去，可是今年，曲艺台的节目预告竟是登上了实时搜索榜的第一名。

没别的，只因为这节目单里有齐涉江。

齐涉江也不是第一次上曲艺台，之前作为"青年相声演员"被介绍过。

可这一次，曲艺台的小年夜晚会节目，在一大堆戏曲选段里，有个节目叫"群英荟萃"。

就这个节目的演员，都是名家，不同曲艺流派中可以说都是代表人物，一起出来联唱。

在曲艺界，这个阵容就是神仙阵容啊，还是王母娘娘开大会级别的齐全，节目分了几个篇章，囊括各类代表性、具有意义的曲种。

但是在这样的神仙阵容里，竟然夹着一个"齐涉江"。

虽说是排在最后头，那他也是排进去了。

一经发现，就广为流传，大家都挺吃惊的。

在这联唱名单里，显然不是去说相声，而是开唱的。曲艺台自个儿还给人一个相声演员的头衔，结果现在就排进联唱名单里了。

齐涉江唱得好是好，这个没得说，可是，和其他名家、代表人物比，分量根本就不够啊，你就是让他单独唱一段也好。

——曲艺台的晚会，也有过那种票友联唱甚至外国爱好者联唱的节目。

【而且他是唱什么呢？也不知道是京戏还是汴戏或者大鼓。】

【我本来想，节目单里也有曾文、孟静远老师，可能是他们塞进去的？可是后来再想，不可能啊，其他老师怎么会愿意，这都是腕儿啊！】

【不管是唱京戏还是汴戏，又或者大鼓，都挺神奇吧。是学莫赣学得太像，特邀上台，还是因为出演了小印月，借机做宣传？】

【你们反应不用这么大吧，Jesse就是唱得好嘛。】

【神奇+1，就是单独另排一个节目我觉得都没什么争议，就这么并列……你们自己看，这都是各个曲种的代表性人物了。】

【是不是他爹赞助了晚会？这次有好几家赞助商，来查一下这些赞助商的资金关系？】

【那不太可能吧，夏一苇以前遇到类似情况时，不是直说她老公不喜欢跟人联名，一般是独家赞助。】

【唐双钦找的关系吧，这个导演和唐双钦认识的，你们看他以前的微博。】

【齐涉江的京戏到底是什么水平，虽说莫赣说过欢迎转行，但是能否登上这样的舞台呢？】

大家众说纷纭，任是如何深入分析，也没个统一的结论。

最后，被认可最多的有两种说法：

一个是曲艺台想推广传统文化，所以节目编排上进行了往年没有过的创新，邀请近来人气高涨同时也是曲艺界新成员的齐涉江——效果不是挺好嘛，大家都在讨论。

第二个，就是说唐双钦为了电影铺垫，利用自己和制片人的关系，推齐涉江去曲艺台的春晚。后续，说不定什么男一号、女一号也会有类似安排了。

外界如此沸反盈天，齐涉江本人却在封闭训练，不接受采访。

媒体到处打听，有问到孟静远那边去，孟静远莫名其妙地说我要是能塞人，我干吗不先塞孟家的子弟？

也是，虽说孟静远明显表达了对齐涉江的欣赏，但不至于做到这份上。

也有记者别出心裁跑去骚扰林洋，希望林洋老师发表一些看法。

林洋差点呕血，他看到新闻时也在家骂过的，他都没能登上这晚会呢，他不是相声界最出挑的啊。可是在媒体面前，他不敢说。

没别的，被打脸打多了，从心底怕了。

以往也是十拿九稳的事，不还是被打脸了？

林洋全程一副欲说还休的模样，最后憋急了，只酸不溜丢地老话重提："反正我只能说，他自称相声演员，咱们认不认不提了。如果一个相声演员，参加了曲艺台的春晚，却不是说相声，你们觉得这算什么？"

好歹林洋也是靠嘴皮子吃饭的，来个春秋笔法——演电影的事他没好意思说，他老人家不也给人客串过几部。

媒体默契点头，回去就奋笔疾书：林洋老师再次炮轰齐涉江不务正业！

林洋在家里拿着手机看了半天新闻，虽说记者有点挑事的意思，但他觉得自己这个角度找得非常好，很保险，而且契合他一直以来的观点，这次是真的很稳……

转过天来。

华夏曲艺家协会和京城曲艺家协会同时在官网更新了最新成员名单，齐涉江名列其中。

但这身份和曲协下属的相声协会无关，也无须旁人认可，因为，国家已经认可了。

——已由相关部门审核后向社会公示，公布为最新一批国家级曲艺类非物质文化遗产"子弟书"传承人，满足华夏曲协个人入会条件！

夏一苇：谁都别拦我，我要去问一下林洋还记不记得贵圈有个名词，叫两门抱。

主题：热搜第一，林洋被打脸？

内容：这是不是林洋老师第一次上热搜……你们是魔鬼吧，把这话题冲到第一去了……

1L：哈哈哈哈哈哈，我也万万没想到今天屠版的会是林洋！标题挂齐涉江大名的都没几个，全是夏一苇和林洋！到底谁才是非遗传承人啊？

2L：意料之外，情理之中……

3L：没办法啊，Jesse窝在剧组培训，面都不露。林洋和夏一苇又那么高调……啊，不对，说实在话，林洋老师是被记者强行采访的，看视频人家也很为难呢，措辞措了半天。

4L：惨！林洋老师人生巅峰竟是如此诞生……

5L：不是，别说林洋了，我的脸也疼啊！以前几次我都支持齐涉江的，这次真心觉得有点怪怪的，结果……啧啧。

6L：我笑死，主要是，林洋是每一次，每一次啊！相声门"反齐"先锋了，全方位试图踩齐涉江，然后全方位被反杀。

7L：夏一苇比较牛吧，护子狂魔啊，第一时间冲出来开嘲讽。

8L：夏一苇你醒醒！你以前被撕都嘤嘤嘤的！

9L：呃……林老师现在还有最后一块遮羞布啊，齐涉江是海青腿儿！我都不忍心帮齐涉江说话了！

齐涉江目前在相声门没有传承，唱京戏、汴戏和大鼓，也都是学唱，从这方面看，他仿佛是不够资历去和那些名家同台献艺。

但是，他是个两门抱啊，学了又不止一项技艺，这次就是代表的另一项。

子弟书，他正经有传承的，还是唯一传承人。要是没有别的奇迹，基本上全华夏就他一人能唱子弟书了，还评了国家级的非遗传承，直接入曲协了。

曲协入会是有硬性评定标准的，林洋当年还是攒了好几次比赛获奖记录，才够资格进去的。可惜吧，内部消息不够灵通的样子。

有记者看到这个名单后去求证，官方也认真回答了子弟书的来源，近年对曲艺类非遗也有扶持，子弟书更是戏剧性地重现天日。曲艺台邀请齐涉江，肯定是基于多方面的考虑，反正齐涉江的资格，是肯定毫无异议的。

——齐涉江不单是非遗项目传承人，还是这个子弟书的唯一传人，其他曲种上的代表人物，他这边就他一人了，他不代表谁代表？

一夜之间，风向就变了。

媒体翻脸无情，昨天还在支持林洋，今天就拟起了标题：

当初齐涉江唱这一段被人说走调，现在才知道这是非遗文化！

这是比较用心的，翻出来之前齐涉江和夏一苇合唱的《何必西厢》，然后分析难怪齐涉江后来大鼓唱得那么有味道，这段中间却被人说怪怪的。

观众们也是如梦初醒。

【原来是这样！他当初唱的根本就不是大鼓，而是子弟书！官方科普说了，大鼓吸取了很多子弟书的内容！】

【我鸡皮疙瘩都起来了，所以他唱的不是走调了的大鼓，而是真正的"原版"？】

【是这样没错了！你看，当初就有专业弦师，在齐涉江还没唱大鼓时就说，他的唱段听不出流派，但技巧成熟，不可能是走调。那时候都不知道有子弟书这玩意儿啊！】

【真正的大佬都没批评过这段好吗，只有半桶水在揪着而已。】

【齐涉江太沉得住气了，要是我肯定当场骂人了，谁说我跑调了？】

【因为来历比较曲折吧，申报不是一天两天的事，也不知道最后什么结果。啊，我现在好想看幕后的故事啊，Jesse到底怎么传承来的，感觉特别传奇的样子！】

大众激情议论起来，没想到齐涉江还有个如此具有戏剧性的传承呢！

官方公开的资料里只三言两语描述了子弟书是辗转流传并从海外回到国内，得以复原的。

曲艺台的工作人员也适时出来透露，详细的故事，他们台会做一个专题节目，也是为了宣传非遗传承，欢迎大家收看。

再一琢磨，还有件很有趣的事，齐涉江已经以子弟书传人的身份加入了曲协，可相声门那边，还有一批人死不承认齐涉江，导致意见无法统一，没有任何官方、民间组织吸纳他。

这样的情况，确实蛮"有趣"的。

因为齐涉江的人气，此前的争议，甚至是事后夏一苇、林洋的嘴仗，都捎带着让人们关注到了子弟书。

很多人去搜"子弟书是什么""子弟书和大鼓的关系""在哪儿听子弟书"。

目前唯一有的子弟书音频，就是媒体推测出来的《何必西厢》中那寥寥几句。于是时隔数月，夏一苇的现场版《何必西厢》点击开始噌噌往上涨了。

【我终于可以说了，这个版本是真的好听！当初我都不敢说，说了就要被嘲花瓶跑调了！现在……你才跑调，你全家跑调！】

【现在去品一下视频下指点江山的旧评论真的很有趣，真实水平展露无遗。】

可是涨到一半吧，就不涨了。

不是因为突然当场过气，而是有一股"邪恶势力"放出来自己剪辑版的《何必西厢》。

当初在《归园田居》里，张约被迫唱了半段，齐涉江给他伴奏加和声了。

这个剪辑版，就是把齐涉江的子弟书唱段，和张约唱的以及齐涉江给他的和声，剪在一块儿，简直浑然天成。

如此有灵性的版本，瞬间就获得了所有人的喜爱。

张约唱的技巧与情感并重，即使是现场即兴，也极为动人，齐涉江弹的弦子和子弟书就更不用说了，和声更是给他俩吸引了不少粉丝。

一首老歌，焕发了新的魅力，竟是忽然间，重新流行了起来……

听众高声呼吁：请问哪个情感类节目组可以请他俩去参加节目，那种调解类的，我想看到他们变好朋友，然后把这首歌完整录一遍！

"有没有搞错，我难道唱得不好吗？"夏一苇正在看某个音乐排行榜，她和齐涉江合唱的版本排名越来越低，已经到后头了。

取而代之的是粉丝剪辑版张、齐合唱，一路上扬，势不可当。

作为原唱，以及另一演唱者他妈，夏一苇非常不满。

齐涉江凑过去看她的屏幕，认真问道："这是什么？"

"你最近都在训练，不知道吧？有人把你跟张约唱的《何必西厢》剪到一起，很多人慕名去听。"李敬说道，"现在就这一段子弟书唱段吧，好评还挺多的。"

齐涉江不知道这一出啊，他意外道："他们到底是为了张约，还是为了子弟书去听的？"

李敬解释道："主要还是子弟书，然后才喜欢整首歌。大家对这个传说失传又重现的曲种还是比较好奇，可能也因为是你继承的……"

还有什么互怼打脸大戏之类的，他就没提了。

齐涉江极为惊喜，打开评论区一看，没错，里头有很多带着子弟书字样的评论，从"来听听子弟书是什么"，到认为"居然还挺好听的""期待更多更长的唱段"。

太好了……齐涉江看了半天，直到夏一苇把手机抽回来。

"你爸要回来了，他知道你训练，我说让你请假，他说别妨碍你，到时我们一起去看你就是了。"

齐爸爸忙活一个重要的项目，小半年没回家了，齐涉江还是刚穿来那会儿，自己都是迷迷瞪瞪之时在医院和他见过一面。

他应了一声，按理说为人子应该去接一下，但最近的确很忙，既要训练，又要准备在曲艺台晚会上的子弟书亮相。

如此思考完，齐涉江才猛然想到，他竟然十分自然地从"为人子"的角度思考了。

齐涉江坐在地板上按摩双腿，一直指导他的那个洛霞的弟子就坐在对面，休息期间，两人闲聊一下。

"齐老师，您知道现在剧组里都说，您一个相声、子弟书两门抱的，居然来演汴戏演员，真有意思。"洛霞的弟子笑说。

这几天的热议话题，对剧组来说可是有益无害，这样的正面新闻，提到齐涉江多少也会说他正在《鸳鸯扣》剧组。

齐涉江轻笑："原来也挺有意思的吧，都说我说相声的，来演小印月。"

洛霞的弟子问道："您不太开心吧？"

齐涉江反问："我为什么不开心？这承认我是相声演员了。"

对方大笑起来，也是，一开始不是好些人觉得齐涉江在开玩笑、炒作，哪能想到，他真的就这么走下来了。

"说真的，我是真佩服您，就算我们戏曲演员，现在排跷功戏的都少之又少，毕竟时代不同了，练这个演员太痛了。何况您这些天熬着，只是为了拍那几个镜头而已。我觉得不管那些林洋啊什么的怎么说您，您就是有艺德。"她说着，给齐涉江比了个心。

齐涉江茫然，这什么玩意儿？是好的意思没错吧？待在剧组里，新知识真是天天都有，快吸收不过来了！

他假装明白的样子，矜持道："谢谢，我继续了。"

夏一苇和齐涉江的父亲齐广陵到这地儿时，齐涉江就正在踩跷练步伐，他们从窗户往里头看，清楚地看到齐涉江满头是汗，室内就穿了一件长袖，衣服后背都打湿了。

夏一苇知道齐涉江在这儿练基本功，但她脑补的就是普通站桩，甚至翻跟斗之类的，哪能知道这是这种高难度项目。齐涉江怕她担心，根本就没告诉她。

"我就说走路怎么都飘飘的，他还说是扎马步扎的。"夏一苇揪着丈夫的衣袖，心里头别提多难过，还有点埋怨这死孩子瞒着自己。

齐广陵也是又骄傲又心疼："从小就倔，死心眼。"

"二位，你们找杰西老师吗？"

一道声音传来。

两人回头一看，见到两个穿着大褂的年轻人。

不用说，能在这儿穿大褂的，除了齐涉江，当然是莫声和齐乐阳。他们本来是来看齐涉江的，想分享一下最近的收成，再次感谢齐涉江。看到这两人站在门口观望，就顺便问了一下。

谁知道一转头，竟然是齐涉江的父母。齐广陵他们不认识，但夏一苇他们认识啊，夏一苇挎着齐广陵，那他的身份也就不言自明了。

两人都慌了，赶紧鞠躬："那个……那个……"一瞬间找不到合适的称呼了！

齐广陵微微一笑，玩笑道："你们叫Jesse老师？那不是该叫我们师祖？"

莫声和齐乐阳满头是汗："这个，Jesse老师教了我们很多，我们也是以弟子礼待的……但不敢厚脸皮叫师祖。"

齐广陵本来是开玩笑，没想到他们的这一声"老师"确有几分真心实意。

这时齐涉江也听到了外头的动静，走了出来，先和父母打招呼："爸、妈，你们来了。"再和两个小的点点头，打个招呼。

"我们还是待会儿再来吧，杰西老师。"莫声老老实实道。

"没事啊，不是半个学生吗？我们就来看看Jesse，你们要有事先说吧。"夏一苇表现得非常可亲，和他们想象中大明星的感觉完全不一样，心想多少因为杰西老师的面子吧。

齐广陵眼力多好，看了几眼这两个年轻人的表现，就道："是啊，现在是半个学生，指不定以后就是真学生了，既然是自己人，有话先聊也没事。"

齐涉江失笑："爸，他们也是剧组的演员，曲艺学校的相声班学生，什么真学生？"

齐广陵随意地道："哦，是吗？"

再看莫声和齐乐阳，脸都憋红了，一副有话说不出的样子。

齐涉江一愣，意外道："你们……不会……"

莫声和齐乐阳对视一眼，找到了默契，红着脸说："杰西老师，这些天和您学了很多东西，其实我们心里都觉得真有这样的师父就太幸福了。但我们悟性也不高，基础功一般……我们，我们就是想说真的谢谢，非常敬慕您……把您当老师看……"

两人说到后面，都有点语无伦次了，不知道怎么准确表达心中的想法。

齐涉江看出来这俩的真心实意，沉吟片刻，说道："没必要妄自菲薄，其实你们都挺有天赋的。"

简直峰回路转啊，莫声、齐乐阳二人都没抱着拜师的念头，就是话赶话到这份儿上了，怎么也要说点心里话吧，可齐涉江的态度，让他们异常惊喜。

莫声都想撩开大褂当场跪下了！

"但也别急。"齐涉江抬手按住激动的两人，这段时间的相处，他对莫声和齐乐阳的功底、人品都有数，才这么说，"这样吧，你们要真心愿意，今天我父母也在，可以让他们做个见证，收你们二人做我的口盟弟子。要是一年后，你们从学校毕业，确定要吃相声这碗饭了，不变了，可以找我正式拜师。"

莫声和齐乐阳像被馅饼砸中一样，头点得快产生虚影了。

"愿意的愿意的，我们愿意啊！"

齐广陵和夏一苇也是没想到，来看儿子还能见证第三代的诞生的，夏一苇说："哎，那我们是不是帮忙准备一杯茶，口盟也得喝拜师茶吧？"

齐广陵顺手把没开封的矿泉水扔了出去："一切从简呗！"

莫声接住矿泉水："……"

不愧是杰西老师的爸爸，够洒脱。

就在这走廊上，他俩一对视，真就一个躬鞠到底，把矿泉水奉上了。

齐涉江也不挑理，接过矿泉水打开喝了一口，笑道："倍儿甜啊。"

直到把新鲜出炉的师祖送走，莫声和齐乐阳还是呆的，恍然如在梦中。

这就拜师了，真的拜师了？

他们居然拜到杰西老师做师父了！

虽然还只是口盟弟子，没有正式摆枝，但也是有了名分。

说起来，要不是这一次拍摄机会，按照正常轨迹，从曲艺学校毕业后，他们也许去干别的。要干相声，会到处找活儿干，也许也会拜个传统师父。

以他们的资历，大概什么辈分呢，孟静远肯定不能拿来比，可能是林洋的徒子徒孙辈儿吧。

现在呢，就得随着齐涉江了，齐涉江是海青，他们也得是海青！

莫声捅了捅齐乐阳，调侃了一句："今天开始跟着师父一起做海青腿儿，怕吗？"

齐乐阳和他对视一眼，一起笑出来："谁怕谁是孙子！"

"我今天收了两个徒弟，就是上次你看到那两个。"齐涉江坐得端正，和张约视频聊天。这是他学会没多久的技能，还比较郑重——他每次打电话其实就挺郑重的，心底总觉得是大事。

张约的脸就算在屏幕里，也看得出漫不经心："上回我就看出来了，一说老师，激动得跟什么似的。"

齐涉江："对了，张约……"

白天洛霞的弟子，那小姑娘给他比了个动作，他琢磨挺久了，还是没想出来到底什么意思，忍不住想问一下张约。

张约："嗯？"

齐涉江一抬手，手指一撮，比了个桃心，正想说话……

张约："……"

齐涉江："嗯？"

张约："……"

齐涉江把手机拿起来，晃了两下：画面怎么不动了？

那一瞬间，张约觉得自己脑子"嗡"一下，原本漫不经心的表情完全卡住，就像死机了一样，无法思考。

比心！

齐涉江好大的胆子！

好半天，张约才找到自己的思想。

我要这盛世美颜有何用

如果说之前他对自己的心意，即使在本人的内心世界，都有些欲说还休，那么现在，他完全无法欺骗自己了。

到底是从什么时候开始觉得齐涉江很不错的他也不记得了，是在录节目时看他弹自己的歌吗？还是看到他为了子弟书悲歌低语？甚至是他问"23333"什么意思的时候？

张约从屏幕里看到自己的表情很古怪，僵硬中透着一丝窃喜："咳……"

"又好了？"齐涉江把手机重新对准自己，又比了一下那个手势，"就是想问你，这什么意思？我看到有人比。"

张约一口气憋了回去。

天上地下，一瞬间，不过如此。

齐涉江："咋了？"

是不是他的错觉，张约好像肉眼可见地萎靡了下来。

张约歪在椅子上，开始神游天外了。

居然是误会，好气。

但是也没办法，刚刚自我坦白了。

那齐涉江到底怎么想的，抱了三分钟，一定也有意思……

张约慢慢地又振作了起来。

齐涉江觉得张约像充气人："你也不知道吗？"

"啊？"张约眼神闪烁，没看镜头，"这就是比心，爱你的意思。"

他也没仔细思考，结果一说完，两边就都陷入了尴尬的沉默。

爱你啊？

那刚才张约的反应……

齐涉江通透得很，掂量了一下，才说道："你们乐队过年也有安排吗？"

直接跳了过去，没有后续点评了，不突兀也不尴尬。

"今年只有一个台的录播，到时放假回家过年。"张约木然道。

"我录完曲艺台的节目也回家过年了。敬叔说今年放过我，开年要进组了，抓紧休息，不接别的工作了。"齐涉江说道。

张约一边听一边忍不住去揪自己的毛衣，都快要揪松了。

两人你来我往地聊了几句，全程流淌着一种诡异的气氛，尤其是齐涉江仍然正襟危坐。

挂断视频后，张约慢慢、慢慢滑下了椅子，宛如史莱姆一样瘫在地板上，发出了谜之鸣叫声："啊啊啊啊啊啊——"

某某电视台后台。

张约低下来的头被羽绒服帽子罩着，浑身散发着"生人勿近"的气息。

不过嘛，鉴于这人十天有七天都很嘴欠，所以本来也没什么陌生人愿意靠近他就是了。

倒是关山乐队的其他三人和他天天待在一起，多年友谊，多少能够分辨出类似"写不出好旋律""晚饭菜太难吃"导致的负面情绪之间的微妙不同。现在张约的沉默，显然和此前任何一种都不一样。

"老张，待会儿可要上台了，你还能不能行，调整一下状态啊，不然灵姐又要砍人了。"灵姐就是他们那个经纪人，谢晴以此劝张约，免得连累他们一起受伤。

张约把帽子摘下来，那张脸的脸色倒是没有他们想象中的臭，与其说是不爽，不如说是纠结。

"哎哟，我们老张这是怎么了？又在为难该怎么怼人了？"周动笑嘻嘻地说。

张约嘴角一牵："滚。"

他哪有心情和他们开玩笑，正纠结着齐涉江的事情，觉得自己想多了。

叹了口气，又看到那三个猪队友，张约心中一动，凑了过去："哎，你们觉得齐涉江怎么看我？"

那三人对他冷笑连连："你小学没看过心灵鸡汤吗？木板上的钉子拔出来，钉痕还在。和解之后，曾经的心灵创伤还在，不是一起'睡'两天就能愈合的。"

谢晴举手："虽然没什么关系，但我和Jesse也睡过。"

张约眼中寒光一闪，不说他还没想起来。他立马掐住谢晴的脖子："死吧！"

谢晴："啊！"

做了开场表演之后，关山乐队和他们一组的嘉宾站在一处。

主持人挨个说几句，唠到张约的时候，主持人说道："最近张约的一首翻唱歌很红啊，大家都听了吗？"

观众兴奋起来："噢噢噢——"

这说的就是那首《何必西厢》了，红是红，但是人人都知道是剪出来的，还是和齐涉江合作。

张约面无表情地说："网友剪的。"

而且他觉得剪得一般！他也没特别准备过就开唱了，其实他和齐涉江合唱特别好听！

主持人眼前一亮，还想再挑几句，他们这节目新开播，正是需要话题的时候，可惜谢晴已经把话头接过去了，只能暂时遗憾错过。

到下一个嘉宾，巧了，也是个说相声的，论起来，还是林洋的同门师弟。主持人特别想继续前一个话题，笑呵呵地说："那张约和相声还是有缘啊，跟你合唱那位是相声演员，我们王老师也是相声演员。"

王老师眉毛一挑："演员和演员还是有所不同的，比如我就不会在台上过多用和自己有恩怨的艺人来砸挂。"

这话一说完，现场为之默然，随即发出了"哇"的声音。

王老师不愧是说相声的，也不愧是林洋的师弟，好会说啊。

台上的界限是有些模糊的。什么是调侃，什么是讽刺，哪种分寸合适，哪种应该避嫌，每个人心里自有标准，怎么解释都说得过去。

王老师隐含得意，还笑吟吟地看向了张约，挺有种找同感的感觉。

最近林洋惨得都上了热搜，谁人不知？王老师既要站在师兄那一边，又不能重蹈覆辙，所以他选择了一个自己觉得很好的角度。

看向张约也是这个意思，谁不知道张约和齐涉江那点事。以张约的嘴皮子，也回应几句，那才精彩。

王老师还算信心满满，照理说他和张约是同一阵营的，刚刚张约还对网友"拉郎"一副不认可的样子。

谁知道，下一刻，张约就变脸了："干你什么事儿啊，拿你砸挂了吗？他拿到台上砸挂，你们拿来挑刺，成天没事为什么不想想怎么提高自己的艺术水平？您今天早上起来背贯口了吗？"

王老师："哎？"

满场一片哗然，现场观众都嗨起来了。

什么情况！张约都帮齐涉江说话了！他们错过了什么剧情吗？

这到底是爱是恨呢，还是连张约这暴脾气都看不下去相声门搞斗争，或者……

或者林洋真的太魔性，连师弟都被波及了一块儿被打脸光环笼罩？！

主持人先是一惊，随即一想，这也算爆点啊，可以可以可以。

于是他赶紧把话筒递到王老师面前，状似打圆场："我相信王老师早上一定背贯口了？"

王老师："……"

背，背，他背个球啊！

几乎是同一时间，齐涉江也在曲艺台，准备小年夜的曲艺晚会录制。

曲艺晚会最后播出的时长都得有五六个小时，此前也彩排过，但人员太多，时间拉得太长，有的人档期可能还调开了彩排，齐涉江也不是每次都见到了所有嘉宾。

比如莫赣，他就是今晚才有缘得见。

两人可谓是神交已久了，齐涉江学过莫赣的唱段，莫赣也看过齐涉江的模仿，还夸奖了。这个夸奖不是普通的夸奖，对于当时齐涉江的处境来说，其实挺有好处的。

"莫老师。"齐涉江恭恭敬敬地问好，"早就该拜访您了。"

如果说从八十多年前算起，他的年纪今天台上的没谁比得过了。但不可能从那时算，而且莫赣的确是专业者中的佼佼者，从业多年，齐涉江正因为有基础才更知道他的厉害之处，这份恭敬是实打实冲着他艺术水平的。

"小齐，我可是也仰慕你已久了啊。"莫赣玩笑道，和齐涉江握了握手，"对你今晚的唱段也很期待，我听说你的选段了。"

齐涉江躬了躬身，笑着点头："这是曲艺界的盛会，所以我斟酌了很久，选了这段。您是前辈，您要觉得没选错，我心里才不虚。"

他大大方方地认了，对自己的水平有自信，也聊起了今晚要唱的选段。

"我看你也不虚。"莫赣哈哈一笑，他看过齐涉江的录像，那个范儿，不可能是怯场的，他舞台经验丰富，上眼一看就知道。

"这是一个很好的展示机会，不单是华夏曲艺爱好者几乎都会收看，听说因为你闹的'大新闻'，好多平时不看曲艺春晚的观众，也等着呢。那个《何必西厢》，哎，我家小女儿都一直放，还让我学，给她配唱。"

这时候曾文和孟静远也来了，他俩也有相声节目要表演。和莫赣，他们也是认识的，都是曲艺界的，虽说不同行，但类似这样的场合，抬头不见低头见。

又因为有齐涉江这个纽带，几人也是相谈甚欢。

此时现场观众已经陆续进场，曲艺台晚会的观众名额，有内部家属的，有老观众的，也有网上征集的。

今年网上征集的特别抢手——奔着来看齐涉江啊，就像莫赣说的那样，因为齐涉江闹的新闻，这一次的晚会关注度大大提高了。

不过那也只是一部分，大多数，还是曲艺爱好者。对于他们来说，其实也多少有几分关注齐涉江带着子弟书的亮相。

华夏千百年来，多少种民间艺术流传，多的是断绝的。可以说，有的艺术断绝，那就是发展到头了，人民群众不爱了。

而子弟书，有内涵有底蕴，正式的说法是，太难学了，所以慢慢演化、失传了。

从《何必西厢》的唱段来听，倒是称得上悦耳，但它有足够的，像京韵大鼓、京戏、昆曲那样经久不衰、使人热爱至今的魅力吗？

这个，还是要大家自己评判一下吧。

按理说，今晚齐涉江会把子弟书的精华唱段拿出来，他们拭目以待。

演出服装，今天齐涉江穿的是一身红色绣花鸟纹大褂，很有春节的喜庆氛围，也衬得人更加唇红齿白了，往后台一站，路过的人就频频回头。

穿的服装和说相声差不多，毕竟子弟书和相声一样，过去也没有固定的演出服装，和戏曲不同。演员只要穿得正式就行了，照他自己的习惯，当然是舍西装就大褂。

《群英荟萃》这联唱就在第二场，到了齐涉江所属的篇章，导演一示意，几十号人包括伴舞的，就上了台。

舞美一如既往地充满了年节气氛，音乐声响起，打头的是一位京韵大鼓名家，穿着红底的旗袍，一边敲大鼓一边唱起了京韵大鼓名段《风雨归舟》，唱罢一段，优美地撒步，转到侧边。

后头唱评弹的老师接着排众而出，在舞台中央，在琵琶伴奏下细细唱来，与大鼓是截然不同的南方风情，温婉动人。

一位位名家大师接龙联唱，不同于其他晚会，曲艺台的晚会，是绝对没有假唱的。

现场的叫好声不绝于耳。对曲艺爱好者来说，这是一场真正的饕餮盛宴。

最后一位，就是齐涉江了。

台下有人轻声道："这也算大轴了吧？"

——算不得正经大轴，就是联唱里最后一个出来罢了。

最后一个开唱，曲艺台应该是想推一推"子弟书"这项新评定的非遗传承，但是，很多人想的是，齐涉江和他的子弟书，能接得住前头那么多位大师吗？

齐涉江抱着三弦站定台中，台下有冲着他来的观众报以掌声。

他微微颔首，从容以对，左手按弦，右手行云流水一般快速拨弹，用轮指弹出节奏轻快连贯如滚珠似的乐声，时而三指轮指，时而五指轮指。

就这段过门，唱词还没出来，懂行的已经连连点头了。好弦子，好轮指。

轮指在三弦伴奏里是很少的，这原本是琵琶的技巧，无论是琵琶还是三弦，想练出这样的轮指能力，既要下苦功还要有灵性。

而在齐涉江今日的唱段中，会有多处应用到轮指。他弹出了具有琵琶特色，又完全是三弦风味的感觉，手指交替快速拨弹弦丝，均匀不断，如同一线串珠，叫人极为享受。

为了今天的演出，齐涉江考量许久，选定了《十问十答》这一篇子弟书的选段。

《十问十答》共有二十二回之长，是大家都熟悉的三国人物的故事——这也是齐涉江选择的原因之一。

说的是关羽被曹操扣住时，曹操派貂蝉前去，关羽则提问刁难貂蝉，如果貂蝉回答不好，他就能借机杀了貂蝉。这些问题上到天文下到地理，包含许多高难度问题，还都很有规律，从一到十。结果貂蝉对关羽问出的难题对答如流。

这文本大鼓书里也保存了，然而只是残篇，最精华的据说都在后头，实在叫人遗憾。

为什么莫赣之前说期待齐涉江的表演，就是期待齐涉江唱鼓书里没能保留下来的片段，估计今晚，台上的大鼓艺人、台下的鼓曲爱好者也都是一样的心情呢。

只听齐涉江一扫弦，启唇开唱："老爷有令貂蝉进，别者之人不许进营。女子闻言移莲步，轻摇玉体进辕门。大帐中军止脚步，这佳人漫闪秋波把二目睁——"

齐涉江暗吸气，如果说文雅悠扬的子弟书中有可称为炫技的段落，那么，必定是这一篇，这一段。

"但只见帐左边拴匹马头上有角肚下有鳞身高八尺背长丈二两头见日行千里的赤兔胭脂马，帐右边戳一口重九重分三停镔铁打冷艳巨青花偃月龙吞口口衔珠宝宝刀尖上当啷啷响动金环飘起红绒……"

满场皆惊——

台上的齐涉江气息连绵不绝，竟是一句唱词数十个字一气呵成，毫无停顿。

一句接着一句，一字催着一字，伴着连绵滚落的三弦声节奏一段紧过一段。

然而又字字句句，清晰分明！

经由张约协助修改后，唱腔更为流畅具有旋律感，不像人们想象中的悠扬婉转，唱腔拖长，而是落玉串珠般滚滚而来，节奏鲜明。

齐涉江有练相声贯口的底子，偷气换气，大段唱来面不红心不跳，游刃有余，气场比之前面的诸位大师，又哪有半点落于下风？

再则，这字句虽多也不是贯口，所以他不只是唱得清楚干净，更要唱出那叫人直欲连呼过瘾的抑扬顿挫、高潮迭起！

联唱只给齐涉江区区不到一分钟的时间，他唱到全场目瞪口呆，如痴如醉。

待齐涉江一个五指轮指拨弹，乐声戛然而止，台上台下，被震住的观众们报以山呼海啸般的掌声与叫好声，只为他一人。

第八章
十问十答

小年夜。

这时候新年气息已经挺浓了，虽然还没到法定节假日，但恰逢周末，许多人选择和亲人朋友一起度过。

曲艺台早就放出了预告，说今晚齐涉江要携子弟书惊艳登场。

本就是大家期待已久的节目，看预告这么说，都想起来了，也不知道是不是夸张了。

不是说虚假宣传的意思，就是可能是那种内行惊艳，外行听了一脸蒙的。毕竟之前的唱段，还是和流行歌曲掺在一起。

也有些个不明就里的观众还以为是要唱《何必西厢》呢。

八点，曲艺台的晚会开始了。

第十五分钟，《群英荟萃》也开始了。

"调台调台，妈，我要看曲艺台。"

"疯了吧你，看曲艺台？"

"怎么了，我就要看！"

"孩子啊，你最近是怎么了，你二十多年从来不看曲艺台的。"

……

"爷爷，今晚我陪你一起看曲艺台。"

"小宝啊，你这是怎么了，你手机坏了吗？爷爷给你修啊。"

"什么啊，我就是看一下齐涉江唱的到底是什么。"

……

类似的对话出现在很多家庭里，长辈想看点时髦的，反而是一些爱上网的年轻人，要求调台到曲艺台，看什么曲艺春晚。

待到齐涉江出来，一把三弦伴奏，唱起《十问十答》的选段，比起前头四分之一拍的京剧流水节奏还要快。

——今晚那些戏曲演员也有炫技的，特意催板，把唱腔催得快一些。

可和齐涉江的比起来，还是他那段比较吓人，人到底本专业是相声演员，口齿不知多利落。

为了赶上齐涉江的演唱速度，字幕迅速切换，如果是用手机看的，不暂停几乎看不清字幕写的是什么！

在这样的速度里，齐涉江居然还能做到唱腔有宽有紧，起伏变化体现出情绪饱满，旋律还透着那么轻快有韵，大段唱下来，观众不会跟着憋气一般难受，而是觉得带劲儿、过瘾！

所以说，这段暗里的功臣还有个张约，旋律被他稍稍改动，特别抓耳，才让对曲艺无感的观众也能领略、喜爱。

电视机前的大家伙儿看完后，都是满口称赞，和先前想的不一样，不用懂曲艺，他们也能听出好，听出味道来：

"真好听啊！而且这个年轻人唱得太好了，这么多字，顺嘴就出来，还是清清楚楚。"

"天啊，我慢慢念一遍都费劲，得大喘气好几次，他是怎么唱下来的？"

"这什么人体极限，我都看不清字幕了。"

"旋律带感，而且确实有点京韵大鼓的感觉，但更活泼，我都想听完整版了。"

"看，网上已经出来台词了，我也跟着念一遍，帐右边戳一口重九重分三停镔铁打冷艳巨青花偃月龙吞口……啊，不行不行，我要憋死了！"

"连念都费劲，更别说唱了！我感觉我找不到他换气是在哪儿换的。"

还有个重点，齐涉江这个范儿啊，简直了，把头前的名家名段，全都稳稳接住，还惊艳全场！

齐涉江唱《十问十答》就是为了炫技，就是为了一鸣惊人，他也真的做到了。

一段唱罢，子弟书声名大振。

第二天，网上铺天盖地都是关于这一段的讨论，无论网友还是曲艺界的人，众口一致地夸奖，毕竟太出彩了，想挑刺你掂量一下自己能不能念下来这段词儿。

曲艺春晚还真好久没有过这样的话题度了，没看过的也到处能看到选段。

就连模仿视频也出来了，熟读并背诵全段，比比谁能快得更贴近齐涉江的速度。

也有人把一些其他戏曲中类似的炫技唱段截出来做个合集，点击、转发量也颇高。

这真正的技术，震得大家纷纷去夏一苇的微博下拍"彩虹屁"，毕竟齐涉江自个儿没有微博。

【求全篇，真心诚意求全篇！】

【昨晚的《群英荟萃》，可以说Jesse不输名家！这段真的圈粉了，我一直喜欢听京戏，这段太带劲儿了，酣畅淋漓！】

【想说这才一年不到，齐涉江到底是怎么从花瓶进化成古董花瓶的……这什么失传的神仙曲艺啊，也太好听了吧！】

以前要叫齐涉江开微博，一个是他还玩不转，二个就是他不习惯现在这种交流方法。

但是现在不一样了，因为反响热烈，齐涉江精神一振，决定开通微博去推广子弟书，专门用来分享相声演出信息和子弟书唱段。

齐涉江注册了微博，李敬帮他做了认证。

这时候《鸳鸯扣》那边的培训已经结束了，在家等着过几天过年，夏一苇和齐广陵一个帮忙拍摄一个给打光，齐涉江就坐在自己家的书房，花了整整两天时间，把二十二回的《十问十答》都录了下来。

在这二十二回里，类似齐涉江晚会上的选段很多，这个类似指的是难度类似，同样唱词密集，但唱腔并非一样，其余也都颇具韵味。

齐涉江先分享了一到五回。

从普通网友到曲艺界同行，都热情转发了起来。

热烈欢迎Jesse终于有了一个网络社交平台，能够和大家直接交流，还分享了《十问十答》好听的前五回。

对于大鼓书艺人来说，更是把他们那部分的残篇给补全了，待齐涉江都发出来后，完全可以改到鼓曲里来。

当然，更多的还是那些大喊"老公你可算来了"的人……

网络时代，很快又有热点顶替了上来，尤其这正值年关。

不过倒也不是别人，还是齐涉江自己……

张约先前录的节目，前后脚也播出了。

他在里头质问王老师那段话一字没剪地播出来了，配合王老师的精彩表情，格外带感。

网友连呼齐涉江有毒，为什么连张约都会帮他怼人！

还有人把张约最后那句"今天早上起来背贯口了吗"给单截出来，配成"今天早上起来背单词了吗"之类的话……

广大群众热烈议论，到底为什么张约会这样做。大家好歹也一起在节目里同床过，说不定张约只是面子上放不下，其实内心对齐涉江的艺德还是认可了，加上脾气又爆，看不了有人撕齐涉江。

毕竟张约还是一副不满自己和齐涉江拉在一起的样子（并没有）。

不然就真的只能是"中蛊"，或者因为林洋的百分之百被打脸影响范围太广，沾了就跑不掉……

当然，无数分析之中，也夹杂着这样的诡异声音：

【相爱相杀是真的！齐杰西只有我能骂，谁骂他我就骂谁！啊啊啊啊我搞到真的了！】

【我宣布我萌的不是拉郎了！有糖！】

因为齐涉江方面，微博只分享视频，张约放假去了也啥都不回应，网友猜了一阵也就散了，谁不得过年啊？

齐涉江家的年夜饭是从饭店订的，夏一苇只下厨做了个凉拌菜，其他她也不会了，倒是齐广陵还能包个饺子。

齐家的饭桌上什么菜品都有，夏一苇就不必说了，混血儿，齐广陵出生在扬州，得名广陵，长大后闯过四方，扎根京城，一桌上从牛排、沙拉，到饺子、桂花糖藕，种类繁多。

齐广陵家的亲戚也都天南海北地待着，上一辈老人家不在了，这一辈也就很难聚齐，只用视频拜年联络了一下感情，年夜饭只有一家三口一起吃。

齐涉江已经很多年没有吃过"团圆饭"了，小时候一个班子的人，一起吃，后来父亲没了，和师父师弟一起吃，也算得上和乐，再后来，就是多年的冷清。

今年，人虽然少，看着哼歌、录祝福视频的夏一苇，摆盘、倒饮料的齐广陵，周围的一切都是崭新的，齐涉江却感受到了久违的团圆温暖。

"新的一年，祝我们Jesse的相声事业再攀高峰，成功推广子弟书。"夏一苇举杯祝贺。

"也祝您青春永驻，还有爸爸万事顺心。"齐涉江喝的还是温水，和他们干了一杯，脸上一直挂着打心底自然而来的微笑。

他们一边吃一边看电视。

大年夜的春晚对其他人来说，早就倍感寻常了，对齐涉江来说却是新鲜无比的。

夏一苇和齐广陵本来都多少年不看春晚了，见儿子这么聚精会神地观看，不时还点评几句，竟也不知不觉陪着一起看完了，当然，中间也难免走神跟人拜个年。

过了十二点，新年开始。

电视里的人互相拜年，齐涉江也给父母拜了年，然后拿出手机，用微信给张约发了条拜年的祝福。

过了大约五分钟，张约回了：新年快乐！

紧接着，他又问：你在家？

齐涉江：嗯。

张约输入了很久，屏幕上才跳出几个字：出来吗？

齐涉江琢磨了一下，还没回的时候，张约又补充：出来走走？今天天气不错。

再天气不错，现在也是半夜了。

齐涉江犹豫半晌，还是答应了，大过年的他怕张约抑郁了。

"张约找我出去走走。"齐涉江老实地和夏一苇汇报了。

夏一苇有点挑毛病，等他都在门口穿鞋了，还又着腰说："搞乐队的都怪里怪气，他要是找你冬泳、裸奔，你都别答应。"

齐涉江："……"

等到和张约见了面，齐涉江才发现，大年夜外头也有很多人。

可能也是因为他们约在了城市的繁华地带，满大街都是亲朋好友、男女朋友，或是刚刚狂欢完，或是才出门玩儿。

也有许多大年夜还坚守岗位的商家。

齐涉江戴着帽子和围巾，把自己裹得厚厚实实，其实已经有点热了，但他现在辨识度还挺高的。

过来碰头的张约，也是全副武装。

"新年好！"齐涉江拱手抱拳，又当面道了声好。

还抱拳，怎么这么可爱，太浑蛋了。张约在心里嘀咕。

大过年的，他家里是那种大家庭，从爷爷奶奶到叔伯姑妈，几十口人一起过年。可越是热闹，到了倒计时后，大家纷纷去睡觉时，他越是想见齐涉江了。

拜个年也好。

磨磨蹭蹭发微信邀约，发完他都后悔了，平日里齐涉江的作息可规律了，这都凌晨了，他能出来吗？

不过，齐涉江还真答应他了……

张约的脸也埋在围巾里，两手揣兜里，哼哼一会儿，右手伸了出来，原来拿了个红包，递给齐涉江。

"谢谢，我还有红包呢？"齐涉江拿着红包，有点不确定这是什么规矩。他俩同辈吧，而且他自己也没带红包啊，可怎么回礼？

"给你就拿着。走呗，你老在国外，不熟吧，我带你吃点夜宵去。"看到齐涉江本人，张约心里就爽多了，没有前头那狗爪子挠心一样的闹腾。

前头就是一条商业步行街，灯火辉煌。

齐涉江甚至看到了街头艺人还在吉他弹唱，温柔的弦声后，响起了熟悉的音乐，是张约那首《秋水》。

三三两两路过的人驻足倾听，齐涉江也迈不动步了，站在外围听歌。

他还侧头对张约说："就是因为这首歌，当初没对你往狠了砸挂。"

张约："……"

齐涉江："开玩笑的，其实是因为电视台尺度不允许。"

张约："……"

现在的状况，齐涉江提起那时候的事他就有种想死的感觉。

唉，喷人一时爽……

齐涉江还在认真听那人唱歌，左脚前掌习惯性一下一下点地打着拍子。

张约现在别说看他脚尖了，看他指甲缝都觉得可爱，心痒痒地说："还是我唱得最好。"

这不是废话嘛，原唱啊。

张约看齐涉江眼睛带笑看过来，随着眼睛眨动，长长的睫毛每扇动一次，就像挠在心尖一样，心头热血沸腾，忽然抬腿跑前面去了。

齐涉江吓一跳，踮脚去看。

只见张约放了张一百块在琴盒里，跑到那街头艺人身边耳语了几句，那人先是惊讶、疑惑，但还是往旁边让了让，礼貌地示意了一下。

张约手握着他的麦克风，张口唱了起来。

齐涉江本来有点不安，他一开口，反而放下心来了，哈了口气，把手塞进衣兜里，静静欣赏起来。

张约不过两句，各位观众已是惊呼一片。

连着旁边弹吉他的艺人也瞪眼：这太像张约了！

但是张约不会上这儿来唱歌吧？平时可能还做什么节目，现在大过年的，还是夜里，哪能啊？

可这人唱得实在太像了，气场也和流浪艺人不一样，他扶着麦克风在这个特殊夜晚里的歌唱，让徜徉在深夜跨年的人们有一丝莫名的感动。

《秋水》本来就是一首写情的歌，许多情侣一边录像，一边互相依偎，投入地欣赏。

张约穿过围观人群的肩膀，和站在外围的齐涉江对视，潇洒歌唱：

秋水从春流到冬，海面高低好像没有任何不同。
你数过青山飞起的三十九片梧桐，只向此夜看霜风。
暂借风花停雪月，演成覆鹿蕉边梦不到的痴梦。
西城雁声叫不回三十九次梅花红，唯有弦上写相逢。
……

一曲歌罢，余音袅袅，观众们真诚地鼓掌，虽然记性不错的人总觉得这位唱的和原词有点不太一样。

齐涉江站在人群外，也微微一笑，为这首唱给自己的歌鼓掌。

张约对那个街头艺人点点头，然后把帽子一摘，对大家一乐："新年快乐！"接着立马兔子一样蹿了出去，拉着齐涉江分分钟跑得不见踪影。

剩下还沉浸在歌声中，为之动容的观众们："……"

刚刚发生了什么？

远处是后知后觉的观众们响彻云霄的尖叫声，齐涉江已经被拽着跑过一个转角了，直到听不见动静，张约才停下来。

"呼……"张约撑着膝盖喘气。

"你这是何苦？"齐涉江也把围巾拉下来，大口呼吸。

"临时起意，突然就想逗他们一下了。"张约索性一下坐在地上了，也没特别当回事，他做的不计后果的事也不少，不在乎这点。

齐涉江想想说道："歌不错。"

张约那厚脸皮，突然不太敢抬头了。虽然唱歌的是他，改词的还是他。

奇怪的气氛在二人之间流转。

半晌，张约才爬起来，一副若无其事我本人还是非常潇洒的样子："走，吃东西去。"

齐涉江看着他有点僵硬地迈步，在后头笑了一下，也没说话，跟上去了。

这就吃到了晚上三点多，齐涉江才回去，洗漱躺下都四点了。

第二天日上三竿，齐涉江才醒来，还不是自然醒。

他迷迷糊糊睁开眼，就看到一张脸离自己很近，吓得往后翻了一下："妈？"

夏一苇蹲在他床边，手里捏着一个手机，这时还若无其事地坐在了床边，抱怨道："昨晚不是让你不要和张约去做什么奇怪的事情，你们倒好，都上热搜了。"

齐涉江一下坐了起来。他挺想说夏一苇这话怪怪的，最后觉得有点问题："我们？"

如果张约上热搜，那还正常，但他昨天戴着帽子、围巾，怎么会成为"我们"？

"现在也不确切啦，就说疑似。"夏一苇把手机给他看。

这也就一天不到，事情全经过网上都扒拉得差不多了，毕竟昨晚好些人在录视频，张约一跑，他们就在社交平台号叫了起来。

【我的妈呀！刚刚好像遇到张约了！】

【说了声新年快乐就跑了！跑了！抓都抓不到！】

【卖艺的也傻了！抱着吉他石化！】

【和另一个人一起跑的，不知道谁，可能是关山其他人吧。】

【疯了，今天走的什么运，他一摘帽子我都傻了，眼泪都下来了！就是太皮了，撒腿就跑，都没能要到签名……】

到这里，大部分人还是在表示羡慕，这是怎样的运气啊！

还有张约这家伙，有点意思啊，大年夜跑出去皮了，这算给大众送温暖吗？

而且关于和张约一起走的人的身份，大家的猜测还是顺着正常逻辑走。

张约大年夜卖唱的事上了热搜，那些群众拍的视频流传，才有人指出，和张约一起跑了的人，不太像关山乐队其他人，也不像张约那少得可怜的圈内好友。

非要说像谁……倒是有点像齐涉江。

【我用我性命发誓，我们Jesse的身影早就深深烙在我心里，就算只露出一只脚我也能认出来！这个真的很像Jesse！】

【呃，不太可能吧……就算张约帮齐涉江说过话，那还嫌弃过合唱剪辑呢。】

【一切皆有可能，张约在齐涉江的相声里都出场多少回了！说不定人家关系好着呢！】

【说到合唱，我听了好多次这个现场，后半段歌词是不是改了啊，就听到什么梦啊、西城啊、梅花啊什么的，这个……真的和《何必西厢》没关系吗？】

【也不一定啊，张约有时候忘词会即兴编词，再说他不是夏一苇粉（咳咳）吗，自己偷偷学唱了，致敬吧？】

【张约和齐涉江是真的！半夜约会！一起跨年！甜！】

【异想天开的走开！少来见缝插针瞎想！】

从齐涉江那群火眼金睛的粉丝提出后，莫名其妙一堆人来对比，到底是不是齐涉江，于是热搜词条很快也多出了张约疑似和齐涉江一起跨年。

有说觉得像的，更多的还是嘲笑那些粉丝脑洞实在太大了的。

两个人关系得有多好，才会一起过年？还不是公历年，是农历年，华夏传统里最重要的假日，大晚上一起出去玩儿？

搞得好像张约帮齐涉江说过一次话，就多熟了似的。那家伙的脾气你们第一天知道吗？他都被齐涉江砸挂砸成什么样子了！

"你看，你再看，还有这个，都有媒体来问我了，到底是不是你。"夏一苇说道。

齐涉江仍在震惊中久久不能自拔，他被粉丝吓到了。

"不是……他们到底是怎么认出我的？我都裹成那样了！"

夏一苇表示你太天真了，没看人家说你就是只露一只脚都能认出来吗？身形放在那儿，何况你露了眼睛——跑的时候往回看了一眼，手机视频分辨率不是特高，但粉丝的火眼金睛足够了。

齐涉江："……"

"我就觉得这小子一定会带你搞点事情。"夏一苇说完，心满意足地离开了。

没错，她无所谓这种新闻，就是印证了心里的想法。

齐涉江坐在原处揉了揉头发，又躺了回去，对热搜本身也没什么看法，就是特别佩服那些粉丝，这眼睛都怎么长的？

齐涉江中午才真正起床，刚吃完饭，莫声和齐乐阳就来拜年了。

作为弟子，年节问候当然免不了，两人都提了些水果礼品，进门就看到齐广陵，这回他们可比上次镇定多了，上来就鞠躬喊师爷。

齐广陵还挺乐呵，甚至拿了红包给他们。

齐涉江也准备了红包，稳稳地坐在那儿等两人拜了年，一人一封厚厚的红包。别看大家年纪相仿，齐涉江自打他们拜了师，就更有长辈风范了。

简直出乎齐广陵的意料，他还觉得儿子和年纪差不多的徒弟相处，可能更像朋友。

"去把碗洗了吧。"齐涉江吩咐道，"洗碗机会用吗？"

"会的。好的，师父。"两人就跑去洗碗了，甘之如饴的样子，只觉得师父这就把他们当自己人了啊，又是塞红包又是让洗碗。

齐广陵"哟"了一声："你这师父当得很有派头啊，使唤起人了。"

传统的师徒关系就是如此了，齐涉江也没有做师父的经验，都是效仿前人。

打以前来说，一则师父教吃饭的手艺，徒弟帮干个活儿压根不算什么，那时候师徒关系可能比亲戚还要亲，亲戚还不一定给口饭吃呢。二则，也是要在这样的生活中，观察弟子的品性，才决定是不是把压箱底的绝活交出去。

现在什么电器都有了，莫声和齐乐阳想献殷勤，也没多少活儿可

我要这盛世美颜有何用

干的，完事就出来陪长辈说话。

齐涉江关心了一下他们家里情况，叫他们也从这儿拿点年货回家给长辈，他和两人是师徒，和他们家里以后肯定也少不了走动。

"师父，我们都看到您今天又上热搜了啊。"莫声想起这茬儿来了，"我看着真的像您，不会就是您和张……张师伯吧？"

他们倒是知道齐涉江和张约关系其实不错，张约还当面背了齐涉江，可说他俩一起出去跨年，那他们也不能确定了。

"可不就是他们？"夏一苇"啧"了一声，"看到没，你们师父中午才起床了，昨天半夜才回来。"

两人一笑："噗，还真是您啊，师父我们以前真不知道您和张师伯关系好到这个地步。"

说完，只见师父抿嘴笑了一下，没说什么，好像是默认了，但他们总感觉还能品出什么其他的，不禁愣了愣。

"好了，到书房来吧，既然来了，我给你们说说活儿。"齐涉江说罢，看到莫声和齐乐阳都面露喜色，就心中暗暗肯定。

大过年的，他们也放了几天假了，却没有因此怠懒，大年初一叫他们去上课，还挺欢喜，证明确实好学。

齐涉江在书房里给两个弟子仔细说了一段，然后道："你们这柳活儿，还是差点儿。"

齐乐阳汗颜道："我们也觉得，这方面太丢您的脸了。"

齐涉江那柳活儿，能吓得同行没屁放，莫赣老师都连连称赞。

莫声道："对了，师父，说到柳活儿，子弟书您能教我们吗？"

"你们也想两门抱啊？"齐涉江一笑，"我有的本事，你们愿意学，能学得进，我就教。"

怎么不愿意学？他们在家也看节目了啊，和家人一起支持师父来着，父母还问呢，不是说夏一苇儿子是你们师父吗，那这段你们会吗？别是吹牛的吧？

得到齐涉江首肯，两人别提多开心。

"对了，师父啊，就咱们这个师徒关系，我们能往外说吗？"莫声有点羞涩地道。

"怎么突然问这个？"齐涉江问道。

两人对视了一眼。

要说这个，刚拜完师后，他们其实不太好意思和外人说，不是因为门户，而是齐涉江正火着，他们怕人说蹭热度之类的。

可是这些天在同学群吧，有同班不知怎么搭上关系，也拜了师父，还是林洋他们那一枝的，论起来得叫林洋师爷，虽然林洋老师也不认识他们，只能说在相声门里是这个辈分嘛。

总而言之，人家这是有了正经门户，以后在圈内闯荡，也有师父带路。

齐涉江上电视的时候，他们同学就在群里又叨叨些什么就算凭"非遗"进了曲协，你看相声分会也不收他，海青腿儿就是海青腿儿。

莫声和齐乐阳就在里头和他们吵了起来："你们在这儿泛什么酸？那人还和孟老师叔侄相称，你们从这儿论得给人当孙子。"

同学可给气得翻白眼儿了，说你们又是给齐涉江说什么话，哦，在一个剧组工作啊，可人家认得你们吗？

这下他俩就不乐意了，能不认得吗，那是他们师父！

于是又一顿扯皮……

听他们说完原委，还是师承门户那点事情，齐涉江不以为意："这是事实，没什么不好说的。"

在他心里，也没有什么蹭热度之说，就像他一开始知道自己和夏一苇的名气、关系，有所得必有所失，你得自己担起来。

齐涉江这不刚开了微博嘛，这会儿打开就把他俩的号给关注了。

后来莫声他俩因此又和同学大战三百回合，相声门有些人也是挺不满齐涉江小小年纪还收徒，得了你们都是海青腿儿……反正没新鲜事，翻来覆去还是那些。

单说眼前，齐涉江既然开了微博，就顺便把这些天传了不少，只剩下最后两回的《十问十答》也上传了。

"师父打字慢，你们帮我写一下。"齐涉江把手机给了莫声。

莫声："……"

齐乐阳："哇，师父，您之前那么高冷，只分享不说话，其实是不习惯国内的输入法？"

齐涉江一想，认了："打字吧你。"

"咳，《十问十答》讲述了关羽与貂蝉之间一番问答，内容涉及多种学科……"

"全篇几无拖腔，节奏紧促……"

"和原始的子弟书相比，这里的唱腔其实是经过改良了。在这里，要多谢张约协助设计，没有他耗费大量时间，不分昼夜地与我探讨、改进，无法得到现在的成果。没齿难忘。"

"好了，发表。"

莫声一点击发送，看到发送成功的标志。

不用片刻，评论就滚滚而来了，莫声只看了一眼："师、师父……您看看评论吗？"

"不看了，最后两回没有新鲜的唱腔，晚点我再看乐评。"齐涉江说道，"你们喝点水，再学段京戏给我听一下，我给看看。"

"好的。"莫声心想，师父，不是看乐评啊！网友要疯了！

孟家。

"师伯、师哥、师姐，新年快乐！"洛霞一进门就笑着拜年，屋内的人都站起来回应，一时热闹非凡。

"洛霞来了，快，坐下喝茶。"孟静远的父亲孟先生招呼道。

他们两家是世交了，从小印月到孟老爷子那辈就相识，下头的小辈不说关系多好，但每年过年还是会走动一下。洛霞那边人丁没有孟家兴旺，除了她以外的孙辈还在外地，所以都是她做代表，上门来拜年，其他人打个电话。

闲话了一会儿后，洛霞和孟静远还聊起来，毕竟他俩都新认识了同一个人，齐涉江。

"杰西还是不错，模仿我姥爷可像了，我就说孟师哥不定指点了多少。"洛霞说道。

孟静远摸了摸下巴："跟我没关系啊，他不看纪录片学的吗？"

拍电影的事情他不懂，也就知道个大概齐。

洛霞一愣："不可能吧？有些生活习惯也模仿得很像啊。"

两人对视着，都是一头雾水，那能是谁告诉他的啊？

孟静远想起什么，说道："哦，可能他那华裔师父教的，一辈辈教学呗，你是没看到，他会学挺多过去的大师，学得还倍儿像。电视上只学了莫赣什么的而已。"

这大过年的，人不少，七嘴八舌也就带过去这个话题了。

洛霞又问："老爷子还好？"

孟老爷子是不见外人了，但洛霞是小印月的外孙女，也是老爷子看着长大的，孟静远的父亲起身道："之前精神还不错，吃了些肉，我去和老爷子说洛霞来了。"

过了会儿，他才出来："老爷子精神头还不错，说叫小霞进去说说话。"

也就洛霞和他、孟静远一起进了房，老爷子现在静养，房中从来不留太多人。

洛霞轻手轻脚进了房门，上前跪坐在床边："爷爷，给您拜年了，祝您身体康健！"

孟老爷子手在枕头边摸索了几下，拿了个红包："小丫头来了。拿着。"

"我就喜欢上爷爷这儿来，每回都有红包拿。"洛霞笑着道。

孟老爷子也笑，兴许是因为过年，精神确实好一些了："最近在排新戏吗？"

"没呢，最近啊，给一部电影做顾问。"洛霞说道，"说的是我姥爷那辈儿的事情，所以叫我去把着关，还会拍好些您认识的人呢。"

孟老爷子想了想，对仰脸盯着自己看的洛霞说："那怎么没把我拍进去，我还不够俊？"

洛霞和孟先生都笑了，这老头，什么时候都没忘了来个包袱。

洛霞说道："您那时候还没上京呢，不然还能有其他人的事？老爷子，您精神要好，哪天到我们片场去指点指点吧，我们这些个顾问，也都是听老辈说起来。不像您，是亲眼见证过的。"

孟先生流露出不太赞同的神情："老爷子好久不出门了。"

孟老爷子却很有些兴趣："是部好戏吗？是部好戏，我得去看看把我的老哥哥老姐姐们都拍成什么样了。再说我这老不出门，都快烂了。"

孟先生哭笑不得："您这说的……"

洛霞倒挺开心的，这的确是好戏啊，唐双钦要知道能请来老爷子，那指不定高兴成什么样，他又不是没打过这个主意，只是谁不知道孟老爷子久不见客了。

孟静远也在一旁道："说起来，之前爷爷夸过的杰西，您还记得吧？他也在那里拍戏，就演洛霞姥爷。"

孟老爷子心里一动，他当然记得，只是听了一耳朵，但那年轻人的声音给他留下了很深的印象，让他想起了师兄。

孟静远又道："上回您困了，我们都没继续说，杰西还会唱子弟书，最近刚申请下来'非遗'传承人，是打海外传回来的。"

孟老爷子怔住了，半晌后，才对孟先生道："叫医生给我看看，可以的话，我到时去洛霞他们那电影逛逛。"

这回全然不是之前那些心动、半开玩笑的样子了，也是这些年来，老爷子鲜有的，对这些事物流露出如此浓的兴趣。

孟先生连忙应下："好！"

主题：齐涉江：张约耗费大量时间，不分昼夜和我探讨。

内容：楼主现在只想说一句，活得够久果然什么都能看见！

1L：……

2L：冲进来说一句张齐是真的！大哥为什么一副刚知道的样子？

3L：就是刚知道啊！发生了什么，昨天我姐跟我说张齐表面不和，其实恩恩爱爱，我还嘲笑她！这个不分昼夜是什么不分昼夜？

4L：我宣布以后张约和齐涉江的组合就叫昼夜了。

5L：哈哈哈哈哈哈哈，好好好，我同意，那么现在是不是可以讨论一下，和"你昼"跨年私奔的是不是"你夜"？

6L：必须是吧，嘻嘘，这才多久就反转了，真会玩儿啊大年夜约会，还改词唱歌，现在想想那什么梅花梦指的不就是《何必西厢》？

7L：我的记忆还停留在张约嘲笑齐涉江，齐涉江说相声怼回去那个阶段，能告诉我这是怎么了吗？他俩到底怎么成好朋友的？

8L：所以张约当时喷某相声演员是为爱激情发声吗？从宿敌到好

友只是一线之差，佩服佩服。

9L：睡出来的。

10L：？

11L：真睡出来的。

隔壁《归园田居》的工作人员爆料搬一下：

大家好，我是某综艺的前外包员工，离职了，刚好看到新闻，终于忍不住上来说一下。要不是Jesse发声，我爆料估计都没人信。我跟你们说，这两人在节目里关系就挺不错了，只是被导演删掉而已！

具体怎么好的我也不知道，但是我看过素材，他俩大清早一起弹琴唱歌，还相视一笑，简直被对方的美貌、歌声征服的感觉。能理解吗？就感觉神交了啊！围观群众插不进去！

对了，魔鬼导演本来还想把合唱的《何必西厢》也删掉，幸好没删——对，这次不是第一次合唱。

你们自己想想吧，节目期间都睡一张床啊，有矛盾早爆发了，怎么会是播出来的效果里，那种眼神不对、意义不明的表情，都是假的啦，其实已经是很好的朋友了。

12L：服了，所以"张妃"真的求仁得仁，入主中宫了？

13L：最厉害的还是张约吧，转了个害羞的表情。张约卖萌，我不行了。

好几种人群、好几件事、爆料被揉在一起讨论的结果就是，"不分昼夜睡出来的友情"成了最新热词。

李敬和张约的经纪人灵姐开视频，面对面无语凝噎半晌。

最惨的还是灵姐，李敬好歹知道两人合作的事情，她一头雾水，什么都不知道。

"算了吧。"

"就这样得了。"

他们同时说道。

说罢又相视无奈一笑，这随时随地倒腾热点出来，他们也没办法啊。

现在有媒体来问，他们还要理直气壮，仿佛一直就这样——你们没问我们就没说！怎么了，对我们Jesse和张约的神仙友情有意见吗？什么，跨度大？哪里大了？白首如新，倾盖如故知道吗？

这个新闻太那啥了……

两位经纪人缓过来后一想，也不算什么坏事。现在大众还就喜欢调侃这些。

张约那边《鸳鸯扣》的合约也签了，往后还要合作呢，甚至在音乐上，看样子张约也得到不少灵感启发，说不定下张专辑还指着齐涉江合作。

于是事后，灵姐又给休假中的张约发了个视频。

"媒体那边我帮你打发了，现在调侃得还是比较……有趣，以后你们的稿子也往这个方向走，就是什么好朋友、音乐上的知己……"灵姐说着说着，就见张约做了个打断的手势。

张约神神秘秘地道："灵姐……"

灵姐："嗯？"

张约："告诉你，我和齐涉江关系就是那样。"

灵姐一仰头，吐血："噗——"

还没出年节，也就正月十二，齐涉江就进组了。

倒是不远，剧组现在就驻扎在京城，毕竟背景也是京城，听说有些镜头还要实地去布置、拍摄。

齐涉江没戏份的时候，就和莫声、齐乐阳坐在一起。

现在大家也都知道他们是师徒了——别说，年纪是相仿，但三人坐在一起的时候，从气场上你就能感觉出来，齐涉江是做师父的那个，就是古董花瓶的气质。

就因为关系曝光，网友还讨论起来，俩徒弟到底是该封个"贵人""常在"，还是按"殿下"算。这不多提了。

莫声和齐乐阳的戏份本来挺普通的，因为和齐涉江一起练过，被唐双钦看中了，不是要给他们加戏嘛，这就算个小亮点了，长脑子的一看就知道上映后会被讨论。

他俩拍那场戏的时候，组织了几十上百个宠物演员，但全都是真实反应，群演只管牵着狗架着鸟溜达，莫声和齐乐阳一学狗叫，就跟那天在公园一样，"哗"一下全都被圆过来了。

这就是按唐双钦的要求，不要拿食物逗着狗拍出来的。两人几个月的学习成果，他很满意。

中间张约也过来了，倒不是探班，是唐双钦邀请过来的，让他感受一下，顺便探讨探讨写配乐的事。

张约一来，剧组的人就起哄："这不是那个什么，不分昼夜。"

齐涉江也没想到自己当时说的话会被解释成这样，时代真是不一样了啊，可他是谁啊，说相声的，在场的人脸皮能有他厚吗？他非常淡定地迎了上去，口中说道："还是分的，夜里比较多。"

所有人哄笑起来。

唯独张约一下臊了！

不是他脸皮如何如何薄，而是他心虚啊，别人是调侃，他却会忍不住细想好吗！

他才和经纪人报备过，毕竟当初约定过，平时怼个人也就算了，人生大事一定要提前沟通。

但是，落实到具体事儿上，他觉得自己的脸皮好像不如齐涉江。

齐涉江越是坦荡，别人倒越是不当回事，笑完也就走开了。媒体、大众还不知道，他们剧组自己人却是知道配乐已经定了张约。

张约看了齐涉江好几眼，今天齐涉江的戏不用扮上戏装，他穿着那个时代的正装，一身黑色大褂，外套石青色马褂，头发还梳起来了。

齐涉江背着手站在那儿，身后有路过拿着器械的灯光师、摄影师，也有穿着马褂、旗袍玩手机的演员。

可是恍惚间，张约只觉得齐涉江是独一个儿与旁人格格不入的，他负手而立的模样，就像一个真正的世外之人，带着连他自己也察觉不到的烟云一般的悲意。

"师伯好！新年快乐！"

下一刻，身后响起莫声和齐乐阳的大声问候。

张约猛然回神，这才从那种错觉中醒来，然后从兜里掏了两个红包出来。这还没出节呢，小辈拜年得发红包。

"谢谢师伯，我们不分昼夜感谢您！"拿了红包莫声还要说俏皮话。

"去你的吧。"张约一脚踹过去，压根没和齐涉江的徒弟客气。

这会儿他们也没事，就陪着张约到处转转，像唐双钦说的，和艺人们接触一下。

片场好几个唱大鼓的，那时候很兴大鼓啊，没戏时他们也都坐在一起唱个曲什么的。张约看，齐涉江还能给他介绍。

要说起早年大鼓艺人的境遇，他比这些个真大鼓艺人还清楚些，毕竟从那时候过来的。

"《望情鱼》其实就是小印月唱爆了的，那之前只是流传多年的经典剧目，演也很多人演，但是小印月把它演到了什么程度呢？其他剧种，都把这出借过去了，你看京戏的《望情鱼》就是那时候几个京戏演员一起改的。包括大鼓里也有，我……"

齐涉江顿了顿，说道："我们相声门的太平歌词里也有。"

"对对，也有！"莫声说道。

"这个你也会？"齐涉江说完又抿了抿嘴，就跟《陆压绝公明》一样，应该也属于独门的，所以在他不知道的时候，到底还被将了多少活儿啊？

"师父，索性来一段呗，我们还没现场听你唱过太平歌词呢。"齐乐阳说道。

莫声干脆把给太平歌词伴奏用的玉子板拿了出来。齐涉江可能没带，但他们在这儿演的就是相声艺人，这道具都是随身带着的。

齐涉江把竹板接了过来，随手就打了个花点，竟然圆黏儿起来了："各位路过的道具大哥、编剧姐姐，有事没事我给您唱一段……"

有闲着的扑哧一笑，竟就驻足看起现场表演来了。

孟老爷子许久未出门了，今日在医生、孟静远和洛霞的陪伴下，他出了院子。也是最近恢复得还不错，这才能出来。但为了保险起见，医生跟着。

制片人亲自来接孟老爷子，知道他要到现场，唐双钦那是开心得很，只恨自己分不开身。制片也颇为看重，这才上门接送。

"老爷子慢点儿上车。"制片人把人搀上了车，又和孟静远三人谦让一番，也都上了车，医生和孟静远与孟老爷子一辆车。

"爷爷今天精神是不错。"孟静远总觉得那天聊天之后，爷爷的状况好像好转了很多，神气不少。

孟老爷子摸了摸自己的领子："是啊，有力气了还是出来走走舒服，不然总觉得躺在棺材里了。"

"您别说这话啊，还得看着晚辈们成才呢。"孟静远把手机掏了出来，"上次您不是说，想听一下杰西唱曲儿，我这儿有一段他在曲艺晚会上的表演，放给您听一下吧？"

孟老爷子点头："你放，放大声一点。你这个屏太小，我就不看了。"

孟静远笨拙地把视频点开了，不过他拉进度条不是很熟练，前头先来了两段别的曲艺，然后才是齐涉江上台。

"但只见帐左边栓匹马头上有角肚下有鳞身高八尺背长丈二两头见日行千里的赤兔胭脂马，帐右边戳一口重九重分三停镔铁打冷艳巨青花偃月龙吞口口衔珠宝宝刀尖上当啷啷响动金环飘起红绒……"

孟老爷子抬着下巴凝神听，待到视频放完，好一会儿也没有回过神来。

"爷爷？"孟静远轻声喊了一下。

孟老爷子眨了眨眼，眼眶已然湿润了："是这个，子弟书，这是《十问十答》吧，但是腔调和我听过的不太一样，是派别不同吗？"

孟静远忙道："年轻人改过一些唱腔了，为了贴近现在的审美。"

"改得挺好的，有点快板的意思，但是更快更利落，也更加活泼清丽。"孟老爷子柳活儿也相当好，一耳朵就听出精髓。

孟静远连连点头。

老爷子这里说的快板，可不是数来宝那种拿竹板打拍子的表演，而是指京戏中的西皮快板。

西皮快板这种声腔板式就是以节奏快、激烈著称。《铡美案》里有一段，"驸马爷近前看端详"那就是花脸快板。还有更快的，《四郎探母》坐宫里头"我和你好夫妻恩德不浅"那段快板，或者《断密涧》里"夫妻们对坐叙叙衷肠"，都是脍炙人口的快板。

孟老爷子拿西皮快板来比，还挺恰当的，要拿和子弟书关系更近的鼓曲比，不是没有唱词多的段落，但节奏、旋律上就没快板那么贴近了。

到了剧组，唐双钦早就得了消息迎出来，身旁还跟着摄像，孟老爷子来了，必然要全程拍摄记录的。

"老爷子好，您身体可好？"唐双钦激动地给孟老爷子问好，"我既盼着您来，又怕耽误您休息。"

"我好着呢，跟着洛丫头，来欣赏一下你们这个电影拍摄。我看过你的电影……"孟老爷子精神好，话也多了一点。

唐双钦一面说，一面引着往前走，去见见演员们。

走到剧组工作人员休息的平地里，就看到那边围了一圈人，中间传来竹板的声音，有人在打板唱太平歌词。

"汴梁城百万烟火，四望见繁台琼阁。"

"取贤才圣上开科，梁赋雪赶考为求朱衣点额。"

"打从东都瓦市过，偏遇着河泽扬波，落难的鲤鱼就要下锅。"

"公子他……"

"一定是杰西，我叫他过来。"孟静远转头对老爷子道，却见老爷子脚下生根一般站着，表情凝固在脸上。

他心里"咯噔"一下："爷爷？"

如果说子弟书，孟老爷子不精通，更改唱腔后分辨不出来，那这段太平歌词，就是再老糊涂，他也忘不了！

因为这段，是他师哥根据《望情鱼》本戏写的，华夏原本就他一人会唱了，后来新社会改过一次词儿和唱腔，现在全华夏唱这段，都是新词新样式。

可是那个人，唱的是老词儿。

从文本到唱腔，无一不像……无一不像他师哥啊！

无论过去多少年，他也没有忘记过，当初师哥是一边哄他睡觉一边点着灯写的词儿，也是一个字一个字教他唱的。

"爷爷？"

“老爷子？”

听到身旁小辈的叫声，孟老爷子才发现浑然不觉间，自己已是老泪纵横。

齐涉江唱到一半，已听到骚动声了，隐约还有孟静远的声音，他奇怪地放下竹板，排众而出，却是呆立当场。

只见一群人簇拥中，有个满面泪水的老人正看向这边，他生得精瘦高挑，弯弯的笑眼叫人看着就生出几分亲近。

虽然满面皱纹，齐涉江却从那双已然混浊的笑眼中，找到了几分旧日时光。

他浑身颤抖，无法置信，更不敢认，因为那是他多年前就已认定不在的人，或许人有相似……

可是下一刻，那老者在旁人焦急的关切中，看着他哑声问道："小伙子，齐梦舟是你什么人？"

这一瞬间，齐涉江如同天旋地转，脸上一凉，眼泪难以控制地汹涌而出。

齐梦舟？

他自拜入师门后，师父赐艺名"梦舟"二字，从此行走江湖，皆用此名。

现场众人满面愕然，除了孟静远、洛霞二人，其余都不明所以。

齐梦舟是什么人，这个名字代表什么，外人不甚清楚，但孟静远和洛霞却是自小就听过的。

孟老爷子每说到旧事，总少不了他的师父、师哥，其实他们听得还不如父辈多，但总归知道，老爷子的师哥就叫齐梦舟。

当年世道乱，老爷子与师门中人都和师哥失散。唯独老爷子侥幸被人救了回去，被认作义子，因义父义母无后，自己本是孤儿，便改名换姓继承了孟家的香火。

孟老爷子之所以和小印月结下交情，也是因为孟老爷子上京后，知道小印月从某省来，同他打听那边的事情，这才发现，小印月竟然认识师哥。

只是，彼时小印月也因屡次联系不上师哥，与家乡的人确认过了齐梦舟的死讯。

齐涉江虽然也姓齐，但他从海外学艺，自己的家世也早被媒体扒烂了，孟静远从未怀疑过他会和那位传说英年早逝的师爷有任何关系。

"杰西，难道你是我齐师爷的传人？"孟静远在祖父的疑问后，又看到了齐涉江同样激动的反应，极为动容，"你那位华裔师父，不是洋名儿洋姓，没有字辈吗？"

齐师爷？听到这几个字，其他人也傻了。

就算再不明就里，他们听得懂"师爷"两个字什么意思啊。

齐涉江出了名的海青腿儿，曲协都进了却被相声门一些人排斥，不就是因为他没有师承。

可现在，怎么冒出来的一个齐师爷？

洛霞也是一脸震惊："这到底怎么回事，杰西真认识孟爷爷？你和齐师爷什么关系，我姥爷明明说齐师爷可惜了，一身技艺未能传下来。"

——齐涉江见到孟老爷子时，惊讶、激动、眼泪直流，大家都看在眼中。

齐涉江当初为了掩盖自己的传承，胡编了一个来历，此时他情绪已经接近崩溃，哪有多余的心思圆谎，几近自语道："我不知道……怎么会……贺田不是已经……还有其他人……"

贺田，听到这两个字，知情人更确信了，孟老爷子的本名如今没多少人知道，更别说他话语中透露的信息，以为"贺田"已经死了。

这个视角，完完全全就是齐师爷才有的。

孟老爷子跟跄上前，把住了齐涉江的手："我没有死啊，我一人走运被搭救活了下来，改名换姓生活！你真……你真是我师哥的传人？他同你说起过我？"

难道师哥其实暗有传承，或者当年根本也未死，只是讯息有误，实则另有奇遇，人去了海外？

齐涉江紧紧盯着孟老爷子，难以形容他现在的心情。

他很欢喜，何其有幸，能跨越时空得遇故人，然而故人相见不相识；又很悲伤，却不敢放声哭诉，心中宛如刀割。

"那年夏天失散后，他守在均城苦等师门中人，攒够了钱就出门打听他们的下落。再后来，他得了伤寒，意外之下，去了一个完全陌生的地方，没有一个认识的人。他……他的病好了，但也去世了。"

那个齐涉江，去世在八十多年前。

孟老爷子号啕大哭："师哥啊——"

他捶胸顿足，毫无形象可言，从喉咙中挤出来的声音浸满了不言而明的痛苦。

只苦恨老天为什么这样戏弄他们师兄弟，叫他们活着不得相见，远隔重洋，待知道时，竟已阴阳相隔。

孟老爷子这一声哭喊，在场人只觉心酸无比，险些一起落泪。

孟静远擦了擦眼睛，抱住孟老爷子的肩膀。

洛霞也握了握老爷子的手，又道："所以，你真的是齐师爷的传人？他只是在海外隐姓埋名？难怪，难怪，我小时候确实听过，齐师爷本名似乎也是涉江，所以他才会收你吗？"

不知多少双眼睛看着齐涉江，跟拍孟老爷子的摄影也对准了他。

齐涉江在这样的注视中，茫然片刻，只能艰难说道："是，他……传我技艺……"

谁也不会想到，他就是齐梦舟本人。

即使他表现得有些奇怪，大家也只会认为是和师父去世前最挂念的人相认的激动导致。

这样一想，还叫旁人更为感慨。

孟老爷子抹了一把脸，犹带残泪，却有些骄傲地说："对，这必定是我师哥一句句教出来的，不会有错，旁人唱不出这样的味道。"

谁能想到，孟老爷子休养已久，来一次片场，竟然能牵扯出这样一场令人唏嘘的旧事。

唐双钦主动道："老爷子还是到旁边房间，坐下好好叙旧吧。"

这里人成堆，实在不是一个好场所。

孟老爷子点点头，医生和齐涉江一人一边扶着他走了。

齐涉江走到一半，回头看了一眼。

张约心中一动，刚才他和旁人一样，都是既惊讶又困惑，看到齐涉江流泪，他还多了几分心痛，却不敢碰他。那时候的齐涉江，好像谁去碰一下，都会疼得要死。

可现在齐涉江回头一眼，像在寻找什么，带着些茫然无助，让他心底一下涌动起什么，快步跟了上去，虽然这件事上他算是外人，原本不好跟上去。

孟静远在原地和唐双钦低语几句，没让摄影继续拍摄。

唐双钦理解地道："你们先聊吧。"

他作为一个导演，看到如此戏剧性的一幕，其实也心潮澎湃，可现在显然不是他去挖掘故事的时候。

孟静远点头，正要追上去，顿住了，看向一旁傻得像木头桩子一样的莫声和齐乐阳。

"二位小师弟也不是外人，一起来吧？"孟静远拍拍莫声。

莫声、齐乐阳："……"

他俩都快跪下了！

"这下可了不得，曾文还不知道，我认回来一长辈。"孟静远率先开口，打破了屋内有些伤感的氛围。

孟老爷子乍喜乍悲，亢奋劲儿过去后，就有些委顿了，背都挺不直了。

他此时心情复杂，笑起来也带着泪痕，只一个劲打量齐涉江。

齐涉江沏了热茶给孟老爷子，他同样是泪痕未干，无心回应孟静远的调侃。

"你与我师哥同名，我就不便称你本名了，也和他们一样，叫你杰西吧。"孟老爷子一说，大家都默契地露出一个微妙的表情。

——要不是齐涉江那Jesse的名字因为夏一苇更出名，孟静远早就叫他齐涉江，也许孟老爷子会更早发现。

但是，世事无常便是如此了。任谁也不会想到这一茬，师兄弟都在动乱中活了下来，各有际遇，却都以为对方已去世了。

"杰西，你知不知道，当年师哥是如何逃生的？"孟老爷子问道。

虽然师哥已经去了，但他仍挂念当年的细情，这一点连小印月也不知道。

齐涉江讷讷将从前的经历细细道来，只是改换了人称。他下意识往好了一些说，包括自己后来的境遇。

与海外有关的，即使说不明白，也大可推到不清楚、不记得上头。现在人人都认定了齐涉江就是齐梦舟的传人，技艺是骗不了人的。

旁人即便觉得哪里有差错，甚至会在心里为他想好理由。比如他没见过孟老爷子，却在见面时如此激动，可能见过师叔"贺田"的老照片啊。

谁会往"借尸还魂"这样荒诞的事情上想？

"师哥还是那样软心肠，他和你这么说，是苦中作乐。有些事我听小印月也说过，他那时候孤家寡人，虽说本事高，但有个病痛，独在异乡根本无人支应。小印月又鞭长莫及，托付朋友去看他，病着的时候根本出不了门，还要省着烧火，雪上加霜。"孟老爷子说着，不住叹气。

齐涉江低头，咬着后牙。

"我越看你，就越像师哥。"孟老爷子道，"长得虽然一点儿不像，但眉宇间的神韵，举手投足的气度，还有这唱腔……你学得如此好，师哥却没给你摆枝？"

他是听孟静远说过的，都以为齐涉江是个海青。

齐涉江半响才勉强打起精神答道："能不做江湖艺人，才是最好的。"

他正因孟老爷子那句"我越看你，就越像师哥"而煎熬，恨不得立刻告诉师弟自己的来历，却因眼下不便开口，也不知如何开口。这样骇人听闻的事，如何使人接受？

"是啊……我们那辈，干这行太苦了！师哥起初，也许只是不想让自己会的那些失传吧，难怪糊弄过去，连师承也未告诉你。"孟老爷子想，正是步步阴错阳差，才叫杰西和孟静远都结识了，却始终不知道真相。

齐涉江从艺多年，靠相声吃饭，甚至来到这个时空后，他因为相声才产生了好好生活的兴趣。可是，他说出这句话，仍是不假的。

无论是他，还是小印月，或者那些唱鼓曲的，耍杂技的，各种江湖艺人，也许喜欢自己的手艺，秉持着艺德，却不得不说，在旧社会过得太难了。

　　"咳咳！咳！"孟老爷子忽然剧烈咳嗽了起来。

　　齐涉江一下站了起来，紧张地看着他。

　　"老爷子这是情绪起伏太大了，虽说是好事，但伤身体。"医生轻声说道，"今天还是提前回去吧，我给开点药，实在不宜再受惊了。"

　　孟老爷子五味杂陈，笑了一下："理儿是这么个理儿，可听到师哥的消息，也忍不住。得，我回去休息。只是……"他望着齐涉江，"杰西，你一定要上家里来，从今天起，你跟咱家人是一样的。我啊，还要和你多聊。"

　　医生轻声道："这我也得说好，齐先生陪陪老人家说话可以，但不要引得老人家再激动了，刚才我瞧着，都差点喘不上气了。"

　　孟静远听罢连忙劝道："爷爷，按杰西说的，师爷是大难不死后寿终正寝，虽在异乡无子女，却有他这么个传人，年年香火不断，您也不必太伤心了。"

　　洛霞也道："嗯，老爷子，当年误会重重，阴错阳差才误了数十年，可今日你们相遇，不也是天定的缘分？"

　　听罢，孟老爷子也想开了一点，叹息着道："嗯。这老天爷总算还有一点良心啊，让我遇到了侄儿。"他又看向齐涉江，总算露出了几分欢欣。

　　齐涉江呆呆地说道："我一定多上家去，陪陪……师叔。"

　　张约在一旁站着，本来人人都露出了欣慰的笑容，他看到齐涉江的表情，却眉头一皱，摁了摁齐涉江的肩膀。

　　齐涉江觉察到他手上的温度，这才定了定神，回头看他一眼，扯扯嘴角，和其他人一样地笑了笑。

　　"那今天，我们还是先走了。"孟静远把孟老爷子扶起来，轻声道，"回头我再和杰西打电话，接你来家里，认了门，以后自己来。"

　　自从老爷子身体不大好后，这个待遇，在曲艺界是没几个人有的，意思从此齐涉江就算孟家相声的嫡系子弟了。

孟老爷子听了，拍拍孟静远的手。

孟静远只一下就明白："我这嘴，应该叫杰西师叔才对。"

语气绝不是调侃了，而是正经八百的。以前怎么喊不管，现在齐涉江认了门户，孟静远别说大他十岁二十岁，就是大五十岁，照样叫师叔。他再开明，却不会在这儿乱了。

也可以想象，齐涉江的辈分如此陡然上升，曝光后相声门会掀起如何的惊涛骇浪，甚至可能有更多人用齐涉江没有正式摆枝来说事。

毕竟齐涉江不是普通的海青腿儿归了门户，还是辈分一下蹿到老高，孟家辈儿本来就大，如今他和柳老都平辈，相声门这一辈的也才多少啊。

林洋那种，算算见了得叫师爷！

这一下，就当了多少人的长辈，没看他两个弟子，都水涨船高，直接和孟静远一辈儿了吗？别人能乐意？

可是，孟静远也知道，就凭齐涉江是齐师爷唯一的传人，爷爷非要认他，谁反对，为了老爷子的身体，他们孟家以及和孟家有关系的所有人，也会全力顶上。

齐涉江这个长辈，是当定了！

齐涉江送走孟老爷子一行人，他本想跟着一起去，可孟静远早说了，老爷子回去吃药休息，他继续工作，回头再去便是。

齐涉江又能如何，轻飘飘地往回走。

到此时，整个剧组上下都已经传遍了刚才众目睽睽之下发生的戏剧性事件，他走到哪里，都有一群人盯着看。

原来有媒体炒作，相声门的人又频频发言，不说全华夏，反正娱乐圈的基本都知道齐涉江是相声门的海青，也就是所谓的野路子。

之前炒得有多热，现在这一幕就有多劲爆。

——啧啧，这下Jesse可爽了，什么野路子，人家正得很，孟老爷子的师侄！

孟老爷子，如今相声界辈分最大的老人了啊。

我的天，这消息要公开出去，得把以前叨叨他那些人的脸给抽成什么样？

没看Jesse的两个徒弟也蒙了吗？

吃瓜群众兴奋得很。

可惜，齐涉江好像没心情和他们聊天，转眼还不见人影了，难道是偷着乐去了？

齐涉江几乎听不到外界声音，糊里糊涂走进了无人的化妆间。

"齐涉江？"下一刻，张约也推门进来了，将门关上。

他看着齐涉江不对，一直跟着，齐涉江好像一点也没察觉他就在身后一样。

到了这小空间，他甚至在齐涉江身上看到了熟悉的哀痛。这莫名的伤心，和那天在唱《痴梦》时流露出来的极为相似。

张约的脸色变了变，又是如此，明明和师叔相认，虽然让人遗憾的旧事，但也算得上喜事，解开老人多年心结，还知道了自己的门户。

再说肤浅一点，从前揪着他出身不放的人，也要闭嘴喊爷了。可是，他哪像是快乐的样子？

"你就像有自己的世界，总有自己再三隐忍的伤心。"

这句话就像一把小刀，把齐涉江的隐忍划开一个小口子。

齐涉江忍耐许久，此时面对张约这句话，却再也绷不住了，也没有必要。他骗得了别人，张约却早便从他的弦声中听到了他的内心。

他像脱力一般坐在地上，手肘抵膝盖，抚着额头先是笑，笑到眼泪盈眶，继而止不住地大哭，像两三岁的孩子一样，似乎要哭出全心的委屈。

真正是，悲喜交加。

他竟不知这到底是老天的慈悲还是残忍，既然让故人重逢，却要擦肩而过八十多年光阴；纵然让他们重逢，却有百般纠结，不得相认，更不敢相认！

没有一个人可以告诉他，接下来该怎么做。

再相会得知师弟还在人世，然而垂垂老矣。他要顾及师弟的身体，还想不留遗憾。

试问，如何两全？

初来时不觉，但慢慢地，生活让他看到了时光的痕迹，慢慢地有些心酸。直到这一刻，齐涉江终于在这样的冲击下崩溃了，放声大哭。

没错，他对夏一苇、齐广陵，对这里的亲朋好友们产生了越来越浓的熟悉感与亲切感，他在渐渐找到这个世界的记忆。

可是，如果他本来就属于这里，和这个身体一体，那为什么又要让他去百年前走一遭。只是好教他不知身前梦何处，亦不知梦里身何在吗？

张约难受至极，蹲下来抱住齐涉江。

这完全是冲动之下的动作，齐涉江哭得他心也抽痛，却不知道能做什么，头脑一热，就抱了上去。

齐涉江也没有闭眼，近在咫尺，张约可以看到他微深的眼眶内，带着红丝的眼睛，被泪水打湿了的长睫毛，在微微颤动，像承载不起更多伤情。

他直勾勾地看着张约，哽咽道："我很难受。"

不知身前梦何处，不知梦里身何在啊……

第九章
皇后是谁

张约想开口安慰，却又无话可说，他既不知道齐涉江到底为什么难受，又看出来那原因是无法言说的。他只能把齐涉江抱紧一点，再抱紧一点，喉头哽得厉害。

齐涉江感受到他的力量，微微颤抖，也闭上眼睛，环住他的肩背用力回抱。

良久。

齐涉江从张约怀里钻出来，默默打开一包纸巾，擦拭自己的脸。

他连鼻尖都红了，心情又是这样，待会儿的镜头不知道还拍不拍得成了。

擦完脸后，齐涉江才抬头看着张约，二人对视一时竟是无言。

"张约。"齐涉江忽然喊了他一声，嗓子有些发哑，但语气十分真诚，"你是个好人。"

张约："……"

为什么，为什么突然给他发好人卡？

张约崩溃了："我就是看你伤心，才抱一下，凭什么给我发好人卡！"

齐涉江有点疑惑，不知道自己这么夸一句，张约为什么一脸受不了，但他还是接着说："谢谢你。"说话间，他握了握张约的手。

以齐涉江的敏锐，早就觉察到什么。张约莽撞了些，却是他难得的知音。

他从小在戏班长大，因为见得多，他内心也觉得，看人重里不重表。但是他又在潜意识中，有些源于时光的隔阂，甚至是恐惧。所以让他有了略带矛盾的表现，不去说破。

直到刚才，他在情绪崩溃之际，张约的举动却让他有了真真实实的感觉。

这不是他继承而来的记忆，不是他似梦非梦的前身，是他和张约相见相识后产生的。

这一点，在这一刻，弥足珍贵。

它让齐涉江从彷徨中清醒。

张约却呆了，什么意思？

他正愣着，齐涉江已经一下把门拉开。

也是巧了，唐双钦就从外头路过。

他看了二人一眼，皱了皱眉，沉吟起来："嗯……"

是这么个昼夜不分吗？

"唐导。"齐涉江问了声好，"我嗓子哑了，可以把我的戏往后调一些吗？我先吃点枇杷膏。"

"可以，今天你的戏份先不要拍了，你也累了。"说到累了，唐双钦又打量了他俩几眼，有点犯嘀咕。

不过唐双钦这人，是不关心八卦的，齐涉江只要能继续踩跷，就没关系。

于是唐双钦继续往前走了。

张约左右看了看，唐双钦已经走远了，四下也没人，他狗胆包天，张开双臂："抱抱？"

齐涉江没忍住，低笑了一声，往旁边走开两步，笑意中带上了细微复杂的情绪，像是无奈混合着纵容。

他倒退着走了几步，对张约道："今天没心情，再说吧。"脚下一顿，便转过身继续走了，笑意慢慢、慢慢地才散去。

在这时他还是保留了一份冷静，不该在情绪异常的时候随便承诺任何事。

但对张约来说，这何尝不算一种表态？

他在原地站了好一会儿，才转身无声地嗽了两下。

一开始流传的只是小道消息，例如朋友的朋友在《鸳鸯扣》剧组，据说齐涉江拜入了孟家，成了孟家相声那一派。

这消息不算新鲜，三天两头有人猜，曾文或者孟静远会不会收齐涉江做徒弟。

问题是，后来又有补充，说是孟老爷子去剧组指导，非常欣赏齐涉江，收他做弟子了。还附了模模糊糊人群里拍到的，片场齐涉江扶着孟老爷子的照片。

这下网友又是群嘲爆料的楼主。

胡说八道什么呢，越来越不沾边了啊，来来来，我们理一下相声门的辈分。已知孟家辈分大，导致孟静远想收齐涉江入门都颇多劝阻，你说孟老爷子收了齐涉江？

【Hello，没睡醒吗？】

【可以可以，你的意思是齐涉江要做孟老师的师叔，我就当你在搞笑了。】

群众一笑而过，只当是个荒谬的爆料，如同其他任何魔幻小道消息一般。

但是那天人多嘴杂，要不了多久，正经媒体的报道也来了："据知情人透露，齐涉江在《鸳鸯扣》剧组与孟老爷子相见，当场对出暗号，认出齐涉江是孟老爷子同门师侄。其后，孟静远也当众称齐涉江为师叔！"

这下，"吃瓜群众"要爆炸了。

这个新闻和网友爆料有些许出入，但中心思想是一样的，齐涉江成孟家子弟了！

如果说只是为了让齐涉江有个门户演的戏，完全没必要，还让他大孟静远一辈，还找孟老爷子演戏，不可能啊。

要么这个新闻是假的？

不用说，各家媒体疯狂求证。

最后孟静远代表孟家，和剧组代表一起正式回应了。

没有错，齐涉江的确是老爷子失散已久的师哥的传人，这才认回来的，非常传奇，剧组全程都拍摄到了。

现在可以向大家重新介绍了，齐涉江，与孟家同出一脉，是他孟静远的小师叔。

【我……的……天！】

【太传奇了吧，这什么剧情，齐涉江居然是孟静远的师叔？】

【失散已久的传人？等等，所以齐涉江其实是有门户的，而且还相当牛？】

【你说呢，之前那位老揪着他不放的林洋老师，都要喊孟静远师叔！】

【等等，我算算，那现在林洋岂不是得叫齐涉江"爷爷"？】

【是啊，齐涉江现在是林洋师爷辈的了。】

【醉了，所以这些人之前还一直强调传统、行规，结果现在真按传统算，有一个算一个，都是齐涉江的晚辈。平辈的都数得出！】

【也没有那么简单哈，你看着吧，相声门的人不会那么容易就认的。现在不只是海青的问题了，那个界限本来也没以前明显了。而是好多人能不能接受瞬间多了个长辈。】

【没错，你看连齐涉江的两个徒弟，还在曲艺学校上学，就和孟静远平辈了。要是不理清楚，以后齐涉江还接着收徒的话，辈分都吓死人哦……】

不仅是网友啊，整个相声门乃至曲艺界，都热闹起来了。

这不是什么林洋之流能决定的了，他也只能在家一边流泪一边祈祷，千万不能让齐涉江的辈分坐实了而已。

一连多日，大家每天都有新瓜吃，今天这个大佬回应，明天那个大佬力挺。

没办法，这突然冒出一个年纪轻轻的长辈来，好多人挑刺。

这是孟静远早在相认那日就意料到的，自知有场嘴仗是无可避免的，但他们孟家上下，也坚决不会退让。

齐师爷就这一个传人，说什么也不能让人当成野路子！

反对的人都说，虽说找到了师承来历，但你那也就是个口盟弟子，没有正式摆枝拜师的，我们是不认的啊。你还是海青，你还是海青，你就是海青。

依相声门的规矩，就像齐涉江收了莫声和齐乐阳，也是口盟弟子，没有正规拜师仪式。

好比一个是领了结婚证的，一个是同居的事实婚姻。

兵来将挡水来土掩，这一边，柳泉海、曾文，各种孟家一系的人马也都在孟静远的暗示下出来说话了。

"当年那个情形、环境都不一样，不能一概而论，齐先生只有一个传人，倾囊相授，现在人家既然愿意从艺，仪式完全可以补上！"

"据了解，人家其实也是没条件摆枝，人在国外呢，哪里请三师？头是磕过的，也敬告过祖师爷，怎么被你们一说，好像整个都不承认了？"

——按照老辈的规矩，摆枝仪式要有引、保、代三师，以及各位亲朋师门中人见证。可如果齐涉江的师父在海外，那确实想办正式的摆枝仪式也不好办。

然而对面就是也只能死掐着这一条，不想认齐涉江的身份。还要引经据典，来证明这件事是不符合传统规矩的。

双方打嘴仗打得是热火朝天，你来我往，还要各找救兵，导致曲艺界热闹无比，天天都有饭局。

网友也在跟着看热闹，各选一边站。

关键时刻，还是老人见过世面。

孟老爷子得知竟然就此事还有争议，出来说话了，提前结束了这场闹哄哄的嘴仗。

打从生病起，您老人家其实就不大过问各类事情了，但为了齐涉江，开口了：

"你们要规矩，要传统，要仪式是吗？我还没死呢。当年就有人和我说，我年纪大了，辈分又高，不该再收小徒弟了。所以我从此只做指点，不收徒弟。到现在，也不会违背诺言。

"但是，如果还有人要坚持口盟弟子不算数，那我替先师收徒，代拉杰西做师弟了。这是有依有据的规矩，从今以后，他低我半辈，好不好？"

所有人都傻了。

老爷子，您这是……耍流氓啊！

代拉师弟，简单地说，就是代师收徒。传人或者儿子帮师父、父亲收徒弟。

比如某某年纪虽然小，但辈分大，没有活着的大辈儿了，那只好找位衣钵传人，替师父收徒。又比如有不合适做自己晚辈的人要拜师，也是代师收徒比较好。这样一来，就解决了辈分、门户的问题。

因为并非师父亲收，通常大家也认为"代拉师弟"是比正经传人矮上半辈的。

可是，那些情况能和现在的一样吗？

孟老爷子说要收齐涉江做代拉师弟，完全是在威胁大家！

——怎么样，你不让承认我师哥的徒弟，我就代师收徒，手续给你办得妥妥的，规矩传统安排得明明白白。

就算半辈，那也是长辈！

这要成真了，那齐涉江在相声门的辈分，就真除了孟老爷子没谁能摁得住了。

当然这只是一种无赖的威胁……

可谁敢去跟孟老爷子去顶？相声门硕果仅存的梦字辈老前辈了。能和他辈的人，早几年都见祖师爷去了。

说得不好听一点，你真拼着要辈，人家老爷子一个激动，犯病了，你承担得起吗？

这下还能怎么办，一个代拉梦字辈小祖宗，还是一个小师爷，两害相权选其轻，只能捏着鼻子认了，同时申请以后不能让齐涉江再随便收徒了呗。

【认了，认了！京城相声协会的官博发公告说在×××、××的推荐下，齐涉江加入了相声协会！估计不要多久，曲协的相声委员会也会接纳入会了！】

【×××和××不是之前公开反对承认齐涉江门户的吗？那这就

我要这盛世美颜有何用

是服软了，真认了啊！】

【你们没看吗，爆料说孟老爷子亲自出马了，开口威胁大家，要是不认齐涉江，他就做主收齐涉江做代拉师弟，让齐涉江再高一辈儿……】

【老艺术家这么耿（无）直（赖）的吗？】

眼见尘埃落定，大家统一地去夏一苇微博下"会合"，毕竟齐涉江不怎么在微博说话。而且大家一算，不得了，这位也水涨船高啊。

夏一苇也低调表示了：大家好，我很快乐没错，但是我这儿的规矩是各论各的，别把我喊老了。反正谁最守传统，谁就受着去呗。

这明嘲暗讽的，可把大家给笑死了。

【我情不自禁地替我妈妈@一下林洋老师，这份快乐与您分享……】

【@林洋 老师，这份快乐你签收一下……】

【@林洋 老师开门，送快乐了。】

……

那些曾经纠结过齐涉江门户的人，尤其同行，有一个算一个，都被热情的网友通知到位，帮他们算了一下该叫齐涉江什么，强行被分享快乐。

在外界打嘴仗的时候，齐涉江其实在拍摄空隙，一得空就利用休息时间上孟家，陪着孟老爷子。

孟老爷子这个年纪了，喜欢回忆过去，但是能和他聊过去的人，实在不多了。

齐涉江来了，孟老爷子却很喜欢，可惜医生不太赞同他和齐涉江多聊过去，免得伤情。

老爷子便喜欢叫齐涉江使活儿，别管是使单的，还是让孟静远给量一回，又或者自己唱一个。

每每闭上眼睛，他觉得好像又回到了很多年前师父、师兄都还在的光景。师哥发狠用功，就是走在路上，嘴里也没停过。拳不离手曲不离口，打个水、烧个炭，也在练嘴皮子，顺活儿。

而他呢，不管是躺着睡觉，站着练功，最熟悉的就是师哥的声音。也是这么听着入的门，大师兄就如同半师啊，他上地听活儿，练好了后都是给师哥听一遍，再去师父面前使。

也正是这相处的时光，让孟老爷子愿意站出来"耍一回流氓"。

那些"反对派"服软后，和着许多相声界的同仁，来了孟家一回，这是要见证齐涉江补上仪式。

齐涉江老早就到了孟家，孟老爷子正闭着眼，听他说一段单口。

这样的场合，齐涉江的两个弟子莫声、齐乐阳当然也在场，他们都跟着孟静远一起在外面知客。

有打外边来，先在院门口和孟静远寒暄几句，孟静远要介绍："这是我师叔的两位弟子。师弟，带客人到后头去。"

于是，来客又和莫声、齐乐阳打个招呼。

原本这是孟家的好意，徒弟给师父干活是应该的，还能露个脸。

可他俩辈分也跟着高上去了啊，于是全程两人都很惊恐。

"师叔好。"来一个叫师叔的，一看脸，知名相声演员某某。

"师弟好啊。"这是叫师弟的，客气得很，人家某年好像上过春晚。

"师爷。"这个辈分更低，名气是不如前两个，可是，好嘛，这他们校长的朋友啊，上学校讲过课……

之前已经知道自己辈分高了，也被孟静远吓过一回，但今天的场面太大了，来的人又多，可不又让他俩陷入了恐慌!

他俩做了好久心理建设，才平心静气，把客人带到后院去。这是老孟家的老宅子了，传统样式的四合院。

孟老爷子正坐在门廊处的椅子上，齐涉江则在台阶下院子里说他那段单口。

今天他给老爷子说的是《宋公案》，这讲的是南宋法医鼻祖宋慈的故事，颇为惊险。

从前，这也是齐涉江的拿手绝活之一，那时候百姓爱听这个，还有大户专门请去做堂会，也就是上人家里专门讲这个。

来了的人都不敢打搅，默默地站在院子一角，垂手而立，也不敢找地儿乱坐。

能进来的，都是相声门有头有脸的艺人，不乏世家出身，齐涉江使的是什么，他们听一耳朵就知道。

"万古纲常担上肩，脊梁铁硬对皇天。人生芳秽有千载，世上荣枯无百年！"齐涉江先念的定场诗，念罢了，"啪"一下将醒木拍在桌上。

这首定场诗一念，在场的前辈表情各异，但内心所想的意思是差不多的。

好功力！

都是行家了，只听这几句话，气息连绵，气口好，齐涉江掌控自己声音的能力、张力，展露无遗。

闭着眼睛的孟老爷子更是浑身一颤，缓缓睁开了眼，深深看着齐涉江。

随着人来得越来越多，时间差不多，齐涉江也收了口，停在一段处。

"开始吧。"孟老爷子轻声道。

将祖师爷牌位和师父牌位请出来，齐涉江要在这里磕头补上摆枝仪式。

他心底是有些哭笑不得的，自己拜自己啊，这算什么。

那日当着那么多人的面，他也只能认了，好歹还是拜的自己，实则为一人，要是让他认旁人他可受不了。

相声门认的祖师爷是东方朔，这个不是收徒传代的那种开山祖师，而是相声艺人自认了这么一位幽默机智有口才，符合相声特点的古代名士做祖师爷。就像裁缝拜轩辕氏当祖师爷，或是李唐皇室认太上老君当祖上，借人家名儿。

齐涉江给祖师爷和自个儿行了礼。

礼成后，诸位见证人都鼓起掌来，无论之前是支持还是不支持，既然已经认了，就得拿出点大气来。

这时候，孟老爷子拿出一个盒子来，将盒子打开，露出一块颇有年头的红木醒木，上头雕着莲花纹，侧边上刻了四个字：曼倩遗风。

"曼倩"就是东方朔的号，"曼倩遗风"便是对相声艺人极大的夸奖。

在场人看到这醒木，尤其是孟家一系的，眼睛都不由自主睁大了一些。

这块醒木，是当年孟老爷子的师父行艺时，一位欣赏他艺术的大作家送的，老先生视若珍宝，那位大作家在华夏大名鼎鼎，是名留文学史的人物。

醒木后来传给了孟老爷子的师哥，也就是齐梦舟。再后来因为一些事故，大家分开，这块醒木留在了孟老爷子手里。

这么一块极有意义的醒木，很多人都认为，孟老爷子百年后，会传给孟家的掌舵人，最次也是传给得意弟子。

谁能想到，他竟在齐涉江摆枝这天，送给了齐涉江！

这一刻，所有人脑海里都闪过了许多念头与猜测。

说起来，孟老爷子的师哥能从师父手里拿到这块醒木，可见艺术水平，属于老先生的衣钵传人。要不是意外，上京、津、沪一闯，也该是声名大振。

后来孟老爷子这独苗，自然接任成了衣钵传人。

现在孟老爷子这么做，难道要把师门的传承又交回到师哥那一枝手里？

要真这样，那可算是相声界的大事了！

"你再念一遍刚才那首定场诗，用这个。"孟老爷子说道。

齐涉江接过盒子，将醒木捏在手里，手指几乎发抖。

没错，是这块醒木，当年师父传给他，他轻易是不拿出来使的。多了些岁月的痕迹，但上手一捏，就好像时间不曾流淌。

齐涉江难掩激动，捏着这块醒木，凝气念道："万古纲常担上肩，脊梁铁硬对皇天。人生芳秽有千载，世上荣枯无百年！"

"啪"一下，一拍醒木，声音清越，质感和先前的极不一样。

孟老爷子吐了口气，满面欣慰："这样，这样就一模一样了，你和师哥简直一模一样！"

他越听杰西使活儿，就越觉得岂止像是师哥一句句教出来的，根本就是一个模子里刻出来。各人艺术风格不同，他和师哥同门，旁人能听出来二人渊源，但绝不像杰西这样。

你说他是处处模仿师父，却又透着自然，好像天生就是一样的思维，没有任何改变。

按理说，世上没有两片完全同样的叶子，也没有两个人使的活儿会分毫不差。可杰西就能如此，有些地方他使得比当年分别前师哥使得还要好，大体上却一致，叫他闭上眼睛，就能怀念师哥。

这首定场诗，他极喜欢，也很熟悉，这才忍不住拿出老物件，叫杰西一试。

说起来，杰西和师哥的名字也一样，原来世上真有这样独特的缘分吗？

孟老爷子再次深深看了齐涉江一眼。

听孟老爷子这么说，众人心底又不确定起来，也许老爷子只是年纪大了，又难得遇到这样的事，因此把这醒木，作为对师哥的纪念送了出去。

毕竟，你看孟静远或者孟先生之类，在震惊之后，也不见什么愤愤然的情绪，甚至有些欣慰。

但无论是哪一种，都可以证明，齐涉江在孟家绝不是只有个光溜溜的辈分。否则，怎能让孟老爷子又是亲自出面，又是赠予传人信物。

再加上亲耳听到齐涉江使活儿，思及齐涉江现在的红火，一时间，许多人心思都活泛了起来。

自从齐涉江正式归入了孟家，各个相声组织也向他打开了怀抱，邀请他参加，他就收到了源源不断的同行邀请。

邀请他干什么？

请他搭档说相声啊！

说起来，齐涉江到现在，还没有固定的搭档呢。

之前孟静远倒是帮他寻摸过，也没大张旗鼓，也多是往年轻一辈里找，一直也没找到合适的。

如今，齐涉江身份也定了，已经不存在任何争议，正正经经的大辈儿，又十分得孟老爷子青睐，实力强，人气高。先前和刘卿演了一场，把刘卿的知名度都带上去了。

以他现在的名气、身份，还自带话题度，也就是自带了好多可以抓的包袱——只要想想就能知道，谁要是能和齐涉江一场买卖，那就等着红呗。

齐涉江现在就是个香饽饽，即便之前反对他的人，在接受了之后，也都琢磨起来，机会面前人人平等，我们还给你抛了橄榄枝，怎么不能试试？

更妙的是，齐涉江这人，捧逗俱佳，机会是双份儿的！

于是，找他本人的，通过他爸妈找他的，还有直接找到孟家那里去的，络绎不绝！

孟老爷子听闻，都发话了，他也觉得，齐涉江应该早点找到一个合适的搭档，更有利于他提高艺术水平。

怹老人家是没什么精力，但是下头孟家的嫡系，还不得帮衬着这位小师叔吗？

孟老爷子一个眼神，孟静远就惨了，这活儿不会落在他爹身上，当然是落在他这个正当壮年的劳力身上。

相声门真是忙碌得不要不要的，这边一个前辈给自己徒弟来说项，那边一个世家子弟毛遂自荐，说得天花乱坠，有的甚至还上媒体那里夸齐涉江的艺术水平。

反正就是透着一个意思，想和齐涉江搭档！

在大家这样的热情之下，有孟静远在前头把关，齐涉江也着实趁着去孟家的时候，和几位相声门的优秀人才见面，彼此接触一下，看有没有合适的搭档。

相声门既然这么热闹，连着媒体，也关切起来。

不时还跟拍一下，今天齐涉江和某某相声艺人在孟静远的介绍下见面了，明天曾文带着朋友去片场探望齐涉江并交流艺术。

甚至请了内行分析，哪一个的家世、能力足以和齐涉江匹配。

每天都要关心一下，今天的齐涉江，找到搭档了吗？

网友表示：

【《归园田居》那时候算什么，让张"贵妃"来看一下，这阵仗才像"选妃"好吗！】

——自从"不分昼夜"官方认证后，网友们已经帮张约升了一个品级，从"妃子"升为"贵妃"。

自打和齐涉江那次"事故"，张约是憋足了劲儿想从齐涉江嘴里得个准信。

可惜啊，齐涉江连轴转，不是在拍戏就是去陪孟老爷子。加上他这边也得开展工作了，一直要持续到电影拍完的后期制作阶段。

张约就想着先等齐涉江拍完，反正齐涉江的戏份全拍完也就一个多月不到两个月。

结果等他一出关，就被记者包围了。

"张约，张约说一下你对好友Jesse'选妃'的想法呗？"

张约："选什么妃？"

他都蒙了。

记者很纯真地说："近日Jesse不是一直在和相声同行接触，选择搭档吗？这是借用你以前的说法啊，选妃。"

另外一个记者也说："对对，都说相声演员要找到合适的搭档不容易，就跟组合是一样的，现在他'海选'搭档，网友们都说，这比《归园田居》那会儿更像选妃。"

他们笑着说："所以想问下你的看法啊，你毕竟是'张贵妃'，知不知道Jesse这个'圣意'属意谁啊？"

蒙了的张约一下炸了："什么贵妃？"

记者们无辜地回答："你啊，网友给你升级了，以前是'张妃'嘛。"

网友是魔鬼吧。张约没好气地道："皇后是谁啊？"

记者们乐道："你这话说的，还能有谁，选到谁是搭档，当然谁就是'正宫娘娘'。"

开玩笑，你们昼夜组合虽然是真的，但也比不上相声演员捧逗之间天然便成对儿啊。

张约："……"

他不服！

主题：谁看张约那个采访了？

内容：我连看三遍，笑到呕吐，张约那个反应简直了，他这是真心想做"皇后"吧？

1L：看了，就一副很不理解的样子，凭什么他不能做"皇后"！

2L：后来还赌气跑了，哈哈哈哈哈！

3L：我要是张约我也不乐意啊！凭什么，我和我好朋友那么铁，搭档凭什么后来居上？

4L：同情张约，但是我也支持捧哏"正宫"！

5L：支持，我先押一下未来齐涉江和搭档的组合大爆，只要合作了，糖一定是源源不断，我看好。

6L：闻者伤心见者流泪，感觉张约要被你们气到跨行说相声了。

7L：晚了晚了，三五年才能出师，我们Jesse不能为他再等几年吧。

8L：难道不是因为网友和记者的挑拨吗？本来没怎么样，各组各的组合就完了，你们非要弄个等级，搞得人家平白矮人一头，那竞争心理能不被激起来吗？不想当将军的士兵不是好士兵，不想当"皇后"的"妃子"也不是好"妃子"啊。

9L：这就是，男怕入错行。

10L：神的男怕入错行，入错行就找不到郎吗？

……

齐涉江身穿戏装，手拿一口长剑，脚踩跷鞋，与小兵打斗。

这是一出戏中戏，也是齐涉江的杀青戏，剧情是《望情鱼》的女主角何丽姝为了救男主角，与龙王带来的虾兵蟹将打斗。

他脚下踩着跷鞋，被五六名小兵逼得急急碎步后退，只见小兵长枪一扫，他为了躲这一下，一跃跳起，稳稳落在了台前的木栏上！

以前戏园子的台前，细细的木栏，就是旦角儿们展示跷功最好的道具。

踩着这样的鞋子，跳起老高，还要稳稳当当地落在窄窄的木栏杆上头，对齐涉江来说可不是一件易事，偏偏还要实拍。

这已经是第三条了，想想齐涉江还有机会重来，真正的小印月还有那些旦角儿，在台上可是没有重来的机会。

不得不说，苦练多日还是有回报的，这一次齐涉江落得十分准确。落准了后，动作还不能停，宝剑挽一个剑花，一面踩跷在栏杆上走，一面刺出长剑，小兵们各个受伤倒退。

"好！漂亮！"台下观众鼓掌大声叫好。

场外的剧组人员也松了口气，成了。

只听唐双钦一声"卡"，齐涉江的戏份宣告全部结束了！

现场掌声经久不绝，这次是全体一起鼓掌。

齐涉江给大家鞠了一躬，将跷鞋脱了。

"悠着点。"唐双钦上前来，扶着齐涉江，"辛苦辛苦。"

"知道辛苦您还安排这场戏给我做杀青戏，万一我老不过怎么办？"齐涉江玩笑道。

"没办法，这场戏也是小印月在这个剧场最后一场戏，和你的心境符合啊！"唐双钦要不说，其他人也不知道他为什么这么安排，原来又是这么龟毛、纠结的理由。

齐涉江笑着轻轻摇头。

"好了，去卸妆吧。"唐双钦满意地看看他，"等等，再合个影。希望咱们以后还有机会合作。"

齐涉江也说："哪天您要是拍一个相声题材的电影，找我吧。"

化妆间。

"师父，您'相亲'相得怎么样了？"齐乐阳问正在卸妆的齐涉江。

齐涉江一顿，瞪他："胡说八道什么呢？"

"哎，媒体还说'选妃'呢！"莫声也道，"您这个不就像相亲吗？还是家里催得特别急，下了班就去见面，聊一通习惯、喜好的，连家庭情况都要交流，为了往后一起处上十几、几十年，奔着长久去的。我看，您比相亲都认真。"

齐涉江失笑，倒没法反驳了。

"就是把张师伯恨得慌……"齐乐阳嘟囔道，"师父，您可杀青了，这也太辛苦了，我们每天看您扮小印月大师，简直太传神了！这都是师爷教您的吗？"

自打齐涉江的师承"水落石出"，大家可算知道他为什么扮小印月那么像了，他"师父"和小印月是知己啊。

齐涉江一笑置之："是。"

"师父啊，那师爷就没说点什么小印月大师不为人知的故事？"莫声挤眉弄眼地问。

"不为人知？不好吧？"齐涉江正说着，忽然想起一件来，"哈，我知道了。有个事，当年省府一个军长，请了小印月去唱堂会，连唱三天。结果就传出他府里闹鬼的事来，直到好几年后，那宅子都没人敢住。其实，就是小印月看他家太欺负下人，穿着戏班里扮吊死鬼的行头，迈着碎步去吓人。这个事儿，连他老婆都不知道。"

他说完，看莫声和齐乐阳的表情。

却见这两人都是一脸怪异。

莫声更是把手机拿出来，点了几下，道："师父，现在别说他老婆，我妈都知道这件事。这都拍过电视剧！"

他给齐涉江看那搜索页面。

齐涉江："……"

齐涉江悻悻道："那就没有什么不为人知的事了。"

好嘛，他们那时候那点事儿，全都拍成戏写成书放到网上去了。

齐涉江这几个月是在《鸳鸯扣》剧组，否则就之前那条条爆炸的新闻，各类节目是趋之若鹜，能把李敬的电话打爆。

现在齐涉江的戏份杀青，工作也紧接着来了。

李敬掂量过后，给他接的是一个音乐访谈类节目，这个主要是为了推广齐涉江的子弟书。不是没有出钱更多、热度更高的节目找，但李敬就是给他挑了这个。

这节目叫《水调歌头》，名字是用的词牌名，但上去的大多是流行音乐，主要是分享音乐作品、心得、背后的故事、歌手经历等等，中间穿插数次演唱。

这次能请齐涉江，说是弘扬传统艺术，当然不只是因为子弟书是非遗传承，毕竟非遗传承那么多。主要是相关的话题大众够关注，加上本身戏曲春晚上子弟书也大放异彩。

这商量期间，对方就说了，他们会请个所谓的惊喜来宾来，提前知会一声。

都不用他们说名字，李敬都知道，肯定是张约啊。

张约和齐涉江现在是广大群众眼中的好朋友，张约在子弟书改编中也起到了很大的作用，不请他这节目反而不完整。

齐涉江和李敬商量一下，把莫声也带过去。

他现在也在教两个弟子子弟书，齐乐阳在唱上天赋不如莫声，现在还没练出个样子来，就把莫声捎带上露个脸。

这也不是什么难事，李敬和节目组那边说一下，也就应了。

莫声感动得哇哇的，他和齐乐阳拜齐涉江为师其实不为齐涉江的名气，甚至有点怕被人说。但齐涉江还反过来给他们讲道理：你俩不像样子，我还不带出去呢。

说实在的，他俩家境也不是顶好，从曲艺学校出来，按照原本的路线，可能就混个温饱。机会就在眼前，这么一想，还是别矫情了。

尤其是齐乐阳，心想我俩和师父年龄差得都不多，要是不好好努力，蹭了人家的人气，结果最后也没混出个样子来，年纪一把还是跟屁虫，那就太丢人了。

于是莫声去上节目，他也在家里继续苦练着。

杀青后齐涉江也就休息了三五天，就去录《水调歌头》了。

因为节目类型，现场观众基本都是喜欢齐涉江的，粉丝占了绝大多数。

齐涉江才到电视台门口，还有粉丝在等着。

粉丝也挺关心齐涉江的："Jesse，'相亲'怎么样了？"

齐涉江情不自禁就乐了，这已经是第二回有人问他"相亲"结果了，他抿嘴一笑："有眉目了。"

粉丝们激动得叫唤起来，也不知道是因为这有眉目了，还是因为他那一笑。

隐约吧，还能听到里头夹杂着"张贵妃怎么办"这样的声音。

"张贵妃？是说张约吗？"齐涉江问。

粉丝们沉默一会儿，然后一起回答："就是他！"

齐涉江一琢磨："什么时候晋的位份，朕都不知道。"

他走进去了。

剩下粉丝在狂笑。

齐涉江和主持人对了一下台本，再休息一会儿，节目也开录了。

在现场粉丝的热情掌声中，主持人把齐涉江请上台："今天我们介绍的音乐人和以往不太一样，他做的，是传统曲艺，而且是一度失传上百年的曲种子弟书。欢迎国家曲艺类非遗传承人、相声演员齐涉江。"

齐涉江走在台前，给观众躬了躬身，这才和主持人握手入座。

聊一聊子弟书，这头一件事，当然是让齐涉江现场来一段曾经在曲艺春晚上唱过的《十问十答》选段。

现场听来，和视频里看，又是不一样的感觉了。

一开始还有粉丝试图跟着唱，示意一下对偶像的支持。结果齐涉江越唱越快，主持人都笑了："行了，你们跟不上！"

粉丝也笑，齐涉江明显是故意加速的。

齐涉江又让弟子也展示了一下，子弟书中较为舒缓的片段，还趁机打了个广告，有想学子弟书的，到曾文老师的相声园子去报名，他以后在那儿还要开班授课。

接着就是继续聊子弟书的起源，说起它是怎么发源，一度失传，还被鼓曲吸收。

这样又不得不提到《何必西厢》这首歌了。

按说，齐涉江该唱一遍了，观众也期待着呢。

主持人一笑："无论是那段改良后的《十问十答》，还是《何必西厢》，其实都会让我们想到一个人，那就是关山乐队的主唱，张约。"

现场粉丝愣了一下，才惊叫起来。

节目组对齐涉江说了，可没有对他们说，粉丝完全不知情，乍一听到这个惊喜，反应大极了。

"张约？张约真来了？"

"我的妈啊，要合唱《何必西厢》了吗？"

"昼夜——"

齐涉江也举起麦克风："咳，有请我们，张贵妃。"

张约从后台走了出来。

现场欢呼声再次高涨，其中夹杂着笑声和喊"贵妃"的起哄声，毕竟齐涉江都带头起哄了，粉丝不跟上不行啊。

张约掉头就往回走。

齐涉江赶紧走过去拉他，带着观众一起鼓掌，把人给请回来。

张约有点黑脸，他还把自己的吉他背来了，对着齐涉江龇牙瞪眼的，显然对刚才那个现挂很不满意。

"那就不用我多说了？"主持人笑道。

"请。"齐涉江伸了伸手。

张约抱着吉他，脸上的阴云也就渐渐散去了。

他们一个拿吉他，一个拿三弦，齐涉江用三弦先弹一段过门，然后才换张约吉他伴奏，开始演唱。

这一次齐涉江不只负责间奏的子弟书演唱，他事先和张约在微信上对过了，也只是在微信上对的，后台没对过。

但他们一起倒腾子弟书那么久，早就练就了默契，三弦声与吉他声衔接，各自一段再合唱，竟是十分自然和谐。

一曲罢了，主持人戏谑地道："不愧是不分昼夜练出来的默契，那接下来张约也谈一下吧，改编时遇到过什么问题吗？"

到这里，张约聊完后，齐涉江还要唱一下原版的《十问十答》，让大家感受一下区别。现在的版本，既保留了原有特色韵味，又增强了旋律性，着实是一次成功的改良。

录制接近尾声。

"你们刚才唱了很多，不过基本都是传统曲艺，连《何必西厢》也是曲艺特色的。我想问，Jesse能唱流行歌曲吗？"主持人问道。

这个倒没有约好，不在台本上，属于临场发挥了。

台下立刻有人喊《秋水》。

"唱《秋水》？原唱坐在这儿，我怕把歌毁了。"齐涉江说道。

但是除了《秋水》，还要唱其他的什么，齐涉江还真不会了。

观众喊什么的都有，齐涉江低头想了一会儿："我唱个新歌儿吧，1937年出的。"

台下顿时响起一片笑声。

"天涯啊海角，觅呀觅知音。小妹妹唱歌郎奏琴，郎呀咱们俩是一条心……"齐涉江低着眼清唱，慢慢地唱。

《天涯歌女》，1937年上映的《马路天使》插曲，对齐涉江来说，这确实是一首新歌。他没有看电影，但是街头巷尾大家都在传唱，他也学了，唱给观众听，观众爱听。

第三句开始，便有吉他声加入了进来。

齐涉江抬眼看了看，是张约，霎时间歌儿就显得丰满多了。

"家山呀北望，泪呀泪沾襟……"齐涉江想到自己画锅卖艺，唱这首歌时的情景了，那时候他唱，看客也跟着唱。

就像浮生之中一场旧梦，如烟似幻，笼在心间。

观众席渐渐安静下来，听齐涉江温柔又清亮的歌声，极有情感，带着淡淡的忧愁。

"小妹妹想郎直到今，郎呀患难之交恩爱深。"

齐涉江的歌声太有感染力了，观众们不禁跟着轻声唱起来。

齐涉江却是惊讶地抬头。

这是他记忆中的新歌，是让他又想到过往时光的歌，是他以为不会有人应和的歌。

但是，在这个时候，几乎是所有人，都跟着音乐低唱了起来，他们表现得非常熟稔。

这首歌，自问世后，八十多年来被无数歌手重新演绎，传唱至今。在场的人也许已经不知道它出自哪部电影，但他们熟悉这个旋律，这首歌。

就连张约，也一面弹吉他，一面和起声来。

齐涉江慢慢露出了一个微笑，眼眶微微湿润。

似乎又是一次笑中带泪，但这一瞬间，就像第一次看到电视上在播放传统相声一样，他好像不怎么难受了，忽然便释然了。

是啊，这是一个新的时代，拥有他不太懂的电视、手机、网络，但也有他的知音，他的张约，他的观众，这里更能容下相声，容下子弟书，容下所有和他一样老的物件。

演播厅内飘荡着齐唱《天涯歌女》的乐声，一如八十多年前。

"人生呀，谁不惜呀惜青春。小妹妹似线郎似针，郎呀穿在一起不离分。哎呀哎呀，郎呀穿在一起不离分。"

第十章
斩青龙

《水调歌头》录制结束后，齐涉江在现场与粉丝合影，逐个满足大家签名的要求。

大家能明显感觉出来，他的态度和很多明星不一样，都不能用接地气来形容了，简直是在捧着大家。

一边签名还能一边聊天，顺便抓哏砸挂，仿佛是在说相声一样。

他们愣是没想到，来看个访谈现场还白送了一段单口相声。

"这个好看，您能发给我吗？"齐涉江拍完合照，问一个粉丝。

那粉丝呆了一秒，然后尖叫："可以——"

嗯，齐涉江吧，还是觉得拍照很有意思。

张约就坐在舞台台口，看着这一幕。

虽然齐涉江没有直说，旁人也都以为齐涉江是因为和粉丝一起合唱，深有感触而泪目，他却觉察到了其中的不同。

齐涉江好像豁然开朗，卸下了什么担子一般，这点从他和粉丝有一句没一句地聊天的放松状态里也能看出来。

张约为此挺开心的。

他静静看着齐涉江和所有粉丝互动完，向自己的方向走过来，逆着光，简直像周围有光屁股小天使在上下翻飞。

张约"咕咚"一声，咽了口口水。

"你饿了吗？"齐涉江刚好走到他身边，"我有饭局，要不一起去吧。"

"好啊。"张约压根没思考话的内容，站了起来。

他们往后台走，那些正在离场的粉丝还看过来，依依不舍地喊："张约老师，加油！"

张约一个踉跄，险些摔倒。

真是无心插柳，他们一喊还真喊到要点了……

齐涉江领着张约，去了一家老字号烤鸭店，他约的人已经先到了，在包间里。

服务员把两人领了过去，开了门，张约就看到里头坐了一个人，也只坐了一个人，穿着风衣，年纪轻轻的，顶多也就二十四五岁，长得倒是白白净净，面目和善。

张约也不认识这人，他心里装着事，到了地头才想，这是谁，杰西的亲戚还是朋友？

"这是我朋友张约。"齐涉江已经介绍了起来，对站起来的那年轻人说完，又给张约引见，"张约，这个是孟老师给我介绍的搭档，徐斯语。"

虽说孟静远现在算他师侄，但他不可能一口一个大名儿。

张约："……"

徐斯语伸手："你好你好，张哥对吧？"

张约："……"

他疯了。

齐涉江这是什么语气啊，是介绍给你的搭档还是介绍给你的对象啊，哦，你们相声门搭档和对象差不多是吗？

还有这个姓徐的，上来就叫哥，是在讽刺他先来还没正位吗？而且谁跟你一辈儿了？

真是无耻的天降！

"张约？"齐涉江把手在张约眼前晃了一下。

"哦。"张约从宫斗剧情中回过神来，心想都怪那些网友。他也伸手握住了徐斯语，但还是没忍住皮笑肉不笑，"头回见，杰西都没提起过，怎么，以后就你们搭档了吗？"

"嗨，只是承蒙长辈们看好，我和杰西师叔也是在接触中，目前觉得还行。要是成了，也还要磨合呢。"徐斯语说得挺客气的。

这就是齐涉江和粉丝说有眉目了的原因。

徐斯语按辈分算他的师侄，家里头是相声世家，他爸和他都生得晚，和孟静远一个辈分，原来也算门里的大辈儿，当然，那是没遇到齐涉江的时候。

别看年纪也不是很大，打娘胎里就熏着，自幼前后台跑着成长起来，基本功相当扎实，柳活儿也好，这点和齐涉江挺契合。

年纪不大，活儿使得瓷实，又擅长老段子，这就挺贴齐涉江的条件。两人在双方亲友的介绍下接触了一番，也觉得挺不错的，还在孟家配合过一回。

应该说，是有七八成搭档的可能性了。所以齐涉江才会把他介绍给张约，否则不一定成的，介绍了岂不是尴尬？

"你俩刚录完节目吗？"徐斯语问。

他台下性格也挺活泼，不见外，几次就聊熟了，这会儿开口一点生涩都没有。

张约心不在焉地点头。

"嘿嘿，以后我和杰西师叔要是成了，少不了也在台上拿你砸挂。"徐斯语倒了杯橙汁，"这里先敬你一杯啦！"

成成成，成你个球。张约和他碰了个杯，问道："你……原来没搭档吗？"

"嗨，我原来跟我爸学生搭档了好几年呢。"徐斯语一副一言难尽的样子，"后来他受不了，告诉我说相声没人听，回老家开养鸡场去了。把我一人给撂下了啊，我这单了都快一年了。"

张约："……"

他觉得自己随时在崩溃的边缘，徐斯语可能言者无心，但他听者有意啊，那个遣词造句听得他浑身难受。

你说那网友还琢磨选"皇后"呢？"皇后"还是个"二婚头"！

呸呸呸，不对，哪儿就皇后了？

"现在是不是挺多这样的，我也听孟老师说了一些。"齐涉江说道，"所以我那俩徒弟，现在也是口盟，我让他们毕业后打算清楚了，再考虑正式拜师。"

他也不想教到一半，学生说不行我得改行，就跑了啊。

这也不只是搁现在有这种情况，就是多少的问题。

"对对，是该这样。"徐斯语很有感触，"但是人心也不好说啊，前头那么些年都熬过来了，临了放弃，我都替他不值。"

他俩聊相声门的事，聊活儿，是聊得热火朝天。

不过两个都有情商，也没把张约冷下，不时就把他拉进话题，或者关心几句。

只是他们越关心，张约想得越多，最后烤鸭是没吃多少，满脑子的妄想成狂了。

其实徐斯语心里也有点纳闷，他觉得自己很友好，很和善，可张约……他怎么觉得张约说话老带刺儿呢？有时候他还好心拉张约进话题呢。

来之前齐涉江倒是给他科普了，说张约跟媒体报道的不一样。媒体那都为了戏剧性胡说八道，把张约塑造得像个见谁咬谁的喷子。其实张约人挺好。

徐斯语琢磨齐涉江脾气也不错，和他玩那估计也差不到哪里去。

可一见面，聊下来，他就觉得，哎呀，人家媒体也不是无风起浪的……

"得，我这就先走了，还得上我哥家，他今晚上搬家。"徐斯语擦擦嘴，这是他老家的习俗，搬家选凌晨，"你们继续聊，账我结了。"

"行，路上小心。"齐涉江把他送到包间门口，闲说几句，把门给关上了。

刚转过身来，就觉得什么东西兜脸扑过来，两人头撞了头。

张约捂着晕乎乎的头抓住了齐涉江。

齐涉江："……"

张约抵着门委屈地说："怎么他就跟你一对了？"

"少了两个字吧，一对搭档。"齐涉江手还被张约摁着，"怎么听上去这么委屈？"

张约心中闪过一丝欢喜，因为齐涉江对他刚才的动作没有任何表示，于是他理直气壮地道："就是委屈。"

齐涉江吸了口气。

其实，节目录制时的一首合唱，已经让他完全卸下了那若有似无的包袱，坦然接受这个时代。

那么……

齐涉江的手搭在张约的手背上。

张约心头掠过狂喜之情，抱住齐涉江不依不饶地追问到底谁是"皇后"，得到了令他激动的答案。

"我的车钥匙好像落在座儿……"门被推开，徐斯语僵在门口。

"师侄，接着！"张约耀武扬威地把钥匙抛给他，还把门又拍上了。

徐斯语："……"

《鸳鸯扣》杀青后，就进入了紧张的后期制作环节。拍摄时间比预期的拉长了一些，所以要在后期那里赶回来，不然赶不上审核、上映了。

这部电影，预定是在国庆档上映，可以说万众期待了。

不过，离着国庆还有四个来月的时间，万众就先期待了一下别的事情。

齐涉江，终于把搭档给定了下来，相声世家的传人，他师侄辈儿的徐斯语。

徐斯语的资料瞬间就被扒得干干净净，他在大众那里虽说名气不是很大，但细细一查，从小也跟着家长上过节目的，和原来的搭档商演更是没断过。

【噢噢噢，"皇后"家世很不错哦。】

【齐涉江的确适合在世家里找，不然和他年纪相仿的，辈分矮特别多不说，可能也没学多久，水平不够高。年纪大点的，很多都有固定搭档了。倒是徐斯语这种，从小有底子，挺好的。】

【@张约 出来发脾气啦。】

【张约：舍得一身剐，敢把"皇后"拉下马。我支持张约转

行！】

大家都挺期待，这位选出来的新搭档，能坐稳位置吗？是就此合作无间，还是磨合不到一块儿去，一年半载的又换？

在这样的期待中，徐斯语迎来了和齐涉江的第一次登台演出，给曾文、柳泉海的商演垫场。

后台。

徐斯语和齐涉江正在对词。

今天他和齐涉江要说一出对口相声《望情鱼》，就是齐涉江撂地时和莫声说过的那段。演员要在台上分别饰演女主角和男主角，所以会设计一些伦理哏，捧哏逗哏互相占个便宜之类的。

徐斯语要拿媒体选妃的事情抓哏，穿插自己和齐涉江关系的包袱。

"干什么干什么，你跟着我干什么，初一、十五在皇后宫里过怎么的？"

徐斯语说到这句词，忍不住站起来对坐在一旁一直幽幽看着自己的张约道："求求你放了我吧，别这样看着我啊！"

按说，张约作为朋友，齐涉江有演出，他上后台很正常。

可是，只要徐斯语对词一对到拿齐涉江和自己抓哏的地方，张约就阴森森地看他，看得他汗都下来了！

"师叔，"徐斯语又对齐涉江说，"您得管管啊，我是无辜的！"

齐涉江看着张约："这都是舞台效果。"

张约也看着齐涉江，知道是一回事，能不能接受又是另一回事了，他这不是下意识的反应嘛，神色还挺委屈。

张约虽然没开口，但是徐斯语一看到他那个表情都快吐了，抱拳道："您说完我再进来！"

张约："……"

徐斯语赶紧溜了。

他这是遭的什么罪啊，不就是不小心撞破了齐涉江和张约的关系，这两人索性在他面前也不遮掩了，他承受多大的心理压力啊——看样子不单是外界不知道，连孟家也不知道。

既然是奔着搭档去的，徐斯语能拆齐涉江的台吗，还不是做个锯嘴葫芦，但他一个普通相声演员招谁惹谁了，天天这么拿他当炮灰的……

这边，齐涉江和张约又说上道理了。

张约却捂着耳朵："我不听我不听我不听。"

齐涉江哭笑不得，拿他没办法："少不正经了！"

"Jesse这个搭档叫什么名字来着？"齐广陵问道。

"小徐啊，徐斯语。"夏一苇答。

他们俩是特意过来支持齐涉江的，也没事先告诉齐涉江，毕竟齐广陵本来在外地，提前回来了，想给齐涉江一个惊喜。

到了演出的剧院，夏一苇给齐涉江打电话，但是没通，也不知道在忙什么。

好在半路遇到了孟静远，夏一苇和齐广陵也不能充长辈，互相都喊老师。孟静远让他们在休息室等着，齐涉江这会儿应该在和徐斯语单独对词，他帮忙去叫一下徐斯语和齐涉江得了。

"你不知道吧？都说儿子找到小徐是像选妃。"夏一苇顺便给齐广陵科普了一下为什么这么说，"捧逗搭档之间，互相成就，而且一搭就好些年，在一起不容易，分开也不容易，就跟两口子一样。"

"哦哦，两口子啊？"齐广陵表示长见识了。

过了一会儿，孟静远脸色微妙地回来了。

后头是齐涉江、张约和徐斯语。

张约一看到夏一苇和齐广陵，就很积极地上前："叔叔阿姨好！叔叔，咱们还没见过。"

他伸手，齐广陵也糊里糊涂地和他握手，然后道："你好，是小徐吧？"

张约："……"

没错，齐广陵平时工作忙，压根不认识张约这张脸。他一看这人态度热情得跟姑爷见老丈人似的，不就以为是徐斯语了？

张约一咬牙："没，我是小张。"

"你不是说Jesse的搭档姓徐吗？"齐广陵莫名其妙，问夏一苇。

夏一苇无语道："这都什么跟什么，这不是Jesse的搭档，是张约！"

"我说呢，另一个朋友是吧？你好小张。"齐广陵这才恍然大悟，"那小徐在哪儿？"

真正的小徐上来鞠躬握手了。

张约在背后阴恻恻地看着他。

徐斯语："……"

吓死人！

孟静远欲言又止，和齐涉江对视一眼，最后还是不作声。待会儿就要上场了。

齐涉江和徐斯语上场时，张约就全程蹲在侧幕条盯着。

一场下来，现场观众掌声雷动，徐斯语那满脸笑容，一下台就收了起来，拼命往前蹿："这都是表演需要！"

徐斯语又溜了，齐涉江好笑地看着张约。

张约则狡猾地道："我就吓吓他。"

"行了吧，我们有分寸，伦理哏也不会使多了。"齐涉江说道。毕竟新时代了，有不一样的尺度，加上他和徐斯语会注意这个尺寸，点到即止。

两人相视一笑，进了后台。

张约更加殷勤了，端茶倒水，一会儿夸夏一苇今天还是那么好看，演技也突破了，一会儿又和齐广陵聊一聊体育。

齐广陵对张约还挺满意的啊，觉得这个年轻人很热情，说话也很中听，而且以他的眼光，这绝对不谄媚，反而十分真诚。

趁着张约去加热水的工夫，他就问夏一苇："老婆，这个小张待人很不错啊，平常人缘应该也不错吧，让Jesse跟他多玩也好，带着Jesse点儿。"

夏一苇："……"

好什么好啊！

她斜睨着张约，心里犯起了嘀咕，这小子，什么意思？

时间说快过得也快，杀青好像还是前不久的事，没多久，《鸳鸯扣》都逐渐开始宣传了。

齐涉江这个男三号，倒是没什么压力，但每每和徐斯语说相声，倒也会提上一嘴，有时还唱个《望情鱼》，帮助宣传。

《鸳鸯扣》发了第一个预告，有个天桥众生百态，各类艺人的镜头闪过，有齐涉江踩跷跳起，还有莫声、齐乐阳学狗叫，把观众给圆过来的镜头。

有一天齐涉江上微博，就发现很多人艾特自己看一个视频。

这是一个观众拍的，在京城某公园，一对年轻相声演员在说相声。

那博主说："春节前在公园随便录的，今天整理视频才发现，这不是齐涉江的两个徒弟嘛！就是《鸳鸯扣》预告里学狗叫的那两个！"

预告放出来后，莫声和齐乐阳的知名度提高了一点，加上之前就因为是齐涉江徒弟，多少也被报道过。

齐涉江顺手转发了一下。

后来他才知道，确实有路人拍了视频，但这条其实是剧组联系人发的，为了给电影宣传造势。

紧接着剧组的新闻也出来了，给大家说故事："这是@莫声 @齐乐阳在为《鸳鸯扣》培训，唐导给他们唯一的要求就是，街头卖艺，直到赚回来一万块！"

这个培训倒是有意思。

【是为了模拟那时候艺人的感觉吗？摆摊！】

【那时候好像叫撂地吧，街边卖艺。哇，唐导不愧是唐导，很会折磨演员啊。】

【也幸好这两个是专业的吧，要是普通演员去演相声艺人，上街岂不是抓瞎了。】

【可是现在的相声艺人也没有上街的了，哈哈，所以最后他们赚够钱了没？】

尤其是剧组还步步深入，引起大家的兴趣后，又表示，齐涉江和

我要这盛世美颜有何用

254

徒弟们结缘就是在这个时候，当时齐涉江也去教他们如何卖艺了——一开始他们也抓瞎。

这下，可就一发不可收拾了。

【什么？齐涉江上街卖过艺？】

【去年在公园？疯了，我家就在那附近，有次我路过还看到他们说相声了，我怎么没去看啊！】

【真的假的，齐涉江那会儿都出名了，卖艺居然没被认出来吗？】

【我比较在意齐涉江怎么连街头那套……都懂？】

【我到底错过了些什么……】

到这个时候，还真的有人——不是剧组安排，是真有人翻到了带齐涉江的视频，就是非常经典的那段，齐涉江第一次学狗叫圆黏儿。原来当时竟然还有人拍到了，连唐双钦都来太晚没拍到全过程。

只见视频中一个皮肤略黑、戴着眼镜、刘海长长的青年，张嘴就是一串狗叫，引得鸟叫狗吠，狗子们把主人硬是拽到了他们面前。

后知后觉的人们仔细一看，就发现了，这真的是化妆的齐涉江！

所以再联系唐双钦的个性想一想，这也反证了一件事，预告里学狗叫招观众的片段可能不是剪辑效果，而是真的！

【牛牛牛，居然有这种揽客法，强行吸引！观众：我不想听相声。齐涉江：不，你想听。】

【唐双钦也算物尽其用了，找小印月朋友的传人去扮小印月，再让他顺便教相声演员怎么招揽观众……】

【我疯了，这还是我认识的齐涉江吗？光天化日之下学狗叫也就算了，还学得这么像。】

【我笑死，哈哈哈，为什么齐涉江总是能带来惊喜啊，街头都玩儿得这么溜。】

"唐导，现在很多观众都在议论，关于齐涉江、莫声和齐乐阳为了《鸳鸯扣》街头卖艺的事。"唐双钦做节目宣传电影时，记者就问了，"您能不能说说，当时他们赚了多少钱？"

"最后花了一个多月时间吧，赚到了我设定的目标。"唐双钦道，"其实一开始，我电影里是没有狗叫那一段的，我是去看他们卖艺，看到了齐涉江招来很多观众，才想到放进电影。我觉得这个，就很能体现当时艺人的一种小聪明。"

记者笑着点头："确实是很机智了，也很需要本事。"

"对对，Jesse身上，我觉得很有以前艺人的感觉，思路很奇巧，还很努力。"唐双钦对齐涉江是赞不绝口，滔滔不绝地聊着。

记者不禁问道："看来您很满意Jesse，那能不能说一下，到底有多满意？"

唐双钦沉默了一会儿，说道："这么说吧，如果有适合Jesse的角色，我为了找他演，可以接受他带妈进组。"

唐双钦竟然甘愿为了齐涉江冒秃头的危险，这段访谈一时被引为笑谈，也让人感慨，当初夏一苇是把唐双钦折磨得有多狠，齐涉江又是有多拼，才把这段两代人的"悲剧"给终结了。

齐涉江到底在《鸳鸯扣》里奉献了怎样的表现？这就要看电影才知道了。

反正据说，他不只参与了表演，还参与了音乐制作，和张约一起，这又是一段佳话了，好朋友再次合作，共同制作。

有赖于齐涉江的宣传，现在大家对子弟书不说耳熟能详，知道这曲种的人也挺多了，完成了非遗传承评定时的承诺，推广曲种。

观众知道电影音乐用了子弟书素材，一想象，也都夸赞风格契合，很期待。

电影上映前一周，齐涉江和张约都出席了首映礼。

现场，让媒体和现场粉丝最兴奋的，莫过于这两人一起走红毯。

两个都没带女伴，齐涉江也没说把自己亲妈带来——虽然活动前呼声很大。

一上来，现场尖叫声都快掀了顶。

主办方干得漂亮啊！昼夜组合一起走红毯！

而且这次首映礼，参加的主要演员别出心裁，基本都穿的旧时候的装束，尤其有演京戏大师的演员，还扮上一身戏装。

齐涉江就没穿戏装了，他和张约穿了定做的同款红色大褂，乍一走出来，一左一右，仿佛张约才是他的捧哏。

记者在红毯尽头问他们："这次被安排一起走红毯……"

张约打断他："不是被安排了，我们自己要求的。"

记者："噢？哈哈哈哈哈！"

记者和现场粉丝都兴奋了："那有什么感想？"

张约耿直地说："有点像结婚。"

众人哄然大笑。

还真是，这身大褂还是红色的。

活动一开始，就是几个主演一起献唱主题曲。同名主题曲是张约创作、演唱的，这次他和主演们一起唱，齐涉江则不开嗓，而是拿三弦和请来的民乐团一起伴奏。

有些巧的是，这次请来的乐师中，有位和齐涉江曾有一面之缘，就是曾经在夏一苇的演唱会伴奏，某省曲艺团的弦师老白。

齐涉江看到老白，就觉得眼熟，不禁问："我们是不是……"

"对，见过。"老白没想到他还记得自己，"令堂的演唱会，我给《何必西厢》伴奏。后来想想，真是献丑了。"

"是您，对对。"齐涉江想起来了，"可别这么说，我记得的，您是手儿高，味儿正！"

老艺人夸三弦说"手儿"如何如何，代指水平，如今老白在年轻人那里都不大听到这么说的了。

听他这么夸自己，老白眉眼都笑开了。

现场媒体看到两人相谈甚欢，待一曲完了，还特意提问，弹三弦的老师是不是也很欣赏齐涉江的水平。老白那个长衫长须的样子，好像是曲艺团请来的，一看就是高人啊。

结果老白连连摇头："我欣赏肯定欣赏，齐老师的水平反正在我之上。"

记者有点惊愕："您不是曲艺团的专业弦师吗？"

老白一看他还不清楚呢，指指齐涉江道："齐老师是子弟书传人，你不知道子弟书传统伴奏乐器，一直就是三弦吗？这也属于他们的本行，他也是专业的。"

说完，老白还开玩笑道："而且我是省曲艺团的，齐老师是国家级非遗传承人，比我高级。"

老白一点没开玩笑，齐涉江的水平是达到了能够用弦声模仿自然声响，"巧变弦丝"的境界，属于行家中的行家，要不之前齐涉江夸他手儿高，他怎么那么开心呢？

"白老师捧我呢，我和白老师在我母亲的演唱会上也见过，这是第二次交流了。"齐涉江接过话头，说得很谦虚。

"都厉害，不然怎么一个请来伴奏，一个请来做音乐？"唐双钦也插了一句。

话题自然而然又聊回到了电影上。

接下来要放电影最后一个预告片了，还会有些片花。

这个片花包括了各位主演幕后训练的片段，男女一号无疑是最惨的，被折磨时间最长，往下数就是齐涉江了。

唐双钦把当时拍的，齐涉江一边说相声一边踩跷的片段放了出来。

单看前面，现场粉丝和媒体还没觉得怎么样，以为这是齐涉江街头卖艺的幕后花絮，这个他们在网上看过了，之前不还引起热议了吗？

结果下一刻，齐涉江坐下来，站在桌子后的他，脚下原来还踩着一双跷鞋！

裤腿撩起来，绑带松开，这才能看到下头是什么光景。

现场还准备了跷鞋，为了让大家看仔细是什么样子，科普一番，引起惊呼连连。

"我的天呀，这穿着要怎么走路？"

"没看站着都费劲吗？那汗流的……"

"说一场相声怎么也要二十分钟到半个小时吧。"

"齐涉江长得真不像这么能吃苦的人，这……这不是花瓶，也不是古董花瓶啊，这是镇宅的石狮子吧！"

除此之外，剧组还准备了各个原型人物的录像或者录音，齐涉江模仿小印月之相似，也是让人很服气的。

这个还能说是因为两家有渊源，踩跷就真是自己苦练出来的了。

难怪唐双钦那么看好齐涉江！

真是看傻眼，这穿上得有多疼啊，齐涉江居然还踩着说相声，还笑……

再配合上预告里，齐涉江跳上围栏的片段，更是越想越觉得——唐双钦真不是人啊！

不过也只有这样非人的导演，逼着演员去背原著、上街卖艺、踩跷……才能打磨出这样的作品，才能把自己给熬秃。

又过了一周，齐涉江和张约乔装打扮，私下里结伴去看《鸳鸯扣》，两人都戴着口罩和眼镜，进了场才摘下来，因为是午夜场的最后一排，两旁倒也没人。

他们两个为了配乐，后期也看了片子，但完整的最终成片，也还是第一次看。

音乐流淌，三弦声滚落，先是一个悬空的远景，男主角撑着黑伞，从茶馆走出来，镜头一拉，再跟随着他的脚步向前推。

他慢慢穿过天桥，一路有耍坛子的艺人、唱鼓书的鼓曲艺人、正在楛门子的相声艺人……再走进戏园子，台上小印月正是一个亮相，台下已然响起叫好声。

男主角收起伞，一抬头，在他的侧颜与背景的戏台、观众定格了两秒。

一个长达一分钟的、颜色灰扑扑的长镜头，旧时气息，扑面而来。

张约低声感慨："唐双钦的镜头语言真是丰富又细腻，当然最优秀的还是你那个亮相。"

齐涉江失笑，看着他："网友知道你其实这么会说话吗？"

"他们不用知道。"张约得意地一揽齐涉江，继续欣赏电影。

齐涉江饰演的小印月，在大银幕上嬉笑怒骂，见男主角落入窘境，便伸以援手，留他在戏班客串，演点没什么台词的小鬼、小兵。

与园子老板三观不合，小印月就毅然离开，为此承诺不再在别的戏班演《望情鱼》，在这台上，奉献了最后一场、此后十年都不曾再唱的《望情鱼》。

齐涉江的表演，完全就是在模仿，他把这一条路走到了底，演出真实历史上那个小印月，他的一颦一笑、一举一动。

后来很多影评都说到这点，必须去看看小印月的录像，看看旁人对小印月的描述，才更能体会齐涉江的表演。

张约对故事早已了然于心，他主要看的，就是大银幕上的齐涉江。

故事接近尾声，小印月十年绝唱《望情鱼》。

张约看着银幕，喃喃道："有时候，我觉得你简直就像从那个时代走出来的……"

被他搂在怀里的齐涉江慢慢地坐直了，温柔地说道："也许我就是呢？"

张约本想笑，但看到齐涉江的神情后，他却是怔了一会儿。

直到前座的观众在为了主角的命运抽泣，张约这才回神，将齐涉江抱回怀里，是真是假，是从何时而来，都不重要。

"来了就是我的了，跑不掉。"张约小声说。

《鸳鸯扣》在票房、口碑上都大获成功，观众关心电影相关的各种话题，包括人物的历史原型。各种各样的资料被翻出来研究，对比演员们的表演。

张约和齐涉江的配乐也大受欢迎，采样自子弟书的几首配乐都备受好评，主题曲更不必说了，电影放映之前就在流媒体榜单上有了一席之地。

这也是齐涉江这个传承人该做的，让子弟书复苏，以新的面貌让大家接受，甚至喜爱上。他甚至希望不只是作为传统题材的配乐，还能有更多人喜欢它本身。

而转眼之间，齐涉江以相声演员的身份和大众见面，也有一年出头了，和徐斯语的搭档渐渐度过磨合期，舞台风格稳定下来。

在这个时候，李敬提出希望给齐涉江和徐斯语举办相声专场。

就在京城找一家大型场地，几千上万座位的那种。先办专场，效果好了，他还想谈全国巡回演出，就跟夏一苇办演唱会一样，这也算是阶段性的总结、成就了。

齐涉江当然是愿意的，他和徐斯语也顺出来不少活儿，办个专场没问题。

　　从前都是给孟静远、曾文，还有其他老师助演，现在，可是轮到他们当主演了。

　　这消息才放出来，粉丝们就炸开了锅。

　　Jesse的相声专场演出！可能还送大段的子弟书演唱，传出来的票价比买节目录制现场的票还便宜，这四舍五入等于不要钱啊！

　　这几个月齐涉江和徐斯语合作，也是出了些精彩段子的，就算路人，看了消息都心动想到时候买票观看了。

　　反响如此热烈，李敬很快联系好了演出商，定下场地，八九千人的大场馆，还能加座，可以坐下一万多人。

　　另一个大众非常关心的事，就是齐涉江会不会请嘉宾。

　　垫场的估计有他徒弟，像孟静远、曾文，能来吗？他俩来的话，肯定不能说是垫场，而是助演。

　　还有，好友张约呢，是坐在台下，还是能上去高歌一曲？

　　这些要是都能来，那票价可就更值了！

　　其实不止观众，齐涉江这边也在纠结。

　　他如今在相声门，属于孟家这边的，办专场，少不得还要顾虑各位同门，他的搭档徐斯语也是一样。

　　这个名单，还得孟静远帮着来定。

　　"嗯……这个……"孟静远都想咬笔头了。

　　"加一个人。"孟老爷子正坐在床上喝水呢，忽然这么说道。

　　孟静远头也没抬："您说，谁啊？"

　　孟老爷子："我。"

　　"啪嗒！"

　　孟静远的笔掉地上了。

　　拿着水壶的齐涉江也愣了。

　　老爷子这是……开玩笑呢？您都快二十年没登过台了！

　　孟老爷子用手指点了点孟静远："孙子，快点，我说正经的。"

　　"不是……爷爷，您这上去演，吃不消啊！"孟静远哭笑不得。

　　老爷子高深莫测地道："我问过医生了，演个一头沉的段子，我来量活儿，还是能撑得住。"

这一头沉，指的就是逗哏主要叙述，捧哏的话少一些，相较而言确实没那么吃力。

但是，捧哏也是要全神贯注的，不然接慢了，逗哏的话不就掉地上了？

孟静远看老爷子真不是在说笑，结结巴巴地道："这……您，您给杰西量活儿吗……这要演哪个节目啊……"

他心里头很不明白，为什么老爷子会有这个想法。这么些年了啊，这么说吧，就算是作为亲孙子的他有重要演出，老爷子也没说要上台助演。

"你慌什么，说了问过医生，我还能因为上台太激动吗？使哪块活儿，也都想好了。"孟老爷子看着齐涉江，"杰西啊，我跟你演一出，你欢不欢迎？"

齐涉江还有些蒙，他从未想过，自己还能和师弟再合作一回。

多少年了啊，当年如有合作，都是他给师弟量活儿，这也是惯例，三分逗七分捧，前辈捧晚辈，手艺高的捧低的。

如今要角色颠倒，师弟来给他量活儿吗？

"不说话我就当你答应了。"孟老爷子老神在在，"你们可以打个广告，该演员随时可能原地告别舞台，多重精彩限定观赏。"

齐涉江、孟静远："……"

孟静远都要哭了："老爷子，这时候您就别拿自个儿抖包袱了行吗？"

齐涉江、徐斯语首次相声专场即将在京城开演，更是请出了相声门的老前辈孟老爷子登台助演，演出信息一经公布，立刻引起了轰动。

孟老爷子的名字，很多人就是不听相声，也耳闻过，从艺以来，留下了很多经典作品。差不多二十年前，就不再出现在大小舞台上了，他的固定搭档早就去世，本人也上了年纪，身体不大行，大家只能回味他早年的录像。

现在，齐涉江，或者说他那位师父的面子得有多大，竟然把孟老爷子都请出来助演了？

孟老爷子本人都拿这个开玩笑，虽说肯定不至于当场告别舞台，但用"罕见"评价毫不夸张了。往后估计也没谁有这个面子，能让孟老爷子登台了吧。

再加上齐涉江、徐斯语本身闯出来的名气，这票在黄牛那里都要炒成天价了，导致他们想了很多办法，遏止倒票的情况。

无论齐涉江开专场，还是孟老爷子出场助演，本意绝对不是让票价翻成这样，使得许多喜爱他们的观众买不到票，看不到演出。

孟老爷子是真正的惊喜，除了他之外，像什么莫声、齐乐阳、孟静远、曾文，甚至张约，都是大家想得到的。齐涉江毕竟还是子弟书的传人，到时候张约和他合唱子弟书，也属正常。

因为是他开专场，圈内一些认识的人也少不了来支持，像唐双钦导演，关山乐队其他成员，《归园田居》节目组的人，甚至是夏一苇的朋友，挺多都表示想来捧场的。

这种亲友票李敬提前预留了的，毕竟这次的票可抢手得很。

至于相声门的同行，有想来的，像是柳泉海，那都是冲着孟老爷子，这些安排在后台就行了，倒不用票。

夏一苇很为此事得意，每天都能听到她在微信上和人聊天，说儿子的票卖得如何如何了、场馆如何如何大了。自己当年第一次开演唱会，都没有这么大的场馆。

夏一苇："我跟你说，我儿子以后肯定是年年上春晚，出国访问……什么，你说外国人听不听得懂相声？我儿子能用英文说啊！"说罢又转头问齐涉江，"你能翻译段子吧？"

"这怎么翻译，您翻译得出捧哏和逗哏吗？"齐涉江无奈道。

不管了，已经吹出去了。夏一苇就当可以了。

"我说儿子，这个小张……"齐广陵坐在一旁，本来一直盯着手机，忽然也开口了，"他怎么天天给我发微信问好，太殷勤了吧，你们关系有这么好吗？"

齐涉江："……"

张约的嘘寒问暖，过分殷勤，堪比销售，终于连齐广陵都觉得奇怪了。

齐涉江脸微微一红："妈妈、爸爸，其实我和张约在共同研究音乐期间，更进了一步……"

夏一苇和齐广陵一时不大相信："嗯？"

齐涉江镇定地点头，"就是你们想的那样。"

齐广陵猛地吐了一口气，站起来道："终于！终于啊！不过，我不发表意见了。儿子，你都这个年纪了，对自己的未来，自己做决定就好了！我相信你的眼光！"

齐涉江本以为要和齐广陵长谈一番，没想到貌似稳重的爸爸这么爽快，他不禁有些呆愣。

此时，反倒是齐涉江以为身处娱乐圈，长在国外，更加开明的夏一苇跟跄了一下，说道："难怪他那么殷勤！不行，这个小子，最近还经常发微信语音，唱歌给我听，说是让我指导，这分明就是羞辱我啊！以后还逃不开他了？"

夏一苇连连摆手。

齐涉江哭笑不得："妈妈，张约没有那个意思，应该是您先入为主，所以听他说什么，都觉得有点嘲讽吧。"

"不行不行。"夏一苇坐下来，歪在沙发上，扶着额头，"我还是不能接受，这件事对我的打击太大了……"

齐涉江："……"

齐广陵用口型对齐涉江说："让你妈缓缓。"

转眼到了演出当日，这是一个周末。

有观众打下午就到了场地外等候，不过这也是少数，基本都是年轻人，先来和同好交流一下，顺便看看能不能遇到齐涉江进场。

齐涉江是中午去的，在休息室和搭档们进行最后一次对词。

为了演出，齐涉江提前半个月就在做准备了，整理本子，顺活儿。

相声舞台上，看着热闹随性，但真正的现挂其实不多，需要演员精心设计，拿捏得妥当。

今天，莫声、齐乐阳将为他们开场，中间垫场的是曾经和他搭档一次的刘卿，以及刘卿的逗哏。给他们压轴的，则是孟静远、曾文这二位老师。

齐涉江和徐斯语一共使俩活儿，一个是传统相声《望情鱼》，一个是他们创作的新节目，以齐涉江找搭档为题材的《选妃记》。

这两个节目一头一尾，中间则是和孟老爷子合作的老段子，老爷子把徐斯语换下去，他给齐涉江量活儿。

六点四十分，观众陆续进场。

七点整，演出正式开始。

主持人是关山乐队的谢晴客串的，一上场就引来了掌声连连。

"欢迎大家来到齐涉江、徐斯语的相声专场，感谢各位的支持，有请我们的演员莫声、齐乐阳带来第一个节目，《夸住宅》。"

《夸住宅》是经典段子，属于贯口活儿，里头逗哏有大段的贯口，很考验基本功。

拜师以来，莫声和齐乐阳跟着齐涉江，算是狠狠锻炼了一番基本功，水平比起在学校时可说是突飞猛进。

这老段子让他们自己改了改，梁子没动，但加了不少新包袱，演来是既热闹，又见功底。几个带上了齐涉江的包袱，引得现场是笑声连连。

"哈哈哈，这两个是齐涉江的徒弟吗，不错啊！"

"对，就《鸳鸯扣》里学狗叫那两人吧，没想到现实里也是搭档？"

"嗯嗯，有点意思。"

齐涉江关心徒弟，在侧幕条偷看了一会儿，看到观众反响不错，才放心地回后台。

莫声和齐乐阳演完，就该齐涉江和徐斯语上去了。

他们都算是已经成名了，来的很多观众都是冲着这一对来的，立刻报以格外热烈的掌声。

这一出说的是《望情鱼》，齐涉江上来和徐斯语一起鞠了一躬，虽然是老段子，他们也为了今天准备了新包袱。

开口前，齐涉江看了一眼台下。

齐广陵因为工作原因没法前来，夏一苇的座位他是留了的，但夏一苇说张约在现场，她考虑一下来不来。

现在看到夏一苇真的没来，齐涉江心底难免有些失望。

但演员在台上得敬业，齐涉江很快收拾好了心情。

"大家好，谢谢大家买票来看……孟老爷子。"齐涉江甜甜一笑。

他这一笑，和话的内容形成了反差，台下混合了笑声和尖叫声。

齐涉江平时可不这么笑的，要么怎么人称古董花瓶，这一笑都显得小了几岁。

还有观众喊："来看你的！"

"来看我的吗？谢谢您！"齐涉江又鞠一躬，"这是我和斯语首次专场演出，谢谢大家的支持……你们真的不是来看我师叔的吗？"

"哈哈哈哈哈哈哈哈……"

又是一阵低笑声。

齐涉江在公园撂地时和莫声一起演过《望情鱼》。

现在，《鸳鸯扣》已经上映，齐涉江再演《望情鱼》，垫话自然又不一样了，可以从电影自然而然地入活儿。

他的角色是不懂装懂的人，可大家都知道他在《鸳鸯扣》里扮演小印月，唱了《望情鱼》。

按理说，是有个既定印象，但齐涉江演技好，振振有词地表示，汴戏他是业余的，京戏他才是专业的，把大家给带入故事。

而徐斯语也不时刨着使活儿，提点电影的事，不但没让大家出戏，惹得齐涉江那笑场一般的反应，效果反而更加火爆了。

一场演罢下台，换刘卿上场。

后台，孟老爷子已经换好了一身旧的蓝色大褂，唏嘘道："十多年没穿喽。"

孟静远给老爷子扣好扣子，抚平了衣褶，叮嘱道："爷爷，待会儿台上一定要……"

"小心，留力，别激动。"孟老爷子道，"你都说了三十几遍了，真当你爷爷老糊涂啦？"

孟静远："……"

后台诸位都笑了起来。

"老爷子还是精神，我看这别说捧了，逗一场也不在话下啊。"

"得了，静远兄，老爷子有数，你就别担心了。"

"杰西也懂事的，台上不会累着老爷子。"

孟静远也只好抹了把脸，他还能说什么呢？

孟老爷子喝了一杯润喉的汤，一甩袖子，抬下巴，范儿立刻就起来了，淡淡道："走吧。"

齐涉江对后台诸位拱了拱手，与孟老爷子对视一眼，并肩走着上了台。

二人一登上舞台，便引来了雷鸣般的掌声，堪称开场以来最为热烈，而且久久不停，响了足足两分多钟，应该说，都是献给孟老爷子的。

孟老爷子扶着场面桌，再三鞠躬。

待掌声平静下来，齐涉江方才开口："感谢大家热情的掌声，这一场，是我和我师叔给大家表演。"

他介绍了一下孟老爷子："很多观众都认识，孟梦达，不是萌萌哒，圆梦之梦，达者为先啊，是咱们相声界如今唯一的梦字辈老前辈。"

孟老爷子轻笑一声："抓紧听，过几年都没了。"

"噗！"观众都被这老爷子给逗得哭笑不得了，这是笑还是不笑啊。要不人家说相声的，这心态，拿自个儿寿数抓哏也是够了。

"那不行，我和徐斯语合作百年专场您还得做嘉宾呢。"齐涉江接了一句。

"嚯，那不成妖怪了？"孟老爷子反应也极快。他这个舞台经验，接话都成自然反应了。

两人打趣一阵，齐涉江便开始铺垫了："怎么唱就是最后一门呢，说学逗唱，我觉得唱，应该放在头一个。这个太重要了，古往今来，唱最重要！"

孟老爷子："哦，怎么说？"

齐涉江："清朝就有个因为唱歌儿做大官的人啊，乃是左宗棠手下大将。你知道左宗棠吗？"

孟老爷子："哎，这是名臣啊。"

齐涉江点头："嗯嗯，特别有名，他曾经收复新疆，平定太平天国，还有最广为人知的事迹，就是做鸡……"

孟老爷子惊愕地看着他："嗯？"

"那个，"齐涉江振振有词道，"难道不是吗？左宗棠鸡名扬海外啊！"

大家笑了起来。

这一说还真是，左宗棠鸡这道菜在国外很有名，但是这和左宗棠本人根本挨不上，原是厨师附会的，他本人还真不会做鸡。

"什么，不是吗？"被指出来后，齐涉江接着说道，"话说当年有民团起义反清，左宗棠率部平乱，赶赴陕北。当地民团的首领，名叫董福祥，也是后来那员大将。要问他如何从反军首领，成为朝廷大将，还就是因为他从小爱好声乐。"

孟老爷子疑惑道："那爱好声乐怎么去造反了？"

齐涉江面无表情地道："因为学音乐救不了国人。"

观众哈哈一阵乐。

齐涉江介绍道："此人除了爱好声乐，从小还喜欢结交一些个武林高手，八岁就练习隔空取物……"

孟老爷子："这是跟武林高手学的吗？这是跟超人学的吧？"

齐涉江和孟老爷子说的这段，叫《斩青龙》，是野史故事改编的，还是柳活儿。

这《斩青龙》本是一出秦腔的戏名，又叫《斩单童》，说的是隋唐时期，瓦岗寨的单雄信被唐军抓了后，不愿投降李世民，被处斩，临死前慷慨高歌。

而在这块相声活儿里，说的是董福祥领兵造反，左宗棠平叛，他不肯投降，最后被拿下了，要砍他脑袋。这董福祥平时总爱自比单雄信，落到这番境地，于是在刑场上唱起了《斩青龙》。

不料，这一唱，就把清军将士甚至是左宗棠给唱得闭嘴惊艳了。竟然命人放了董福祥不说，还给他封官，让他统领着旧部，一起编入清军营中，转型做了正规军。从此平叛杀敌，升官发财。

真实历史上的董福祥，被抓起来后到底唱没唱秦腔大家不知道，但他后来倒的确在左宗棠的优待下，成为清廷一员大将。

因为他和手下都极为凶猛，洋人入侵时，他领人杀了不少洋人，导致八国联军恨之入骨，还想逼迫清廷把他杀了。

这样都愣是没能弄死他，让清廷给保下来，是晚年退休了自个儿病死的。

齐涉江还小那会儿，距离董福祥的时代不远，他的故事广为流传，其中就包括这段因唱封官。

齐涉江的师父创作一番，将此编成了相声，又加入不少学唱、倒口的内容，算是他们师门压箱底的活儿。

如今齐涉江和孟老爷子再演《斩青龙》，也根据现在的文化，稍加改变，融入了一些新段子。比如"左宗棠鸡"，他们那时候都没有这道菜。

"董福祥思及至此，虎目圆睁，高声唱道：早上天来早上天，程七弟将酒往上端……我今日挨了时朋友不见，一个个到了做袖手旁观。大料想唐营里无人敢斩，叫敬德你把爷送上西天！"

这是大段的秦腔花脸戏，很见功力，花脸唱腔讲究一个"亮而不炸，怒而不吼"，看着气势磅礴，却不能放得太过，没了张力。

齐涉江学唱秦腔，真正是学到精髓，唱腔苍劲高亢，慷慨激昂，唱下来只叫人觉得酣畅淋漓，热血沸腾！

孟老爷子带头鼓起掌来，喝彩道："好啊！"

观众也跟着鼓掌，齐声叫好。

齐涉江看了孟老爷子一眼。通常在台上，捧哏的站在场面桌里头，都半侧身对着逗哏，这是为了时刻观察逗哏，好接住话。而逗哏，大多时候是面朝观众的。

此时他这一眼扫过去，却是隐隐看到孟老爷子眼中有泪光，心中也是一动。

说起这块活儿，为了把里头的秦腔学得更加地道，他曾经带着师弟一起跑去秦腔戏班子，听着人家唱，琢磨着模仿。

后来他二人合作，每每是师弟唱，他就和现在一样，带头叫好鼓掌……

台下叫好声不断，齐涉江只是一晃神，便已回神，谁也没觉察到他有瞬间走了神。

齐涉江接着道："左宗棠见得此情此景，不禁上前替董福祥松绑……"

孟老爷子问道："怎么样？"

齐涉江抖出底儿："亲自为董福祥打call（为偶像应援）啊！"

孟老爷子一甩手："去你的吧！"

台下山呼海啸般的掌声，观众纷纷起立，为了孟老爷子和齐涉江这精彩又难得的合作演出。

齐涉江卖了力气，学唱了几个大段，孟老爷子捧得更是瓷实，二人都极是不易，用心之处，观众当然感受得到。

这铺天盖地将一切掩过的掌声中，齐涉江和孟老爷子一起弯下腰去鞠躬，却是听到师弟低低的声音在耳畔叹息一般响起："师哥，你这花脸唱得还是那么亮。"

齐涉江直起腰来，便再听不进满堂喝彩声，唯独眼睛一点点地睁大了。

第十一章
选妃记

休息间外。

"你们说这是怎么了，老爷子和杰西在里头待了二十多分钟都不出来？"李敬一边看时间，一边有点焦急地说。

他问怎么了，可在场其他人也是一头雾水啊。齐涉江和孟老爷子下了台后，就找了个休息间钻进去，这么久了也没见出来。

要说老爷子演完后，观众反响热烈，可他状态倒明显挺好的，不像是情绪激动要进医院，他们还想恭喜，两人关着门是搞什么？

孟静远在台上演出，只得是徐斯语去敲了敲门，扬声道："老爷子，杰西该上去攒底了。"

现在台上的节目演完，就该底角儿上去攒底了，也就是戏曲里的大轴，这是整场最后一出，最重要的节目，尤其今天是齐涉江和徐斯语的首次专场，不能懈怠啊。

"知道了，你让静远抻一抻。"

里头传来孟老爷子的声音，那语气听着也没什么不对，难道只是在叮嘱小辈儿什么话？

徐斯语一听，这是还没忙完呢。只得赶紧去侧幕条，给孟静远和曾文比画了一下，让他们把节目抻长一点，多说一会儿。

屋内。

孟老爷子和齐涉江相顾无言。

在台上时，孟老爷子喊他师哥，当时他就蒙了，一时间脑子里乱得很，直到被孟老爷子拉去无人之处，他还一个字都说不出来，也不知道该不该应。

当时孟老爷子叹了口气："师哥，我都是这个年纪的人了，早就看淡生死，你要是不应我，我才要死这儿了。"

齐涉江听见这话，喉头一哽，一下抱住了他！

"没事，师哥你哭吧，我不会哭的。"孟老爷子虽然这么说，眼睛还是红了，"为了和你多处几年，我也得保重这身体啊。"

齐涉江一听，心里却更加难受了，也不敢放声哭，只流着泪把自己的遭遇说出来。

这一说，就是将近半小时。

此时，孟老爷子打发了外头的人，握着齐涉江的手："师哥，咱们再说一会儿。"

齐涉江鼻子一酸，却又笑了出来："我没想到，还能从你口中听到这两个字。"

这一段时日，他好是煎熬。虽时常去陪伴师弟，时时对着，但满腹心思都不能诉说。说点什么话，还要记得自己是"晚辈"。

"我早就在怀疑了。"孟老爷子淡淡一笑。

他表现得不如和齐涉江以假身份相认时那么激动，并非是不欢喜，而是如他所说，因早就在猜测，看到齐涉江承认，与其说惊喜，不如说是安心。

而且，到了这个层面，要去猜想一个人又回来了，和简单的相认不太一样。得亏了孟老爷子活到这个年纪，什么事都见过，什么都不怕了，才能放开猜想一番。

"八十多年了啊，但师父、师哥的样子还是刻在我脑海里，我没有忘过。"孟老爷子说道，"师哥你就算换了皮囊，可是你还是你，神情，举止……"

世界上怎么可能真的有两片一模一样的叶子，即便是师徒，乃至父子，如何肖似到这个程度。他们曾经朝夕相处，孟老爷子也觉得答案匪夷所思，但这是唯一的解释。

今日的《斩青龙》，叫他彻底相信了。

"幸好是现在，我老了，眼睛不好使了，现在看人，都往内里看。师哥，你还是你，没变。"

齐涉江听得露出一个苦涩的微笑。他当然没变，对他来说，八十多年只在转瞬，他的时光在那一刻被折叠了起来。

"我却差点认不出你了。"

"本事长了，皱纹多了啊。"孟老爷子紧捏了捏齐涉江的手，"老天还是眷顾我，让咱们重逢了。我还能在台上，和师哥演一次《斩青龙》，多好啊！"

这是隔着千山万水，隔着数十载光阴与重重误会的再聚首，万语千言，也只能感谢上天尚有一丝眷顾罢了。

"是好，太好了。"齐涉江的心被复杂的感觉充盈着，最终都化作了一股暖流。

能得一刻圆满，也好。

齐涉江走出房门时，只见外头围满了人。

李敬松了口气，一推徐斯语："快去通知，杰西你，你……"

他觉得齐涉江好像眼睛有点红，不禁迟疑了起来，还张望了一下里边，心道老先生没事吧？

"没什么，我准备一下。"齐涉江拿湿纸巾擦了擦脸。

孟老爷子也缓缓走出来，看着镇定一些："我有点困了，打个盹儿，演完了再叫我。"

柳泉海忙道："您平时这时候也该休息了，小睡一会儿吧，等静远下来送您回去，他们还要返场，肯定演到很晚。"

孟老爷子和齐涉江对视一眼，也没说什么。

罢了，不计较这个。

其他人互相看看，心底都觉得这一老一小聊了些什么不得了的事情，就是一种感觉，具体怎么不得了就谁也不知道了。

那边台上，孟静远和曾文余光看到徐斯语打手势，都松了口气，入了底儿，说完了这段。

掌声中，鞠躬，下台。

273

我要这盛世美颜有何用

他俩还没走到台口，徐斯语已经走出来了，碰面的时候和二人一拱手，互相见礼，嘴里称呼："师哥。"

按辈分，他和这俩都是一辈儿的。

徐斯语走到桌子旁逗哏的位置站好了，却是没有主持人来报幕。

观众看他一个人这么早上来，基本猜到了，估计是什么节目安排。

只听徐斯语说道："刚才下去的，是孟静远、曾文二位老师，有的观众估计也听到了，我叫他们'师哥'。因为啊，别看我年纪不大，和他们是一辈儿的，打我爷爷那儿论起，和他们祖辈是同辈儿，还一起工作过，都认识。

"我家里头几辈儿都是干这个的，说相声，打我五岁的时候去后台，就有三十来岁的成名演员管我叫师爷。不是我吹啊，整个相声界，我这个辈分，基本走到哪儿都是这个！

"相声门从祖师那里算起，到现在排到了……"

徐斯语手舞足蹈，面部表情极为夸张，给大家科普起了相声界的辈分问题，顺便也夸一下自己辈分有多大。

这时候，观众连绵的轻笑声忽然就成了热烈的欢呼声："噢噢噢——"

徐斯语莫名其妙一回头，这才发现齐涉江不知道什么时候，已经走到台上来了，当即讪讪一笑。

只见徐斯语干脆利落地一撩大褂，单膝下跪，抱拳拱手大声喊道："师叔！"

观众大笑。

打脸怎么来得这么快呢！

这个包袱他俩使，简直再合适不过了，没别人能使出这个效果。一个年少辈分高，另一个也年少，辈分比高的还高一辈，而且整个相声圈都知道了。

齐涉江走到前头来了，徐斯语也站起来自觉往桌子里头站。

齐涉江问道："刚才听你在这儿聊什么呢，说你辈分大？"

"哈哈哈哈哈！"

在观众的笑声中，徐斯语连连摆手，一迭声道："没有没有没有，没您辈分大！"

这就软了，笑声又是一下高涨。

"没什么，你别怕啊。"齐涉江状似轻佻地对观众道，"我这个搭档呢，别的地方还行，就是说话不大爱过脑子。"

他的目光落在台下，却见留给夏一苇的空位赫然已坐上了人。

戴着口罩，一头长卷发，正是赶了过来的夏一苇。

夏一苇在台下，和齐涉江对上眼神，别扭地点了点头。

齐涉江心里一暖，夏一苇到底还是来了，这是他今天第三件开心的事了，头一件今天举办专场，第二件与师弟相认。

徐斯语"嘻"了一声："选都选了我，您就别说这些没用的了。"

齐涉江望着天道："还是有点不甘心啊，当时选妃有点草率了，看着差不多的也就凑合，主要也是家里人逼得急。"

观众："噗哈哈哈哈哈！"

笑声和起哄声齐飞。

他们可爱听这话题了。

徐斯语转过脸对观众吐槽："真当自己家里有皇位要继承了。"

齐涉江说道："咳，我单着好些时候了，也没个搭档，当时我师叔就说，要给我找个捧哏的。我本来是不愿意的，我说要捧哏有什么用啊还分我钱，我说单口不好吗？"

徐斯语："单口竞争大啊，现在脱口秀多。"

齐涉江瞥他一眼："也是这个理儿，所以我不就开始选搭档了？我师叔在相声门内部，给我办了一个海选，来参选的捧哏领着爱的号码牌排队面试。"

徐斯语语带暧昧地道："您也是会玩儿。"

大伙儿会意低笑。

齐涉江哼哼道："这家伙就是23333号。"

"嚯！"徐斯语掰着手指头算了下，"五位数啊？全华夏的捧哏有这么多吗？您没看看是不是粉丝混进去了？"

齐涉江想了想："你一说好像是有几个看着像女的……"

有女粉丝都加了几嗓子，还有接话的："选我！"

"选你那不行，我只选男的。"齐涉江接了那粉丝一句话。

徐斯语撑着桌子，重复了一句："哦，只选男的。"

这就是用细微的语气，引导观众，内里的意思分明就是齐涉江喜欢男的，可不又引起一连串的喷笑声。本来这一出节目，就指着玩伦理哏，捧哏还全程是"妃子"呢。

徐斯语一副不解的样子："你们怎么了，是他说的啊，不要女的。"

这就把前头的包袱又翻了一下，加强效果，观众前一波笑声未停，又乐了。

这几句都是他们现挂的，这也看出来两人培养出的默契，和徐斯语的反应能力了。

这个新创作的段子《选妃记》，是以齐涉江选搭档为主线展开的故事，围绕主线抖落大小包袱，主要是拿徐斯语说事儿，从上挑剔到下。

找的伦理包袱，里外都把徐斯语当媳妇儿或者说妃子。

"连我妈都说，哎，你这个搭档不行啊，懒骨头。"齐涉江学着夏一苇的语气，又多了几分刻薄挑剔。

观众："噗！"

怎么那么像婆媳斗争啊。

徐斯语也是一怒："你有完没完啊？我告诉你，我早就受不了你家那个劲儿了，怎么就抻掇我一个人了？你怎么不打听一下，哪家的婆婆像你家那么难伺候！"

徐斯语这愤懑、撒泼的样子，反倒让人笑到喘不过气来了。

前头还不停辩解，这是自暴自弃了，自己都抱怨起恶婆婆来。尤其大家把婆婆的形象和夏一苇一对，就更好笑了。

徐斯语还不罢休，叨叨道："你也不看看，全市谁伺候得了你妈，唐双钦都让她整秃了！"

唐双钦本人可就坐在台下，这一下被提到，观众爆笑，都探头看他。

唐双钦也挺配合的，委屈巴巴地摸了一下自己的脑袋，认了。

"去，你这都过时消息，现在唐导愿意我带妈进组你没看新闻啊？"齐涉江指着他，"我看就你爱抱怨。"

徐斯语一拍桌子："说谁！说谁啊你！你从来都不帮着我！"

这儿还有观众帮着喊：

"渣男！"

"离婚！"

"让我来！"

徐斯语都笑场了，指着下边道："说'让我来'的像话吗？"他整理好表情，啐道，"去你的吧，你们这些逗哏没一个好男人！"

"你怎么还有脾气了？"齐涉江拿扇子敲了敲桌子，"你想失业了吗？"

"我还真就不伺候了呢，去你的吧！"徐斯语拿帕子一砸齐涉江，转身就气冲冲下台了。

按理说，演员被逗急了往下走都属于舞台效果，搭档会去拦回来，或者自个儿就回来了。

可是眼下，齐涉江没有拦，徐斯语也没回来，徐斯语就这么下台，人影都不见了，一秒，两秒，三秒，也不见回来。

观众席的起哄声仍是不断，最后都有点疑惑了，怎么还真让徐斯语下去了啊？

齐涉江非常淡定地把帕子给叠好了，整理了一下台面，口中随意地说道："走就走呗，三条腿的蛤蟆不好找，皇后……不对，捧哏的还不好找啊？"

他侧了下头，冲着后台喊："我问问，有没有想上位的？"

下一刻，身穿红色大褂的张约捏着袍角就施施然走上台了。

台下先是一秒钟的寂静，随即掀顶一般齐齐尖叫起来！

这场节目主持人都没有出来报幕，观众连节目名是什么都不知道，更别提有哪些演员了，不然早就炸了。

所有人都知道张约在现场，但所有人都以为他顶多返场时陪齐涉江唱几段子弟书，万万没想到，张约竟穿上大褂，要上台说相声了！

虽然都开玩笑，让张约转行，可谁也没想到他们这么会玩，居然真安排张约跨界来捧哏。

配合徐斯语和齐涉江之前的铺垫、齐涉江和张约之间的八卦，这节目效果简直爆炸了。

那话怎么说的，"张贵妃"这是真要"入主中宫"了啊，以一己之力拆了赛夫妻的捧逗搭档，连大褂都是红色的，这是真奔着结婚来的吧？

现场的尖叫声、欢呼声半天都没停。

齐涉江带着笑意看张约有点嘚瑟地走上来，调侃地念了两句诗："夭桃看厌思秾李，明月何妨让小星。"

这个包袱的皮就有点厚了，一时间不是人人都能反应过来。

单看字面意思就很暧昧了，还是出自《絮阁》，说的是唐明皇和两位爱妃杨贵妃、梅妃的故事，陛下爱了这个割舍不下那个，娘娘醋海生波。

不过齐涉江顺口念了这句，倒不只是调笑，也是定一定场。

他一开口念诗，尖叫声不断的现场立刻安静了许多，好叫节目接着往下演。

张约走到场面桌后头站好，笑嘻嘻地说："叫我呢？"

立时又引起一片笑声，人家问想上位的有没有，他倒好，直接来了一句"叫我呢"，这个心思也是毫不遮掩了。

"怎、怎么是你啊？"齐涉江一副有点诧异的样子，"我们后台没有捧哏了吗？怎么叫了个歌手上来？"

张约大大咧咧地道："嗨，都让我药晕了。"

齐涉江："……"

齐涉江比了个大拇指："行啊你，无毒不丈夫。"

张约揪了揪衣襟："红衣我都换好了，咱们随时礼成。"

"别，别，"齐涉江指了指观众，"你看你把大家吓的。"

——台下哪有被吓到的啊，全都乐得快不行了。

"我看他们挺想观礼的。"张约扶了下话筒，"怎么了，我不行吗？"

齐涉江拖长了声音："你行不行……"

我要这盛世美颜有何用

观众：“噗！”

齐涉江意味深长道：“这个暂时还不知道。”

"哎，你这人，你言而无信啊，"张约也不相让，齐涉江拿他开玩笑，他更狠，拽着齐涉江的袖子指责，"你还跟我'昼夜不分'，我行不行你又说不知道了，你讲不讲理啊？"

哎呀妈呀，这都什么糟糕的包袱！请再多来一点吧！

从张约上场起，观众的笑容简直就没下去过，不知道多亢奋。

好好好，不愧是昼夜组合，说起相声来比粉丝脑补的都要凶猛。

"什么行，我说的是哪方面啊？"齐涉江又摆出自己很无辜的样子了，挣脱开张约的手，辩解道，"我是找搭档，您不是专业出身啊，咱俩虽然要好，可您又不会说相声，要想站在我旁边，还是有些要求的。"

张约顿时冷笑了起来："得了吧，打你出道起，百分之九十九的节目里都有我！"

登时又是一阵爆笑。

哎哟喂，说起来可不是嘛！齐涉江登台说的第一场相声就拿张约砸挂，后头也老离不开拿张约抖包袱，还真是大部分的节目，或多或少都有张约。

张约人不在台上，但还真在节目里！

齐涉江回想一下，笑着道："对对，您虽然没在相声舞台上露面，但确实在观众那儿很有名。"

张约啧啧道："亏了你啊。"

"这么说来，您和相声也有不解之缘，不算是没资格。"齐涉江若有所思地点头。

《选妃记》演到这下半截，就从由上至下地挑剔徐斯语，成了从内到外地补，歌手张约其实很有做相声演员的潜质。

设计好的对比，让观众不时想起之前在徐斯语身上对应的桥段，有了对比，心底更觉可乐了。

这简直就是双重标准，可怜的徐斯语啊。

相声演员四门功课，说学逗唱，张约这和唱沾边的门类是没问题的，他歌手出身，还能创作，太平歌词调子又不难，能唱个八九不离十。

至于其他的，贯口给扭曲成会rap也一样，嘴上没毛病。

逗嘛，则歪解成张约经常在微博说单口相声——喷人。

说到学，就更奇葩了。

人家学个曲艺、吆喝、口技，张约一指自己鼻子："你看我像不像你对象，我还能学个领证……"

"噫——"

粉丝们热烈回应。

只有最有毅力的CP粉，才能坚强地抽空录小视频发微博："早知道相声演员放得开，但是我也没想到他俩合作能这么甜，今天我就要死这儿了啊！"

至于那些没能买到票的粉丝如何号叫，就是场外的事了。

"这么论下来，你不仅是个合适的相声演员，你简直曼倩再世，祖师爷托生啊。"相声已入了底儿，齐涉江打量着张约，夸赞道。

张约："嗯嗯嗯。"

"那我就只剩下最后一个要求了。"齐涉江抱拳比了比，"你做了我搭档以后，每天都要辅导我妈，直到她拿到全国音乐最高奖项。"

张约一个趔趄，捂着自己的头发道："我还是退出相声界吧！"

台下的夏一苇："……"

观众："哈哈哈……"

难怪之前还铺垫了婆婆如何如何，原来底儿也落在了夏一苇身上，他们一想到张约捂头发那个动作，能笑疯了。

想想张约说自己在相声舞台上奉献了不少，但其实夏一苇也很不容易啊！

两位，不愧是相声演员的家属……

底儿包袱响了，齐涉江和张约鞠躬之后往下走，台下掌声不断，他俩还未走下台，就被主持人迎了回来，进行返场。

"刚刚这个节目，主持人没有报幕，其实叫《选妃记》，是我们新编的，很热闹。"齐涉江走回桌边，先介绍了方才演完的节目。

　　他一说，大家就会意地笑了起来，这名字可不是合适得很嘛。

　　"张约属于客串一下，大家知道他真不是学相声的，临时培训了几天，赶这个惊喜节目。"齐涉江闲话了一下幕后故事，"一开始他老是不适应，作为歌手，他比较喜欢正面对着台下，但是捧哏要一直看着逗哏。"

　　"看着呢。"张约冷不丁冒出来一句，而他的姿势也确实是半侧着面对齐涉江，眼睛盯着齐涉江看。

　　齐涉江停顿了一下，观众纷纷"噫"了起来。

　　"嗯，培训得不错。"齐涉江低声笑了笑，"你看你要不，真转行算了？"

　　"可以，你回头就把徐斯语开除了。"张约很自然地接道。

　　其实，外行看热闹，内行看门道。别看之前两人合作效果挺不错，好像也很轻松，其实没那么简单。多亏了张约有丰富的登台经验，这几天又一再对词。

　　而且齐涉江完全是掰碎了给他讲迟疾顿寸，细致到一个音的高矮，一句话的停顿时间，完全是把包袱的寸劲儿强行让张约掌握。

　　否则换了旁人，没练过很难在台上把观众逗笑，连自然可能都很难做到。

　　而且张约有一点很好，他只要把一些真事、真想法在台上说出来，大家就会觉得好笑……

　　殊不知，这两人是真的关系不一般呢！

　　"不过这返场，说实话，也没有别的段子了，我们就排了那一个节目，不然我们把斯语也叫上来？"齐涉江嬉笑过后，提议道。他倒是和徐斯语也准备了两个返场的小段。

　　还有孟、曾两位老师，也要请出来说说话，本来要不是师弟乏了先去休息，应当把他也请来发个言，这毕竟是他们的首次专场演出。

　　"不行！"张约却是立刻道。

　　"哎哟哟——"

可不只是女孩子，男观众都起哄了，刚才那节目的余兴还没过去呢。

"不行，返场又不是只能说，我会说的没多少，唱我还是会的。"张约作势捞了捞袖子，"我这凤位还没坐热呢，徐斯语且等着吧！"

"那就你先表演？"齐涉江笑眯眯地看着他，显得十分纵容。今晚演得久一些也没事，张约完了，他再请徐斯语就是。

现场粉丝都快不能呼吸了："嘤……昼夜真好……"

端坐的夏一苇看到这一幕，则抖了抖一身的鸡皮疙瘩。

"我来啊，我唱一段子弟书吧。"张约想了想说，"跟他学的。"

齐涉江顺口接道："您这不是废话？"

不是跟他学的还能是跟谁学的，上哪儿再找个子弟书老师。

张约不唱则已，一唱就是高难度的《十问十答》选段："威风凛凛冲霄汉，杀气腾腾满乾坤，但只见翠阴阴光闪闪青惨惨绿包巾头上戴，起一顶巧匠制成金丝累就二龙现宝光辉缭绕的将抹额上面有九龙盘桓颤巍巍的一朵朱缨。穿一身九头吞八扎兽面玲珑鳞密砌唐猊的锁子连环黄金铠甲……"

好嘛，张约不愧是歌手出身，气息足足的，又是齐涉江亲授，唱来很有模样，唱腔样式和齐涉江一模一样的。这么想想，就更觉得这两人关系好了。

张约唱到一半的时候，齐涉江就领头鼓掌了，表情看着还有点骄傲。

一段唱罢，张约还要笑嘻嘻地问："我唱得好不好？"

观众异口同声地夸赞："好！"

张约没理，盯着齐涉江："问你呢。"

观众："……"

齐涉江刚才没叫好，笑了笑："好得很。"

张约这才一脸满足。

观众："噫——"

嘘声四起。

太能秀了，实在是太能秀了！

也有捧场的，大声喊："好！再来一个！"

"再来？来不了了，这玩意儿唱完快要断气了。"张约抚了抚自己的胸口，可不是开玩笑，这段真的挺要命的。

子弟书虽然唱了，流行歌曲还没唱呢，张约人都来了，歌儿少得了吗？

大家又嚷嚷着点歌，不必说，呼声最大的就是《何必西厢》和《秋水》了。

"嗯，这样吧，那就唱个《秋水》，唱我重新改词版的，就在大街上卖艺时唱过一次。"张约一说，很多人都有印象，不就是这两个大年夜被拍到那回吗，可以说是吹响了昼夜组合的第一声号角。

事实上，很多粉丝后来做了很多次听力测验，试图复原他的歌词，都觉得歌词和齐涉江沾边，反正大大地有糖。

现在听到张约说要再唱，不知道多激动。

没错了，改词儿肯定是为了齐涉江改的，不然怎么每次都是齐涉江在的时候唱……

"那我给你伴奏。"齐涉江让人把自己的三弦拿了上来，试了试音。

齐涉江抱着三弦，看一眼张约，戏谑道："张约唱歌特别好听，我就是在听他唱歌的时候，看上他的。"

台下的粉丝发出了幸福的号叫声！

还有更多观众的大笑声："哈哈哈哈哈哈哈！"

这个哏再玩一百遍他们也不腻啊！

唯独张约耳朵一热，心脏怦怦跳动。

两人在笑声中对视了三秒，不言不语。

喧闹中，旁人不解真相，就像齐涉江也分不清自己到底是身前一梦八十多年，还是魂梦误入了此身。

江湖太大，知音太少，希望这场相逢不负时光就是了。

齐涉江轻拨弦，张约用歌声应和，悠扬飘荡在场馆：

秋水从春流到冬，海面高低好像没有任何不同。

你数过青山飞起的三十九片梧桐，只向此夜看霜风。

暂借风花停雪月，演成覆鹿蕉边梦不到的痴梦。

西城雁声叫不回三十九次梅花红，不过弦上写相逢。

-正文完-

番外一
八十多年前

齐涉江一梦醒来，就觉得不大对，身下硬邦邦的，眼前黑乎乎的，一丝光亮也没有。

这感觉有些陌生，又有些熟悉，让齐涉江几乎以为这是一个梦中梦。

直到下一刻，有个声音响起来："涉江啊，把灯点起来。"

这分明是师父的声音，齐涉江呆住了，直到师父踢了踢他的腿，他才反应过来。

齐涉江从床上爬起来，心中惊骇，难道他又回到了过去，而且是师父还未过世的时候？

就算摸着黑，齐涉江也知道家里东西都放在哪儿，他在床头摸到了取灯，将灯点亮，心中有一丝怀念那方便的电灯。

现在可不是人人都用得起电灯，师父家甚至用不上洋取灯，也就是火柴。手里这个，是用木签、硫黄土制的。

齐涉江摸黑点好了煤油灯，只见昏黄的光亮下，师父那张干巴巴却精神的脸出现在眼前，齐涉江心怦怦跳，悄悄掐了一下自己。

太好了，是真的！

现在是哪一年？如果提前避开，后来的事就不会发生，师父、师弟、师妹都能活下来！

等等，说到这个，师娘很早去世了，但留下一个女儿，也就是师妹，还有那几个师弟，原本应该都在师父家住，怎么这样安静呢？

还有，原来的时空呢，张约怎么办？难道在这里努力活下去，等到张约出生吗？齐涉江有点不知所措。

师父开口道："洗漱一下，我们上你师哥家去。"

齐涉江："……"

师哥？开什么玩笑，他不就是师父最大的弟子，师门的大师哥吗？

齐涉江稀里糊涂地去打水，却见倒影中的自己模样年轻，还是原来的脸，但好像才十七八岁。

他是倒仓后才学的相声，这时候还没出师，比一些自小学起的人要晚，但是水平可不落于人后。

师父数了些铜板装好，口中念道："你大师哥这病还有得养，二师哥又摔了腿，家里弟妹还小，真是雪上加霜。往后的钱我再想办法，咱们勒紧裤腰带过几天。"

还有两个师哥？

齐涉江含糊应了，也不知道这到底是怎么回事，他脑子里可是空空如也。

收拾好了，师父又把面饼热了，和齐涉江分吃一个，剩下的包好，再一起出门。

天擦亮时，两人就走到了一处民宅。

齐涉江认得这地方，这个应该是师弟的家啊。

师父一敲门，来开门的高高瘦瘦，一双笑眼，分明是孟梦达，但是看着好像有点……

"师父，师弟。"孟梦达开口喊道。

齐涉江："……"

这个世界太疯狂了，师父和师弟都没事，但是师弟成了他的大师兄？他就说怎么师弟模样看着比自己还年长了。

"我们真是没用，没孝顺您也就罢了，还连累您、师伯和各位师弟照顾，我的病还没好，老二又摔了。"孟梦达说起来就抹泪。

他家里父母都去了，自己还有幼弟幼妹要抚养，平日和二师弟搭档上地卖艺，累死累活也就挣个温饱钱，不时还要挨饿。

之前自己伤了时，就是二师弟扛起生计，现在二师弟摔伤了，只能靠师门救济，可是谁也不容易啊，师伯、师弟，都是拖家带口的。

师父倒是独个儿一人，但小师弟还没出师，也是饭量大的时候，都是从牙缝里挤出吃用给他们四人，这让孟梦达既感动又惭愧。

"好了，别说那么多了。你们这里现在伤的伤，病的病，还有两个娃娃，没人照顾不行。我叫涉江每顿来给你们做饭。"师父这就是要负责起他们的吃食了。别说这两个徒弟都像自己半个儿，便是寻常同行有个大小事，还会帮衬着呢，江湖艺人都不容易，彼此照顾。

二师哥，其实就是齐涉江以前另一个师弟。梦达家里没人，一直住在师弟兼搭档家里。他也伤心道："这样您太辛苦了！哎，师父，我和师哥都没法使活儿，地主要把地租给别人了。我们这样熬着，病好了也难活啊！活着，怎么就那么难呢！"

他们出去撂地卖艺，也不是随便找块地就能说的，地都有主人，尤其那些热闹地带，都形成规矩了的。跟地主租了地，才能在这块演出，好的地方，也是人人争着想租的。

他们之前占的地，人就很多，也有些熟客了。要是别人租走了，以后好了怕也难租到那样的好地了。

而师父，和弟子们不在同一处演出，自己还租地，没法帮占着。其他同门也各有各的情况，不可能把人家拆了去说单口，就为帮他们占地。

齐涉江到现在已经差不多知道情况了，在这个颠倒的世界里，自己是小师弟，而如今的大师哥孟梦达和二师哥都遇到了困境。

他很想安慰一下师弟，别沮丧，活着是难，但再坚持坚持，只要坚持到新社会，你就是老艺术家了。

可惜这话没法随便说出口。

"师……师哥，不然我去你地上说吧。"齐涉江一句话，大家都看向了他。

"你这小子，胡闹什么？"师父皱眉道。

"那也好过就这样啊，师父，您就给我一点租金，我去试一天！"齐涉江也看出来情况紧急，实在没法忍耐，他不能眼睁睁看着师弟、师父在自己面前再一次陷入困境啊。

师父皱眉思索，小徒弟也学了几块活儿，只是没有单独上地使过，只是他给量了几个小段而已。但小徒弟有京戏底子，垫场唱过，学一些名家，也挺受欢迎。

到这个关头了，要不要让他去试试呢？

也罢，就试一试吧。要是演砸了，旁人说也是说他教徒不精。

师父拿了铜子儿给齐涉江做租金，道："那你就去试试，要能把自己的饭钱挣回来，也好。"

均城盛隆街。

这里开着许多书馆、茶社、戏院，是城内卖艺的大好去处之一。

齐涉江找到地主，道明了身份，对方掂量了一下钱，说道："这给一日的，原是不合规矩，但是我知道你们现在什么情况，就通融你一次吧。"

要是齐涉江没法在这儿站住脚，过了今天，这地也就顺理成章地租给别人了。

看齐涉江年纪轻轻，地主心里是不大看好的，他两个师哥在这里站稳脚都花了好大劲儿，他一个毛头小子，想替师哥守住地头，能么容易吗？

街上每隔一拨儿就有卖艺的，齐涉江抱着自己的三弦站在地头上时，便有一些闲着的艺人注意到他了。

齐涉江平时都跟着师父在另一处，有人觉得脸生，正想上去用吊坎儿（行话）问一下来历，就被眼力好的拉住了。示意这是周杆子的小徒弟，艺名梦达那哥俩的师弟。

"周杆子"就是师父的外号。

虽说齐涉江有师承，但这块地其实不少人看上了，平时和孟梦达二人关系好的艺人则罢了，那些关系不怎么样的，都用审视的目光看着齐涉江。

同行喝倒彩、刨活儿不太合适，但要是齐涉江演砸了，别说观众，他们就是第一个轰人的。

齐涉江自顾自准备，仿佛不知道有很多人在看着自己一般。

齐涉江一拨三弦，唱了起来："汉室衰微至孝灵，天下荒荒不太平。山崩地震多灾异，世有雌鸡化作雄。温德殿内黑煞落，玉皇殿里现青虹。只因宠信十常侍，盗贼纷纷起黄巾……"

对着什么样的观众，表演什么样的节目。

这里是八十多年前，人人平日里的消遣，便是听戏听书，电影不是人人都看得到的，曲艺才是受众最广的艺术形式，会欣赏的人太多了。

在现代，齐涉江唱子弟书，要节选《十问十答》中最炫技的段落，才能镇住观众。

而现在，他却要从《十问十答》的开头，入曹，开始慢慢唱起。

这一出故事在大鼓中失散了后半段，齐涉江这里唱来，路过的人听到是《十问十答》的故事，可能不大知道子弟书，毕竟现在也没什么人表演了，但是他们喜欢听关羽、貂蝉的故事啊。

什么《西游记》《三国》，在这会儿就已经是流行多年的大IP了。

加上齐涉江那好弦子与嗓中韵味，不一会儿，他面前已经围拢了十来个人。

"可羡你大破河北兵和将，笑斩颜良在万军中。说甚么樊哙重出世，君侯不亚楚重瞳。到如今文丑复又来犯境，少不得还伏虎威把反叛平。"

这一段并不像后头快板一般那样激烈，但齐涉江用上了子弟书独有的唱腔海底捞月，虽然是慢板的，可也极需功力。

"好！"

只听得人群后几声叫好，带到前头的观众也拍起巴掌。路过的被这叫好声吸引，也驻足倾听，看看是什么好节目。

齐涉江抬眼看了一下人群之后，微微点头。心里明镜似的，刚才带头叫好的，不是别人，正是那些盯着审视他想抢地头的街头艺人！

齐涉江露了一手，这些人都是内行，听得出来齐涉江本事高低。

没想到这小子年纪不大，但手儿高，弦好，唱功更是深厚，还听得出京戏底子，估计是从小坐科的，难怪。

这些个同行心服口服，不但再不说憋着找碴儿，还要另眼相看，给他托上一托，在关节处叫声好，帮着把气氛都炒热了，将路人引来。

这就是钱压奴辈手，艺压当行人！也是江湖艺人尽在不言中的潜规则。

齐涉江唱了大段，面前已围了不少人，他敛了一次钱，就改换作说单口相声。

他说得可乐，观众也留下来继续听。

说一会儿，唱一会儿，算是今日天公作美，风和日丽。齐涉江说了一上午，虽然口干舌燥，但观众都没跑，堵了几次门子，大家看他年纪不大，水平又好，都肯赏脸。

齐涉江算了算，也让他赚到了四五百枚铜子儿。他心中欣喜得很，来的时候他就顺便摸清楚了，按现在的"汇率"，这么些铜子儿，差不多等于一块多钱。

这就已经远远回本了，地租和饭钱不在话下，而且不只是自己的饭钱，还把梦达他们的饭钱也挣到了，一个小伙子吃一天，也就是二三十个铜子儿的事，当然还要加上其他生活花销，柴米油盐酱醋茶，样样都要用钱。只是，好歹他能帮着顶起来了呀。

齐涉江心底盘算着，现在去吃顿饭，他只有一个人，没人垫场，下午又要从头招揽顾客。如果情况好，还能再赚上二三百个铜子儿，晚上如果再去串下窑街，又能多赚些钱，就可以贴补医药费了。不吃药，师弟们怎么能好得快？

虽说师弟们现在都成了他师哥，但是在齐涉江心里，还是把他们当小子的，一心想着辛苦一阵，把师弟们治好了。

齐涉江正想着，却见地主从旁边的茶楼里走出来，对他招了招手。齐涉江过去，地主就指了指旁边一个流里流气的汉子："喏，这是武老大的干兄弟。武老大老娘做寿，给你师哥下了帖子，我说你师哥在家里待着，现是你在说，帖子给你也一样。"

齐涉江记忆里虽然没有什么"武老大"，但他知道估计就是均城的地痞流氓了，所谓的做寿下帖子，不过是敛财的一种说法。

他们这些江湖艺人，要是不给钱，人家来闹，观众都散了，他们一个铜子儿也挣不到，还不是只有乖乖交钱？

那汉子还以为齐涉江年纪小，第一次出来卖艺，不懂他那里的规矩，说道："我们干娘做寿，小兄弟随便给个两块就行了。"

齐涉江不是不知道，而是在犹豫。

这人说得好简单，两块，这是好多人全家几天的挑费了，一份体面工作，一个月也才挣几十块。而他，刚才说得满头是汗，好容易挣了一块多点。

要这么说，今天说到傍晚，估计也就刚够付这笔钱，能余下饭钱就算不错了。

刚才赚了钱的欢喜一下烟消云散了，齐涉江捏着口袋，挺不想答应的，对眼下的家里来说，这份钱太重要了。唉，虽说能再见到师父和师弟们，但如今的环境真是太糟糕了。

"怎么的，小子不乐意啊？"小流氓也会察言观色，一看齐涉江的表情，脸色就变了，伸手去揪他衣襟，"你什么玩意儿，我们大哥的帖子你敢不收？你还想在均城卖艺吗？"

齐涉江不得不踮着脚，还未说些什么，就见一只手从耳边伸到那流氓面前。一只手倒罢了，重点是这手里握着一把乌黑的手枪，枪口紧紧抵住小流氓的下巴。

小流氓的腿都软了，两手抬起来，仰着脸动也不敢动，鼻涕都快下来了："大大……大爷饶命啊……"

均城里，能拿枪在大街上晃，随便指着人的，可不多。

难道今日走运，遇着贵人搭救了？

齐涉江转过脸见到那人的脸，却几乎被惊喜淹没。

张约？张约怎么会在这儿？

齐涉江一时想到很多，自己现在也不是现代的模样了，张约有没有认出他来。还是说这其实只是一个巧合，不过是长得相似罢了？

只见这个长着张约的脸，却穿了一身西装的男子恶声恶气地对小流氓说："你刚才威胁谁呢？"

齐涉江：就是张约没错了！

张约发现自己身处均城之后，也是难以置信。

杰西呢？杰西哪儿去了？这是什么鬼地方，快放我回去！

可是光嚷嚷肯定是回不去的，张约一肚子气，四下里晃了一下，发现自己住在一个大宅子里，前头是三进的中式大院子，最后一进却是砌了一栋三层的白色洋楼，他的房间就在这里头。

有像电视里那样仆役打扮的人，见了他都问好，喊他"二少"。

张约还没逛遍整个地方，就被"大少"给喊去了。这个大少分明长了一张和他堂哥很像的脸，但是说话做派都透着年代感，他看了一下桌上的文件，名字也不一样，叫张纯。

张纯和张约说了些话，张约也就听了个五成，大意是什么父亲在省城，是个什么督军，让他们从均城老家带些金条过去。张纯要亲自押车，这些日子不在家，张约就主事了，如果有什么人来让帮忙的，如何如何应对。

说完了，张纯又拿了把枪出来，问他："还记得怎么使吗？"

张约哪会啊，只说自己忘了。

张纯就说："徐副官的弟弟做事稳当，我叫他跟着你听差，你不记得了就让他教你吧。好了，去吧。"

从这些也知道，这家人是有军队背景了。张纯走的时候带着军队，家里头也留了军人防守，包括跟着他那个什么徐副官的弟弟，看着面嫩，但也穿了军装。

张纯一走，张约就要出门，家里不敢随便和人聊深了，他得上街转转，看看眼下具体是什么时代。

张约说要走，小徐就说自己会开车，幸好他们不熟，张约才没露馅儿。

"二少，要去哪儿？"小徐问。

"你……有没有说相声的地方，带我去看看，要撂地的那种。"张约脑子里转了一圈说道。

他和齐涉江早就交过底了。现在到了这个时代，张约想来想去，就觉得和齐涉江有点关系，反正先上那些卖艺的地方去看看。

小徐应了一声，把小汽车就开到了均城卖艺最多的地方。他和二少不熟悉，也不敢问这位怎么想起看撂地的了。

老爷是一省督军，掌着军政二权，这均城是本省要地，也是张家老窝所在，说是一手遮天也不为过。二少要是想听个什么曲艺，直接叫到府上来不就行了吗，那露天的场地，顶多有个布棚，坐板凳听相声，不是少爷身份干的事啊。

他心里是嘀咕着，车还是老老实实开到了地头去。

张约从车窗往外看，这些茶社、戏院人来人往，外头更是每隔几十步，就有卖艺者，而且极有规律，不会彼此干扰到。

说相声的，也有，单个儿，一对儿，还有打板唱曲的，各式各样，耳边纷纷杂杂，这陌生的热闹，让张约有些迷茫。

这一刻他想到的还是齐涉江，当初齐涉江到现代的时候，是不是就像现在的他一样，在新时空手足无措。

就在这个时候，有道声音隐隐传入了张约耳中。

他放眼望去，应该是远处很多人围着的地方，那里头有人在唱，腔调十分熟悉，是太平歌词《陆压绝公明》。

虽然离得远，但相声演员声音是往横里练，求一个传得远，听的人多。这声声入耳，张约仔细分辨，他也是吃这碗饭的啊，又和齐涉江相处日久，越听越觉得从发声方式、位置到唱腔样式，都像是齐涉江！

对了，对了，这段儿是齐涉江他师父写的，在这个时候还没有传遍全国！

张约忽然想起这个细节，更笃定了那里头的人就是齐涉江。

当下，他就下了车。

也是这时候，那边齐涉江已经演完，被地主叫去，然后和流氓说话。

张约远远看到那抱着三弦的背影，一上前就看到齐涉江被人揪着衣襟。他这个脾气，哪里忍得住，把张纯给的枪掏出来，就顶在那人头上了！

与此同时，齐涉江也转头看他了。

一张清秀白净的脸，略瘦，乌黑的眼睛透出光彩，虽然和以前完全不一样，但张约几乎可以认定，这就是齐涉江！

可算找到了！

张约心花怒放，对那流氓就更不能忍了，大骂起来。

周围的人一看到枪，吓得连忙避开，那地主也是想逃又不敢逃，心中叫苦不已，谁知道这日常飞个帖子，怎么会惹来煞星。

小徐看到张约掏枪了，快步上前，不问三七二十一，一脚踹在流氓腿弯，把人给踹跪了，把自己的枪也拔出来，指着对方脑袋。

"二少？"小徐低声征询张约的意思。

周围的人都散开了，只有地主和流氓听到了这称呼，心底一颤。身边带着兵，拿了枪，又是"二少"，怎么让他们想到张府那位公子呢……

这到底怎么回事，这样的人物，怎么会突发善心？

这时候，却是那说相声的小子拉了拉张二少的袖子，一双黑眼睛瞅着他，轻轻摇了摇头。

原本暴跳如雷的张二少好像瞬间消气了，只是还有些不爽快，弯腰又报复地用力揪了一下流氓的衣襟，把人一掼："滚！"

那小流氓被两把枪轮流指过，胆子都吓破了，两脚软得像面条一样，在地上爬了好几步，挣扎着"滚"开。

小徐把车开到角落里停下，然后守在外面。齐涉江和张约则坐在车后座，相顾无言。

半晌，齐涉江才道："你怎么认出我的？"

"前头就听到你唱太平歌词了，还有这个眼神，没变的。"张约摸了摸他的脸颊，"我一觉醒来，就发现自己到这儿了，赶紧上街找说相声的，还真把你找到了。"

齐涉江失笑，没想到张约竟也随他而来了，但不得不说，他那悬着的心落下来了。

"这里好像也不是我原来的地方，好多事都变了。"

他把变化说给张约听。

"孟老爷子病着呢？还有咱师父还在吃苦？"张约赶紧在身上摸了摸，穿都穿了，当然是暂时先顾着眼下，他拿出来一张一百元的票子。

"这个购买力多大？我出来就拿了一张，也不知道够不够。我现在这个身体家里好像条件很不错，我爸好像是什么督军，但他不在家，我都没看过他什么样。"

齐涉江："……"

他指了指那票子："这就是你爸，你认识一下。"

张约："啊？"

齐涉江把票子展开，上头有个圆形，里头是一个中年人头像，仔细看还真和张约有几分像。

"督军是本省最大的官儿了，这个就是他印的钞票，用了他的头像。你爸要是督军，那就是这个了。"

说起来，督军好像的确姓"张"。

这会儿"财权分立、票出多门"，很多地方都自己印钞，督军这票子至少在本省还是很好用的。一百块，够齐涉江不吃不喝赚上一两个月了，毕竟刚才他累死累活，也就赚了一块多。

张约笑了一下："没想到我穿了个官二代。"

"嗯，不过这钱你还是收着吧。"齐涉江把自己赚的钱给他看，"我师父和师弟不是平白受人恩惠的，咱俩现在是刚认识，要一见面就给钱，他们不会轻易收的。"

张约一呆："说借的不行吗？或者，或者是我捧你？"

"那也要慢慢来啊，你都没听过我说相声，就这么热烈地捧我了？反正我这里赚了些钱，可以救急。"齐涉江说，"回去我再和他们说说，先只说你帮了我，又爱听相声。"

"也行。"张约对这个时代不熟悉，听齐涉江这么说有点道理，也就同意了。他深深看着齐涉江，喃喃道，"有你我就放心了……"

齐涉江一怔："嗯。"

中午，齐涉江没和张约一起吃饭，而是暂别，要去给孟梦达他们买饭。他数出五十个铜子儿，在饭馆买了吃食，特意给病着的师弟们多加了煮鸡蛋补充营养。

他又买了一小块猪肉，预备晚上炖肉汤。多的也买不起，这会儿粮食贵，肉更贵，当下的猪肉价，一块钱就四五斤。

齐涉江一回去，孟梦达看他拿了那么多吃的，还有鸡蛋。

"怎么这样多？师父那里留的钱不够买这些吧，小师弟今天还真挣到钱了？"

那两个小孩盯着吃的，口水都要流出来了，家里穷，一天也就吃两顿，他们又是长身体的时候，总觉得每时每刻都是饿的。

"快吃。"齐涉江先叮嘱了一声。小孩得了大人吩咐，才敢开吃，狼吞虎咽地往嘴里塞玉米面做的饼子。

孟梦达咽了口水，也忍不住吃起来，居然还有香喷喷的鸡蛋，他自打病了以后哪里吃得上这个？

就着凉水吃面饼，两斤的黄面饼，两个大人两个小孩，风卷残云就吃光了，还意犹未尽呢。

"不然我把肉炖了吧？"齐涉江说。

"别，还是晚上再炖吧。"孟梦达舔了舔嘴唇，"家里好像还有点野菜，凑合吃吧。"

也行。齐涉江帮他们把野菜给煮了，他厨艺是真不行，就会烧水了，凑合煮出来，都不成形了，称得上是黑暗料理。

可他们也没得挑剔啊，没娘也没媳妇儿，不是老爷们就是小孩，还病了两个，孟梦达倒是会一点，可下不了厨，只能老实吃齐涉江煮出来的黑暗料理，好歹填饱肚子。

这时候，齐涉江坐在一旁把今天收到的几百个铜子儿都倒了出来。

那么些铜钱，铺得桌面满满的，叮当乱响。

四人吃东西的动作一下停住了，张着嘴巴看齐涉江。

孟梦达一拨："这都是你今天挣到的？"

齐涉江点头："祖师爷保佑，一块多点儿。"

孟梦达捂着心口，觉得心脏要大不好了。以往，他和老二两人搭档，天气好发挥也好，才挣到这个水平，小师弟第一次单独演出就挣这么些，这真是要上天啊！

"今儿本来还遇到有人下帖子，要收两块，幸好我遇到位好心的贵人，帮我把人打发了。"齐涉江这就做起了铺垫，给他们讲张约的事。

孟梦达他们被他挣的这个钱给震住了，再听这件事，只觉得小师弟运势真是好，遇到了君子。

"这钱就放这儿了，下午我再上地，凑凑去给二师哥买点好药吧。"齐涉江说道。

二人对视一眼，又感动又为师弟自豪，师弟可不只帮他们守住了地，还要把挣来的钱都给他们用，这是亲师弟啊。

屋子里比较暗，所以他们都没看清楚齐涉江眼中充满了慈爱……

"师弟，你放心，等师哥好了，就上地把钱挣回来，还要留着给你做老婆本的！"二师哥说道。

齐涉江笑而不语。

到了下午，齐涉江卖艺那整条街的人都知道，张家的二少爷迷上了听相声，还是那撂地的，甚至出手帮了个小艺人一把。而且，接下来整个下午，二少都坐在那一处捧场。

唯一看出了端倪的地主，又哪敢说什么闲话？

其他人没想那么多，说相声的可是下九流，连在曲艺行，地位都比不上什么说书的唱大鼓的。有钱人包也是包戏子，叫到家里唱堂会也好动手动脚，哪有包说相声的？

人家听相声听得可规矩，给钱阔绰但不夸张。

这么想来，只能说是这位爷不知怎么，爱上听人说相声了呗！

而让所有同行有些羡慕嫉妒恨的，就是张二少捧的那个，还是个未出师的新人，来这儿是给他师哥占地的。上午就吸引了不老少的观众，这可真属于有实力又有运气了。

人比人气死人啊，有人在这儿说了几十年，也不一定成角儿，有人就站了一天，这就有人替他扬名了。

现在是一条街的人知道，以二少身份，往后还不传得更远？

虽说张约坐在那里听，也没给什么天价打赏，但是有他在，就有觉得稀奇的人，看这么位少爷都爱听，他们也一块儿听。听的人多了，钱自然也多了。

天色渐晚，齐涉江收了家伙什，喝自己带来的润喉茶。

最后一数，不算张约"打赏"的钱，他自己今天赚了差不多三块多呢。

齐涉江记得，那时候他要不是因为得罪过人，在均城本来也能找到固定的茶社说相声，那种一个月得有一百块了。那时只有成名了的演员才有这样的待遇，大多还是温饱线上挣扎。

张约依依不舍，因为天黑了，齐涉江下班了，他得回去了。

"我送你？"

"不用送，我买了饭还要出门的。"齐涉江说道，"晚上去芳禄街继续卖艺。"

"晚上还去，太辛苦了。我继续陪你。"张约说道。

齐涉江却犹豫道："不太合适吧……"

"这有什么？我去那儿等你。"张约说着，探头出车窗，把小徐喊过来，"芳禄街你会去吗？晚上到那儿去。"

小徐一脸惊恐："二少，家里不让您逛芳禄街啊！"

张约忽觉不妙。

只听小徐接着说："大少要知道您逛窑子，我还敢带路，回来会把我的腿打断的！"

张约："……"

"你先别过来！"张约把小徐给赶走了，他没想到齐涉江夜里上班是去红灯区啊，转身一迭声道，"不行不行不行，我不准你去，要是有人调戏你怎么办！"

齐涉江摇头："不至于吧……"

张约急急道："你实在要去，我陪你去！"

齐涉江："你没听刚才那人说吗，你家里知道你去窑街，要把他腿打断的。"

张约一脸纠结，但很快他就想到了法子："有了，那我就让小徐带枪跟着你！"

齐涉江哭笑不得："你这么个捧法，那我可真要出名了。"

小徐不住地打量齐涉江，心里琢磨这位和二少到底什么关系。

小徐才十八岁啊，说是人很稳当，但他小脑袋想了老半天，也没能理清楚。看着是很简单，都让他带枪护卫了，还要他警惕一切靠近这人的男男女女。

他又没娶亲又没相好，也没见过包说相声的，这个问题对他来说有点复杂了。

齐涉江上芳禄街卖艺，这是他干惯了的。你得说得好听，嘴甜，把那些管事、鸨母哄得开心了，才能进他们的地方说。

像那些窑子，很多都有猫儿戏班，供客人娱乐。他们这样的江湖艺人当然也能进去，说一个或者唱一个，一样是逗乐，也有人爱听。

小徐跟着他呢，旁人也看不出是一道的，以为是两拨，这小当兵的来找乐子。

齐涉江去卖艺，小徐就自个儿叫一壶茶，也不让姑娘陪，干喝，看看戏。他身上揣着张约给的活动经费，刨去茶钱，剩下都是他的辛苦费。

齐涉江到这儿主要是唱，这个时间，青楼多在打茶围、吃花酒，他就到里间去表演。

小徐让他遇到什么事，喊两声，自己就进去。

齐涉江觉得小徐和张约都想太多了。

和这里的管事打了招呼，齐涉江先在外头等，那边去看看有没有要点说唱表演的了。

正是这时候，一间屋子打开，一个梳着分头的男人轰出来一抱着琵琶的女孩："唱的这叫什么玩意儿！"

老鸨子立刻上前去，揪了一下那女孩："你是不是又鬼打墙了？你这没出息的家伙！"

齐涉江心里了然，鬼打墙，那就是词儿记不住，来回倒腾了，可不得被人哄出来。

"得了，你们家姑娘还有没有会唱的了？"分头男不耐烦地挥了挥手，正好看到了拿着三弦的齐涉江，一指他，"那个，你，你来，给弹一个三弦算了。"

老鸨子一看齐涉江，赶紧招手："过来，小子快过来。"

她也不认识齐涉江，就胡乱喊了，反正看样子也是来卖艺的。

齐涉江跟着进去，发现里头坐了三五个客人，身旁都有姑娘做伴，其中还有个金头发绿眼睛的洋人。

他也不多看，老老实实地抱着三弦问："贵客听个什么？"

"先唱个时调。"分头男随口吩咐，就坐了回去，他们几人正在打牌。

齐涉江坐下来，一边弹一边唱时兴的小曲小调。

分头男常玩乐，有点品鉴能力，抽空看他一眼，心说随便叫进来的，没想到唱得还不错，待会儿可以多打赏一点。

他们中的那洋人也不大会中文，估计是刚来华夏，彼此交流还要靠一个翻译。

齐涉江倒是听得出来，这是个X国人——他在现代走过一遭，脑子里多了很多记忆，后来慢慢都恢复了，其中也包括原来那个齐涉江学的语言，原来选修过X国语言，不是母语，但也学了有三四年，且身旁有X国籍的老师、同学，还算不错。

听上去这个X国人就是来华夏做生意的。

他那位翻译的X语其实说得挺一般的，但是均城会X语的确实没多少，这年头会洋文的原比后来少。

齐涉江唱了几段，那些人已暂停下来了，有去上厕所的，有吃东西的。

翻译也去方便了，那洋人和女伴牛头不对马嘴地调戏了几句，女伴只管娇笑，他也挺开心，就是忽然想起什么，回头和分头男说了句话。

分头男只会Y国语啊，X国语才会几个单词，一脸蒙，用Y语和洋人对话。

这洋人的Y国语比分头男还不如，卷着舌头交流了几句，都带上比画了，还是没懂彼此的意思。

翻译也不知是不是吐了还是拉肚子，久久没回来，齐涉江实在是看不下去了，开口用X国语搭话："Perdón（抱歉）……"

他刚一开口，分头和洋人都住嘴了，转头看着他。

显然，他们俩都没料到一个弹三弦卖唱的，怎么能开口冒洋文了，即使只是一句。

齐涉江硬着头皮用X国语给洋人转述了一下分头男的话，再用中文和分头男也说了洋人的意思。刚开口说时，他还有点滞涩，毕竟很久没说，还是这具身体，但很快就找到了感觉。

那洋人一愣一愣的，有点惊喜地问他叫什么名字。他们找的翻译，大舌音都发不出来，虽然也不影响理解，但相比之下，齐涉江的

X国语就要流利多了。

X国语的语速太快了，翻译都经常磕磕巴巴，而齐涉江唯一的缺点就是带了一点口音，措辞上也略显独特，但和流畅沟通比起来，口音真不是什么事儿。

"Soy Jesse！"齐涉江报出这个名字，自己都有点恍惚。

"你上哪儿学的X国语，小子不错啊。"分头男欣赏地看着他。

"和朋友的朋友。"齐涉江没打算细聊，含糊地说道。

好在人家也没打算关心他的生平，转头其他人都回来了，说今天就到这儿，该回家的回家，想留下来过夜的过夜。

那分头男就拿了一张十元的钞票，两指夹着递给齐涉江。

在这样的场所拿到的打赏一般是比较多的，分头男这个出手也算是很大方了，估计是看在齐涉江给他解了围。

齐涉江开了门，正要出去，那洋人跑上来拉着他的手，跟他说自己要去省城了，问他愿不愿意一起去，想聘请他做翻译，每个月发两百块。

这就不少了，在均城绝对算中高收入。

但齐涉江还是礼貌地拒绝了，他师父、师弟和爱人都在均城，不可能跟着人出去工作，用他在现代学到的话来形容，就是"十动然拒"。

这洋人还挺不甘心，他喝了些酒，鼻子都红了，大着舌头劝齐涉江。就算国情不一样，也该知道卖唱的不如做翻译的。

他这边拉拉扯扯，外头小徐看到了，腾地就站起来了。

好嘛，这不就是少爷说要提防的事情。

还是个洋人，那就更不能弱了气势。小徐一下把枪拿出来了，指着洋人道："干吗呢你，干吗啊？动手动脚的，你当这是哪儿啊？"

其实这句话挺滑稽的，这里不就是青楼楚馆？

但小徐那枪把整间房的人包括那洋人都吓到了，他放开齐涉江的手，连退几步，摊开手嘴里不住道歉。

可小徐也听不懂啊，挡在齐涉江面前，虎视眈眈地道："怎么的，死洋鬼子想乱来啊？"

门是开着的，外面也是一阵骚乱，老鸨子看到有枪，根本不敢露面。

分头男心里更是猛跳，如今的形势，一般人看到洋人，都先软了几分，但是这当兵的反而越发嚣张，也不像愣头青，那就是根本不怕。

齐涉江赶紧道："误会了，这位先生没找我麻烦。"

小徐狐疑地说道："可他看起来要吃人。"

"我们是正经生意人。"分头男听翻译转述了几句，总算明白怎么回事了，鼓起勇气道，"这位小兄弟，我和你们好几位长官都认识，这里头有什么误会，还请……"

话没说完，小徐板着脸收了枪，也没理分头男，对齐涉江道："先生，我送您回去吧。"

齐涉江也有点尴尬，对他们点了点头表示歉意后，就快步和小徐离开了。

等人走了后，分头男喘了喘气，有点惊奇又有点气恼。惊奇的是一个江湖艺人，怎么还有当兵的护着，气恼的是，他都没探出来底细，人就走了，丢了好大一个脸。

洋人还嘀咕着，为什么Jesse不肯答应，还要拿枪对着他，两百块的待遇不够好吗？

分头男心不在焉地听着翻译转告洋人的抱怨，扒着窗子往外看，竟让他看到那当兵的带着齐涉江一起上了一辆小车。

嚯，能坐得起车，看来的确不是装的。

分头男再细看，更不得了了，心底一震，这是张府的车啊。

什么鬼，这人和张家有交情？什么时候说相声的也有这么大面子了！都有这面儿了，怎么还来串窑街？

洋人还在叨叨，分头男一抹脸，虚弱地说道："行了，让他别叨叨了，还两百块，人家傍上的那是印钞票的。"

小徐把齐涉江送到离家还有点距离的地方，让他步行回去的。

师父也刚回来，看到他便一脸喜色："我听说，你今日可响了蔓儿（名气）了。我徒弟有本事！"

齐涉江脸微红："也是赶巧了，遇到贵人。"

"你师哥都和我说了，我晚上还遇到位茶客，说听了你使活儿，夸你呢。"师父欣慰地道，"你天赋好，又肯努力，现在还有贵人捧。如此下去，以后肯定能成大器。"

"来，坐下。那贵人是张府的少爷？"师父又问道。

齐涉江早就憋着了，赶紧和师父大夸特夸了一番张约，又把钱钞拿出来，一共二十块，十块钱是分头男给的，十块钱是张约给的，其余零钱都留在师哥那里了。

按理说学徒期间，这钱都该给师父，但师父这人脾气不一样，他收徒弟不指着别的，都是凭眼缘发善心，徒弟在他这儿的时候，要是挣了钱，他也只留一部分。

这次也是一样，只是这数额大一些，师父有些犹豫地问道："这些都拿来给你师哥们治病，你是同意不同意？"

"白日里我也说呢，我挣钱给师……师哥养伤。"齐涉江毫不犹豫地道。

师父大为欢喜，又狠狠夸了一下那位未曾谋面的张二公子。

不消几天，张家二少在捧人的消息也传遍了大半个均城。

不过二少捧的不是什么戏园子里的角儿，而是一个撂地说相声的，这可叫人大跌眼镜。

也不能说爱听相声有什么错，这年头请到家里去说的也不是没有，可像张二少这么风雨无阻到街上去捧场的，那可就少之又少了。

张二少还特上心，人家那场地是布棚，他还去和地主商量，让把布棚换成铁的，这样下雨也能演。大不了，你多收些租金。

地主哪里敢提涨租金的事，自己老老实实地掏钱把棚子给换了。开玩笑，他可不想吃枪子儿。

再加上那天在芳禄街的事情，也隐隐约约传扬了出去，洋文的什么大家也不懂，单听着那个带枪保护，可是了不得。

这张二少还真是有意思啊，这么捧人的！要不是到现在，他也没说把人安置起来，真有人要猜他是想包齐涉江了。

但不管怎么说，齐涉江可真算是响蔓儿了，每天上地，面前都围得满满的，座位不够就坐地上，唯独中间那个位置，都知道空出来留给张约。

齐涉江自己也立得住，冲着名气来的，听完都没有失望。

他时不时也说长篇单口相声，搞得大家传得更神乎，觉得张二少就是被他的故事给扣在这儿，怕他出事了没人说故事，才特意派人保护他。

赚得多了，齐涉江就每天买点白面的馒头当主食，偶尔给家里开个荤。看师弟们在家里不安，他还买了些小说回来。

不过这可不单是拿来看，打发时间，而是把合适的书改成单口相声，他自个儿抽空把梁子整理出来，说给师弟们听，他们再去丰富整套故事，回头再把整本反过来传给齐涉江。

总之师弟们有了事情做，心情是好了许多了。

齐涉江自己呢，除了挣钱，要是遇到天气太恶劣，没法上地，就和张约一同出去，看个戏、看个电影之类的。

再说另一边，张约的哥哥张纯一去一个月，押车到了省城，又和父亲待了一段时间，这才回来。

一回均城，张纯就听说了，自己不在的这一个月，弟弟也没做什么惊天动地的大事，只是爱上了听相声，刮风下雨也阻拦不了出去的脚步。

而且爱到什么地步了，他晚上都要把小徐派出去，保护那个说相声的上外头卖艺。

张纯一听就觉得不对，他不像外人啊，他知道自己弟弟，平时压根就不爱听相声，也不爱听戏，怎么可能痴迷到如此地步？

他料想不对劲，叫来小徐一问。

小徐不懂，他还能不懂嘛，再听说小弟冒着雨出去和齐涉江玩了，当下让小徐带自己去找人。

——小弟这样不行啊，这个痴迷程度，谁知道撒出去多少钱了。那些说相声的嘴皮子厉害得很，指不定怎么忽悠小弟了。

小徐试图帮忙解释一下："二少每次也就给个几块钱。"

张纯哪里相信，他见多了捧戏子的，台上一砸都是金条，他弟弟都这么迷了，把小徐都派出去保护，能只给几块钱吗？几块钱够干什么的啊？

凡是齐涉江和二少有约，小徐只管送不管接的，这会儿老老实实带着张纯就去找人了。

好在齐涉江和张约也没挪地儿，齐涉江买了两张电影票，离着开映还有时间，他就和张约一起吃点街头小吃。

张约对这时空也不熟悉，所以一般都是齐涉江来应付，反正他现在每天挣得不少，大部分拿去家里，出去玩时，零头也够花销。而且他们两个，哪分那么清楚。

然而赶来抓人的张纯却是呆了，他隔着老远，就清清楚楚地看到，那个所谓傍上了小弟的相声艺人，自个儿从兜里掏钱，买双人份的电影票，以及吃的、喝的。

而且你一看就知道，那钱绝不是小弟给的，他小弟身上从来带的都是票子，可那说相声的掏的都是自己挣来的零钱，一会账还要数一数凑一凑呢。

张约这孩子，就站在旁边愣头愣脑地看，一点要掏钱的意思也没有，甚至盯着吃的催人快点数好钱付账！

和小徐说的对上了，小弟没有砸过大钱。看起来不但没有砸过大钱，还让人家掏钱！

张纯："……"

他掉头就往回走。

小徐问："大少，咱不过去了吗？"

张纯一捂脸："去什么去，太丢人了！"

张约一回去，就被请到了张纯的书房。

这是张约第二次来这儿，但心情是大不一样的，上次他觉得自己漂泊无根，这次却是已经和齐涉江会合了，口气都轻松了很多。

"大哥，您回来了。"张约注意到张纯正在摆弄一个木盒子，有点好奇。

张纯把盒子转了过来，只见里头装着许多打成生肖的金子，小孩巴掌那么大，精巧得很。再往下还有一层各色钞票，不止印着他爹的脑袋那种，还有别的。

张纯幽幽地问道："好看吗？"

张约："啊？好看啊。"

他有点不明白张纯的意思。

张纯原本平淡的脸色霎时大变，破口大骂："只会看不会用吗？咱家钱印出来干什么的，是用来花的啊！"

张约："……"

他又无语又疑惑，不知道张纯干什么发脾气。

张纯指着他骂道："一回来就听说你捧个说相声的，我心想是有多大能耐，结果你出去还叫人家来买电影票！"

张约这才知道是什么意思，顿时有点羞恼，居然跟踪他，他和齐涉江早就是不分彼此的好朋友了，哪有张纯想的那么龌龊。

张约登时没好气地说道："这不是显得我能耐嘛。"

张纯："……"

这小子还真敢说？

"能耐你个头啊。"张纯暴躁地说道，"这要是传出去，我们张家的二少爷这样捧人……不对，说不定早就知道了，小徐告诉我你每次只给几块，恐怕瞒不了多久……"他恨铁不成钢地看了张约一眼，"没吃过猪肉也见过猪跑，你没看过别人怎么捧角儿的吗？这一匣金子你明天给我扔他桌上去！"

张约："……"

这大哥有病吧？

还是说……

张约眼神忽然警惕了起来："为什么啊，大哥你是不是看过涉江了，觉得他特别可爱……"

"去你的吧！"张纯抄起砖头一样厚的书就砸他，"要不是你这么没出息，平白丢了张家的脸，犯得着我亲自教你怎么捧人吗？你当我闲的啊！"

张约闪开了，往外跑，心说这大哥难道是个捧哏吗？去你的吧！

在外面碰到张纯那个徐副官，也就是小徐的哥哥，两人撞了一下。徐副官也算是看着二少长大的，见他慌张跑出来，无奈地道："二少惹大少生气了吗？您该上进还是要上进，这次是因为什么，大少不在的时候您犯什么错了？"

要说二少也不是什么纨绔子弟，就算大少爷不在，可能放纵了一些，但张家的家底厚，挥霍了些许也不值当大少如此发火吧。

张约含糊道："说我花钱花少了。"

徐副官："嗯？"

这时候里面一个匣子飞出来。

"把这个拿走，滚！"

匣子砸在地上，磕开一条缝，里头滚出来一个小金猪，张约收拾好就溜了。

剩下徐副官在原地有点茫然，他刚才到底是听错还是没听错？

齐涉江因为在均城名声大噪，也有茶楼请他去表演了，按月给包银。能够进入这样的场所，就证明他的确响蔓儿了。每月拿一百块包银，固定时间说，不怕风雨干扰生意。

但齐涉江直到这两天才正式搬去茶楼，因为要等到两位师弟好了，回到他们地上。

齐涉江倒是把师父带着一起去了茶楼上班，只说是自己师父就行了，反正以前也一直是师父给他量活儿。

至于师弟，他准备等自己站稳脚跟了再看看，有没有机会给他们也扬扬蔓儿，找个稳定的单位。

齐涉江第一天上场前，老板还特意问他，张二少会不会来捧场。

齐涉江当然知道这什么意思，告诉他会来。

可无论是齐涉江还是老板都没想到，张约不但来了，还在齐涉江说完后，往台上丢打赏，就是张纯给他的那玩意儿。

齐涉江这都到了茶社，就不必再楮门子了，台下观众若自己额外打赏那就另说。

而此时，张约往台上砸了一个沉甸甸的匣子。

茶客都起哄，齐涉江当着大家把匣子打开了，露出里头黄灿灿的真金来，一时间起哄声更大了，还有人叫好的，谁不喜欢看热闹啊？

老板瞧见了，笑得眼睛眯起来。这个是齐涉江的赏钱，他也分不了，可是齐涉江现在是他的员工，齐涉江扬名了，就是他的茶楼扬名了。

看来，请齐涉江来还真没错。张二少还真特意给他撑场子了！

听说最近张大少回城了，没想到二少居然更加放肆了，看来是真上心了啊。

——到这个时候，咂摸出其他滋味的人已越来越多了，这一出简直是坐实了。

齐涉江哑口无言，去看张约，他和张约对视一眼，有点疑惑。

张约倒非常无辜地看着齐涉江，意思是我也很无奈啊，这是我哥非要我砸的。

齐涉江知道原委，也没办法，现在均城传得可热闹了，什么书寓里的花魁，戏园子里的名角儿，都没有他红。

眼红的人也不是没有，可齐涉江不是唱戏的也不是花魁，他是个说相声的啊。但凡有个说三道四的吧，他只要听说了，第二天就给你编到舞台上去当包袱。

没错，他有什么看不开的，他都穿越两次了，你说我，我就当是送素材来呗。

以齐涉江现在的知名度，他一砸挂，全城流传。

一来二去，大家也不敢说难听的话了，不然这位既有靠山，又是个靠嘴皮子说话的，编派他？人家能损死你！

这段时间齐涉江也带张约回去了两次，张约表现得让师父、师弟们甚至有点惶恐了，他们是下九流啊，可张约都快把他们捧上天了。

这绝不只是什么知音、喜爱相声可以说过去了的。

齐涉江知道，张约那是老毛病又犯了。打在现代，他讨好齐涉江家人就很浮夸，齐涉江也教不了他演技，只能这么着了。

因为有先前的铺垫，师父和师弟没有太过惊愕，他们久在江湖，张约人怎么样还是看得出的，就是难免觉得他们这样不稳当，私底下劝了齐涉江很多次。

齐涉江半真半假地和师父说了，自己梦到大家出过事，因此总觉得这乱世之中，求稳当倒不如求圆满。

师父沉默很久，后来也不再说什么了。

日子走上正轨，齐涉江这里也做起了准备，他不知道自己和张约还会不会再穿越回去。要是回去了，他得留下钱给师父养老，就是回不去了，那更得多攒些钱。

督军府现在对张约捧个艺人没什么反应，张纯甚至隐隐嫌弃张约不够大方，但不知道以后会如何，如若反对，他们身上有钱才有底气、有条件应对。

张约那边是把零花钱都存起来了，齐涉江则除了在茶楼使活儿以外，又找到了兼职。

上次和那洋人的对话让他有点启发，虽然没去省城，但他的语言技能总归可以派上用场。

现在京城和省城都有西洋戏班，也有排西洋戏的，有一定市场，传统戏班也有搬西洋戏的。

齐涉江觉得自己做那种商务方面的翻译其实不太合适，他不了解商界之类，倒是可以把国外的戏剧翻译好，给戏班子排。

大城市的戏班很喜爱这样的本子，翻译得成熟又进行了本土化的润色，齐涉江本身也是同行，知道什么样的内容观众喜欢，他找的本子都是情节冲突激烈的。

那些戏班排了后，能红红火火连演个上百场，经久不衰。

也有合作的戏班顺势邀请齐涉江上京的，这样往来稿件没那么麻烦，齐涉江暂时没答应，但也没把话说死。

戏班大赚，齐涉江也借此挣到了不少稿费，而好友张约那边，暗中委托中人在外地置办宅子，这会儿房价地价也没后来那么飞涨，户主呢，写的则是师父的名字。

他们都商量好了，别管他们以后在哪儿了，师父孤身一人，一定要和他们一起，以后这也给师父养老。

"我这辈子到处跑江湖，富的时候一年也能存个几百块，穷的时候稀饭都吃不上，怎么也没想到还能有个宅子写着我的名儿啊。"师父很是感慨，"我知道你……你们俩有这个心意就行了，但是不必了，反正我徒儿的屋子我也尽管去住，是吧？"

那不一样，写着师父的名字才真正是保障，齐涉江没答应，而且他听到了另一个微妙的细节，师父说起"你们俩"，分明带着承认的意味。

日久见人心啊，师父总算是从默认到承认了。

师父、师弟们能好好的，平平安安，就很好了，已经很好了。这简直像美梦成真，如此圆满，他真是再无遗憾了。

"今天过节，你和齐涉江不出去看个电影吗？"张纯一边看报纸，一边问张约。

今天是西洋传过来的节日，不少商家以此为由头大办活动，街上还是挺热闹的。

张纯说起这档子事，好像稀松平常，也确实平常，和省城、京城那些捧角儿的大老板比起来，弟弟简直节制到家了。不但不乱花钱，他逼着才送了金子，居然还和齐涉江一起学上了外语。

这算什么，这比请个家庭教师都要划算啊。张纯为此写了几次信向父亲夸赞。

这会儿听到张纯问话，张约就说："就是因为过节，我听说电影票都涨到十二块一张了！"

他在这里待了一段时间，也算知道民间疾苦了，搞得张府觉得二少爷越发节俭。

想想十二块能买多少东西了，他还要攒钱呢，就因为过节涨到这么夸张，他不如过完节再看，什么时候看电影不行啊？

张纯听了，气得一仰，直翻白眼："怎么不小气死你啊！"他拿了一张纸出来，唰唰写了个条子，"你拿这个条子去影院领票，算我请你们看电影了！"他又嘀咕，"要不是我没女朋友，我也得去，听说今天要放《马路天使》，报纸上都夸了好多遍。"

《马路天使》？张约听着特别耳熟，但一时想不起来，可能以前听过吧。

"谢谢大哥。"张约拿着张纯给的条子就出去了，先去师父那里打个招呼，祝了师父节日快乐，虽然师父说自己不过洋节。

他告诉了一下师父晚上带齐涉江出去，然后再去茶楼蹲齐涉江下班，把他带到电影院去。

齐涉江是没打算来看电影的，因此他完全不知道，一直到被张约带进了电影院，才发现今天上映的是《马路天使》。

"是这部电影啊……"齐涉江感慨地道，"票价确实太贵了，别说节日，平时的票我也舍不得买，之前一直没有去看过。"

张约想到了张大哥，不禁低笑说："是舍不得看还是没人一块儿看啊？"

齐涉江一愣，随即道："你说得对。"

其实要买票，平时的票价省一省可以买，但当时的他所想，一则没必要，二则也真是无人相伴。如今他和张约在一起，也时不时会去电影院。

"现在有了。"张约得意地说，"就是这电影我老觉得耳熟，像是哪里听过，不会上过历史书吧？"

"《天涯歌女》你还记得吗？就是这里面的插曲。"齐涉江说着，又想到了在演播厅唱这首歌时，所有八十多年后的观众同他一起唱的情形。

张约这才猛然想起来，原来是这部电影。

对他们来说，这部电影的手法十分陈旧了，看过3D电影，看过IMAX，看过各种新奇的拍摄手法，此时，有声片才刚刚发展没多久，许多呈现方式仍然是默片式的。

但是，齐涉江还是看得十分认真。

银幕内的卖唱女歌喉婉转，电影院内的观众神态各异，可能这一刻，他们都不会想到，八十多年后的人们仍在传唱这歌儿。

"天涯呀海角，觅呀觅知音……"

在黑暗中，他们像所有观众一样，随着歌曲轻轻哼唱。

黑白的电影，悠扬的歌声，一下让齐涉江和张约模糊了时空，不知今夕何夕。

番外二
心有诗意

　　齐涉江和张约搬到了同一个小区居住。

　　可对于大众来说，这两人，虚虚实实的，那么真诚，又那么狡猾，搞得大家都捉摸不透他俩到底什么情况，又疑心他们成天在台上明着暗着说的话，都是真的！

　　不少粉丝坚定地认为，那一次次的糖，都是真的糖！

　　后来采访的时候，还有想象力丰富的记者调侃地问张约，是不是从一开始就看上齐涉江了。

　　张约故意乱讲，说我们属于一见钟情，录节目的时候。

　　记者说不是啊，你先在微博觊觎人家美色的，你说人家长得好看，好轻浮啊。

　　而且谁不知道，你俩第一次录节目，你被人砸了十分钟挂，你以为互联网没有记忆吗？

　　张约："……"

　　他也就那么卡壳了一下，可被观众抓着不放了，导致张约是见色起意的说法传播甚广，还有人专门回去查看那条微博。

　　【呵呵呵，当初装得好像真的讨厌人家似的。】

　　还有一个比较惨的人，徐斯语。

　　本来"皇后"之位就在办第一次专场时被抢了，张约还经常或真或假地酸他一下。

于是后来吧，他的人设就成了站在台上"吃狗粮"的，还老有人逼他当昼夜粉丝头头，要么就是同人文里的吃醋道具。

徐斯语说我不想当啊！我真的"吃狗粮"都快吃吐了！

不只是他们，关山乐队的也经常作为家属被提及，还时常需要在同人文里担任助攻、知心哥哥、家长等等角色。

最快乐的大概要数夏一苇了，接受了这个设定之后，她觉得还蛮愉快的。

比如说，相声舞台上的段子成真了，张约带着关山乐队一起帮她制作专辑了。

制作之前，齐广陵唉声叹气许久，最后还是忍不住和夏一苇说："你要悠着点，不能把张约的头也弄秃了。"

"唐导也就算了，张约年纪轻轻，和Jesse的关系也挺不错的，别因为秃头有了嫌隙。"

夏一苇气死了："这么多年来，唐双钦就把黑锅扣我头上，其实要不是出于尊重我早就想说了，他那就是自身基因问题！"

好在张约的头发还是比较坚强，最后也没秃。

这么久了，齐涉江还是不太热爱发微博，通常只分享演出相关的内容。有时候张约的艾特都会被漏掉，还要粉丝哭着喊着催他去回复。

作为齐涉江的粉丝，每天逛微博的次序，首先去夏一苇的微博逛一逛，看看夏一苇有没有发点儿子的生活照，然后再去看张约的微博，因为张约有超越夏一苇成为首位的趋势。

接着，就是看看徐斯语的微博，他经常发演出照、后台照，还有莫声、齐乐阳的微博，也许会聊起师父上课的细节，发点合照。

反正直到最后，才是齐涉江本人的微博，打个卡完事。

偶尔呢，一些曲艺界的老师微博也会掉落齐涉江的照片。

那些个被观光的，因为粉丝的要求，其实也乐意多发一点，还要听粉丝的建议，连莫声这样的糙人都学会构图了。

最贱的就是张约，他有时候就特意只发一张截图，一个主图，下面显示还有一排缩略图，看不清都美颜暴击，然而他就是不发出来。

至于比较巧的一次，聚会时，齐涉江趴在阳光房的桌子上睡觉，太阳正好，夏一苇路过，看看拍了个九宫格。过一会儿，张约路过，随手拍了几张。再然后莫声、齐乐阳来晒太阳，一看也拿出手机拍了拍……

最后各人微博不约而同出现不同角度的齐涉江小憩图，不知道的还以为是什么名胜古迹打卡。

粉丝一看，行吧，你们这么默契，那就办一个比赛吧，看看这次谁把我们杰西拍得最好看。

搞得还没拍的人，也纷纷跑到阳光房去拍一张，连孟静远和曾文都一左一右，夹着睡觉的齐涉江笑嘻嘻地"咔嚓"一张，画风愣是不同。

最终拿到第一名的，毫无疑问是夏一苇，质量最高。

是因为母爱吗？不，是因为多年自拍的经验。

再说齐涉江和张约两人一块儿养了一只田园猫，就在小区捡的，流浪猫生的，带回家时还没断奶。

田园猫性格相对没那么稳定，可这只估计天生性格比较好，又是从小带回家，还挺黏人的，让过来就过来，一摸就倒。

齐涉江很新鲜，他打小没养过宠物，那会儿练功才是最重要的，最接近宠物的估计就是街头守仓库骨瘦如柴的大黄，还老凶他。

于是张约镜头下又多了很多猫，不对，与其说是晒猫，在他发了几次图后，大家就敏锐地发现了，明明是晒齐涉江！

猫的单猫照太少了，基本都是齐涉江和猫玩儿啊！

好看是好看，但一想到张约得意扬扬的嘴脸，就让人又爱又恨了。

只能说张约一直就是这个"品性"了……

别说，自打两人搁一块儿后，张约出图数量激增，夏一苇那边则是有大量旧图包括儿时照支撑。

而且张约还玩出花样了，他们养的猫叫夏秋水，因为夏一苇当时送了猫奶粉，获得了冠姓权。

有时候齐涉江在家里顺活儿，黏人的夏秋水就会在旁边喵喵叫。

张约自个儿拿手机又拍又录，做了个视频发微博上。

差不多就是齐涉江坐在沙发上念词儿："现在很多观众挺爱听相声……"

夏秋水："喵！"

配个字幕：是。

齐涉江："因为大家放学、下班后，也想放松一下，舒缓精神压力。"

夏秋水："喵——"

字幕：对。

……

夏秋水把爪子搭在了齐涉江手臂上："喵喵——"

字幕：去你的吧！

张约："在此呼吁用猫咪代替捧哏，为猫咪创造工作岗位。它这迟疾顿寸练得可不错了，业务能力完全不输徐斯语！"

【我信了我信了，哈哈哈哈哈！】

【还真有声调，不愧是相声演员养的猫。】

【这什么活动，张约还打标签了，#用猫代替捧哏#。】

【@徐斯语 好可怜的徐老师，每天都被逼着下岗。】

【张约专注吐槽徐老师一百年……】

【好有心机的"皇后"，拿猫做宫斗的工具！本来宠爱已经被分走，徐老师就只剩下演出了，现在连演出机会也要剥夺！】

徐斯语："……"

唉，习惯了。

番外三
三救遗情

夜晚的胡同十分黑暗，灯都熄灭了，只有天河低垂，繁星无数。

不同白日里，卖花的、卖烤红薯的、卖落花生的……小贩们在胡同中来去，吆喝声悠扬，叫胡同里永远那么热闹。

齐涉江在床上辗转反侧，总睡不着，也不知是冷，还是因为心里存着事。

刚办完了父亲的丧事，因此多日没有上街卖艺，全靠往日积蓄，手头已没有几个钱，真正是家徒四壁，在断炊的边缘。

他团紧了被子，身上也没什么热气，却舍不得将那件两块钱做的蓝布大褂穿上取暖，这是少数的体面衣裳了，要留着卖艺时穿，这时要穿着睡觉，弄皱、弄脏了可不妙。

明日里要找人赊些钱，租块地来卖艺啊……齐涉江翻来覆去想着这件事，忽闻胡同里惊起一声猫叫，在安静的夜里格外刺耳。

齐涉江便猛地坐起来，披衣穿鞋，摸着黑往外走，打开门，冷风灌进来，一只猫儿也跳进了他怀里，瑟瑟发抖，不知受了什么惊吓。

"秋水……"齐涉江喃喃着猫儿的名字。这是胡同里一只野猫，他平素多赚些铜子儿，也会喂些吃食。虽不是自家养的，但猫儿倒也认可他，愿意和他亲近。

母亲早已不在，父亲又离世，齐涉江称得上亲近的人已不多了。

他正在发怔，却有团人影猛然从暗处扑了出来，将他擒进了屋内，秋水也就再次叫着蹿了出去。那人抓着齐涉江，一手堵住他的嘴，脚一钩，把门关上了，附在他耳边低声道："别动！"

这声音刻意低沉，响在耳边，带着热气与煞气，还有什么金属抵在脸边，铁器冰冷的味道袭来，叫齐涉江心头猛然一缩，不敢再动弹。

这是什么人……

齐涉江家里也没什么可偷盗的，更没什么牵挂了，因此很快也安定下来。

此刻，外头却喧嚣了起来，灯先从马路边亮起，然后胡同里也有了灯光，有好多人的脚步声，从远到近。整个胡同都苏醒了，听外头的声音，那些人仿佛要把整个胡同翻倒过来，寻找些什么。

齐涉江去看那个禁锢着自己的人，他的面容在黑暗中是看不清的，但齐涉江觉得他的身体十分年轻。

"嘘。"那人又低声道，把齐涉江扯上了床，被子一拢，罩住了两人。

很快，盘查的人就到了齐涉江家门外，那人用匕首柄顶了顶齐涉江的腰，作为暗示。

虽然一句话也没搭过，齐涉江却明白他的意思，开口道："什么人？"

"捉贼人！开门！"

"我没听到什么贼人的动静，约莫是往旁处去了。"齐涉江又道。

"你把门打开我们看看，快点！"

敲门声越来越急，齐涉江的拒绝开门，在他们看来十分可疑。那木门被几个壮丁一撞就倒了。

随着门破开，被子里那也越发紧绷，手指还按在齐涉江腰上。

这时候反倒是齐涉江更镇定了，灯笼照着屋内，身边被子里的一大团人，肯定是瞒不住的，齐涉江先一步道："内人胆怯，恐受惊吓，各位大哥发发善心，我家里什么也没有，也真的什么动静都没听到啊！"

闯门的人都穿着一样的制服，怕是当兵的。他们恶狠狠地盯着齐涉江身边被子蒙住的人："你婆娘？叫她起来看看，这么大动静还能睡得下？"

齐涉江尴尬一笑，慢慢俯身："娘子？"

被子下的人握紧了匕首，嘴唇抿起来，眼看是躲不住了，索性……

可就在这时，一把娇柔入骨的声音响了起来："当家的，我这身上只有兜肚，起来怕是有碍观瞻。"

既妩媚，又透着畏惧，完完全全就是个胆怯的小妇人。

兵丁们松了口气，不再怀疑，甚至心猿意马地笑了笑："这大冷天的，怎不多穿些。罢了，我们到别处找。"

唯独被子下的人，极为诧异，那声音绝非他发出的，而是，而是被他制住的这个男子……

要不是亲身经历，刚才两人还搂抱了，他绝难想到，那竟然是一个男人发出的声音。

不，他甚至还有点疑问，手指顺着齐涉江的腰往上，摁在对方的胸口，这才完全确定，身边真是一个男子。

齐涉江却是耳热，握住那人的手腕，不叫他再动。明明那人有匕首，他却好像已经无视了。

"你……你该走了！"

黑暗中，他们仍未知对方样貌，只闻其声。

被子下的人沉默片刻，翻身下床了。

"你再说一遍我听听！"张约抱着夏秋水，对齐涉江这伪女声的技能惊叹无比。

齐涉江只好又学了一遍台词："当家的，我这身上只有兜肚……"

"绝了，太像了！"张约赞道，"我还以为要后期让女人来配音，没想到你自己就能搞定啊。"

别说张约，就是导演、各位现场工作人员，方才拍摄时也吓了一跳啊，编剧甚至确认了一下，不是在放录音。

想想齐涉江还会学旦角儿，这模仿个女人说话，也不是太不可思议，只是他这语调、语气拿捏得太惟妙惟肖了，娇嗔无比，真是学到骨子里了。

这也使得刚才那出戏格外有说服力，要不是这样，怎么能把搜人的兵丁给骗走？

这是齐涉江和张约共同演绎的第一部电影，也是张约头一次演戏，一上来就担纲男主角之一，和齐涉江演对手戏。连着他们养的猫夏秋水，也来本色客串了一下。

这部戏说的是乱世之时，一个江湖艺人与一名军官的故事，方才那一幕就是两人初遇。他们身份、阶层不同，却因意外相识相知，不同的命运交织在一起，和他们现实中的关系倒有些相似，这恐怕也是导演找他们二人出演的最大原因。

而且，媒体、网友还在调侃，导演怕是为了省钱吧，找了这两个主演，配乐、主题曲都可以一起包干了，更附赠夏一苇这个免费宣传"机器"，想必她肯定会为儿子的作品卖力宣传。

齐涉江从张约手里把夏秋水抱过来，摸着它的脑袋，谦虚地说道："还可以吧？"

这四个字，圆润悦耳，咬字带一点点娇嗔的鼻音，音调却略有些微异国味道，十足十，是齐涉江的母亲夏一苇的声音啊！

张约和夏秋水不约而同震惊地看向齐涉江，眼睛都睁大了，虽是一人一猫，但神态简直一模一样，活像见了鬼。

要是不睁开眼睛，绝对会以为夏一苇来了。

齐涉江一看到他们俩的表情，就忍不住笑了："没见过吗？"

"见鬼！你这也太像了吧！"张约惊恐地说道，"你看把夏秋水都吓死了。"

夏秋水"喵喵"叫了两声，好像是疑惑一般，为什么从齐涉江嘴里会冒出来夏一苇的声音。

这一幕都被拍摄花絮的摄影给记录了下来，后来又剪出来放到了剧组的官博上。

【我的个乖乖，我真以为夏一苇在旁边，该说不愧是母子吗？】

【不不，真要是母子，Jesse就模仿不出来了吧，夏一苇哪会这个。】

【楼上你净说大实话！】

【原来Jesse不止能模仿曲艺啊，这声线和口气拿捏得太好了吧。】

【呃，张约真是有福气……】

【有福气的那个你快闭嘴啊！】

【我太期待这电影了，本色出演，粉丝幸福到流泪啊。听说导演计划让Jesse展现很多曲艺，比如，他们还找了老艺人一起要展示梅花大鼓里的换手联弹！】

【换手联弹？虽然没听过但看起来很厉害的样子啊。】

两位主角的第二次相见，在张约摆脱窘境后。

他家中原是均城督军，数房争利，因此姨太太派人追杀刚回均城的他。张约脱身后，借舅家之势，围魏救赵，又连办几件差事，将他房打压得形势颠倒，一时极为风光。

张约刚回均城，也不喜玩乐，倒是他同父异母的弟弟爱好娱乐，既看时兴的话剧，也把优伶招到家中。

这日张约放衙，途经花园，就听到了乐声，依稀是《夜深沉》。

这原本没什么稀奇，但他一转过亭台，看到了几位乐师，这才看清楚，原来是换手联弹，足足有七个人。

七个人坐成一排，第一人右手打扬琴，左手去按第二个人所抱的三弦。第二个人一手弹三弦，另一手按第三人怀里的琵琶……

如此七人换手联弹，乐曲却流畅无比，用了扬琴、三弦、琵琶、四胡等乐器，不但配合默契，他们七人皆是两手分心，这样的姿势有的都无法低头看弦，难度可想而知。

均城虽是曲艺盛行之地，张约从小却多爱西洋乐曲，不曾多了解。此时看到乐师们换手联弹，倒把他迷住了。而且他注意到，这几个乐师多是老头，唯独末位坐了个年轻漂亮的青年，眼窝较深，有一点异国风情，但一身大褂，气质完全是华夏式样的。

张约那位兄弟并未注意到他，跷脚听完了一套曲，便指了指那青年："你是不是学过戏，唱段流水来听。"

青年开口问道："少爷听哪出戏？"

听他开口，张约却是觉得耳熟，但一时还想不起来。

张约的弟弟道："你随便拣一段。"

青年便低头和乐师们说了两句，过门响起，他一开口，竟是吐出女声："说什么花好月圆人亦寿，山河万里几多愁。胡儿铁骑豺狼寇，他那里饮马黄河血染流。尝胆卧薪权忍受，从来强项不低头。思悠悠来恨悠悠，故国月明在哪一州——"

张约一时便想起来了，这是……这是他在胡同里躲避那家的人，原来他学的就是曲艺，难怪能模仿女子声音。

张约的弟弟却是冷哼了一声："换首高兴的，这凄凄惨惨，你是死了爹吗？"

齐涉江的脸色立刻变了，旁边的乐师死死地拉着他的手，示意他不要冲动。

是可忍孰不可忍，但齐涉江终是不想连累其他人，只甩开乐师的手，冷冷道："鄙人技艺不精，不敢在这里污少爷的耳了，告辞。"

他开始收拾自己的弦子，却是把那位少爷气得站了起来："让你唱个戏，还敢给我甩脸色了？你当督军府是你想来就来，想走就走的地方吗？把他给我抓起来！"

齐涉江已匆匆向外走，几个家仆从后头扑来要抓他。张约不知怎的，下意识地迈出几步，恰好站在了齐涉江面前，抓住了他的手腕。

齐涉江猝然抬头，看到他后第一刻还以为也是抓自己的，想甩开他的手。但很快，张约将他拉到了自己身后，对那些家仆轻轻道："滚。"

家仆们哪里敢得罪这位大少爷，怯怯退下了。

张约的弟弟脸色一变，既气恼又不敢和张约翻脸："大哥，这人刚才驳了我的面子，不惩戒一番督军府颜面何存？"

张约却浑不在意："我倒觉得刚才那一段不错，看来驳了你的面子，却是迎合了我的胃口。你滚吧，我要在这儿听曲了。"

二少爷被这话气得七窍生烟，却又无可奈何，不敢招惹这煞星，就算闹了个没脸，也只能含恨离开。

他走后，张约脸色一缓，对齐涉江道："你回去吧。"

"多谢……多谢少爷。"齐涉江语带生疏。

"等等，你知道我是谁吗？"张约忽然问道。

齐涉江茫然道："我认识您吗？"

他居然没认出我来……张约心里忽而有点不乐意了，虽然大家在黑暗中都不曾窥见对方容颜，但他可是只听齐涉江开口，就认出这人了啊。

"你说，'你'是不是在装傻？我总觉得，他们应该都认出彼此了。"张约拿着剧本，对齐涉江道。他觉得自己特别有代入感，演戏时看到齐涉江的角色没认出自己，他就很气。

"你为什么这样觉得？"齐涉江问。

"你的耳力那么好，能分不清我是谁？"张约只觉好笑。

齐涉江也一笑："你有点戏里戏外分不清了吧，编剧都没写出来，你倒是有自己的解读。"

让他说中了，张约不以为意道："我说得难道没道理吗？我还想去找编剧聊聊呢。"

"有道理。"齐涉江仔细揣摩了一下，也觉如此。他正是从那个时代走过来的，若换了他，一定也不想和那种身份的人牵扯上关系，甚至是有偏见的。

导演走了过来，说道："齐老师，能来录段视频吗？刚才换手联弹那段，我们想额外录点花絮。"

因为实在是太难得了，全国再找不出能演这出节目的了。能把这段排出来，他自己都觉得不可思议。这部电影表面上说了一段缠绵的故事，但更展示了那个年代艺人们的绝活儿。

齐涉江立刻点头，跟着去了，能把换手联弹再搬到公众视野，也是让他极为兴奋的一件事。

第三次见面，是在一个剧场。

齐涉江打工打到这里来了，此处原是一帮官宦子弟排演西洋话剧，各个都有要紧角色，缺了端茶倒水只有几句词儿的小角色。剧场的人帮着招人，其中有齐涉江父亲的旧识，知道他缺钱，就让他来了。

齐涉江是江湖艺人里少有的识字的，记性也好，给的词很快就背得滚瓜烂熟。

上演时，张约同家人一起来看，这排话剧的人里头，有他一个姑表弟。

齐涉江在台上时，张约一眼就认出了他。也不知为何，张约看到一半，就跑去了后台，只是这里东西繁杂，一时也没找到齐涉江在哪儿。

到处都是道具，张约也不知绊着什么，手腕忽被人用力一扯，拉到一边，随即听到一声巨响。此时回头看去，才发现是摇摇欲坠的布景板砸下来了。差个半寸，他怕是就狼狈了。

而拉了他一把的，正是齐涉江。

"你怎么忽然冒出来？"张约道。

"小心，大少爷。"齐涉江拘谨地说道。

张约打量他几眼，忽然怀疑起来，刚才齐涉江是不是故意躲起来。

"我倒要谢谢你。"

"别这么说，之前在府上是大少爷替我解围，我也算是回报您搭救之恩了。"齐涉江立刻撇干净。

"那还扯不平啊。"张约道，"先前在你家，你不是还救了我一次？这样算来，三救之中，有两次是你搭救了我才对。"

齐涉江迅速看他一眼："我不大懂您在说什么。"

张约盯着他，似乎在斟酌真假，气氛一时凝滞，最后才道："好吧……"

齐涉江松了口气。

此时，张约却又道："我还是相信自己的直觉，你明明知道我是谁。"

齐涉江一时竟无言。

拍完这段，导演鼓了鼓掌："很好，很有张力。"

原本剧本里，明面上张约是没有认出来齐涉江的，但是改了后，即变成了张约认定齐涉江是在装傻，齐涉江则死不承认。

但因为张约的主动，他们倒也以不同身份往来起来，只是齐涉江始终不肯承认自己救过张约。

一直到故事高潮，张约和二少爷一系争权，发生枪战，原本因为身份和他闹翻了的齐涉江得知后，冒死前往，生死关头，齐涉江这才告诉张约，自己的确早就认出他来了。

张约便大笑，说三次里两次都是齐涉江救他，不能再来一次了，他得还了那第一次的情，于是命人把齐涉江送走。

谁知齐涉江本就混迹江湖，多的是小手段，不但脱身，还利用自己的伪声之术，扮成女子，和府上素不相识的江湖艺人用暗语交流，说服对方帮助自己，深入敌营，经历各种惊险，挟持了二少爷。

"这个衣服还是帅，我过两个月演唱会，可以穿去做演出服吗？"张约说的是自己的戏服，一身戎装，这都是剧组花了高价，请大师设计的，当然好看。

导演连忙道："可以啊，你到时候来借，穿完再还我。这个多有纪念意义，得保存下来。"

"保存在我家啊！还省得麻烦了，直接给我吧！"张约说着，还推了推齐涉江，"是不是，你喜欢不？"

齐涉江看了一眼，随口道："还行吧。"

"怎么能说还行呢！"张约不满，"哼，你不喜欢那我不要了！"

导演仿佛明白了什么，欲言又止。

齐涉江也无奈道："我又仔细想了一下，还是很帅的。"

"是吧？"张约很开心，又看着导演，"怎么样？"

导演不舍地看了一眼，这套衣服可是大师手工做的，但是想到张约和齐涉江的卖力演出与宣传效果，他也只好妥协："行吧！"

若干日后，在首映会上无数媒体、粉丝面前，剧组播放了几支最新片段，包括换手联弹，齐涉江混入二少爷营中等，叫大家更期待了。

以张约和齐涉江的关系，又首次以演员的身份合作电影，本就是万众期待，何况电影人物关系据说与现实有千丝万缕的联系。这糖，大家不客气地盼了！

导演和张约又说起来，齐涉江在片场学夏一苇，导致他们差点以为夏一苇本人来了的事。

大家立刻起哄，让齐涉江现场再来一个。

"其实也没什么，只要找到她的发声位置和语气习惯，就有个七八分像了……"齐涉江这句话，却是用了张约的语气。

这出可没商量过，张约自己都呆在当场了，猛然转头看他。

齐涉江轻笑几声，台下愣完后回过神来，响起尖叫，这才把张约一同叫醒。

"太可怕了！幸好他从来没用这一招吓过我！"张约后怕地道，随即又道，"不过我也找到一个演唱会的替身了……"

"噫——"粉丝们就当看相声了，纷纷噫起来，噫完又大笑，也亏张约说得出口。

"这不太好吧，到时歌迷会发现，'张约'怎么每唱一句，旁边都有个徐斯语在捧哏。"齐涉江也是习惯性地不让话掉地上，接了一句。

现场粉丝再次哄堂大笑起来，张约更是气得大声说道："我重申一次啊，徐斯语可以下岗了。"

嗯，张约真是常年致力于让徐斯语失业的事业中。

"那个——"主持人开口。

他一说话，就发现所有人都盯着自己，干笑道："好吧，大家是不是都在想，原来还有个主持人啊。"

"哈哈哈哈哈哈哈！"

可不是？有这样一对人在台上，还能有主持人控场的份吗？真是毫无存在感，乍一说话，还让人莫名其妙呢，想了半天才想起来这是主持人。连他自个儿，都调侃起自己的存在感来。

"我听说张约拍完戏把戏服要走了？"主持人试图掌控节奏。

"是有这么回事儿。"导演说。

"那怎么要的，为什么？"主持人问。

"是套戏装，很帅，你知道吧？"张约说，"嘿嘿。"

齐涉江："……"

这个笑就很有灵性。

现场立刻被尖叫声、口哨声掀翻了。

主持人的声音再次被淹没了，更没法开口了，他挣扎着问出最后一个问题："都说你们的关系还有特长和电影中人物相似，那能不能解读一下，究竟是怎样的相同，又有怎么样的不同呢？"

张约和齐涉江想了想，最后由张约来回答："确实很像，也很不像，也许是因为有幸我们生活在这个时代。还有，如果我是戏里的我，第一救晚上怎么说我也不走啊……"

观众疯狂"噫"了起来。

就喜欢你这不要脸的劲儿，行吧，回头就把电影看三遍！

番外四
小收煞

众所周知，齐涉江虽然身在娱乐圈，但和那些传统艺术演员走得比较近。

可能是在他的影响下，连张约竟也成了票友。

齐涉江时常会被好友邀请登台，严格说他也是票友，但属于高水平的那一种，而且人气也高，有了他，票不愁卖，大家都喜欢。

张约就差一点，差在底子上，没坐过科，所以学唱得还行，身段就没法看了。

但最近，张约四处扬言，自己要和齐涉江一起参演一部新京戏，让他乐队的成员、圈内的好友什么的，一起来沾染沾染艺术气息。

乐队的人纷纷调侃："真是卖不出去票了吗？"

张约："去你们的吧！"

大家爆笑起来，这张约，故意的吧，开口就是捧哏的经典台词。

到了那天，好友们结伴前去，还讨论着：

"这张约，能演个什么？他不是专业的吧？"

"得了吧，我听说人家就是看杰西的面子带他玩儿，演个小角色，不碍事。"

"那咱们重点还是看杰西喽？对了，今儿到底演的什么戏呢？"

"不知道啊，就听张约含含糊糊说很有名了。我对京戏了解也不多……《四郎探母》吗？还是《贵妃醉酒》？票上就说是京戏院的周末剧场演出。"

到了地儿一看，真不像他们之前猜测的卖不出去票，现场甚至人山人海，而且不是光冲着齐涉江来的年轻人，似乎还有特地从外地来的老观众。

要不是张约给了票，估计他们还真抢不到票呢。

这传统艺术还是有魅力的，有一定受众。

大家感慨着，混在人堆里进了场，待入了座儿，才发现台上那屏幕缓缓打出来剧名：《莱辛巴赫坠落》。

众人瞬间凌乱了。

确定他们这是来看京戏的吗？《莱辛巴赫的坠落》，这不是《福尔摩斯》吗？

——牛还是杰西老师牛啊！

齐涉江在大家心里的形象，一直是非常传统的子弟书传人、相声演员，上台那个范儿，跟老先生似的。

外国文学变京戏，就够让人迷惑的了，还是由他来演……实在太震惊了。

这时候已经开场了，只见演职人员都作京戏传统打扮，大官生福尔摩斯，白面反派莫里亚蒂，还有杰西扮演的华生……台词确实都改自《福尔摩斯》原著，让大家凌乱中带着好奇，探究后彻底震撼。

看了一半，大家才忽然想起来，"咦，杰西是看到了，这张约跑哪儿去了？他演的谁啊？"

有人忍不住给张约发信息了："张老师你在哪儿呢，没见着你啊？"

张约得意扬扬地回："我反串女角色来着，说明我扮得好，你们

我要这盛世美颜有何用

没看出来。"

大家："什么？你已经出来过了？还是反串？"

哪一个啊？

众人一头雾水。

张约嘿嘿笑："你们看侧幕条，我现在过来。我就是跑跑宫女，一个小耳朵旦角。"

——耳旦就是宫女类的角色，因为站在帝王或者贵妃身边，像耳朵一样。又有大耳朵旦和小耳朵旦的分别，大耳朵旦有名字，小耳朵旦没名字，布景板中的布景板。

但这出演的是《莱辛巴赫坠落》，哪儿来的帝王贵妃啊，更谈不上耳旦了，也就是一龙套。不过其他人都不了解，也没法挑张约的错。

张约说自己在侧幕条，众人也就悄悄溜出座位，从侧边看，否则他们的座位看不到侧幕条里头。

这一下，还真看到了，一个花枝招展的旦角躲在侧幕条往外看，正是张约！

就是这张约吧，戏份已经完了，上半身穿得整整齐齐，妆容也完整，下半身穿着一条大裤衩和拖鞋，腿毛招摇，把众人雷得都快焦了。

到了这出结束，上后台一看，大家都捂着眼睛："要瞎了要瞎了，你要么穿上裙子，要么把妆卸了吧，辣眼睛！"

张约："我不！杰西说我像小仙女！"

众人："呕！"

齐涉江幽幽道："不说您会放过我吗？"

张约假装没听到："你们来得正好，杰西还说庆祝今天我登台成功，要给你们唱歌的，感受完艺术气息后，再让你们看看什么叫神仙演奏。"

大家瑟缩了一下，纷纷说道：

"好恶心，我要离开！放我出去！"

"杰西你要是被绑架了就眨眨眼！"

齐涉江眨了眨眼："下面请大家欣赏，二胡奏唱《my heart will go on》。"

众人：服了服了。

我要这盛世美颜有何用